패관 송아영의
잡기

패관 송아영의
잡 기 雜記

윤철희 소설집

연암서가

윤철희

연세대학교 경영학과와 동 대학원을 졸업하고, 영화 전문지에 기사 번역과 칼럼을 기고하고 있다. 옮긴 책으로는 『알코올의 역사』, 『로저 에버트: 어둠 속에서 빛을 보다』, 『위대한 영화』, 『스탠리 큐브릭: 장르의 재발명』, 『클린트 이스트우드』, 『히치콕: 서스펜스의 거장』, 『제임스 딘: 불멸의 자이언트』, 『런던의 역사』, 『도시, 역사를 바꾸다』, 『지식인의 두 얼굴』, 『샤먼의 코트』 등이 있다.

패관 송아영의 잡기

2021년 2월 10일 초판 1쇄 인쇄
2021년 2월 15일 초판 1쇄 발행

지은이 ㅣ 윤철희
펴낸이 ㅣ 권오상
펴낸곳 ㅣ 연암서가

등 록 ㅣ 2007년 10월 8일(제396-2007-00107호)
주 소 ㅣ 경기도 고양시 일산서구 호수로 896, 402-1101
전 화 ㅣ 031-907-3010
팩 스 ㅣ 031-912-3012
이메일 ㅣ yeonamseoga@naver.com
ISBN 979-11-6087-074-9 03810

값 15,000원

작가의 말

　언제부터인가 조선시대 사람들은 어떻게 살았는지 궁금해지기 시작했다. 역사를 전공한 것도 아니고 아는 것도 없는 터라 그 시대를 다룬 책을 한두 권씩 읽었는데, 그러다보니 청나라를 통해 서양 문물을 조금씩 접해가던 18세기 영·정조 시대를 살아가는 10대 여성의 삶에 대한 소설을 써보면 어떨까 생각하게 됐고, 그 생각은 그 여성이 요즘 시대의 웹 소설에 해당하는 패설(稗說)을 써서 생계를 꾸리며 병석에 누운 아버지를 바라지하는 '소녀 가장'이라면 어떨까, 그 여성이 이런 저런 사건을 겪으면서 특유의 총명함과 상상력으로 사건을 풀어나가는 내용의 글을 쓰면 어떨까 하는 생각으로 이어졌다.

　패설을 쓰는 패관(稗官)을 주인공으로 설정한 것은 전기도 TV도 인터넷도 없던 그 시대에는 '이야기'가 차지하는 위상이 상당히 높았을 거라는 판단에서였다. 볼만한 구경거리를 보거나 흥미로운 이야기를 들으며 시간을 보내고픈 인간의 욕구는 예나 지금이나 다르지 않을 텐데, 그걸 충족시키는 수단이 그리 많지 않던 시대에 귀가 솔깃해지는 '이야기'를 지어내고픈 욕심이 있는 사람을 주인공으로 내세우면 그 시대의 욕망과 그 욕망을 풀거나 충족시키려고 사람들이 저지르는 온갖 짓을 글에 담아내기가 수월할 거라는 게 판단의 근거였다.

문제는 그 패관이 겪는 사건을 구상하기가 쉽지 않다는 거였다. 그러던 어느 날 두 여성의 이미지가 떠올랐는데, 내가 구상한 패관과 기품 있는 중년 여성이 책상 하나를 사이에 두고 기 싸움을 벌이는 모습을 담은 이미지가 웬지 모르게 무척이나 근사해 보였다. 그렇게 "그 두 사람은 무슨 일을 하고 있는 걸까?"를 상상한 것이 「목수 후궁」의 발단이었다. 두 사람은 살인사건에 대한 이야기를 하는 중이고 책상에는 살인사건하고는 전혀 어울리지 않는 불경(佛經)이 놓여 있으면 재미있겠다는 생각이 들었고, 그러다가 불경을 경판(經板)으로 바꾸고 "그 중년 여성이 그 경판을 판각한 장본인이라면?" 하는 식으로 생각이 꼬리에 꼬리를 문 덕분에 「목수 후궁」의 얼개를 짤 수 있었다.

「목수 후궁」에는 "빵이 없으면 브리오슈를 먹으면 되지 않느냐?"는 마리 앙투아네트의 유명한 이야기가 가진 위력에 대한 생각도 반영했다. 마리 앙투아네트가 실제로 그런 발언을 했건 아니건, 듣는 사람의 뇌에 곧장 깊게 뿌리를 내리는 그 이야기를 떠올리면서 해본 '역사란 무엇인가?'라는 고심을 어줍게 글에 담게 된 것이다. 차일암(遮日巖)에서 열렸다는 세초연(洗草宴)에 대한 글을 읽다 어릴 적에 가끔씩 세검정을 다녔던 일을 떠올린 것도 이야기를 꾸미는 데 도움을 줬다.

어렸을 때 읽은 옛날이야기 중에는 과거 보러 가는 선비를 다룬 이야기가 꽤 많았다. 어려서 아무것도 모를 때는 과거 보러 가는 과행(科行)이 얼마나 고단한 일인지 몰랐는데, 나이를 먹고서야 비로소 산적과 맹수 같은 위험한 요소들이 수두룩하기 때문에 그런 이야기가 많을 수밖에 없었다는 걸 실감하게 됐다. 「한생전」은 과거 보러 가는 거자(擧子)를 위협하는 또 다른 요소를 생각하다 쓰게 된 글이다. 그리고 그 선비에 대한 이야기에 책에 대한 이야기를 곁들였다. 병인양요(丙寅洋擾) 때 전리품을 챙겨간 프랑스인이 "조선에는 아무리 가난한 집이라도 집에 책이 있다"며 감탄했을 정도로 책이 흔하던 조선시대에 뜻밖에도 서점(書店)이 없었다는 사실과 그렇게 된 연유도, 그리고 조선시대의 책 유통에 대한 자료를 읽으면서 얻은 지식도 글에 반영했다.

「해어화의 죽음」은 "어쩌다보니 추리소설을 쓰게 됐는데, 이왕 추리소설을 쓰기로 한 거면 밀실 트릭을 다룬 글도 써봐야 되는 거 아닌가?" 하는 생각에서 비롯됐다. 이 책에 삽화를 넣게 된 것은, 이 글을 읽은 후 한옥(韓屋)을 배경으로 한 밀실 트릭이라서 한옥의 구조에 익숙지 않은 독자라면 이해하기가 쉽지 않을 거라는 오홍석 선배의 조언 덕분이었다.

조수삼(趙秀三)이 지은 『추재기이(秋齋紀異)』에 실린 전기수를 다룬 글을 읽고 '조선시대의 엔터테이너'라 할 전기수에 대한 글을 써보고 싶다고 생각한 것이 「전기수 청유」의 씨앗이었다. 「전기수 청유」는 앞서도 얘기했듯 마땅한 오락거리가 많지 않던 그 시대에 현란한 입심으로 사람들을 쥐락펴락하는 솜씨 좋은 전기수와 필력 좋은 패관이 자신들의 생계 수단인 '이야기'를 매개로 만난다면 무슨 일이 벌어질까를 궁리한 끝에 쓴 글이다.

이렇게 쓰게 된 네 편의 글을 독자분들께서 재미있게 읽어준다면 글을 쓴 사람 입장에서는 더 이상 바랄 나위가 없겠다.

책을 쓰면서 많은 분들께 엄청난 신세를 졌다. 작은 매형과 작은누나, 큰누나네 가족, 작은형네 가족, 장성은과 박은빈 모녀, 김이나네 가족은 가족이라는 이유 하나로 물심양면의 도움을 한없이 베풀어줬다. 그 고마움을 절대로 잊지 못할 것이다. 정말로 감사드린다.

이 책은 우인(牛寅) 선생님의 가르침이 없었다면 쓰지 못했을 것이다. 우둔한 탓에 선생님께서 100을 가르쳐주셨다면 그중 서넛이나 깨칠까 말까 했지만, 그래도 그 서넛의 깨달음 덕에 책을 쓸 수 있었다. 애정 어린 가르침을 베풀어주신 선생님께 감사드린다.

모자란 후배의 글을 읽고 격려와 조언을 아끼지 않으신 한상진 선배와 오홍석 선배, 오랫동안 진심어린 우정을 베풀어준 친구 이종성, 그림에 대한 설명도 모호하게 하면서 온갖 요구를 했음에도 정성껏 좋은 삽화를 그려준 윤연경 삽화가에게도 감사드린다.

연암서가 권오상 대표님에게 오랫동안 많은 신세를 졌는데 이번에는 소설 출판이라는 신세까지 지게 됐다. 쉽지 않은 결정을 내려주신 권오상 대표님과 연암서가 임직원분들에게도 감사드린다.

지면 관계로 여기에 다 소개하지는 못했지만, 지금까지 살면서 많은 신세를 진 까닭에 마땅히 감사드려야 할 분들이 엄청나게 많다는 걸 잘 안다. 그분들께는 꼭 직접 뵙고 감사 인사를 드리도록 하겠다.

생전 아주까리기름을 접해본 적이 없어서 어머니께 아주까리기름에 대해 여쭤봤다. 어머니는 살림살이와 관련된 일에는 담을 쌓다시피 한 철딱서니 없는 아들놈의 뜬금없는 질문에 어리둥절해하시면서도 당신이 아시는 모든 걸 다 얘기해주셨다. 속으로 나중에 책이 나오면 '이 책 때문에 그걸 여쭤봤던 거라고 말씀드려야겠다' 생각했는데, 막상 책이 나온 지금, 이 세상에서는 어머니께 그 말씀을 드릴 수가 없게 됐다. 바라건대, 다음 세상이라는 게 반드시 있어서 언제일지 모를 훗날 그곳에서 어머니를 만날 수 있었으면, 어머니를 꼭 껴안고 어머니 덕에 이 책을 쓸 수 있었다고, 고맙다고 말씀드릴 수 있었으면 좋겠다.

2021년 1월
윤철희

차
례

목수 후궁

　아영이 1년 넘게 풀리지 않는 수수께끼로 남은 사관(史官) 살인사건을 조사하게 된 건 남산 기슭에 있는 남산골(南村)을 메운 초가집들이 아침밥 짓는 연기를 솔솔 뿜어내던 4월 어느 날의 일 때문이었다. 봄기운 가득한 따스한 바람이 아침 댓바람부터 집주인의 허락을 구하지도 않고 뻔뻔스레 여기저기 집들을 제멋대로 들락거리고 있었다. 찬물 세수로 잠기운을 씻어냈음에도 훈훈한 날씨 탓에 살짝 나른해진 아영은 부엌 앞 툇마루에 앉아 잠기운을 떨치려 애쓰면서 『청향전(淸香傳)』 8권 끝부분에서 기생 청향과 훈남 도령이 금강산 들머리에서 조우하게 만들어야 할지 말지를 고민하는 중이었다.
　세책방(貰冊房)에서 아영이 쓴 책을 빌려 읽는 독자들은 사랑하는 사이이면서도 신분이 다른 탓에 맺어지지 못하는 처지인 꽃다운 나이의 정인(情人)들이 타향에서나마 행복하게 맺어지기를 간절히 바랐고, 책을 읽은 독자들이 반납한 책의 책장 여백에는 그런 바람을 밝힌 절절한 댓글들이 그득했다. 그렇지만 운종가(雲從街, 오늘날의 종로)에서 책 빌려주는 일만 20년 넘게 해온 세책방 주인 정(鄭) 씨가 바라는 8권의 결말은 절대로 그런 게 아니었다. 정 씨 입장에서, 장안의 종잇값을 올려놓았다는 말이 돌 정도로 인기가 좋은 『청향전』은 족히 20권은 넘게 끌고 가야 마땅한 화수분이었다.

아영의 입장은 복잡했다. 패설(稗說), 즉 패관소설을 쓰는 패관(稗官) 입장에서는 청향과 훈남 도령 이야기를 질질 끌지 말고 이쯤에서 마무리 짓고 싶은 생각이 굴뚝같았지만, 정 씨가 주는 글값으로 집안 생계를 꾸려야 하는 처지에서는 정 씨의 생각을 따르는 것 말고는 별다른 도리가 없었다. 아침저녁으로 집안 살림을 돌봐주러 오는 송곡(松谷)댁이 바가지로 뒤주 바닥을 긁는 소리가 아영의 귀에 쩌렁쩌렁 울려대는 지금 같은 때에는 더욱 그랬고, 송곡댁에게 품삯을 줘야 할 보름이 그리 멀지 않은 오늘 같은 때에는, 그리고 보름쯤 있으면 조상님들께 제사상을 바쳐야 한다는 사실을 떠올린 지금 같은 때에는 더더욱 그랬다.

아영이 뒤주에 남은 곡식 한 톨까지 알뜰하게 챙기는 송곡댁을 보며 난감해하던 참에 아영의 눈을 잡아끄는 일이 생겼다. 사립문에 원각(圓覺)이 나타난 거였다. 아영은 처음에는 원각을 보기 드물게 해뜨기 무섭게 탁발을 온 행각승이라고 생각했었다. 그러나 원각의 모습을 살피고는 그렇지 않다는 걸 깨달았다. 허름한 삿갓을 쓰고 손때로 반들반들해진 지팡이를 짚은, 기운 자국투성이인 가사를 걸치고 헤진

바랑을 짊어진 원각은 언뜻 보면 만행(萬行)에 나선 행각승 같았지만, 원각이 왼손에 들고 있는 큼지막한 물건을 싼 비단 보자기는 그렇지 않다고 소리치고 있었다. 한눈에 봐도 오랜 세월을 겪은 보자기인 게 분명했는데, 그윽한 색상으로 보나 고상하게 수놓인 무늬로 보나 여염집에서 쓰는 보자기는 결코 아니었다.

아영은 원각이 말없이 서 있는 사립문으로 걸어갔다. 원각의 다부진 체격은 어지간한 사내는 주눅이 들어 눈길을 오래 두기도 힘들 만큼 강한 기운을 내뿜고 있었다. 아영은 범상치 않은 스님이라 생각하며 수염이 덥수룩한 원각에게, 수건으로 왼손을 감싼 채로 합장하는 걸 조금 미안해하며, 반듯한 합장으로 예를 차리고는 물었다. "저희 집에는 어쩐 일이신지요, 스님?"

아영의 공손한 물음에 역시 공손한 합장으로 답한 원각은 소매에서 작은 나무패를 꺼내 내밀었다. 패에는 언문(諺文)으로 "소승은 벙어리입니다."라고 적혀 있었다. 아영이 알았다는 뜻으로 고개를 끄덕이자 원각이 품에서 봉투를 꺼내 내밀었다. 겉봉에 "전(前) 홍문관(弘文館) 교리(校理) 송민기(宋旼基) 앞(前)"이라고 적혀 있었다. 아영은 아버님께 전할 서찰을 가져온 스님을 안방으로 안내했다.

오늘따라 평소보다 가뿐한 몸으로 아침을 맞은 민기는 이런 때 맑은 정신으로 경서(經書)를 읽고 성현들 말씀을 음미한 후에 아침을 먹겠다는 생각으로 책을 펼치던 참이었다. 민기의 거처인 안방은 꼭 필요한 세간을 놓으면 세 명밖에 안 되는 온 식구가 간신히 둘러앉을 정도의 넓이였다. 볕이 잘 들고 바람이 잘 통하기는 했어도, 방에는 윗목을 가득 채운 책에서 나는 쿰쿰한 냄새가 배 있었다. 민기는 그걸 서향(書香)

이라 부르며 독서에 몰두하기에는 더할 나위 없이 좋은 향기라고 말하고는 했지만, 폐병을 앓는 민기에게 그런 냄새가 유익할 리는 만무했다. 그래도 민기는 "책 읽는 게 본분인 선비라면 사시사철 응당 맡아야 하는 냄새"라며 개의치 않아 했다. 연신 기침을 해대면서도 말이다.

민기는 손님이 오셨다는 소리에 아쉬운 마음으로 앉은뱅이책상을 치우고는 옷매무새를 가다듬었다. 민기는 아영의 안내를 받아 방에 들어온 원각과 수인사를 했다. 인사를 마친 원각이 자리를 잡고 앉을 때였다. 민기가 갑자기 가슴을 움켜쥐고 연신 기침을 하며 고통스러워했다. 민기는 숨도 제대로 쉬지 못했다. 보다 못한 원각이 민기를 부축하려고 몸을 일으키자, 어찌어찌 몸을 추스른 민기가 손을 들어 원각을 만류했다. "괜찮소이다. 몇십 년 된 고질인 해수천식이 하필이면 이런 때 도졌구려. 처음 뵙는 손님에게 이런 꼴을 보여 송구하외다. 기침이 가라앉았으니 한동안은 괜찮을 거요."

다시 자리에 앉은 원각은 숨을 고르는 민기에게 아영에게 보여줬던 패를 내민 후, 역시 아영에게 보여줬던 서찰을 정중히 내놓았다. 그렇지 않아도 어두웠던 민기의 낯빛이 서찰을 찬찬히 읽으면서 더욱 짙어졌다. 민기가 착잡한 표정으로 서찰을 접자, 원각이 옆에 내려놓은 보자기를 민기 앞으로 내밀고는 고개를 조아렸다.

민기가 불렀을 때, 아영은 툇마루에서 송곡댁의 3살배기 아들 이한돌을 돌보는 것으로 아침상 차리는 송곡댁을 조금이나마 거드는 중이었다. 민기는 보자기에 싸인 찬합을 가져가 음식을 옮겨 담으라고, 그러고는 찬합을 깨끗이 설거지해 가져오라고 이르고는 원각에게 말을 걸었다. "몇 가지 묻고 싶은 게 있소이다. 고갯짓으로 가부를 대답할 수 있겠소?" 방에서 나온 아영이 문을 닫을 때 원각이 고개를 끄덕이는 게 보였다.

보자기에서 꺼낸 찬합에는 "칠정사(七政寺)"라고 새겨져 있었다. 사대문 안에는 절을 세울 수 없다는 국법 탓에 동대문 바로 밖에 있는 숭신방(崇信坊)에 세워진 칠정사는 나이를 먹거나 병환에 시달리는 등의 이런저런 사정 때문에 궁궐을 나온 비빈(妃嬪)이나 궁녀들 중에서 불도(佛道)에 귀의한 여인들이 모여 지내는 절이었다. 아영은 불도하고는 거리가 한참 먼 아버님께 칠정사에서 뜬금없이 서찰과 찬합을 보낸 이유가 무엇일지 궁금했다.

나물 반찬에 손을 뻗는 한돌을 혼낸 송곡댁이 찬합에 담긴 인절미와 갖가지 절간 음식을 그릇에 옮겨 담았다. "칠정사에서 온 거라고요? 어제인가 그제 칠정사에서 목불(木佛)을 봉안하는 재(齋)를 올렸다더니 거기 올렸던 잿밥인가 보네요." 송곡댁이 찬합을 설거지하며 말했다. "아씨도 목불 얘기 들어보셨죠? '목수(木手) 후궁'께서 조성하셨다는 부처님 얘기요."

아영은 칭얼대는 한돌을 어르며 대답했다. "그래, 들어봤어. 폐서인 된 숙빈 임(林) 씨가 몸소 나무를 깎아 만든 목불을 봉안하면서 재를 올렸다는 얘기." 아영은 송곡댁이 물기를 닦아 부뚜막에 내려놓은 찬합을 살폈다. 정성껏 바른 옻칠이 눈에 들어왔다. 이것도 임 씨가 손수 짜고 옻칠도 손수 한 찬합일까? 그렇다면 범상치 않은 스님이 가져온 서찰도 임 씨가 보낸 걸까?

아영은 임 씨에 대해 궁금해하는 송곡댁에게 기억을 더듬어 끄집어낸 이야기를 들려줬다. 임 씨는 선왕(先王)의 후궁으로, 한때 선왕의 총

애를 한 몸에 받았었다. 그런데 온 세상의 부러움을 받던 임 씨가 몰락한 건 한순간이었다. 10년쯤 전에 있었던 임 씨 가문의 몰락은 임 씨의 친정과 정적관계이던 당파가 올린, 임 씨의 친정에서 벌어진 잔치에서 권력에 도취한 임 씨 일가 사이에 선왕에 관한 차마 입에 담지 못할 언사가 오갔다는 내용의 상소에서 비롯됐다.

선왕은 말도 안 되는 얘기라며 상소를 물리쳤지만, 주상을 상대로 일단 일을 벌이기 시작한 만큼 어떻게든 끝을 보기로 마음먹은 정적들의 공세는 집요했다. 정적들은 집단상소를 올리라며 성균관 유생들을 부추기는가 하면, 상소에 담긴 뜻을 받아들이지 않으려면 목을 쳐 달라는 의미로 도끼를 들고 상소를 올리는 지부(持斧)상소를 하라고 팔도 각지의 유생들을 사주하기까지 했다. 주상은 좋은 말로 상소를 물리치기도 하고, 이 문제로 다시 상소를 올리면 엄벌로 다스리겠다고 호통도 쳐봤지만 아무 소용이 없었다. 조정 신료들의 끈질긴 간청을 이기지 못한 주상은 결국 숙빈(淑嬪)이던 임 씨를 서인(庶人)으로 강등시키는 폐서인을 명하는 한편, 임 씨의 친정 식구 일부를 사사(賜死)하고 대다수를 유배 보내라는 명을 내릴 수밖에 없었다.

하루아침에 서인으로 전락하고 궁에서 쫓겨난 데다 친정까지 풍비박산 난 임 씨는 칠정사에 거처를 마련했다. 머리를 깎고 비구니가 된 건 아니었지만, 임 씨 나름으로는 서인이 된 몸을 부처님께 의탁한 채로 여생을 보내겠다는 결의를 드러낸 거였다. 높으신 분들의 권력다툼에는 관심이 없는 백성들이었지만 창졸간에 서인이 돼버린 임 씨에 대해서는 측은하게 생각하는 사람들이 대다수였고, 자신들이 기른 먹을거리를 사람들 눈을 피해 임 씨에게 갖다주는 사람도 적지 않았다.

그런데 시간이 흐르면서 임 씨를 불쌍해하던 민심은 차츰 임 씨에 대한 호기심으로 바뀌어 갔다. 계기는 아녀자인 임 씨가, 그것도 지체 높은 후궁이던 임 씨가 사내들이나 하는 목공(木工)을 배워 나무를 깎고 다듬는 일을 한다는 게 알려진 거였다. 그러면서 임 씨는 '목수 후궁'으로 불리게 됐다. 하지만 아영이 들은 바에 따르면, 임 씨는 정확히 말하면 목수가 아니라, 나무를 깎고 조각하는 일을 하는 각수(刻手)였다. 아영은 임 씨가 칠정사 경내에 머물면서 불경 경판을 새기는 일로 소일하고, 그러다 틈이 나면 칠정사에 기거하는 친척들도 만날 겸 불공도 올릴 겸 절을 찾은 양반가 아녀자들의 부탁을 받아 각각의 가문에서 쓰는 고유한 무늬의 떡살이나 문창살을 깎아주고 품삯을 받는다는 얘기를 들은 적이 있었다.

작년 여름, 임 씨는 목불을 조성하겠다고 나선 일로 장안 사람들의 입에 다시 오르내렸었다. 임 씨의 목불 조성 얘기가 어찌나 널리 퍼졌던지, 궁에 계신 중전마마께서 그 얘기를 듣고는 왕실과 나라의 안녕과 번영을 비는 뜻을 담은 복장품을 친히 하사하시기까지 했다.

"복장품이 뭐래요?" 아영의 얘기를 듣던 송곡댁이 구수한 김이 피어오르는 솥에서 쑥국을 뜨며 물었다.

"불상이 완성되면 봉안하기 전에 부처님 배 안에 그 불상을 누가 언제 어떻게 조성했는지를 적은 글과 함께 사리를 담은 사리함 같은 금은보화를 넣는데, 그렇게 부처님 배에 넣는 것들을 복장품(腹藏品)이라고 해."

"그래요? 이제껏 절에 가서 절을 드릴 때는 부처님한테만 절을 올린다고 생각했는데 사실은 부처님 배 안에 있는 복장품인가 뭔가 하는 거한테도 절을 올리는 거였네요. 그런데, 아씨, 중전마마께서 하사하섰다는 물건은 정말로 귀한 거겠죠?"

"그거야 나도 모르지. 어쨌든 중전마마께서 부처님께 바치려고 마음먹었다면 무척이나 귀한 걸 바치시지 않았을까?"

그때, 찬합에서 나온 떡을 본 한돌이 욕심을 주체못하고는 아영의 품에서 버둥거리다 아영의 왼손을 감싼 수건을 홱 잡아당겼다. 그 바람에 아영의 왼손이, 남들과는 달리 엄지를 뺀 손가락 네 개가 채 자라지 못해 3살짜리 한돌의 손가락하고 엇비슷한 크기밖에 되지 않는 조막손이 드러났다. 상을 차리다 그 모습을 본 송곡댁이 기겁하고는 달려와 한돌을 안아들고는 한돌의 손에서 수건을 낚아채 아영에게 돌려주며 연신 고개를 조아렸다.

아영은 조막손이 드러난 것보다 송곡댁이 괜한 호들갑을 떠는 게 더 민망했다. 아영이 손에 수건을 감는 건 사람들에게 조막손을 보이는 게 창피해서가 아니었다. 조막손을 보고 안쓰러운 표정을 지으며 어색하게 눈길을 돌리는 사람들의 모습이 보기 싫어서였다. "뭐 대단한 일이라고 그래? 별일 아니니까 상이나 계속 차리도록 해, 송곡댁." 아영이 차분한 모습으로 손에 수건을 감는 걸 본 송곡댁은 한돌의 볼기를 '빵' 소리가 부엌에 울려 퍼지도록 세게 때린 다음 울먹이는 아이를 포대기로 업고 찬간으로 가 아침상 차리는 걸 서둘렀다.

아영이 툇마루에 앉아 청향과 훈남 도령의 해후 문제를 고민하고 있을 때 병욱(炳昱)이 돌아왔다. 한강변 사정(射亭)에서 활 쏘고 칼 휘두르는 아침 수련을 마치고 돌아온 병욱은 집에 들어서자마자 곧장 세수간으로 가 얼굴과 손을 씻었다. 아영은 약관(弱冠)을 갓 넘긴 할아버지께 수건을 갖다 드렸다. 얼굴을 닦으며 당질(堂姪) 민기의 거처인 안방을 살피던 병욱은 댓돌에 못 보던 신발과 지팡이가 놓여 있는 걸 봤다. 그 지팡이는 보통사람들 눈에는 평범해 보이겠지만, 병욱이 보기에 그건 써먹기에 따라 엄청난 위력을 가진 무기였다. 식전부터 수상한 지팡이를 든 손님이 찾아온 걸 이상하게 여기는 병욱에게 아영은 묻기도 전에 답을 내놨다.

"칠정사에서 서찰을 가져온 스님이 아버지를 만나고 있습니다, 할아버님."

"네 아버지가 없을 때는 그놈의 할아버지 소리는 하지 말라 일렀지 않느냐?" 네 살 차이밖에 안 나는 손녀 아영에게 할아버지 소리를 듣는 건 병욱에게는 아무리 많은 시간이 흘러도 익숙해지지 않을 일이었다. 병욱은 자신이 기거하는 건넌방의 툇마루에 앉아 수족이나 다름없는 창포검의 칼날을 닦으며 민기를 찾아온 범상치 않다는 손님이 나오기를 기다렸다.

잠시 후, 방문이 열렸다. 민기를 향해 정중히 합장을 한 원각이 신을 신었고, 아영은 찬합을 싼 보자기를 원각에게 건넸다. 보자기를 받아들고 합장을 한 원각이 곧장 집을 나서기까지 짧은 동안, 원각이 건넌방 툇마루에서 날카로운 눈으로 자신을 샅샅이 훑는 병욱과 눈빛을 주고받은 시간은 정말로 짧았다. 하지만 순식간이라는 말이 딱 들어맞는 그 짧은 순간에도 두 사람은 팽팽한 기 싸움을 벌이고 있었다. 병욱은 사립문을 나선 원각이 골목 끄트머리에서 길을 꺾는 걸 지켜보다 서둘러 방에 들어갔다.

"조카님, 지금 나간 저 승려는 누군가? 내뿜는 기운이 보통이 아니던데."

"당숙 어른, 잠시만 기다리시지요. 아영아, 들어오거라." 민기는 아침상을 들고 오던 아영에게 상은 얘기를 마친 후에 들이라 이르고는 아영을 방에 앉혔다. 밥상이 놓였다면 숟가락을 간신히 들 수 있을 정도로 좁은 방안의 공기가 세 식구의 어깨를 무겁게 눌렀다.

민기는 아영에게 서찰을 건넸다. "읽어 보거라." 아영은 병욱의 호기심 어린 눈빛과 민기의 수심 어린 안색이 부담스러웠다. 아영은 서찰을 펼쳤다. 서찰에 적힌 언문 글씨는 단아하기 이를 데 없었다. 글씨만 봐도 서찰을 쓴 이의 기품이 느껴졌다.

"서인 임 씨" 명의로 보내온 서찰은 임 씨 자신과 홍문관 교리였던 민기의 인연을 거론하며 시작된 후, 와병 중인 민기의 쾌차를 바란다는 말과 함께, 며칠 전에 재를 올리며 부처님께 바친 공양을 보내니 약소할지라도 정성을 생각해 맛있게 먹어 줬으면 좋겠다는 말로 이어졌다. 그런 다음, 임 씨는 홍문관에서 암암리에 패관 일을 하던 민기가 주상께 은밀히 올린 패설을 정말로 재미있게 읽었었다며 궁에서 남부럽지 않게 살던 시절에 대한 그리움을 은연중에 내비쳤고, 그 뒤에는 임 씨 자신이 겪은 지난 10년 넘은 고단한 세월에 대한 소회가 이어졌다. 그런데 그 다음에는 뜻밖의 내용이 적혀 있었다. 사실상 이 서찰을 쓴 목적이기도 한 그 내용은 월영(月影, 달그림자)에 대한 거였다.

아영은 패설을 쓸 때 사용하는 필명(筆名)인 '월영'이 서찰에 등장한 걸 보고는 당황하면서 민기와 병욱의 기색을 살폈다. 임 씨는 아영이 월영이라는 걸 이미 알고 있었다. 임 씨는 재미난 패설을 쓰는 패관으로 회자되는 월영을 직접 만나 당부하고 싶은 일이 있다면서, 월영이 사흘 후 해질녘에 칠정사로 찾아와 줬으면 좋겠다고 했다. 서찰은 민기의 건강, 그리고 송씨 가문이 만복(萬福)을 누리기를 바란다는 인사말로 끝을 맺었다.

"내 뭐라 하였느냐? 필명 뒤에 모습을 감추더라도 세상이 너의 정체를 알아내는 건 그야말로 시간문제라 하지 않았느냐?" 아영이 서찰을 고이 접어 내밀기 무섭게 민기가 근심 서린 목소리로, 병자(病者)답지 않게 힘이 실린 소리로 아영을 꾸짖었다.

하지만 아영을 혼내는 민기도 속으로는 자신이 큰소리칠 입장은 아니라는 걸 알고 있었다. 그 자신, 홍문관에서 주상과 중전께 바치는 패설을 쓸 때면 도학(道學)에 대한 심오한 글을 쓸 때와는 달리 자신도 모르게 들떠 정신없이 붓을 놀린 전력이 있는 사람이었다. 지금 자신의 딸이 하는 일은 그에게서 물려받은, 덧없고 보잘것없는 이야기를 지어내 사람들을 홀리고 싶어 하는 욕심과 그걸 가능하게 해주는 글재주를 온전히 펼치는 것일 뿐이었다. 그건 꾸짖어야 할 잘못이 아니었다. 더군다나 그의 여식은 그런 일을 해서 병마에 시달리는 그를, 그리고 힘없는 가장 탓에 더불어 기력을 잃고 고꾸라지는 가세를 아녀자의 여린 두 어깨로 지탱하며 생계를 꾸리고 있었다.

병욱은 아영이 내려놓은 서찰을 그새 다 읽고는 부녀 사이에서 어디다 눈을 둬야 할지 몰라 하며 어색한 표정만 짓고 있었다. 촌수로는 조카였지만 나이가 스무 살 넘게 많은 데다 홍문관 교리 벼슬을 지냈고 학식과 인품 면에서도 세간의 존경을 받는 민기는, 병욱 입장에서는, 무람없이 대할 수가 없는 상대였다. 지금처럼 민기가 화나 있을 때는 더욱 그랬다.

아영이 입을 닫고 가만히 앉아있는 바람에 방안에는 어색한 기운만

감돌았다. 그러는 사이, 어서 집에 돌아가 좌포청 포졸인 지아비의 아침상을 차려야 하는 송곡댁이 조바심 섞인 목소리로 아침상을 어찌할지 물었다. 민기의 눈치를 살핀 아영은 "상은 내가 들일 테니 툇마루에 놓고 가게. 오늘도 고생 많았네."라며 송곡댁을 보냈다.

궁금한 게 많아 도무지 침묵을 견딜 수 없던 병욱이 결국 입을 열었다. "그 승려는 어떤 자이던가, 조카님?" 병욱이 나름 무과(武科)에 응시하려는 무인(武人)다운 패기를 보이려 힘을 실은 목소리로 물었다.

"당숙 어른께서 짐작하시는 것처럼 심상치 않은 사람인 듯합니다." 머리에 서리가 반 넘게 내려앉은 민기가 대답했다. 민기로서는 평소보다 가뿐한 몸으로 일어났건만, 뜻밖의 손님을 치른 탓에 연신 콜록거리고 숨을 헐떡이게 된 것이 여간 아쉬운 게 아니었다. 기침이 멎자 민기가 말을 이었다. "법명(法名)이 원각인데, 벙어리라더군요."

"벙어리인지 아닌지는 모르겠지만, 걸음걸이며 몸놀림을 보건대 무술을 오래 익혀 상당한 경지에 오른 자였네. 그런 자가 어떻게 칠정사 같은 비구니 절에서 폐서인의 심부름을 하는 건지 도통 모르겠군."

"어쩔 셈이냐?" 민기가 걱정스러운 눈빛으로 아영에게 물었다.

"지금은 비록 서인 신분이나, 한때는 이 나라의 국모(國母)가 될 뻔도 했던 분입니다. 그런 분이 보자시니 찾아뵙는 게 마땅한 일 아니겠습니까?" 아영은 임 씨가 자신이 월영임을 안다는 사실이 적잖이 신경 쓰였지만, 평소처럼 당당한 모습으로 대답하고는 덧붙였다. "너무 염려치 마십시오, 아버님. 의금부나 관아에서 부른 것도 아니지 않습니까? 소녀, 폐서인께서 제가 쓴 글 때문에 저를 부르신다 하여 무슨 큰일이 생길 거라고는 생각하지 않습니다." 아영은 겉으로는 내색하지 않았지만 속으로는 이런 서찰을 받은 게 기쁘기 한량없었다. 속세와 인연을 반쯤 끊은 폐서인조차 자신을 알고 있다는 사실에 은근히 기분이 좋았다. 폐서인이 서찰에는 밝히지 않았지만 필명까지 거론하며 자신을 찾을 때는 필시 글과 관련된 일 때문일 것이며, 그런 일이 자신에게 해가 되지는 않을 터였다. 그래서 아영은 폐서인을 한시라도 빨리 만나고 싶다는 생각까지 했다.

딸의 당당한 태도에 민기는 고개를 끄덕거리는 것 말고는 달리 어찌할 도리가 없었다. 아영은 아침상을 들여오는 것으로 화창한 4월 아침에 어울리지 않는 어색한 분위기를 마무리했다.

칠정사로 임 씨를 찾아뵙기로 한 날 미시(未時, 낮 1시~3시)에, 아영은 청향과 훈남 도령이 마주치기 직전에 아슬아슬하게 엇갈리면서 각자 갈 길을 가는 것으로 마무리한 『청향전』 8권을 들고 세책방을 찾았다. 정 씨는 아영이 밤새 공들여 쓴 책을 받자마자 황급히 끝장부터 펼치고는 책에 코를 박았다. 잠시 후, 흡족한 표정으로 고개를 든 그는 "잘하셨습니다, 참으로 잘하셨습니다."는 말을 끝없이 내뱉고는 그제야 "아씨께 다담(茶啖)도 대접하지 않고 뭘 하고 있는 거냐?"며 아랫사람에게 호통을 치는 것으로 아영을 챙기는 척했다. 정 씨는 책을 빌려가는 손님들 호응이 대단하니 다음 9권은 "이번보다 더 빨리, 지금까지보다 더 재미있게" 써달라고 당부했다.

뒤주 긁는 소리를 떠올린 아영은 "8권의 글값을 지금 받았으면 좋겠다."고 말하고 싶은 생각이 굴뚝같았지만, 돈 문제에 있어서는 칼로 자른 무처럼 반듯하기 이를 데 없는 정 씨의 평소 품성이라면 책을 넘겨주고 보름 후에야 글값을 주기로 한 약조를 절대 깨지 않을 것임을 잘 아는지라 눈물을 머금고 "그러겠다."는 대답과 인사를 남기고는 세책방을 나섰다.

거리에 나선 아영은 좌판과 가게에 온갖 물화(物貨)를 늘어놓고는 호객하고 흥정하는 운종가의 점포들과 거리를 오가는 각양각색의 사람들을 꼼꼼히 살피고 그들이 나누는 얘기에 귀 기울이며 해질녘까지 남은 시간을 보냈다. 앞으로 아영이 쓸 글에 그 점포들과 사람들이 언제 어떻게 모습을 드러낼지는 아영 자신도 모르는 일이었다. 흥겨운 가위질과 구성진 노랫가락으로 사람들을 끌어모으는 재주가 뛰어난 엿장수 주위에는 오늘도 사람들이 구름처럼 몰려있었다. 아영은 이 엿장수를 『청향전』4권에 등장시켰었는데, 엿장수가 등장하는 대목을 놓고 독자들은 읽기만 해도 가위질 장단이 머릿속에 그려지며 어깨춤이 덩실덩실 춰진다는 찬사를 보냈었다.

해가 조금씩 무거워지고 곧추섰던 그림자들이 제 무게를 못 이겨 축 늘어질 때였다. 지금 동대문으로 떠나면 약조한 시각에 맞출 수 있겠다 생각하며 해를 등지고 걷는 아영의 눈에 길가에 있는 주막의 탁자에 탁주와 김치를 놓고 앉아 오가는 사람들을 살피는 병욱의 모습이 들어왔다. 하루 장사로 두둑해진 쌈지를 믿고는 호기로이 술 사발을 기울이는 장사꾼들로 북적이는 주막은 그들이 쏟아내는 왁자지껄한 소리로 엄청나게 시끄러웠다.

"아니, 여기는 어인 일이십니까?" 아영은 뜻밖의 자리에서 만난 병욱에게 다가가 물었다. 병욱에게서는 술 냄새가 났다. 이런 누추한 주막에서 파는 싸구려 탁주 냄새가 아니라, 호사스러운 기방(妓房)에서 파는 값비싼 술 냄새였다. 무과에 급제해 무관이 되겠다는 포부를 품은 병욱은 그런 포부는 까맣게 잊은 듯 퇴기(退妓) 매월(梅月)이 운영하는 술도가에서 매월과 노닥거리다 온 게 분명했다.

"너 같은 어린 처자가 밤중에 돌아다니다 무슨 변이라도 당할까 싶어 호위해 주려 온 것이니라."

"사람들이 많은 큰길로 다닐 작정이니 저 혼자 다녀도 무탈할 것입니다, 할아버님." 병욱이 평소 들고 다니는 창포검 대신에 가슴높이까지 오는 봉(棒)을 들고 있는 걸 보고는 병욱이 칠정사로 가려는 이유를 짐작한 아영은 "할아버님"을 평소보다 살짝 더 크게 말했다. 사람들 앞에서 "할아버님" 소리를 들으면 질겁하는 병욱을 약 올리려는 심산에서였다. 말은 그리했지만, 사실 아영은 해 떨어진 후에 동대문에서 남촌으로 돌아가는 어둑한 길이 걱정되기는 했었다. 그래서 병욱이 호위해준다는 게 내심 싫지 않았고, 딴생각에서 비롯된 걸음이라고는 해도 아무튼 자신을 호위해주려는 할아버지가 든든하기도 했다.

"남들 있는 데서는 할아버님이라 부르지 말라고 내 몇 번을 일렀더냐?" 병욱이 주위를 둘러보며 이를 악물고는 속삭였다. "그리고 입성이 그게 무엇이냐? 선왕을 모셨던 귀하신 분을 뵈러 가는 길이니 고운 새 옷을 차려입을 생각은 않고…."

아영은 그런 말을 하는 병욱이 얄미웠다. 꾸미고 단장하는 일에는 그리 큰 관심이 없는 아영이지만, 그렇더라도 여인네인 건 분명했다. 아영이라고 예쁜 옷 차려입고 고운 장신구로 단장하고 싶은 욕심이 왜 없었겠는가? 그런 옷과 노리개를 갖고 있다면 응당 그리 했을 것이다.

두 사람이 칠정사에 당도했을 때는 제 무게를 못 견딘 태양이 서쪽으로 쓰러지며 토한 피로 온 세상을 붉게 물들일 무렵이었다. 일주문에서 기다리고 있던 원각이 두 사람을 맞았다. 원각과 병욱은 겉으로는 공손히 인사를 주고받았지만 속으로는 치열한 기 싸움을 벌이고 있었다. 밀물처럼 몰려오는 어둠에 잠기는 칠정사 경내는 바늘 떨어지는 소리도 우렛소리처럼 들릴 듯이 조용했다.

칠정사는 비구니 절답게 정갈했다. 보는 사람의 마음 탓인지는 모르지만, 어딘지 모르게 대웅전과 탑, 경내에 심어진 나무들까지 비구(比丘) 사찰보다 더 아담하고 깔끔해 보였다. 어스름 속에서 새들이 지저귀는 소리만이 칠정사에 눌러앉은 고요를 깨고 있었다.

"스님, 잠시만 짬을 주십시오." 일행이 대웅전에 다다랐을 때 아영이 청했다. 대웅전에 들러 부처님께 절을 올리기 위함이었다. 아영은 불자(佛者)는 아니었지만, 지금 찾은 절의 진짜 주인인 부처님께 당신의 거처를 찾아왔다는 인사를 올리는 게 사람 된 도리라고 생각했다.

대웅전 한복판에 자리한 금박 입힌 등신불은 얼핏 봐도 봉안된 지 얼마 안 됐다는 게 확연해 보였다. 소문으로 들은, 며칠 전에 봉안된 목불이었다. 아영은 그 목불에 오체투지로 절을 올렸다. 7년 전에 세상을 뜬 어머니 생전에 어머니의 손을 잡고 절에 다니던 때 이후로 처음 하는 오체투지였다.

절을 마친 아영은 부처님을 지긋이 올려다봤다. 온화한 미소를 머금은 등신불이 오랜만에 본다고, 그간 잘 지냈냐고 말씀하시는 듯했다. 입은 지 얼마 안 된 금박이 마음에 드시는 건지 흡족한 표정이었다. 그런데도 아영은 그 미소에서 알 듯 모를 듯한 쓸쓸함을 느꼈다. 만약 그렇다면, 그건 임 씨의 서글픈 심사가 불상에 고스란히 옮겨졌기 때문일 거라고 아영은 생각했다.

대웅전을 나온 아영은 병욱과 원각이 대웅전 앞마당에 멀찌감치 떨어져 서서 서로를 말없이 노려보는 모습을 보고는 속으로 혀를 끌끌 찼다. 병욱이 여기까지 아영을 따라온 이유는, 짐작대로, 저거였을 터였다. 아영은 생각했다. "저놈의 호승지심(好勝之心)도, 참… 사내들이란 왜 저리도 상대를 이겨 먹지 못해 안달을일까?" 하긴, 어찌 보면 아녀자들이라고 크게 다르지는 않은 것 같았다.

임 씨가 기거하는 별채는 대웅전 옆으로 난 샛길을 따라 둔덕을 조금 올라간 곳에 있었다. 위치만으로도 세간(世間)과 멀어지겠다는 뜻을 담고 있는 것 같았다. 머리에 파르스름한 빛이 도는 젊은 비구니가 손님이 왔음을 고하자 호롱불이 켜진 방에서 "들어오라 이르라."는 근엄한 목소리가 흘러나왔다.

아영과 병욱이 방에 들어가자 임 씨가 먼저 따스한 목소리로 양해를 구했다. "손님들이 오셨는데 방이 어수선해 부끄럽구나. 미안하지만, 방을 정리할 때까지 잠시만 기다려줬으면 좋겠다."

임 씨의 방은 호롱불 하나로도 구석구석까지 다 밝힐 수 있었다. 빈(嬪)이라는 호칭을 듣던 여인의 방이라기에는 비좁은, 하지만 서인인 아녀자가 쓰기에는 적당한 크기였다. 방안은 임 씨 말대로 어수선했다. 불경 판각(板刻)에 쓰는 참죽나무 목판에다 먹줄이며 끌이며 대패 같은 온갖 연장, 끌질을 해서 나온 끌밥 등이 어지러이 놓여 있었다. 임 씨는 여러 모로 쓸모가 많은 끌밥을 차분하고 정성스러운 손놀림으로 알뜰히 쓸어 모아 작은 상자에 넣었다.

방 정리를 끝낸 임 씨가 자세를 바로하자 병욱과 아영은 임 씨에게 절을 올렸다. 절을 마친 병욱은 임 씨로부터 "누추한 절간에 걸음을 하느라 고생이 많았다."는 치하를 들은 후 밖으로 물러났다.

방에는 아영과 임 씨 두 사람만 남았다. 임 씨는 온갖 풍상 탓에 타고난 미색이 허물어진 기색이 역력했으나, 한때나마 주상의 총애를 받던 여인다운 고아한 풍모는 잃지 않고 있었다. 임 씨는 비구니 절에 기거하면서도 머리를 깎지는 않았다. 단정하게 쪽을 지은 머리에 꽂은 비녀는 나무를 깎아 만든 소박한 비녀였으나, 비녀를 꽂은 이가 풍기는 위세 덕에 은비녀나 옥비녀만큼이나 근사해 보였다.

임 씨가 부드러운 눈빛으로 아영을 바라보며 말했다. "그래, 네가 옥당(玉堂, 홍문관의 다른 이름) 송 교리의 여식 월영이로구나? 아니, 아영이라고 불러야겠지? 듣던 대로 어여쁘고 단아하게 생겼구나. 눈에서는 총기가 흘러넘치고. 그래, 몇 살이냐?"

"열여섯이옵니다."

"꽃다운 나이로구나." 임 씨가 아영에게 '좋은 낭군 만나 혼인할 나이', '내가 궁에 들어갔을 때 딱 그 나이였단다.' 같은 판에 박힌 얘기를 하지 않는 건 수건으로 감싼 아영의 왼손에 대해 잘 알고 있어서였다. 높은 학식과 고고한 인품으로 이름 높은 송민기의 외동딸이기에 많은 양반가에서 탐낼 만한 며느릿감인데도 아영에게 혼담이 들어오지 않는 건 바로 그 손 때문이라는 걸, 그리고 아영 자신도 세상인심을 잘 알기에 혼인에는 전혀 관심을 두지 않는다는 걸 임 씨는 이미 알고 있었다.

"보내주신 음식은 맛있게 잘 먹었사옵니다. 신경 쓰실 일도 많으실 텐데 그렇게 마음을 써주셔서 감사할 따름이라는 인사를 저희 아비가 대신 전해 올리라 하였습니다."

"그래, 맛있게 먹었다니 다행이로구나."

"직접 찾아뵙고 문안 여쭤야 하나 어리석은 자의 몸이 병약하기까지 하여 문밖 출입을 못해 예를 차리지 못하니 송구할 뿐이라는 말씀도 전해 올리라 했사옵니다."

"나라의 크나큰 동량인 송 교리가 쾌차하는 것이야말로 조정과 백성들의 홍복일 것이다. 그런 희소식을 들을 날이 하루라도 빨리 찾아왔으면 싶구나."

"그리 말씀해주셔서 감사합니다. 오는 길에 대웅전에 들러 마님께서 손수 조성하셨다는 부처님께 절을 올리고 왔습니다. 솜씨가 정교하고 훌륭하여, 부처님의 대자대비하심을 가슴 깊이 느낄 수 있었사옵니다." 아영은 임 씨를 부를 적당한 호칭이 어떤 것일지 고심하다 '마님'이라 부르기로 마음먹었는데, 임 씨는 아영의 '마님' 호칭을 대수롭지 않게 받아들이는 눈치였다.

"어린 나이인데도 사람들이 좋아라 할 말을 하는 솜씨가 대단하구나." 임 씨는 칭찬을 들은 게 좋아서인지, 상대가 듣기 좋아하는 소리를 하는 아영의 재주에 감탄한 것인지 구분하기 힘든 미소를 지었다. "항간에는 그 목불을 오로지 나 혼자 조성한 거라고 소문이 났다더구나. 그런데 실은 목불 조성하는 일만 30년 넘게 한 일꾼이 다 해놓은 일에 끌질만 조금 하고 금박 바르는 것만 거든 것뿐이란다. 그런데도 세상에 그리 알려진 탓에, 목불 얘기만 나오면 몸 둘 바를 모르겠구나."

임 씨의 얘기를 듣는 동안, 아영의 눈은 자신과 임 씨 사이에 있는 책상에 놓인, 판각 중인 경판에 꽂혀 있었다. 아영은 목판의 특성상 좌우가 바뀐, 그리고 자신이 앉은 자리에서 볼 때는 상하가 뒤집혀진 경판에 새겨지는 경전이 『반야심경』이라는 걸 어렵사리 파악했다. 『반야심경』은 돌아가신 어머니가 밤마다 열심히 되뇌고 곱씹던 불경이었다.

아영이 경판을 살피는 걸 알아차린 임 씨가 화제를 돌렸다. "궁에 있을 때, 그러니까 내 나이가 지금의 너보다 조금 더 많았을 때, 선왕의 밀명을 받은 네 아비가 백성들 사이에 떠도는 온갖 소문을 정리해서 올린 글을 재미있게 읽은 기억이 지금도 생생하단다. 너도 네 아비가 패관이었다는 걸 알고 있느냐?"

패관은 요즘에는 '패설을 쓰는 사람'을 가리키는 말로 쓰이지만, 원래는 '백성들 사이에 떠도는 소문을 모으고 기록하는 한(漢)나라 때 벼슬'을 가리키는 말이었다. 그런데 아버지가 패관이었다는 건 아영으로서는 처음 듣는 얘기였다. 아영은 그저 아버지가 건강했을 때 궁중의 경서와 문서를 관리하고 주상전하의 자문에 응하는 일을 하는 홍문관에서 교리로 일했었다는 것만 알고 있었다. 임 씨는 아영의 표정을 읽고도 개의치 않고 말을 이었다. "너희 부녀를 보니 피는 속일 수 없다는 말이 정녕 틀린 말이 아님을 알겠구나. 네가 쓴 패설을 빌려 읽으려고 비녀와 가락지를 내다 팔고, 심지어 빚까지 지는 아녀자가 수두룩하다지?"

아영은 임 씨의 칭찬에 겸손한 어조로 대답했다. "사람들이 별것 아닌 일을 부풀려 꾸며낸 말일 뿐입니다."

"그럴 리가 있느냐? 나 역시 네가 쓴 책을 읽었기에 그게 꾸민 말이 아니라는 걸 잘 아느니라. 나도 청향과 훈남 도령의 앞날이 어찌 될지 궁금해 밤잠을 이루기가 쉽지 않을 지경이란다. 절 살림을 하는 보살들이 네 책을 읽는 걸 처음 봤을 때만 해도 민망하고 삿된 이야기로 백성들을 미혹시키는 저급한 책일 거라 여겼었는데, 하도 재미있다기에 직접 읽어보니 그런 책이 아니라는 걸, 심심파적으로 읽을 책으로만 볼 것은 아니라는 걸 알게 됐느니라. 네 아비가 쓰던 글처럼, 겉보기에는 그리 보인다만 곱씹어보면 뭔가 깊고 오묘한 뜻이 담긴 이야기더란 말이다. 그리고 네 글솜씨도 아비의 글솜씨를 그대로 이어받았더구나. 어쩌면 네 아비보다 더 뛰어난 것도 같고."

아영은 임 씨의 칭찬에 고개 숙여 겸손을 표하고는 입을 열었다. "보잘것없는 저 같은 것을 과찬하시니, 몸 둘 바를 모르겠사옵니다. 백성들 민심을 주상전하와 궁궐에 계신 분들께 바르게 전하려 붓을 놀린 제 아비의 솜씨를 백성들 입맛에 맞는 천한 이야기를 써서 세책방에 맡기는 저 같은 것의 솜씨와 어찌 비교할 수 있겠습니까?"

"네가 그런 글을 써서 세책방에 내놓는 연유를 내 이미 아느니라. 그걸 아는 사람 치고 네 글을 천하다 할 사람이 어디 있겠느냐?" 임 씨는 자상한 목소리로 아영을 위로했다. "그건 그렇고, 내 오늘 너를 보자 한 까닭이 궁금하겠지? 그건, 나를 위해 글을 한 편 써줄 수 있는지 묻기 위해서니라."

자신을 보자 한 이유가 궁금했던 아영은 임 씨의 얘기에 궁금증이 풀리기는커녕 더욱 커지기만 했다. "무슨 글을 말씀하시는 건지요, 마님?"

그때였다. 방 밖에서 갑자기 봉과 봉이 부딪히면서 나는 청아한 소리가 들려왔다. 필시 병욱이 원각을 상대로 봉을 휘두르는 소리일 게, 병욱이 평소 성정처럼 원각의 무술 솜씨를 확인하려고 원각과 봉을 섞고 있는 게 분명했다.

임 씨도 정황을 짐작하는 듯했다. "사내들도 참 어지간하구나." 혀를 찬 임 씨가 하던 얘기로 돌아갔다. "1년쯤 전에 김종휘라는 사관이 불이 난 자기 집 연못에서 시신으로 발견된 일이 있었다. 포도청(捕盜廳)에서는 누군가가 김종휘를 살해하고 불을 지른 거라는 결론을 내렸지만 누가 왜 그랬는지는 끝내 밝혀내지 못했단다. 이 사건과 관련된 묘한 수수께끼는 아직도 풀어내지 못했고 말이다. 네가 은밀히 그 사건을 조사해 그걸 바탕으로 글을 한 편 써줬으면 싶구나. 세책방에 내놓아 세상에 돌릴 글이 아니라, 순전히 나 혼자 읽을 글을 말이다."

아영은 임 씨가 한 얘기가 너무 뜻밖이라 멍한 기분이었다. 아영이 패설을 쓴 세월은 1년을 갓 넘을 정도였다. 길지 않은 시간이었지만, 짧다고 할 수도 없는 그 시간 동안 아영에게 글을 써달라고, 그것도 순전히 자기 혼자만 읽을 글을 써달라고 당부한 사람은 임 씨가 처음이었다.

"그 글에 걸맞은 값은 치르도록 하마. 내 살림이 보는 것처럼 빈한하다 하여 글값을 받지 못할까 걱정할 필요는 없느니라. 내가 궁을 나온 지 3년째 되던 해에 선왕께옵서 사람들 몰래 강화에 있는 염전을 하사하시는 성은을 내리셨단다. 그 덕에, 내 다른 건 부족할지 몰라도 소금이 부족할 일은 없는 터, 글값으로 소금 세 섬을 주면 어떻겠느냐? 그걸 받고 나를 위해 글을 써주겠느냐?"

아영은 김종휘가 변을 당한 사건을, 들어본 적이 있지만 기억이 가물가물한 사건을 떠올리려 기억을 더듬다가 물었다. "그런데 왜 하필 그 사건에 대한 글을 써달라 하시는 건지요?"

아영의 물음에 임 씨는 빙그레 웃으며 대답했다. "네 글에서 느껴지는 총명함과 빼어난 글재주라면 오리무중인 그 사건의 전말을 밝히는 재미난 글을 쓸 수 있을 것 같아 그러는 것이다."

아영은 잠시 생각에 잠겼다가 물었다. "만약에 제가 글을 쓰기로 한다면, 시간을 얼마나 주실 수 있으신지요?"

"빨리 쓰라 재촉할 생각은 없단다. 그러니 시간을 충분히 갖도록 하여라. 한 달 정도 시간을 주면 어떻겠느냐?"

아영은 『청향전』 9권을 쓰는 데 드는 시간을 가늠해본 후 대답했다. "그 정도면 될 듯하옵니다. 그럼, 다음 달 보름에 찾아뵈면 되겠사옵니까?"

"그러려무나. 골방에 처박혀 사는 아녀자의 청을 마다하지 않고 들어줘서 고맙구나." 임 씨의 치하에 고개 숙여 사례하고 일어나려는 아영에게 임 씨는 때마침 생각났다는 듯 물었다. "그런데 말이다, 청향하고 훈남 도령은 앞으로 어찌 되는 것이냐? 맺어지는 것이냐, 그러지 못하는 것이냐?"

일어나려던 아영이 다시 자리에 앉아 대답했다. "그건 저도 말씀드릴 수 없사옵니다. 알면서도 말씀 올리지 않는 게 아니라, 두 사람의 앞날이 어찌 될지는 저도 모르기 때문이옵니다. 이상하게 들리시겠지만, 붓을 놀려 제 패설에 나오는 사람들을 낳은 건 소녀이옵니다만, 소녀, 그들의 운명과 앞날은 도무지 알 길이 없나이다."

임 씨와 아영은 미소를 주고받았다. 한 달 후에 뵙겠다고 약조한 후 하직 인사를 올린 아영이 방을 나섰을 때, 앞마당 사내들의 봉술 겨룸은 끝나 있었다.

나중에 병욱이 밝힌 바에 따르면, 원각의 봉술 솜씨는 조선 팔도에서 몇 손가락에 꼽을 정도로 대단했고, 상대를 만나 솜씨를 겨룰 때마다 세 번 중 두 번은 밀리는 편인 병욱의 솜씨는 이번에도 여전했다고 한다. 아무튼 봉술을 겨룬 후, 짙어가는 어둠 속에서 원각은 봉을 들고 움직이는 보법(步法)을 병욱에게 가르쳤고, 병욱은 진지한 자세로 원각의 가르침을 하나라도 더 배우려 애썼다. 봉술 가르침은 아영이 방에서 나오면서 끝났다. 병욱은 못내 아쉬웠지만, 임 씨와 원각에게 하직 인사를 올리고는 아영과 함께 남산골로 향했다.

집으로 돌아가는 아영은 얼떨떨한 심정이었다. 글을 써달라는 당부를 받은 것도 생전 처음인 데다, 사람이 실제로 목숨을 잃는 변을 당한 사건을 소재로 글을 써달라는 의뢰를 받을 거라고는 꿈에도 생각해본 적이 없어서였다. 그럼에도 아영이 글을 쓰겠다고 응낙한 건 그런 의뢰를 한 이가 아영의 글을 읽는 독자인 데다 한때는 후궁이라는 고귀한 신분이던 분이라서였다.

"짐작대로 청나라사람이더구나." 운종가 중간쯤에서 수표교로 길을 꺾을 때, 병욱이 의기양양한 목소리로 말했다.

"예? 그게 무슨 말씀이십니까?" 생각에 잠겨 있던 아영이 영문을 몰라 물었다.

"원각이라는 승려 말이다. 조선사람이 아니라 청나라사람이란 말이다."

"그걸 어찌 아셨습니까? 말을 못한다고 하고 실제로도 말을 안 하는데…."

"주먹과 발을 주고받고 칼을 섞는 무인들끼리는 굳이 말이 필요치 않은 법이니라." 병욱이 짐짓 힘찬 목소리로 말했다.

두 사람이 집에 당도했을 때는 사방이 캄캄했다. 민기는 바깥의 어둠만큼이나 병색이 완연한 낯빛으로 콜록거리며 당숙과 딸을 걱정스레 기다리고 있었다. 아영에게서 칠정사에 다녀온 얘기를 들은 민기는 기침이 도졌다. 임 씨가 폐서인되고 얼마 안 있어 선왕에게 직언(直言)을 했다 세도가들의 눈 밖에 나 탄핵과 파면을 당하고는 곧바로 병석에 누운 이후로 예전의 기력을 찾지 못한 민기는 사관 김종휘 사건은 잘못 다뤘다가는 자칫 온 나라를 집어삼킬 큰불로 비화할지도 모르는 위험한 불씨라는 것을, 그리고 그 거센 불길의 화(禍)가 자신의 식구들을 비켜 갈 리가 없다는 것을 잘 알고 있었다. "그래서, 그 일에 대한 글을 쓰겠다고 약조를 드렸단 말이냐?"

민기는 이런 일을 잘못 다루다가는 큰 화를 입을 수도 있다며 아영을 만류했지만, 글을 쓰겠다는 약조를 이미 드렸다는 아영을 말릴 수는 없었다. 그 와중에 아영이 내뱉은 결정적인 한 마디가 민기의 말문을 막아버렸다. "아버님, 아뢰옵기 황공하오나 뒤주가 비었사옵니다."

한동안 싸늘한 기운이 방안을 감돌았다. 병욱이 민망한 얼굴로 입을 열었다. "명색이 당숙이랍시고 조카님네 살림에 도움은 못 주고 입만 하나 보탠 터라 민망하기가 이를 데가 없네. 본가에서 보내는 쌀은 열흘쯤 후에나 당도할 테니…" 병욱은 말을 멈추고는 생각에 잠겼다. 형편이 넉넉한 매월을 통해 돈을 융통해보겠다는 말을 꺼낼까 하던 병욱은 민기나 아영이나 퇴기에게서 돈을 빌리는 걸 달가워할 리 없을 거라는 생각에 그 말은 그냥 속에 담아두기로 했다. 대신, 병욱은 화제를 돌렸다. "그런데 임 씨는 원각을 어떻게 거두게 된 걸까?"

"원각은 어떤 자던가요?"

"청나라사람인 건 분명하네. 봉 쓰는 법을 보니, 연경(燕京)에 연행(燕
行) 갔다 봉을 배워온 무관이 봉 쓰던 법과 똑같더군."

민기는 20년쯤 전에 청나라에서 반란을 일으켰다 실패하고는 은밀
히 국경을 넘어 조선으로 피신 온 자들이 있었는데, 그중에서도 무술
솜씨가 좋아 쓸모가 쏠쏠한 자들을 몇몇 양반가에서 남모르게 거둔
사례가 꽤 있다고, 원각도 아마 한때 잘 나가던 임 씨 가문에서 거둔
그런 자일 거라고 말했다. "벙어리 행세를 하는 건 조선말이 어눌해서
일 겁니다."

이튿날 동틀 무렵, 송곡댁이 자기 집에서 가져온 쌀과 잡곡으로 아
침을 지었다. 무안한 얼굴로 부엌으로 간 아영은 배꼽 인사를 하는 한
돌을 안아 올리며 송곡댁의 배려에 고마움을 표했다. "쌀도 떨어져 신
세진 처지에 이런 말까지 해서 미안하네만, 오늘 주기로 한 품삯을 주
지 못할 것 같아서 말이야. 뻔뻔하게 얼굴 들고 하기는 어려운 말이지
만, 보름쯤 후에 세책방에서 글값을 받을 것 같으니 그때 가서 품삯을
줘도 괜찮을까, 송곡댁?"

"품삯 걱정은 마시라니까 그러세요, 아씨?" 송곡댁이 집에서 가져
온 나물 반찬을 옮겨 담으며 말했다. "제가 아씨 댁 살림 도운 지가 1
년 조금 넘었지만, 그간 품삯 달라 독촉했던 적이 한 번이라도 있었습
니까? 아씨, 한돌 아비가 포도청에서 받는 월봉(月俸) 덕에 저희 식구들
이 당장 굶어 죽을 일은 없습니다. 게다가 교리 나리랑 아씨가 그걸 떼
먹고 야반도주하실 분들도 아니잖습니까. 그러니 걱정 붙들어 매시고

형편 될 때 주세요." 아영은 송곡댁의 마음 씀씀이에 무슨 말로 고마움을 표해야 할지 몰랐다.

"참, 칠정사 다녀오신 일은 어떻게 되셨어요?" 아영이 전말을 짧게 설명하자 송곡댁이 물었다. "그런데 중전마마가 될 뻔했던 분께서 바느질 같은 아녀자들 일 놔두고 하필이면 왜 남정네들이나 하는 목각 일을 하신대요, 그래?"

아영은 전날 임 씨와 나눈 이야기를 떠올렸다. 아영이 송구하지만 여쭙고 싶은 게 있다며 비슷한 질문을 하자 임 씨는 이렇게 답했었다. "나무 안에 부처님이 계시다는 걸 깨달았기 때문이란다. 궁에서 나온 후 오랫동안을 울적하게만 보냈는데, 어느 날 문득 뜨락에서 자라는 나무를 보니 나무 안에 부처님의 인자하신 얼굴이 보이더구나. 그러면서 깨달았지. 세상 만물이 불성(佛性)을 갖고 있다는 말이 무슨 뜻인지를. 바로 그때, 나무에 깃들어 계신 부처님의 대자대비하신 모습을 꺼내 세상에 보여주고 부처님의 지혜로운 말씀을 끄집어내 세상에 들려주는 것이야말로 여생 동안 내가 해야 할 일이라고 다짐했단다." 임 씨는 옆에 놓인, 아직 한 글자도 새기지 않은 목판을 부드러이 어루만지며 말을 이었다. "무른 나무는 무른 대로 단단한 나무는 단단한 대로, 단단한 곳과 무른 곳을 헤아리고 결을 살펴 이전에는 미처 보지 못한 모습과 말씀을 세상에 드러내는 것, 그게 내가 하는 일이란다. 여생을 그런 일을 하며 보낼 작정이다."

송곡댁이 아영의 설명에 고개를 끄덕이며 말했다. "저 같은 미천한 계집은 아무리 머리를 굴려봐야 헤아리지 못할 깊은 뜻이 있었네요. 지체 높으신 분답습니다요."

그날부터 아영은 1년쯤 전에 벌어진 김종휘 피살 사건을 알아보는 일에 착수했다. 제일 먼저 한 일은 『잡기(雜記)』를 펼쳐 1년 전 이맘때 기록을 살핀 거였다. 아영은 항간에 떠도는 잡다한 일과 진기한 사건에 대한 풍문과 호기심을 불러일으키는 이야기를 들을 때마다, 패설을 쓰는 데 참고가 되겠다 싶은 내용이면 하나도 빼놓지 않고 『잡기』에 적어두고는 했다.

민기도 편치 않은 몸으로 아영을 도왔다. 민기는 방에 밴 쿰쿰한 냄새의 출처인 일기와 그간 모은 조보(朝報)를 꺼냈다. 민기의 일기에는 병 때문에 출타가 어려운 민기를 찾아온 손님들로부터 들은 온갖 얘기가 적혀 있었고, 나라에서 발행하는 조보에는 관직에 있었던 이들의 부고(訃告)와 팔도 각지에서 일어난 기이한 풍문과 사건(奇聞奇事)을 다룬 글들이 실려 있었다.

사관 김종휘의 집 별채가 한밤중에 까닭 모를 불로 전소된 일은 아영의 『잡기』와 민기의 일기, 조보 모두에 적혀 있었다. 이 사건의 특이한 점은 김종휘의 식솔과 하인들이 정신없이 불을 끄는 동안 어디로 갔는지 도통 눈에 띄지 않던 김종휘가 동이 튼 후에야 별채 앞에 조성된 석가산(石假山) 앞 연못에서 '괴이한 모습'으로 발견된 거였다. 그런데 '괴이한 모습'이란 어떤 모습일까? 여러 기록 어디에도 자세한 얘기는 적혀 있지 않았다.

아영은 기억을 더듬었다. 송곡댁이 빨래터에서 들은 얘기라며 들려준 이야기가 떠올랐고, 매월의 술도가에 모인 기생들이 늘어놓는 수다를 옆방에서 엿들은 기억도 떠올랐다. 하지만 다들 '괴이한 모습'이라고만 떠들어댔었지, 정작 '괴이한 모습'이 어떤 모습이었는지를 아는 사람은 하나도 없었다. 기억력 좋은 아영이 그 모습에 대한 얘기를 들었다면 고작 1년 전에 일어난 그런 특이한 일을 기억하지 못할 리가 없었다. 그러니 사건을 거론했던 사람들도 그게 어떤 모습이었는지는 모르고 있었던 게 분명했다.

아영은 김종휘의 생전 사람됨을 알아보고 싶었는데, 그건 민기가 나서야 하는 일이었다. 관직에 머물 때 들은 얘기, 그리고 일기와 조보에 실린 부고를 바탕으로, 민기는 김종휘가 젊은 나이에 과거에 급제한 후 평탄하게 요직을 거쳤지만 물욕이 많아 온당치 못한 일을 자행해서 축재를 했다는 평판을 들었으며 삼사(三司)의 탄핵도 여러 번 받은 인물임을 아영에게 알려줬다.

그런데 민기가 취합한 정보에도 '괴이한 모습'이 어떤 모습이었는지에 대한 설명은 역시 없었다. 세 식구 모두, 김종휘 사건을 제대로 알리려면 포청의 수사기록인 『포도청등록』을 봐야 한다는 데 뜻을 모았다. 김종휘의 집이 혜화문 근처였으니 포청에서 수사하고 남긴 기록은 필경 한양의 중부와 동부, 남부를 관할하는 좌포청에 있을 터였다. 좌포청이라면 송곡댁의 남편인 이개동이 포졸로 있는 곳이었지만, 일개 포졸에 불과한 이개동을 통해 『등록』을 들여다본다는 건 무망한 일이었다. 아영은 아직도 젖살이 채 빠지지 않은 할아버지를 물끄러미 쳐다보는 것 말고는 달리 도리가 없었다. "할아버님, 좌포청에 지인이 있다 하지 않으셨습니까?" 병욱은 손녀의 애원 어린 눈빛을 받는 게 무척이나 좋았다. 드디어 할아버지다운 모습을 보여줄 때가, 당당한 할아버지 노릇을 할 때가 온 거였다.

이튿날, 병욱은 우쭐한 기분으로 좌포청 종사관 이상규를 찾아갔다.

상규는 병욱보다 나이가 네 살이나 많지만, 동향 출신에다 같은 스승을 사사한 인연으로 친구지간으로 지내는 사이였다. 무과에 소년등과(少年登科)한 상규는 문과(文科)를 보려다 포기하고 무과에 응시했지만 번번이 낙방하는 신세인 병욱을 남들처럼 업신여기거나 하지 않았고, 그래서 두 사람의 사이는 막역했으며, 병욱이 한양에 있는 동안에는 자주는 아니지만 간간이 얼굴을 보고 지내는 사이였다.

정선방(貞善坊, 오늘날의 종로 일대)에 있는 좌포청을 찾아간 병욱은 정문을 지키는 포졸에게 명함을 내밀었다. 잠시 후, 상규가 반가운 기색으로 병욱을 맞으러 나왔다. 병욱은 상규의 안내를 받아 좌포청을 구석구석 구경했다. 병욱은 내심 "어서 빨리 급제하여 이곳에서 나랏일을 하는 날이 왔으면 좋겠다."고 생각했다. 병욱은 상규의 집무실에서 찻잔을 앞에 놓고는 찾아온 연유를 털어났다.

상규 입장에서는, 아무리 막역한 친구의 부탁이라 해도, 아무런 권한도 없는 일반 백성인 병욱에게 포청의 수사기록을 함부로 보여줄 수는 없는 노릇이었다. 그래도 친구가 간만에 하는 부탁을 모질게 외면하는 건 안 될 일. 하여, 상규는 그럴 듯한 꾀를 냈다.

"관직도 없는 자네에게 수사기록을 보여주는 건 있을 수 없는 일이네. 그러니 그 일은 잊어버리시게. 그건 그렇고, 이따가 신시(申時, 낮 3시~5시)에 살곶이 다리에서 분탕질하는 왈패들을 소탕하러 가려 하네. 그런데 포청 병력 절반이 동묘(東廟)에서 판치는 도적놈들 소탕하러 간 바람에 일손이 부족하군, 그래. 때마침 자네가 이렇게 찾아왔으니, 어떤가, 우리랑 같이 가서 왈패들 타진(打盡)하는 걸 거드는 건? 나라와 백성을 위해 공을 세우고 돌아와 잠시 쉬었다 가는 것도 좋은 일 아니겠나?"

말귀를 알아들은 병욱은 매월의 술도가로 가서 시간을 보내다 때를 맞춰 좌포청에 돌아와 상규가 이끄는 포졸들과 함께 살곶이 다리로 갔다. 병욱은 왈패들을 상대로 포졸 두세 명 몫을 해내는 혁혁한 공을 세웠는데, 원각에게 배운 봉술이 제법 쓸모가 있었다. 병욱의 도움 덕에 왈패들로부터 화를 당하는 걸 모면한 포졸들이 병욱에게 감사 인사를 올릴 정도였다. 병욱은 송곡댁이 남편인 한돌 아비에게 이 얘기를 듣고는 앞으로 한동안 사람들을 만날 때마다 자기를 칭송할 거라는 생각에 마음이 뿌듯했다.

포청으로 돌아온 상규는 집무실에 병욱을 앉히고는 "투옥한 왈패들을 심문하고 올 테니 잠시 쉬고 있게나."라며 방을 나섰다. 혼자 남은 병욱의 눈에 상규의 책상에 펼쳐진 책이 보였다. 병욱은 그리로 가서 슬그머니 책을 들여다봤다. 그런데 이게 웬일이란 말인가. 공교롭게도 김종휘의 피살사건을 조사한 검안(檢案)이 떡하니 펼쳐져 있는 것 아닌가. 검안은 병욱에게 '제발 나를 읽어봐 달라.'고 외치는 것만 같았다. 그 외침을 도무지 외면할 수가 없었던 병욱은 종이와 목탄을 꺼내 상규가 '깜빡하고' 펼쳐놓고 간 검안의 내용을 옮겨 적기 시작했다. 반 시진(時辰, 1시진은 오늘날의 2시간)쯤 지난 후에 돌아온 상규와 작별 인사를 나눈 병욱은 가슴에 고이 접어 넣은 종이 덕에 든든해진 기분으로 귀가해서 민기와 아영을 앉혀놓고는 적어 온 내용을 들려줬다.

병욱이 좌포청에 다녀오는 동안, 민기는 선왕의 실록을 편찬하기 위해 실록청에 파견됐다가 홍문관에 복귀한 후배 교리를 통해 김종휘의 됨됨이와 생전 행적을 알아봤고, 아영은 민기가 모아놓은 조보 중에서 사건 전후 1달 기간에 실린 눈여겨볼 만한 내용을 살폈다. 세 사람은 그렇게 모은 자잘한 정보를 한데 모아 큰 그림을 그리기 시작했다.

김종휘는 대대로 문관을 배출한 명문 출신으로, 23살에 과거에 급제하고 2년 후에 관직을 제수받았다. 그런데 그의 이름이 조정에 널리 알려진 건 학문이 깊거나 직무를 빼어나게 잘 수행해서가 아니라, 많아도 보통 많은 게 아닌 재물 욕심 때문이었다. 휘하 관리의 잘못을 눈감아 주는 대가로 뇌물을 받았다가 탄핵을 받은 적도 여러 번 있었다. 민기는 그 얘기를 하면서 "그런 전력이 있는 자를 사관(史官)으로 뽑았다니, 어찌 이런 일이…."라며 혀를 끌끌 찼다.

김종휘는 재물을 모으려는 욕심도 컸지만 모은 재물을 과시하려는 욕심도 그에 못지않았다. 혜화문 근처 북한산 자락에 있는 으리으리한 집에 고대광실 같은 별채를 짓고 석가산과 연못을 호화롭게 조성한 것도 다 재산 자랑을 하고픈 욕심 때문이었다. 그리고 그가 사모관대를 걸친 이후로 내내 해온 축재는 그 욕심을 실현하는 걸 뒷받침해 줬다. 그의 초대를 받아 그의 집을 방문했던 사람들은 집 자랑을 하고픈 그의 바람대로 고래등 같은 집에 압도당해 감탄을 금치 못했다. 사람들은 특히 별채 앞뜰에 조성된, 무릉도원을 상상해서 만들었다는 석가산과 연못을 입을 모아 칭찬했다. 석가산은 조선 팔도 곳곳에서 가져온 기암괴석으로 꾸민 거였고, 어른 팔뚝만한 크기의 알록달록한 잉어와 붕어들이 노니는 널따란 연못은 북한산에서 청계천으로 흘러가는 길에 그의 집 근처를 지나가는 맑은 개울물의 물줄기를 바꿔서 조성한 거였다.

변을 당한 날, 김종휘는 다리를 다쳤다는 이유로 입궐하지 않고 집에서 쉬는 중이었다. 이틀 전에 세검정에서 세초를 하려던 그는 난데없이 들이닥쳐 난동을 부린 들개 떼를 피해 피신하다가 접질린 발 때문에 운신을 못하는 신세였다.

민기는 세초니 세초연이니 하는 실록 편찬과 관련된 용어들을 잘 알아듣지 못하는 병욱과 아영을 위해 실록 편찬 과정을 설명해줬다. 선왕이 붕어(崩御)하면, 조정에는 선왕의 실록을 편찬하는 업무를 담당하는 실록청(實錄廳)이 설치되고, 실록청은 선왕 생전에 사관들이 기록했던 사초(史草)를 취합한다. 사초에는 입시(入侍) 사초와 가장(家藏) 사초가 있는데, 입시 사초는 전임(專任) 사관이 정사(政事)가 이뤄지는 장소에서 기록한 사초를, 가장 사초는 퇴궐해서 집에 돌아온 사관이 그날 듣고 봤던 내용을 다시 정리한 사초를 가리킨다. 가장 사초는 사관이 집에 보관하고 있다가 선왕이 붕어한 후 실록청에 제출해서 실록 편찬에 활용하는 게 규정이었다. 실록청에서는 그렇게 제출받은 사초를 바탕으로 초초(初草)를 만든 다음, 초초의 내용을 줄이거나 늘려 중초(中草)를 만들고, 그렇게 만든 중초는 여러 대신(大臣)의 감수를 거친 끝에 실록 정본이 된다. 실록이 완성되면 초초와 중초는 반드시 폐기해야 했다. 폐기하지 않고 방치했다가 유출되기라도 하면 실록 정본과 다른 내용 때문에 선왕의 행적에 대한 쓸데없는 논란이나 시비가 생길 수 있기 때문이다.

실록을 완성한 이후에 초초와 중초를 폐기하는 작업이 세초(洗草)다. 초초와 중초를 자하문 너머 세검정으로 가져가서 흐르는 물에 담가 종이에 적힌 내용을 다 씻어낸 다음, 남은 종이찌꺼기를 모아서는 다시 종이로 떠내 다른 용도로 쓰는 게 실록 편찬을 마무리하는 관례였다. 세초를 할 때는 주상께서 실록 편찬에 참여한 이들의 노고를 치하하는 잔치인 세초연(洗草宴)을 세검정 근처 차일암(遮日巖)에서 열어주는 것도 관례였다.

세초연이 열리는 날, 사람들이 세초를 시작하려던 참이었다. 갑자기 북한산에서 들개 대여섯 마리가 들이닥쳤다. 무섭게 짖어대며 사방을 휘젓고 다니는 개들 때문에 세초를 준비하던 사람들은 혼비백산했다. 피할 곳을 찾아 우왕좌왕하는 사람들, 발길에 치이고 바람에 흩날리는 초초와 중초들, 사람과 개들이 어지러이 놀려대는 발놀림 때문에 뿌옇게 피어난 흙먼지. 아수라장이 따로 없었다. 넘어지면서 땅에 쓸려 살갗이 까지거나 발을 접질린 사람들이 속출했는데, 김종휘도 그중 하나였다. 난장판은 몰려온 개들이 들이닥칠 때처럼 느닷없이 인왕산 쪽으로 달아나며 마무리됐다.

상황이 진정된 후, 사람들은 그 개들이 역모에 휘말려 멸문당한 고유준의 집에서 키우던 개들일 거라고 추측했다. 자하문 근처에 살던 고유준은 평소 사냥을 좋아해 사냥용으로 개들을 키웠는데, 주인집이 쑥대밭이 된 후 보살펴주는 사람이 없자 산으로 도망간 개들이 들개가 됐을 거라는 거였다.

아무튼 사람들은 그 와중에 개에 물린 사람이 아무도 없다는 걸 위안으로 삼으면서 흩어진 사초들을 한데로 모았고, 이후 세초와 세초연은 예정대로 진행됐다. 하지만 김종휘는 접질린 발목이 너무 아프다며 귀가하게 해달라고 청했고, 그래서 그는 세초가 시작되기 전에 하인의 부축을 받으며 세검정을 떠나 집으로 귀가했다.

김종휘는 발목이 아파 거동하기 어렵다며 이후로도 이틀을 입궐하지 않았다. 그 이틀 내내 자택 별채에 머무른 그는 발목이 다 나을 때까지 독서에 전념하겠다며, 식솔과 하인들에게 꼭 필요한 일이 아니면 별채에 들락거리지 말라고 명했다. 하인들 말에 따르면, 변을 당한 날 한밤중에도 별채의 불은 여전히 켜져 있었고 창호지에는 책을 읽는 김종휘의 그림자가 걸려 있었다.

배탈 때문에 뒷간에 가던 하인이 별채가 불길에 휩싸인 걸 본 건 자정이 넘었을 때였다. 하인은 고래고래 소리를 질러 사람들을 깨우고는 부리나케 별채로 달려갔다. 그가 당도했을 무렵, 시뻘건 불길은 무서운 기세로 별채를 집어삼키고 있었다. 단잠을 자다 깨어나 정신을 차릴 틈도 없이 모여든 하인들은 별채도 별채지만 무엇보다 먼저 김종휘를 찾았다. 하지만 김종휘의 모습은 찾을 길이 없었다. 충직한 하인 두셋이 주인어른을 찾겠다는 일념으로 용기를 내서는 사납게 날름거리는 불길을 뚫고 별채 안으로 뛰어들기도 했지만, 종휘의 모습은 불꽃이 어지러이 날아다니는 별채 안에서도 볼 수가 없었다.

사람들은 저마다 요령껏 챙긴 바가지와 대야를 들고 별채 뜨락에 있는 연못으로 달려갔다. 평소 김종휘는 연못에 풀어놓은 물고기들에게 먹이를 주면서 먹이를 먹으려 몰려든 물고기들이 잔잔한 물에 어지러이 파문을 일으키며 입을 빠끔거리는 모습을 보는 걸 즐겼었다. 아무튼 사람들은 정신없이 연못물을 퍼서 별채에 끼얹었지만, 불길의 위세는 그 정도로 잡힐 수준이 아니었다. 사람들이 연못과 별채를 분주히 오가는 사이, 연못에서 뛰놀던 물고기들이 한 마리씩 힘없이 늘어져 입을 벌린 채로 수면에 둥둥 떠오르기 시작했다. 부산하게 연못을 쑤셔대는 사람들의 손놀림에 놀라 이리저리 날뛰다 기력이 다한 것인지, 아니면 불을 끄려는 사람들의 살이 벌겋게 달아오를 정도로 맹렬한 불길에 데워진 연못물의 수온을 견디지 못해서 그런 건지는 알 길이 없었다. 불길은 한 시진 넘게 타올라 별채가 전소된 후에야 성이 다 찼다는 듯 위세가 꺾였다. 기진맥진한 사람들이 망연자실해서는 커다란 숯덩어리로 변한 별채를 바라보는 동안, 동이 트면서 사위가 밝아지기 시작했다.

사람들이 불을 끄는 동안 도통 모습이 보이지를 않던 김종휘의 모습이 발견된 건 그때였다. 김종휘는 무릎을 가슴에 댄 웅크린 자세로 종이로 만든 자루에 몸을 구겨 넣은 모습으로 연못에 떠 있었다. 조금 전까지만 해도 불을 끄려고 물을 뜨던 연못에 난데없이 김종휘의 시신이 나타나 물고기들과 함께 떠다니는 걸 본 사람들은 대경실색했다. 모두들 김종휘가 시신으로 발견됐다는 사실에도 놀랐지만, 김종휘의 시신이 사람들이 소화용으로 쓸 물을 뜨느라 뻔질나게 오갔던 연못에서 발견됐다는 사실에도 놀랐다. 종이로 만든 자루에 담긴 채로 발견됐다는 사실도 마찬가지로 놀라운 일이었다. 조보를 비롯한 여러 기록에 적힌 '괴이한 모습'이란 시신을 기묘하게 염습한 것 같은 바로 이런 모습을 가리킨 거였다.

사람들은 불을 끄는 동안 김종휘의 모습을 본 사람이 있는지를 서로서로 물어보고 밤새 소동이 벌어지는 동안 낯선 자가 들락거리는 걸 본 사람이 있는지도 확인했지만, 살아있는 김종휘의 모습이나 김종휘의 시신, 또는 시신이 담긴 자루를 들쳐 멘 사람이 오가는 걸 본 사람은 아무도 없었고, 수면에 떠 있는 물고기를 옆으로 밀치거나 땅바닥으로 내던지며 물을 떠낸 사람들 중에서도 연못에서 김종휘의 시신을 본 사람은 아무도 없었다.

얼마 후 김종휘가 시신으로 발견됐다는 신고를 받은 좌포청에서 포교와 포졸들이 찾아와 시신을 조사하고 집안 곳곳을 살폈다. 김종휘의 시신을 현장에서 임시로 검시(檢屍)한 포교는, 그리고 주위에서 시신을 살펴본 사람들은 하나같이, 김종휘가 누군가가 힘껏 휘두른 둔기에 머리를 맞아 심한 상처를 입고는 목이 꺾여 사망했다는 걸 금세 알 수 있었다. 시신의 기관지와 폐를 살폈지만 물을 먹은 흔적이 전혀 보이지 않는 걸 확인한 포교는 김종휘가 숨을 거둔 이후에 물에 던져진 거라는 결론을 어렵지 않게 내렸다. 불이 꺼진 지 한참이 지났는데도 여전히 연기가 모락모락 피어나는 별채에 들어간 포교는 탄내와 더불어 방안 곳곳에서 나는 기름 냄새, 그리고 장판의 불탄 자국을 바탕으로 별채의 불은 누군가가 일부러 지른 것이라고 판단했다.

"그렇다면 누군가가 김종휘를 죽인 다음에 별채에 불을 지르고는 시신을 연못에 던졌다는 얘기인데, 도대체 언제 그랬을까요? 화재를 처음 발견한 하인이 별채로 달려와 연못물을 뜰 때만 해도 시신은 전혀 보이지 않았다고 적혀 있는데 말입니다, 당숙 어른."

"포청에서도 그게 궁금해서 식솔과 하인들을 데려다 따로따로 심문을 해본 모양이네. 그렇지만 누군가가 시신을 연못으로 옮기는 걸 본 사람은 아무도 없었다네. 하긴, 제정신인 사람이라면 보는 눈이 그리 많은데도 시신을 옮길 리가 없잖은가?"

"오히려 허를 찌를 수도 있는 법이지요. 다들 불 끄느라 정신이 팔렸을 때, 아무렇지도 않은 듯 태연하게 시신을 날라 연못에 넣는다면 오

히려 아무 의심을 받지 않을 수도 있지 않겠습니까?" 아영은 말은 그렇게 하면서도 시신이 그런 식으로 옮겨졌을 거라고 믿지는 않았다. 그건 있을 성싶지 않은 일이었다.

병욱은 시신 발견의 수수께끼에 대해 나름 그럴싸하다고 생각되는 의견을 내놓았다. "시신을 별채 위로 옮겨가서 연못으로 흘러내리는 개울물에 넣은 건 아닐까? 시신이 개울물을 타고 흘러가다 연못에서 떠오르게 만든 거지. 시신이 무거운 데다 하얀 종이 자루에 담겨 있다고는 해도 그런 난장판이 벌어진 판국에 무엇인가가 개울물을 타고 흘러내려오는 걸 신경 쓰는 사람은 아무도 없었을 거 아닌가."

병욱의 말에 민기는 고개를 저었다. "저도 그 생각을 해보지 않은 건 아닙니다. 하지만, 그건 있을 수 없는 일입니다. 우선, 그 집 부근의 개울물이 장성한 사내의 시신을 운반해갈 정도로 물이 많고 유속이 빠른가 하는 것도 의문입니다. 그리고 김종휘가 물고기들을 가둬놓고 먹이 주는 걸 즐겼다는 얘기가 있는데, 그렇게 물고기들을 가둬두려면 연못에 물이 들어오는 입구와 나가는 출구에 살을 설치하고 그물을 쳐놓았을 겁니다. 그렇다면 시신이 개울물을 타고 별채 위쪽에서 연못으로 흘러드는 건 불가능한 일입니다, 당숙 어른."

모두들 시신 발견의 수수께끼를 풀지 못하고 고민에 잠겼을 때, 아영이 다른 질문을 던져 화제를 바꿨다. "그런데 김종휘의 시신을 담은 자루에 대해서는 뭐라고 적혀 있나요?"

아영의 물음에 병욱이 검안을 넘기며 설명했다. "그냥 붓글씨를 쓸 때 쓰는 흔하고 평범한 종이라는구나. 포교들이 살펴본 바로는 종이를 몇십 장 이어 붙여 만든 자루에 시신을 담았다고 적혀 있다."

병욱의 설명에 민기는 의문을 제기했다. "사방에서 흔히 구할 수 있는 짚으로 만든 자루를 쓰면 쉬웠을 텐데, 군이 종이를 몇십 장 이어 붙여 자루를 만든 이유는 무엇이고, 시신을 그렇게 만든 자루에 담은 연유는 뭘까요?"

민기의 물음에 병욱과 아영은 골똘히 생각에 잠겼다. 잠시 후 병욱이 입을 열었다. "글쎄, 도무지 알 길이 없군."

동틀 무렵에 느닷없이 시신이 연못에서 발견된 것도, 시신을 자루에 담은 이유도, 자루의 출처도, 자루의 재질이 종이인 이유도 어느 것 하나 뚜렷하게 짚이는 것이 없었다. 세 사람은 사건 전후를 궁리하고 상황을 그럴 듯하게 꿰맞추느라 몇날 며칠을 고민했지만 시간은 하릴없이 흘러만 갔고, 임 씨와 약조한 한 달 시간은 무서운 속도로 줄어들고 있었다. 그 사이 아영은 수수께끼를 풀려고 갖은 애를 다 썼지만 사건의 전말은 여전히 모호하기만 했다. 이야깃감인 사건의 자초지종을 모르는 판국에 그 사건을 다룬 이야기를 지어내는 건 난망하기 그지없는 일이었다.

그러는 사이 세책방 정 씨는 아영의 집에 사람을 보내면서까지, 그래서 민기가 눈살을 찌푸리게 만들면서까지 『청향전』 9권을 빨리 써 달라고 독촉했다. 책이 나오기만을 학수고대하며 안달하는 손님들 성화에 점포 문을 여는 것조차 겁이 날 지경이라는 허풍까지 떨면서.

시간이 손톱 자라듯 야금야금 흘러, 어느덧 내일모레면 송곡댁에게 품삯을 줘야 할 보름이었다. 뒤주 바닥을 긁는 소리가 아영의 귀에 울려대기 시작했다. 아영은 보름이 다가올수록 송곡댁을 보기가 민망했지만, 송곡댁은 아무런 내색도 않으면서 열심히 살림을 해줬다. 아영은 송곡댁을 볼 때마다 임 씨에게 받을 소금을 떠올렸다. 정작 임 씨에게 써주기로 한 글은 아직 한 글자도 쓰지 않았으면서. 어쨌든 그 소금을 받으면 송곡댁 품삯은 물론 집안 살림 꾸릴 걱정은 한동안 접어둘 수 있을 터였다.

"송곡댁. 매번 이런 말을 해서 미안하네만, 보름에 품삯을 주겠다는 약조를 이번에도 지키지 못할 듯해. 그렇지만 며칠만 있으면 소금 세 섬이 들어오기로 돼 있어. 그 소금을 받으면, 쌀 대신 소금으로 품삯을 줘도 괜찮겠어?"

"쌀이나 소금이나 다를 게 뭐 있겠습니까, 아씨? 장에 내다 팔면 다 제값을 받을 텐데요. 그리고 말인데요, 아씨, 품삯 문제는 걱정하지 마시라고 제가 누누이 말씀드렸잖습니까?"

송곡댁의 관대한 말에 마음이 놓이기는 했지만, 임 씨에게 소금을 대가로 써주겠다고 약조한 글은 마음을 놓을 처지가 아니었다. 아영은 도대체 어떤 내용으로 글을 써야 할지 감도 잡지 못하고 있었다. 김종휘 사건의 전후가 분명하게 가닥이 잡혀야 글도 쓰는 것이지, 감도 못 잡는 처지에서는 글을 쓸 수 있을 리 만무했다.

그렇게 하루가 또 무심히 지나고 무정한 해가 서산 너머로 넘어가기 시작했다. 저녁을 지어놓은 송곡댁이 뉘엿뉘엿 기우는 해를 안고는 자기 집으로 돌아갈 때였다. 석양을 향해 한 발짝씩 걸음을 옮기는 동안 흐물흐물 녹아내리는 송곡댁의 모습을 멍하니 지켜보던 아영의 머리를 번뜩 스쳐가는 생각이 있었고, 그러면서 아영의 머릿속에서 그럴싸한 사건의 전모가 그려지기 시작했다. 사기그릇이 깨지면서 튀어나가 사방으로 흩어졌던 사금파리들이, 하나같이 모서리가 들쭉날쭉

해서 도저히 맞물리는 조각들을 찾아내지 못할 것 같던 조각들이 하나씩, 하나씩 들어맞는 조각들을 찾아갔고, 그러면서 서서히 원래 그릇의 형체를 찾아가고 있었다. 그런 과정을 거듭한 끝에 사기그릇이 드디어 온전하고 매끄러운 모습을 찾았을 때, 아영은 막힌 속이 뻥 뚫리는 것 같은 시원함에 당장이라도 목멱산 꼭대기로 뛰어 올라가 도성이 쩌렁쩌렁 울리도록 환성을 지르고 싶은 기분이었다.

막다른 벽에 부닥쳐 애를 먹이던 패설의 전개가 한순간에 실마리가 풀리면서 일사천리로 술술 풀릴 때 느끼던 짜릿함을 느끼면서, 아영은 사건의 전말을 꿰맞추는 일이 패설을 쓰려고 이야기를 구상하는 일과 크게 다르지 않다는 걸 깨달았다. 아영은 패설에 등장하는 인물들에게 동기를 부여하고 인물들이 각자의 처지에 합당하게 처신하게끔 만드는 것처럼, 자신이 보기에 사건과 관련됐을 법한 이들이 가진 동기가 무엇이고 그 동기들이 어떻게 이 사건 같은 결과로 이어졌는지를 제법 말이 되게끔 맞춰내는 데 성공했다. 그리고 그런 과정을 거치자 사건의 전후가, 군더더기 없이 매끄럽게 이어지는 패설처럼, 깔끔하게 그려졌다.

아영은 병욱의 귀가를 기다리느라 목이 빠질 지경이었다. 병욱은 원각에게 배운 봉술을 수련하는 데 푹 빠져 있었다. 명색이 할아버지인 데다 사건을 푸는 데 중요한 역할을 톡톡히 해낸 검안을 가져온 병욱을 빼놓고 사건의 전모에 대해 짐작하는 바를 얘기할 수는 없는 노릇이었다.

병욱은 어둠이 먹물처럼 짙어진 뒤에야 술 냄새를 풍기며 귀가했다. 봉술 수련을 마치고는 매월의 술도가에 가서 한잔 걸친 게 분명했다. 아영은 평소처럼 콜록거리는 민기와 술 냄새를 풍기는 병욱 앞에서 자신이 짐작한 사건의 전모를 털어놨다. 두 사람은 김종휘의 죽음의 전말에 대한 아영의 그럴싸한 설명에 고개를 주억거렸지만, 유쾌한 내용이라고는 결코 할 수 없는 이야기를 듣는 두 사람의 낯빛은 구름 낀 밤하늘처럼 어둡기만 했다.

아영은 얘기를 마치자 십년 묵은 체증이 내려간 것 같았다. 아영은 임 씨가 굳이 자신을 불러 그 사건을 소재로 글을 써 달라 당부한 연유도 가늠할 수 있었다. 그래서 아영은 아버지와 할아버지에게 말했다. "전후가 어찌 됐든, 제 짐작을 함부로 글로 옮겨서는 안 된다는 게 제 생각입니다. 설령 글값을 받지 못하는 한이 있더라도 말입니다." 아영은 글값 얘기를 하며 몹시도 속이 상했지만, 글을 쓰지도 않고서 글값을 달라 할 수는 없는 노릇이었다. 아영은 쓰린 속을 달래며 말을 이었다. "폐서인께 약조한 날에 가서 제가 짐작한 전후를 말씀 올리겠지만, 폐서인께서 바라시는 것도 제가 지금 당장은 당신께서 의뢰한 글을 쓰지 않는 것일 거라 생각합니다."

납덩이 같은 얼굴로 입술을 굳게 닫고 있던 민기가 천천히 고개를 끄덕이다 힘겹게 입을 열었다. "그래, 내 생각도 같다. 설령 사건이 실제로 네가 짐작하는 것처럼 벌어졌다고 하더라도, 이미 오랜 시간이 흘러 증좌(證左)라 할 만한 것들은 다 사라졌고 유일한 증좌라고 할 수 있는 물건도 존재 여부를 함부로 확인할 수가 없는 것 아니냐. 게다가 이 사건이 세상에 알려졌다가는 많은 사람이 피를 흘리는 사화(史禍)가 일어날 것이다. 그러니 이걸 글로 쓰는 것은 절대로 해서는 안 될 일이니라." 아영이 쓴 글이 시중에 퍼졌다가는 어떤 파장이 일어날지 잘 아는 민기는 아영에게 생각을 머릿속에만 담아둘 뿐 말해서도 안 되고, 글로 써서도 안 된다고 신신당부했다.

그날 밤 민기는 잠을 이룰 수가 없었다. 한때 웃는 낯과 자상한 목소리로 패설을 재미있게 잘 읽었다 민기를 치하하던 폐서인은 다시는 구중궁궐로 돌아가지 못할 지금, 어느 누구도 상상하지 못한 일을 하려 들고 있었다. 패관이 쓴 야사(野史)로 사관이 쓴 청사(靑史)를 꺾고는 세세만년(歲歲萬年) 후대의 사람들이 그 야사를 역사로 기억하게 만들겠다는, 감히 떠올려서도 안 되고 실행해서도 안 되는 엄청난 일을 벌이려는 것이었다.

지금 폐서인은 '이야기'의 무시무시한 힘을 철석같이 믿고 있었다. 민기는 언젠가 선배 패관이 해준 얘기를 떠올렸다. "자네, 패설이, 이야기가 얼마나 무서운 건 줄 아나? 그런 일은 없어야겠지만, 기근이 들어 온 백성이 유리걸식하며 초근목피로 연명하는 일이 벌어진다고 치세. 그럴 때 한 나라의 국모인 중궁전이 '백성들이 먹을 밥이 없어 굶주린다.'는 소리를 듣고는 '먹을 밥이 없으면 인절미를 먹으면 되지 않느냐?'고 철없는 얘기를 했다는 소문이 항간에 파다하게 퍼지면 어찌 될까? 듣는 순간 누구나 헛웃음을 짓고 분개할 그 이야기는 사람들의 머리에 잡초처럼 깊이 뿌리를 박고는 아무리 뽑아내고 뽑아내도 절대 뿌리 뽑히지 않고 그 자리에서 끈질기게 피어나게 될 걸세. 여기서 중요한 건 중궁전이 그런 말을 한 적이 있느냐 없느냐가 아니라, 이야기가 너무나 강렬해서 사람들의 머리에 박히고 나면 그걸 근절해버릴 수가 없다는 것이네. 사람들의 머리에는 그 이야기가 길이길이 남을 거고 중궁전 얘기가 나올 때마다 틈틈이 그 얘기를 꺼내며 중궁전을 비웃을 거네."

얘기인즉슨, '실제로 있었던 일을 고스란히 담아낸 재미없는 이야기보다, 실제 일을 조금 과장되게 꾸미거나 아예 없던 일을 지어낸 재미난 이야기가 더 힘이 세다'는 말이었다. 그런데 지금 폐서인은 '아예 없던 일을 지어낸 이야기'가 아니라 '실제로 있었던 일을 고스란히 담아낸, 그것도 재미난 이야기'를 지어내 퍼뜨릴 작정이었다. 거기에다 폐서인은 그걸 뒷받침할 증좌를 따로 감춰두고는, 그 야사를 쓸 패관으로 다름 아닌 자신의 딸 아영을 택했다. 자칫했다가는 자신의 집이 큰 사화에 휘말릴 수도 있는 상황임을 잘 아는 민기가 잠을 이루지 못한 것은 당연한 일이었다.

임 씨와 약조한 날이 올 때까지 집안 공기는 무거웠다. 아영은 어서 빨리 임 씨와 만나 자신이 짐작해낸 사건 이야기를 드리는 것으로 무거운 짐을 내려놓고 싶은 생각이 굴뚝같았다. 글을 쓰기로 약조한 이후로 쏜살같이 지나던 시간이 이제는 거꾸로 굼벵이처럼 느림보 걸음만 걸었다. 하지만 약조한 날은 결국 찾아왔고, 아영은 평소보다 나빠진 병세 탓에 자리에서 일어날 기력도 없는 민기에게 잘 다녀오겠노라 인사를 올리고는 호위해주겠다며 봉을 들고 나서는 병욱과 함께 칠정사로 향했다.

두 사람은 처음 찾아왔을 때처럼 저물녘에 칠정사에 당도했다. 칠정사의 정갈하고 차분한 분위기는 여전했다. 아영은 그때처럼 대웅전에 들러 부처님께 절을 올렸다. 불상은 처음 절을 올릴 때와 달라진 게 없었지만, 지금 아영이 우러러보는 불상은 처음 볼 때의 그 불상이 아니었다. 처음에 봤을 때는 온화하게만 느껴지던 부처님의 미소가 어딘지 모르게 처연해 보였다. 아영은 당신께서도 중생이 목숨을 잃은 이 사건의 전말을 다 알고 계신 것 아니냐고, 그런데도 시치미를 떼고 계셨던 것 아니냐고 부처님께 묻고 싶었다.

임 씨의 별당에 버티고 선 원각의 표정은 일주문을 지키는 사천왕처럼 근엄했다. 임 씨의 방에는 호롱불이 켜져 있었다. 병욱과 아영이 들어갔을 때, 임 씨는 손수 판『반야심경』경판에 종이를 올려 불경을 뜨는 중이었다. 방에 들어온 아영 일행에게 손짓으로 잠시 기다리라 이른 임 씨는 돼지털로 만든 솔(豚毛)에 먹물을 묻혀 경판에 골고루 발랐다. 그런 후, 새하얀 종이를 경판에 올리고 동그랗게 만 부드러운 천으로 문지르자 경판의 글씨에 묻은 먹물이 종이에 그대로 옮겨지며 『반야심경』한 장이 새로 생겨났다.

색(色)과 공(空)에 대한 지혜를 담은 불경 한 장이, 삼라만상과 삼십삼천(三十三天)이 모두 공(空)하다는 걸 밝은 눈으로 보면 모든 고액(苦厄)을 건널 수 있다는 심오한 말씀을 담은 경전 한 장이 불과 몇 번의 손놀림으로 생겨나는 걸 보면서, 아영은 부지불식간에 자신이 쓴 글이 책으로 만들어지는 과정을 떠올렸다. 정 씨의 세책방에 딸린 퀴퀴한 냄새나는 골방에서 일하는 필경사들은 온종일 일해 봐야 아영이 건넨 패설을 한 사람이 하루에 서너 권 필사하는 게 고작이었다. 목판과 필사가 책을 만들어내는 속도의 차이는 귀하고 뜻깊은 성현들의 말씀과 저잣거리에 내버리더라도 뭐라 할 사람이 아무도 없는 아영이 쓴 글의 차이였다. 아영은 그 현실을 무덤덤하게 받아들였지만, 그래도 마음 한구석에서 서글픔이 덩치를 키워가는 것까지는 막을 도리가 없었다.

그러는 사이, 먹물이 마르도록 앉은뱅이책상에 종이를 조심스레 올려놓고 주변을 정리한 임 씨는 그제야 병욱과 아영의 절을 받았고, 절을 마친 병욱은 밖으로 나가 봉을 잡고는 원각 앞에 섰다.

임 씨는 달관한 듯한 표정으로 아영을 바라봤다. 임 씨는 아영이 사건의 전말을 가늠해냈을 거라 짐작한 듯했다. 어쩌면 실제로는 그렇지 않은 데 아영이 그렇게 느끼는 건지도 몰랐다. 의례적인 안부 인사가 오간 후, 호롱불에 흔들리는 옅은 어둠 속에서 아영이 결국 입을 열었다. "송구하오나, 글은 가져오지 못했사옵니다. 글을 아예 쓰지 않았기 때문이옵니다."

임 씨는 담담한 표정이었다. "그럴 거라 짐작했느니라. 소문에 듣던 대로 네가 네 아비처럼 사리 분별을 잘하는 총명한 아이라면, 설령 사건의 전후를 가늠해냈다고 하더라도, 글을 써서 내게 가져올 일은 없을 거라고 애초부터 짐작했었다. 궁금한 건, 글을 쓸거리가 있는 데도 쓰지 않은 건지, 쓸거리가 없어서 쓰지 못한 건지 여부로구나."

아영은 차분한 어조로 대답했다. "앞뒤가 그럴싸하게 맞아떨어지는 쓸거리는 있었사오나, 여러 상황을 감안했을 때 그걸 글로 옮기면 안 된다고 판단했사옵니다."

"그럼, 글로 옮길 수는 없었다는 그 이야기를 말로 들려줄 수는 있겠느냐?"

"소녀, 그리하려고 글 없이도 뻔뻔하게 마님을 뵈러 온 거였사옵니다. 지금부터 제가 마님께 드리는 이야기는 어디까지나 소녀의 모자란 상상에서 비롯된 이야기일 뿐, 실제로 일어난 일이 어떠하였는지는 조금도 알지 못한다는 것을 알아주셨으면 합니다." 아영이 그렇게 말하자 임 씨는 잘 알았다는 표정으로 고개를 끄덕이는 것으로 아영에게 이야기할 것을 재촉했다. 그러자 아영은 자신이 짐작한 바를 패설을 쓰듯 정리해서 임 씨에게 들려주기 시작했다.

선왕이 붕어하고 실록청이 설치되자 물욕 많은 김종휘가 제일 먼저 한 일은 집에 보관하고 있던 가장 사초를 들춘 거였다. 선왕의 생전 옥음(玉音) 중에 자신의 욕심을 채우는 데 쓸만한 게 있을지 살펴보기 위함이었다. 혹여 일이 잘못되더라도 뒤탈이 생기지 않도록, 그는 세상이 잘 모르거나 알더라도 함부로 입에 올리지 않을 사안과 관련한 기록을 찾았다. 그러던 중에 폐서인 임 씨의 친정에 관한 옥음을 본 순간, 그는 바로 그것이 그의 욕심을 채워주면서도 별다른 후환을 일으키지 않을 사안임을 알아차렸다.

아영은 여기까지 이야기를 마치고는 말했다. "소녀, 김종휘가 사관이었으니 사건의 발단은 그가 보관하던 가장 사초와 관련이 있을 거라는 짐작만 할 뿐, 아무리 애를 써도 그 사초에 적힌 내용을 무엇으로 해야 이야기의 아귀가 맞아떨어질지를 궁리해낼 수가 없었사옵니다. 혹시 마님께서는 그럴싸한 이야기를 아시는지요?"

진실을 알려달라는 아영의 권유 아닌 권유를 받은 임 씨가 잠시 눈을 지그시 감았다 뜨더니 입을 열었다. "선왕께서 붕어하시기 7년 전이었단다. 그러니까 갑자기 중병에 걸린 선왕께서 의식이 혼미하신 채로 병석에 계셨을 때 일이지." 임 씨는 차분하게 설명을 이어갔다.

혼수상태로 며칠을 보내다 깨어난 선왕은 한밤중에 힘없는 소리로 영의정을 부르라 하교하고는 다시 의식을 잃었다. 전갈을 들은 영의정은 혹시라도 선왕이 유훈을 남기는 자리가 될지도 모른다는 생각에 입궐을 서둘렀다. 영의정이 침소를 찾았을 때 선왕은 때마침 의식을 찾았으나, 정신이 그리 맑지는 않았다. 그런 선왕이 영의정에게 제일 먼저 한 말은 "숙빈 임 씨를 무고한 자들을 내치지 못하고 그자들이 혀를 놀리는 대로 임 씨의 집안을 멸문한 일은 죽어도 잊지 못할 한(恨)으로 남을 것이오."였다. 말을 마친 선왕은 다시 의식을 잃었다.

선왕의 유훈을 들을 거라 예상하던 영의정은 그 말을 듣고는 소스라치게 놀랐다. 영의정 자신이 숙빈 임 씨를 무고한 세력의 일원이자 우두머리였기 때문이다. 선왕이 혼미한 정신으로 내보인 속마음은, 혹시라도 선왕이 병마를 이겨내고 용상(龍床)에 돌아가 앉을 경우, 영의정 자신을 비롯해서 임 씨 집안의 멸문지화와 관련된 세력들이 이제는 임 씨 집안이 당했던 일을 고스란히 되돌려 받으면서 쑥대밭이 될지도 모른다는 얘기였다. 영의정은 곧바로 선왕께서 잠꼬대를 하신 것이니 기억할 것도 없고 기록에 남길 것도 없다며 주위에 있는 사관과 환관들의 입단속에 나섰다. 이런 말이 이 침소 밖으로 퍼져 나갈 경우 그 자리에 있던 모두를 일벌백계로 다스리겠노라고 으름장도 놨다. 하지만 김종휘는 궁궐에서는 영의정의 분부에 따르는 척했지만, 집에 돌아와서는 가장 사초에 그 옥음을 기록해뒀다. 훗날 쓸모가 많을 거라는 생각에서였다.

그런데 그러고 며칠 후, 영의정이 걱정한 것처럼, 선왕은 언제 중병을 앓았냐는 듯 의식을 되찾고 건강을 되찾았다. 다시 용상에 앉은 선왕은 이후로 붕어할 때까지 이전처럼 정사를 돌봤다. 영의정은 주상을 보필하는 하루하루를 살얼음판을 걷는 듯한 심정으로 보냈지만, 그에게는 다행스럽게도 선왕은 의식을 잃었을 때 내비친 속마음이나 임 씨와 관련한 얘기는 한마디도 하지 않은 채로 붕어했다.

"제가 아무리 애를 써도 짐작이 안 되는 게 사초에 적힌 내용이 무엇이었을까 하는 거였사옵니다. 마님 말씀을 들으니 이제야 자욱한 안개가 걷히고 햇빛이 보이는 것 같사옵니다." 누항(陋巷)에 사는 백성으로서는 도저히 알 길이 없는 궁궐 안 사정에 대한 임 씨의 설명을 들은 아영이 말했다.

"그러면 이제 하던 이야기를 계속해 보거라." 임 씨의 재촉을 받은 아영은 김종휘 이야기로 다시 돌아갔다.

임 씨와 관련한 선왕의 옥음이 쓸모가 있을 거라는 결론을 내린 김종휘는 임 씨의 재산이 어떻게 되는지를 은밀하게, 그러면서도 꼼꼼히 알아봤다. 임 씨에게서 얻어낼 가장 값진 재산이 무엇인지 알아보기 위함이었다. 군침 도는 먹잇감을 점찍은 김종휘는 친정의 무고함을 증명해줄 사초가 있다는 서신을 남몰래 임 씨에게 보냈다. 김종휘는 가장 사초의 존재와 출처를 발설하지 않겠노라 약조하면서 선왕에게서 몰래 하사받은 강화도의 염전을 넘겨준다면 사초를 넘기겠다고 제안했다.

이후로 이어지는 일에 대해서는 짐작이 잘 되지 않는 부분이라며 아영이 여기에서 말을 멈추자 임 씨가 다시 그 부분에 대한 설명에 나섰다.

김종휘는 그런 사초가 있다는 걸 증명하는 증거를 보내왔다. 임 씨가 궁에 있던 시절에 선왕과 임 씨가 사사로이 나눈 대화를 내관을 통해 알게 된 조정 신료들의 반응이 적힌, 아는 사람이 그리 많지 않은 내용을 담은 사초의 사본이었다. 선왕이 붕어하셨는데도 임종은 커녕 영전에서 곡조차 하지 못하는 처지인지라 상심이 크던 임 씨로서는 기가 막힌 일이었다. 궁궐에서 일어난 일을 올바르게 후대에 전해 본보기로 남겨야 할 책무가 있는 사관이 사초를 빼돌리고 대가를 받아 잇속을 챙기려 드는 건 말도 안 되는 일이었다. 하지만 임 씨는 상황을 냉철하게 판단했다. 임 씨는 김종휘의 요구에 응하겠으며 사초를 넘겨주면 염전 문서를 넘기겠다고 약조하는 서신을 보냈다.

임 씨가 여기까지 설명하고 입을 닫자, 임 씨의 도움으로 가로막힌 담을 넘은 아영이 다시 이야기를 풀어나갔다.

김종휘는 가장 사초를 실록청에 제출했지만, 그가 예상했던 것처럼 실록 편찬에 참여한 모든 관리가 병석에 누운 선왕이 영의정에게 했던 옥음에 대한 기록을 못 본 척했다. 김종휘로서는 가장 사초를 내놓는 것으로 사관의 의무를 다했으니 사초에 실린 글이 어찌 되건 자신이 상관할 일이 아니었다.

김종휘는 세초연 때 일을 벌이기로 작정하고는 차곡차곡 준비를 해 나갔다. 멸문을 당한 고유준의 집에서 기르던 사냥개들이 들개가 됐다는 얘기를 들은 적이 있는 그는 사냥에 나선 양반들을 위해 사 냥개 모는 일을 하는 자를 수소문했다. 그러고는 개들이 세검정에 난입해서 사람들을 혼비백산하게 만드는 소란을 일으키고 달아나 게끔 개들을 조련했다. 김종휘는 개들이 사람을 해하는 일이 생기 지 않도록 각별히 신경을 썼다. 사람이 상하는 일이 생길 경우, 뜻하 지 않게 일이 커질 수도 있기 때문이었다.

드디어 세초연이 열렸다. 청사(靑史)가 태어나는 자리였고, 청사로 남지 못할 글들은, 청사로 남아서는 안 되고 세상사람 모두의 머리 에서 잊혀야 할 글들은 모두 물에 씻어 떠내려 보내면서 청사로 남 아야 할 글들만 남기는 날이었다.

그리고 그날 그의 계획대로 개들이 세초연을 덮쳤다. 그의 의도대 로 일대 소란이 벌어지는 와중에도 사람이 크게 상하는 일은 생기 지 않았고, 그의 짐작대로 세검정에 있던 사람들은 그 개들이 고유 준의 개일 거라 짐작하고는 역적으로 참수당한 그가 저세상에 가서 는 마지막으로 한 번 심술을 부린 것으로 여겼다.

그는 소란이 벌어진 틈에 자신이 제출한 가장 사초를 빼돌려 거기 에 데려간 하인에게 넘겼다. 개들이 인왕산 쪽으로 사라지고 소동 이 진정되자 사람들은 사방에 흩어진 사초를 챙겼지만, 종휘가 사 초를 빼돌렸다는 걸 눈치채거나 신경 쓰는 사람은 아무도 없었다. 어차피 거기 모아놓은 사초는 조금 있으면 흐르는 물에 씻어버릴 먹물 묻은 종이에 불과했다. 제출된 사초가 몇 권이고 씻으려고 모아놓은 사초가 몇 권인지 일일이 살피는 사람은 아무도 없었다. 주위의 눈치를 살핀 김종휘는 난리 중에 발을 삐었다는 거짓 하소연으로 윗사람의 허락을 받고는 사초를 품에 넣은 하인의 부축을 받으며 세검정을 떠났다.

귀가한 김종휘는 의원을 부르겠다는 아랫사람들을 만류하고는 별채에서 조용히 책을 읽으며 요양하면 괜찮아질 거라며, 다른 하명을 하기 전까지는 별채 주변에 얼씬거리지 말라는 명을 내렸다. 김종휘는 변을 당할 때까지 이틀간을 별채에서 홀로 지냈다. 보는 눈이 없는 한밤중에 염전 문서를 들고 별채를 찾겠다는 약조를 받았기 때문이다.

자정을 갓 넘긴 시각, 두툼한 구름이 달을 가려 칠흑같이 어두울 때 북한산 자락을 타고 김종휘의 별채로 다가오는 남자가 있었다. 금방이라도 터질 것처럼 불룩하고 묵직한 자루를 짊어진 그는 한치 앞도 잘 안 보이는 어둡고 험한 산길을 대낮에 평지 걷듯 성큼성큼 걸었다. 담벼락으로 다가와 담장 아래 몸을 숨긴 그는 주변을 살피고는 담장에 자루를 올린 후 담을 훌쩍 뛰어넘었다. 자루를 별채 뒤쪽의 눈에 잘 띄지 않는 곳에 숨긴 그는 별채 앞으로 돌아가 나지막한 인기척을 내는 것으로 김종휘에게 자신이 왔음을 알렸다.

이윽고 그는 신발과 지팡이를 챙겨 방에 들어가 김종휘와 마주앉았다. 김종휘 앞에 앉은 다부진 체격의 사내는 자신은 벙어리임을 알리는 패를 김종휘에게 내보였다. 그런 후 사내는 승복(僧服) 품에서 꺼낸 서찰을 건넸다. 봉투에는 염전 문서도 들어 있었다. 문서를 확인하고는 흡족한 표정으로 입맛을 다신 김종휘는 미리 챙겨둔 사초를 사내에게 건넸다.

김종휘가 염전이 자기 차지가 됐다는 기쁨에 젖어 문서를 다시 확인하는 동안, 사내는 사초를 펼쳐 김종휘가 미리 표시해둔 부분을, 그러니까 선왕이 병석에서 속내를 내비치는 부분을 살폈다. 사초 확인을 마친 사내는 옆에 놓아둔 지팡이를 조용히 붙잡고는 슬그머니 자리에서 일어났다. 김종휘는 염전이 자기 것이 됐다는 흐뭇한 기분에 빠져 문서를 재차 확인하는 데 정신이 팔려, 승복을 입은 사내가 소리 없이 다가와 지팡이를 들어 올리는 모습을 보지도 못했다. 김종휘는 염전을 차지했다는 행복감에 젖은 채로 사내가 휘두른 지팡이에 머리를 맞고 사내의 억센 손에 목이 부러지면서 그 좋아하던 재산을 몽땅 이승에 남겨둔 채 황천길에 올랐다.

머리를 파랗게 민 사내는 따로 챙겨온 종이 자루에 종휘의 시신을 넣었다. 이 순간을 위해 종이 몇십 장에 직접 풀칠을 해서 만든 자루였다. 시신을 연못으로 옮긴 사내는 별채 뒤쪽에 숨겨둔 자루를 가져왔다. 자루에는 김종휘가 생전에 탐낸 강화도 염전에서 폐서인에게 바친 소금이 담겨 있었다. 염전의 주인인 폐서인에게는 결코 부족할 일이 없는 새하얀 소금이.

사내는 자루에 담아온 소금을 시신을 담은 자루에 아낌없이 넣었고, 김종휘의 탐욕에 쩐 얼굴과 몸뚱어리는 짠내 나는 소금에 절여지는 신세가 됐다. 자루에 소금을 다 채운 사내는 별채로 돌아가 준비해 온 기름을 방안 구석구석에 빈틈없이 뿌리고 불을 붙였다. 불은 기름을 땔감 삼아 맹렬한 기세로 타올랐다.

연못으로 돌아온 사내는 무술 수련으로 다져진 힘줄과 군더더기 없는 날렵한 몸놀림으로 시신이 담긴 무거운 자루를 연못에 던졌다. 자루 가득 넣은 소금의 무게에 눌린 시신이 물밑으로 가라앉는 걸 지켜본 사내는 별채를 휩싼 불길 때문에 사방이 훤해지자 소금을 담아온 자루를 비롯해 주변에 남은 자신의 흔적을 치우고는 사람들이 몰려들기 전에 담장을 넘었다.

"불이야!" 고함소리에 몰려온 사람들은 불을 끄느라 정신이 없었다. 연못에서는 자루에 담긴 소금이 흐르는 개울물에 천천히 녹아갔고, 민물에 스며드는 소금기를 이겨내지 못한 물고기들이 하나둘 버둥거리다 목숨을 잃고는 아가리를 벌린 채 떠올랐다. 그렇지만 불을 끄는 데 정신이 팔려 있던 사람들은 물고기가 죽는지 사는지 신경 쓸 겨를이 없었다. 설령 신경을 쓴 사람이 있었더라도 물고기들이 죽은 게 소금기 때문이라는 건 눈치채지 못하고는 그저 활활 타오르는 불길의 열기에 데워진 수온을 견디지 못해서였을 거라고 생각할 뿐이었다. 간혹, 물을 뜨던 중에 얼굴에 튄 물을 얼떨결에 맛본 사람도 있었다. 하지만 그런 사람도 그 짠맛이 연못물에서 나는 게 아니라, 불을 끄느라 비 오듯 흘린 땀에서 나는 맛이라고 생각할 뿐이었다.

흐르는 냇물은 소금을 슬금슬금 녹였을 뿐 아니라 민물에 스며든 소금기도 계속 하류로 실어갔다. 시신을 누르던 소금의 무게가 줄어들면서 소금에 눌려 있던 시신이 차츰 소금 무게를 이겨내며 수면으로 떠오르기 시작했다. 소금이 다 녹은 동틀 무렵, 연못의 소금기는 다 씻겨 사라지고 무거운 짐을 떨쳐버린 시신도 그때까지 별채에 쏠려 있던 사람들의 눈길을 끌어모으기에, 그러면서 사람들을 쉽게 풀지 못할 수수께끼에 빠트리기에 이르렀다. 사내가 종이를 수십 장 붙이면서까지 자루를 만드는 수고를 감수한 건 흔히 쓰는 지푸라기 자루를 썼다가는 소금과 관련된 수수께끼가 쉽게 풀릴 수도 있을 것이기 때문이었다.

아영은 여기까지 얘기하고는 물었다. "마님께서는 제 짐작을 어떻게 생각하시는지요?" 아영은 말을 마치고는 입을 닫았다. 처마 밑에 달린 풍경이 초여름 저녁에 한가로이 마실 나온 바람을 맞아 가냘픈 몸을 떨며 숨죽여 울고 있었다.

임 씨는 아영의 물음에 별다른 대답을 않고 가만히만 있었다. 임 씨와 아영이 말없이 마주보고 있는 방안의 한없이 무거운 공기를 방 밖에서 나는, 봉과 봉이 부딪히며 내는 낭랑한 소리가 깨고 들어왔다. 아영은 대답을 듣지 않았어도 어떤 대답이 나올지를 어느 정도 짐작하고 있었다.

"참으로 재미있는 이야기로구나." 오랜 침묵 끝에 임 씨가 입을 열었다. "그런데 말이다, 사람을 죽였으면 그만이지, 굳이 별채에 불을 질러 사람들을 끌어모으고는 시신이 뒤늦게 발견되게끔 만든 연유는 무엇이라 생각하느냐?"

그 문제야말로 아영이 뒤늦게 나타난 시신과 관련한 수수께끼를 풀어낸 이후로 오랫동안 고민한 문제였다. 아영은 곧바로 대답을 내놨다. "이 일을 벌인 사람이 처한 상황 탓이었습니다. 그 사람은 창으로 방패를 뚫어야 하는 동시에 방패로 창을 막아야 하는 모순된 상황에 처해 있었사옵니다. 좀 더 자세히 말하자면, 손가락으로 달을 가리키되, 사람들이 한동안은 달이 아닌 손가락만 쳐다보게 해놓고는 한참이 지난 후에야 비로소 달을 보게 만들어야 하는 처지였던 겁니다. 그러기 위해서는 손가락을 갖가지 물감으로 현란하게 칠해 사람들의 눈길을 오랫동안 붙들어놓는 계책이 필요했습니다."

아영은 잠시 숨을 고르고는 말을 이었다. "살인이 일어나면 사람들은 누가 왜 어떻게 살인을 저질렀는지를 궁금해합니다. 그런데 이 살인이 일어난 발단은 세상이 알아서는 안 되는 사초였습니다. 사초를 손에 넣은 사람의 입장에서는 세상의 관심을 반드시 다른 쪽으로 돌려야 했습니다. 그래서 별채에 불을 지르고 시신이 괴이한 모습으로 뒤늦게 발견되게 만든 것입니다. 그러자, 그이의 의도대로 사람들의 관심은 누가 왜 김종휘를 죽였는지가 아니라, 김종휘의 시신이 어째서 자루에 담긴 채로 뒤늦게 발견됐느냐에, 살인의 원인이 아니라 살인의 결과에 쏠렸습니다. 사람들이 달은 보지 못하게 만들면서 손가락만 계속 살피게 만드는 데 성공한 겁니다." 아영은 여기까지 말하고는 다시 숨을 가다듬었다. 처마에 달린 풍경이 바람이 점점 거세지고 있다는 걸 계속 알려댔다. "여기까지 생각이 닿았는데도 여전히 풀리지 않는 궁금증이 있었사옵니다."

"그게 무엇이냐?"

"애초부터 손가락으로 달을 가리키지 않으면 될 것을 굳이 달을 가리켰던 이유는 무엇일까 하는 거였사옵니다. 그리하면 사람들의 관심을 손가락으로 끌려다가 달을 보게 만드는 위험을 자초할 수 있는데 말입니다. 고민 끝에, 저는 마님이 제게 글을 써 달라고 맡긴 게 바로 그 연유에서였을 거라는 생각에 다다랐사옵니다."

"어떤 연유 말이더냐?"

"이 일을 벌인 이가 사람의 목숨을 앗으면서까지 사초를 손에 넣은 건 누군가가 달을 쳐다봐주기를 바라서였을 것이고, 사람들이 달을 보고는 자신의 의도를 알아봐 주기를 원해서였을 것입니다. 사람들이 사초에 적힌 진실을 보고는 마님의 친정이 당한 억울함을 알아주기를 원했던 겁니다. 단지, 사람들이 달을 쳐다보는 시기가 마님의 친정을 멸문지화로 이끈 자들이 여전히 권좌를 차지하고 있는 지금 당장이 아닌 수십 년 후, 수백 년 후이기를, 그래서 사초가 세상에 드러났을 때에도 사화가 일어나 고초를 겪는 사람들이 없기를 바라던 거였겠지요."

아영이 말을 마치자 임 씨는 묵묵히 책상에 놓인 『반야심경』을 바라봤다. 아영은 임 씨가 들릴 듯 말 듯한 소리로 『반야심경』을 독송하며 친정 생각으로 격해지는 마음을 다스리고 있다고 생각했다. 임 씨는 호롱불 불꽃이 흔들리며 그늘이 잠시 얼굴 위를 훑고 간 다음에야 입을 열었다. "그래, 너는 달을 본 것 같구나. 그런데 그 달이 어디에 떠 있는지는 알고 있느냐?"

아영은 기다렸다는 듯이 거침없는 물음으로 대답했다. "대웅전에 계신 금박 입은 부처님께서 진실을 품고 계시는 것 아니옵니까?"

임 씨는 아영의 물음에 빙긋 웃었다. 그 웃음에는 감추기 힘든 서글픔이 배어 있었다. "달이 어디 있는지를 알아낸 게로구나. 그래, 어떻게 그걸 알아내게 된 것이냐?"

"마님께 김종휘의 가장 사초는 김종휘의 목숨을 앗아가면서까지 반드시 손에 넣어야 할 귀한 자료인 동시에, 실록청에 제출하지 않고 사사로이 보관하고 있다는 게 밝혀지는 것만으로도 마님을 위험하게 만드는 물건이옵니다. 소녀, 개국 초에 사초를 사사로이 집안에 보관하고 있다 처벌을 받은 사관이 있다는 얘기를 아비로부터 들었사옵니다. 소녀처럼 어리석은 계집도 알고 있는 걸 마님께서 모르실 리는 없겠지요. 그렇다면 그걸 남들이 찾을 수 없는 곳에 숨겨야 한다는 것도 당연히 아셨을 겁니다. 사람의 목숨을 앗아가면서까지 힘겹게 얻은 소중한 사초를 남들이 생각하지 못할 곳에 안전하게 보관해 후대에 전하는 것은 마님께 무척이나 중요한 일이었을 겁니다. 그랬을 때, 그걸 보관하기에 가장 좋은 곳은 어디일까요? 사람들이 설마 사초가 거기 있을 거라고는 꿈에도 상상하지 못할 곳은 어디일까요? 오랜 세월이 흐르는 동안에도 사초를 갉아먹을 쥐나 벌레 같은 해로운 짐승들을 피할 수 있고 비와 눈이 오더라도 전혀 걱정할 것이 없는 곳은 어디일까요? 사람들이 아무것도 모르면서 사초가 있는 곳 주위를 정갈하게 관리하며 안전하게 지켜줄 곳이 어디일까요?"

아영이 여기까지 말했을 때 풍경이 몸을 떠는 걸 멈췄다. 방안에 고인 교교한 달빛이 호롱불 불빛과 함께 방안의 모든 것을 출렁이게 만들었다. 아영은 말을 이었다. "사초를 가진 이의 거처가 사찰이라면 어디가 가장 좋을지 생각해 보았사옵니다. 대웅전 기와 밑은 어떨까? 돌탑 아래는 어떨까? 사천왕상 아래는 어떨까? 그러던 중에 마님께서 목불을 봉안하며 공양한 음식을 보내신 일이 떠올랐습니다. 김종휘가 변을 당하고 오래지 않아 마님께서 목불 조성에 착수하셨다는 사실에도 생각이 미쳤사옵니다. 그렇게 생각해 보니 절을 찾는 사람이라면 반드시 찾아가 인사를 올리는 곳이야말로 그런 용도에 제격이라는 생각이 들었사옵니다. 모두들 그곳을 찾아 절을 올리지만, 불상 안에 복장품이라는 게 들어있다는 것조차 아는 사람이 많지 않은 판국에 설마 거기에 사초 같은 자료가 있으리라 생각할 이는 없을 것입니다. 게다가 봉안된 불상의 복장품은 어지간한 일이 아니면 세상의 빛을 볼 일이 없지 않습니까. 하물며 중전께서 하사하신 보화(寶貨)까지 들어있는 불상에 함부로 손을 댈 자가 어디 있겠사옵니까? 더불어, 부처님 뱃속은 사초에 담긴 내용이 석가모니 부처님께서 설하신 불법(佛法)에 버금가는 참된 것임을 보증한다는 뜻까지 덧붙일 수 있는 알맞은 곳 아니겠습니까?"

아영이 말을 마쳤는데도 임 씨는 한참을 말없이 『반야심경』을 응시했다. 불경이 찍힌 종이가 바람에 살짝 몸을 떨었다. 임 씨는 그제야 입을 열었다. "부처님께서는 진실을 간직하신 채 오랜 세월을 견디실 것이다. 세상에 그릇되게 알려졌던 우리 집안에 관한 진실은 그분이 설(說)하시는 밝은 불법과 함께 시방세계를 밝힐 것이다. 그러다 언젠가 알맞은 때가 됐다 여기실 때, 자비로우신 부처님께서는 품고 계시던 사초를 꺼내 온 세상에 우리 가문의 억울함을 알리실 것이고, 청사는 그제야 비로소 참된 사실을 기록할 것이니라."

두 사람 다 한참을 입을 열지 않았다. 아영은 머리를 깎고 불문에 귀의하지는 않았다 해도 절간에 기거하며 불경을 판각하는 일을 하는 분께서, 아무리 자신과 가문의 억울함을 밝혀주는 자료라고 하더라도, 사초를 손에 넣겠다고 살인을 마다치 않을 수 있는 거냐고 여쭙고 싶은 마음이 굴뚝같았지만, 초탈한 자태로 불경을 지긋이 응시하는 임 씨에게 그걸 묻기는 쉽지 않았다.

임 씨가 불상처럼 굳게 다물고 있던 입을 열었다. "보고 들은 바를 올곧은 붓으로 후대에 참되게 전해야 할 사관의 본분을 저버리고 제 잇속만 챙기려 든 김종휘 같은 자와 한 하늘을 이고 산다는 게 말이나 되는 소리더냐? 살생을 일절 금하는 절집에 몸을 의탁해 살아가는 내가 사람의 목숨을 앗으면서까지 사초를 손에 넣겠다고 마음먹을 때, 나도 마음고생이 무척 컸단다. 무슨 얘기를 해도 변명으로 들리겠지만, 순전히 총명함으로 일의 전후를 꿰뚫어 본 너라면 내 심정을 조금이나마 이해해주지 않을까 싶어 이런 말을 하는 것이다."

임 씨는 펄럭이는 『반야심경』에 돌로 된 서진(書鎭)을 올려놓았다. 깊은 한숨을 쉬고 난 임 씨의 표정은 어느 틈엔가 처음에 아영의 절을 받았을 때 표정으로 돌아가 있었다. "아무튼 네가 오늘 해준 이야기는 재미있게 잘 들었다. 참으로 총명한 데다 생각하는 것도 기발하구나. 그런데 말이다… 지금 당장은 이 이야기를 글로 쓰지 않겠다는 얘기를 들어서 묻는 것인데, 언제가 됐건, 앞으로 이 일을 글로 쓸 작정이냐?"

"마님께서는 애초부터 제가 이런 글을 쓰겠다고 마음을 먹더라도 이른 시일 내에 그러지는 않을 거라 짐작하지 않으셨습니까? 실제로 저는 마님 짐작대로 글을 쓰지 않았고, 앞으로도 당분간은 그러지 않을 것입니다. 이 사건과 관련한 이들이 모두 피안(彼岸)에 건너가 계실 때, 그제야 정황을 살펴 가며 조심스레 글을 써서 퍼트릴 작정이옵니다. 그리 되면 칠정사 목불이 뭔가 중요한 진실을 품고 있다는 소문이 세상에 돌지 않겠사옵니까."

임 씨는 고개를 끄덕였다. "그래, 그리하려무나. 그래 주면 고맙겠구나. 부처님께서는 지혜로운 불법으로 온 세상을 환히 비치시는 분이

시니 알맞은 때가 되면 품고 계시던 사초를 세상에 내놓아 우리 집안의 무고함과 억울함을 밝혀주시지 않겠느냐? 그리고 네가 김종휘에 관한 글을 쓰는 날도, 세상의 눈 밝은 이들이 그 글을 읽고 진상을 알게 되는 날도 바로 그런 날이 아니겠느냐?" 임 씨는 가벼운 한숨을 쉬고는 말을 이었다. "내 이 이야기하고는 별개로 처음부터 네게 묻고 싶었던 게 두 가지 있는데, 대답해 주겠느냐?"

"미천한 소녀가 어찌 귀하신 분의 물음에 답을 올리지 않을 수 있겠사옵니까? 무엇이 궁금하신 것인지요?"

"우선, 어찌 '달그림자'를 필명으로 정한 것이냐? 하늘에 떠 있는 둥근 달님 하나가 천 개의 강에 도장을 찍듯 그림자를 드리운다(月印千江)는 뜻으로 지은 것이냐? 네 패설로 세상 사람들의 마음에 그림자를 드리우겠다는 뜻에서?" 임 씨는 옆에 놓인 경판을 힐끔 보고는 말을 이었다. "이걸 묻는 건 내가 경판을 새기는 연유가 그것이기 때문이다. 경판을 하나 파면 경판의 글자가 닳을 때까지 수백 장, 수천 장의 불경을 찍어낼 수 있지 않느냐. 마치 달님이 시방세계의 강과 시내에 도장을 찍는 것처럼 말이다. 내 생각처럼 그런 연유에서 필명을 월영이라지은 것이냐?"

아영은 "자신의 필명이 저리 해석될 수도 있구나." 하는 생각에 크게 놀랐다. 아영은 고개를 살짝 젓고는 대답했다. "마님께서 그리 생각하셨다는 데 소녀 깜짝 놀랐사옵니다만, 필명을 그리 지은 연유는 그게 아니옵니다. 제가 '달그림자'를 필명으로 삼은 건, 사바세계의 중생들이 낮의 환한 햇빛 아래서가 아니라 밤의 희미한 달빛 아래서 행하는 온갖 짓들이 드리운 그림자를 글로 적어 남기겠다는 뜻에서였습니다." 아영은 잠시 임 씨를 바라봤다. "중생은 착하고 갸륵한 일도 하지만, 어리석은 짓도, 차마 입에 담기 힘든 참담한 짓도 저지르며 삽니다. 소녀, 이 세상의 잡다한 중생이, 찌그러지고 못나고 볼품없는 이들이 그늘에서, 담장 뒤에서, 외진 곳에서 행하는 부끄럽고 민망하며 추악한 짓들을 선함과 악함을 가리지 않고, 아름답고 추잡한 것을 가리지 않고 다 글로 담아내고자 하옵니다. 저희 아비가 패관이었다는 말씀을 마님께 들은 후, 소녀, 패설과 패관에 대해 깊이 생각해봤사옵니다. 패설의 '패(稗)'는 벼(禾)보다 낮고 비루한(卑) '피'를 가리킵니다. 피는 벼농사에 해롭다 하여 보이는 족족 뽑히기 일쑤고 먹기에 거칠다 하여 괄시받는 천덕꾸러기이지만, 그래도 사람들의 배를 채우고 살을 찌우는 곡식인 것은 분명하옵니다. 소녀가 쓰는 패설은 벼처럼 세상의 추앙을 받는 성현들 말씀은 아니겠지만, 어떤 식으로건 사람들에게 유익한 글이라고 생각하옵니다. 달그림자 같은 이야기, 천시받는 사람들 이야기를 글로 써서 세상에 퍼트리는 것, 그것이 패관이던 아비의 피를 이어받아 패관이 된 소녀의 본분이 아닐까 하옵니다."

임 씨는 고개를 주억거렸다. 밖에서 봉과 봉이 부딪히는 소리가 다시 들려왔지만, 두 사람 다 밤이 이미 깊었음을 잘 알고 있었다. 임 씨는 마지막 질문을 던졌다.

"그래, 두 번째 질문은 이것이다. 네 다음 책은 언제 나오느냐? 재촉하고 싶은 생각은 없다만, 두 사람의 앞날이 어찌 될지 궁금하여 묻지 않을 도리가 없구나."

"전에도 말씀드린 적 있사옵니다. 혼인한 적도 아이를 낳아본 적도 없는 제가 이런 얘기를 올리는 게 황송하오나, 패설을 쓴 이후로 소녀,

자식을 낳은 부모의 심정이 어떤 것인지를 깨달았습니다. 청향이나 훈남 도령이나 제가 붓을 놀려 만들어낸 사람들이오나, 어쩐 일인지 그이들의 운명은 제 뜻대로 되지를 않사옵니다. 그렇기에 저는 그이들의 앞날을 알지 못하나이다. 그이들의 앞날은 그이들을 아끼는 사람들에게 달려 있사옵니다. 패설을 쓰는 제가 그이들의 운명을 좌지우지 못한다니 한편으로는 어처구니가 없고 한편으로는 신기한 일 아니옵니까?"

임 씨는 빙긋 웃었다. "무슨 말인지 알겠다. 반백 년 가까이 살다 보니 그게 참으로 묘하더구나. 배 아파 낳은 자식도 아비와 어미 뜻대로 되지 않는 세상에 그 어떤 세상사가 자기 맘대로 되겠느냐. 나도 가끔씩 한탄하고는 한단다. 참으로 얼마를 살아야 세상 이치를 알게 돼서 지혜롭게 살게 될는지…."

말을 마친 임 씨와 그 말을 들은 아영의 눈길이 동시에 두 사람 사이를 가르는 책상에 놓인 『반야심경』으로 향했다. 어둠을 흔들며 들려오는 풍경 소리가 아련했다. 아영은 글값으로 주시겠다던 소금은 언제 주실 것이냐는 물음이 목구멍으로 넘어오는 걸 누르려 갖은 애를 다 쓰고 있었다.

한생전 韓生傳

　한생(韓生)의 이름은 상진(相軫)으로, 충청도 강경 사람이다. 그가 태어난 집은 한 씨 가문 땅을 밟지 않고는 강경을 들락거릴 수 없다는 말이 있을 정도로 넓은 논밭을 갖고 있어 천석지기 소리를 듣는 부농이면서, 한양 일대와 삼남(三南) 지방에 유통시킬 온갖 물화(物貨)를 싣고 강경 포구를 왕래하는 배를 여러 척 가진 선주(船主)이기도 했다.

　차남으로 태어난 한상진은 어려서부터 신동(神童) 소리를 들을 만큼 영특해서 강경 일대에서는 그를 모르는 사람이 없었다. 생김새도 서글서글하고 성격도 모나지 않고 호탕한 덕에 어릴 때부터 장래가 촉망된다는 칭찬을, 장차 판서가 되고 정승이 될 자질을 갖췄다는 얘기를 귀가 닳도록 들었다. 그의 부모가 글공부에 재주가 없고 의욕도 보이지 않는 장남보다는 한 씨 가문의 명예를 드높일 거라는 소리를 들는 차남에게 큰 기대를 건 것은 당연한 일이었다.

한생의 부모는 그가 어릴 때부터 충청과 전라, 경상 일대에서 문장과 시서화(詩書畵)로 명성이 높은 이들을 초빙해 아들을 맡겼다. 한생을 가르친 스승들은 그가 장차 시서화의 모든 분야에서 탁월한 경지에 도달한 삼절(三絶) 소리를 들을 거라 판단했다. 유복한 집안, 아들에 큰 기대를 건 부모, 영특한 재주와 뛰어난 스승이 결합하면서 한생의 솜씨는 각 분야에서 두루 칭찬을 듣는 경지에 이르렀다. 한상진이 장성한 후에야 그를 만난 송민기는 상진의 문장과 시서화 수준을 "집으로 치자면 사람이 기거하기에는 불편함이 없으나 어디에 내놓고 자랑하기는 힘든 집"이라며 높이 평가하지 않았지만, "집의 기초만큼은 세상 어느 곳에 내놓아도 부끄럽지 않을 정도로 탄탄하다."고 높이 평한 바 있다.

그런데 과거에 급제해 어사화를 하사받고 고관대작의 자리까지 승승장구해서 가문을 빛낼 거라는 기대를 한 몸에 받았건만, 한생은 나이를 먹으면서 어렸을 때 보여줬던 총기와 재기를 잃기 시작했다. 그의 재능을 침이 마르도록 칭찬하던 스승도 끊임없이 솟아날 것만 같던 재능이라는 우물이 말라간다는 걸 어느덧 인정하기에 이르렀고, 상진 자신도 재능의 발전이 벽에 부딪힌 이후로는 글공부와 문장, 시서화에 흥미를 잃기 시작했다. 결국 자신이 어릴 때 보여준 건 반짝 재능이었을 뿐이라는 걸 인정한 그는 더 이상은 그런 데 관심을 갖지 않고 노력을 기울이지도 않았다. 그러면서 조선 팔도에 이름을 떨치고 족보에 관직을 남기는 공경대부(公卿大夫)가 되는 대신, 강경 일대에서는 모르는 사람이 없는 한량이 됐다. 풍족한 집안 재산과 흥 많고 호탕하며 풍류를 즐기는 성품을 감안하면 당연한 결과라 할 수 있었다.

그는 술을 좋아했다. 술이 얼큰해졌을 때 시를 읊고 황모(黃毛)붓을 휘둘러 난(蘭)을 치고 글씨를 쓰는 걸 좋아했다. 안목이 높다고 말하기는 힘든 사람들이 뛰어난 스승들을 사사해 익힌 그의 솜씨를 보고는 너나 할 것 없이 감탄하고 칭찬하는 모습을 보는 걸 좋아했다. 그러면서도 속으로는 작품 보는 눈이 없는 변변치 않은 그들을 비웃었다. 세상에는 자신보다 몇 배, 몇십 배 뛰어난 사람들 천지라는 걸 한생은 잘 알고 있었다.

한생은 술을 아무리 많이 마셔도 주사를 부리거나 남들의 눈살을 찌푸리게 만드는 일은 결코 하지 않았다. 그렇기에 그가 술을 들이켜는 걸 말리는 사람은 아무도 없었다. 그런데 술 좋아하고 풍류를 즐기는 사람치고는 별나게도, 그는 여색(女色)을 탐하지는 않았다. 그는 열다섯에 장가를 들었는데, 타고난 한량 기질과 그걸 뒷받침하는 집안의 부를 생각하면 첩을 여럿 거느리고 기생들과 딴 살림을 차리는 게 당연한 일이었을 것이고, 그가 그렇게 산다고 해도 손가락질할 사람은 없었을 것이다.

명절 대목에는 떠돌이 강아지도 어음을 물고 다닌다는 얘기가 허풍으로만은 들리지 않는 곳인 강경에는 기방(妓房)이 많고도 많았다. 그리고 그런 기방에는 집안과 인물과 성품이 좋은 그의 소실(小室)로 들어가 팔자를 고치고 싶어 하는 기생들이 넘쳐났고, 그의 첩이 되려는 양반가 서녀(庶女)도 수두룩했다. 그런데도 그는 아내, 그리고 아내와 사이에서 낳은 두 아들과 오손도손 살면서 아내 말고 다른 여자에게는 일절 눈길을 주지 않았고, 그래서 사람들은 그런 그를 의아하게 여겼다.

그는 가업을 잇는 일에는 별 관심이 없었다. 장사치가 이문을 남기겠다고 입에 침을 묻혀가며 흥정하고 주판알을 튕기는 일이 영 탐탁지 않았기 때문이다. 그렇다고 벼슬살이에 관심을 둔 것도 아니었다. 자신의 알량한 학식과 재주로는 과거에 급제할 수 없다는 걸 잘 알고 있었기에, 그는 벼슬길은 아예 쳐다보지도 않기로 일찌감치 마음을 먹었다. 벼슬살이에 생각이 없었기에, 그리고 자신은 벼슬아치가 될 깜냥이 안 된다는 걸 잘 알기에 과거에도 뜻이 없었다. 하지만 "양반으로 태어나 글 읽는 선비로 자랐다면 급제는 못할지라도 응시는 해보는 게 도리"라는 생각에 혼인해서 상투를 튼 이후로는 과거가 열릴 때마다 거의 빼먹지 않고 한양으로 과행(科行)을 나서고는 했다.

하지만 사실 그 과행은 비좁고 갑갑하게 느껴지는 강경 땅을 벗어나려는 핑곗거리에 불과했다. 역마살이 있는 그는 과행을 핑계로 한양을 비롯한 조선 팔도의 넓은 세상을 유람하고 견문을 넓히면서 좋은 벗을 사귀고 풍류를 즐기는 한량 생활을 하고 다녔다. 그러고 다니면서 집안 돈을 꽤나 많이 갖다 썼지만, 그가 그런다고 가산(家産)이 바닥날 기미는 조금도 보이지 않았다.

벼슬살이에 뜻을 둔 동문수학한 벗들과 과행에 나선 적도 몇 번 있었지만, 그는 대체로 시중을 들 하인 한 명만 거느리고 홀가분하게 다니는 걸 좋아했다. 과거 날짜에 얽매이지 않으면서, 산이 빼어난 곳에서는 산을, 물이 좋은 곳에서는 물을 며칠씩 즐길 수 있었기 때문이다. 그러다 보니 과거 보러 간다고 집을 나섰다가 한강을 건너지도 않고 강경으로 돌아온 적도 여러 번이었다.

그 변고(變故)를 당했을 때도, 한생은 스무 살 먹은 덩치 좋은 하인 땅쇠만 데리고 한양으로 가던 길이었다. 강경 땅을 벗어나고 한동안은, 늘 그랬듯, 과거 보러 상경하는 여러 무리와 통성명을 하고 이런저런 얘기를 나누며 기분 좋게 길을 갔었다. 그러나 천안에 다다를 즈음, 종종 그랬듯, 갈 길 바쁜 무리들은 걸음을 재촉하는 반면, 한생은 어떤 고을의 팔경(八景)과 무슨 고을의 명물(名物)을 두루 구경하고 다니면서 한양에는 과거 날짜에 간신히 맞춰 당도할락 말락 한 지경이었다. 그런데도 과거에 미련이 없는 한생은 천하태평이었다.

천안에 북적이던, 삼남에서 올라온 선비들이 썰물처럼 고을을 빠져나간 직후였다. 땅쇠만 데리고 천안 일대를 유유자적 돌아다니는 한생은 사람들 눈에 쉽게 띄었다. 과거 보러 가는 선비를 보쌈하려고 작정한 일당이 둘이서만 돌아다니기에 만만해 보이는 한생과 땅쇠를 점찍은 건 누가 보더라도 당연한 일이었다. 그런데도 한생과 땅쇠는 자신들을 미행하는 자들이 있다는 건 꿈에도 생각하지 못하면서 천안을 벗어났다.

한생은 5리마다 한 그루씩 심어진 오리나무가 보이면 그 아래 자리를 잡고 앉아 호리병을 기울이며 흘러가는 구름을 감상하다 떠오르는 시상(詩想)을 가다듬고, 20리마다 심어진 시무나무(스무나무)가 보이면 앞서간 사람들이 걸어놓은 해진 짚신이 몇 켤레나 되는지 헤아려보고는 "과거를 보려는 사람이 조선 팔도에 이리도 많은데 나까지 과거를 봐서 시험장을 북적이게 만들 필요는 없지 않겠느냐?" 읊조리고는 자기 짚신도 거는 식으로 굼벵이 걸음을 걸었다.

해가 서산에 기울 무렵, 술기운이 불콰해진 한생은 땅쇠를 앞세우고는 콧노래를 흥얼거리며 산길을 오르고 있었다. 한양을 숱하게 오간 두 사람은 그리 높지 않은 산마루만 넘으면 몸을 눕힐 주막이 있다는 걸 잘 알고 있었다. 그들이 산마루에 오른 건 해가 뉘엿뉘엿 떨어지면서 서쪽 하늘이 붉게 물들고 있을 때였다. 노을을 본 한생은 연신 탄성을 지르면서 소나무 숲 근처에 있는 평평한 바위에 자리를 잡았다.

한생이 일단 이렇게 자리를 잡으면 한밤중에야 주막에 들게 될 거라는 걸 잘 아는 땅쇠는 한생을 일으켜 세우려 안간힘을 썼다. "나리, 여기서 이러시면 어쩝니까요? 어두워지기 전에 서둘러 산을 넘어야 하지 않겠습니까요?"

한생은, 평소처럼, 요지부동이었다. "이놈, 땅쇠야. 이렇게 멋들어진 노을을 보고서도 길이 멀다 하여 걸음을 재촉한다면 내 어찌 풍류를 안다 할 수 있겠느냐? 게다가 한두 번 오간 길이더냐? 험한 길도 아니고 조금만 내려가면 주막인데 어두워진 후일지라도 거길 찾아가는 게 뭐 그리 어려운 일이겠느냐? 안달하지 말고 너도 여기 앉아 노을을 즐기려무나. 어서."

땅쇠는 마지못해 자리에 앉아서도 계속 재촉하는 눈빛을 보냈지만, 한생은 아랑곳하지 않고 해가 지평선 아래로 내려가는 광경에 넋을 놓고 있었다. 굵직한 몽둥이를 들고 복면을 한 사내 다섯이 땅에서 솟아난 듯 순식간에 모습을 드러낸 건 바로 그때였다. 땅쇠는 땅거미가 내리는 산속에서 정체 모를 사내들이 갑자기 나타난 걸 보자마자 위험하다는 걸 깨닫고는 큰소리로 한생을 불러 피신시키려 했지만, 하늘에 물든 노을의 색과 얼굴빛이 잘 구분되지 않는 지경인 한생은 무슨 일이 벌어지는지를 짐작도 못하고 있었다. 설령 한생이 심상치 않은 상황임을 눈치챘더라도 취한 탓에 사지를 마음대로 가누지 못하는 한생이 몸을 피할 도리는 없었을 터였다.

강경 땅에서 싸움 꽤나 한다는 소리를 듣는 땅쇠는 몸을 못 가누는 주인을 지키려고 젖 먹던 힘까지 짜내 괴한들에 맞섰지만, 상대가 다섯이나 되는데다 몽둥이를 든 탓에 주먹 좀 쓴다는 땅쇠도 힘이 부쳐 밀리는 신세가 되고 말았다. 한생에게 달려든 괴한 둘이 한생을 쓰러뜨리고는 입에 재갈을 물리고 손발을 결박해 자루에 통째로 집어넣는 동안, 남은 셋은 격하게 저항하는 땅쇠를 때려눕히려 기를 쓰고 있었다. 땅쇠는 허공을 가르는 몽둥이들을 피하면서 주먹을 날리고 발길질을 하던 중에 몽둥이를 막다 왼팔을 다치고 말았다. 결국 혼자 힘으로는 주인을 지키지 못할뿐더러 자신마저 위태로운 처지가 될 거라 판단한 땅쇠는 일단 자리를 피해 도와줄 사람들을 불러 모은 연후에 괴한들을 쫓아가 주인을 구하는 게 상책이라는 결론을 내렸다.

그때 병욱은 문중(門中)의 중요한 일을 보느라 뒤늦게 과행을 나서는 바람에 해가 떨어지건 말건 상관없이 부리나케 길을 걷는 중이었다. 시간에 쫓긴 병욱은 한생과 땅쇠가 묵으려던 주막에서 눈만 잠깐 붙이고는 동트기 전에 서둘러 길을 나서야겠다고 생각하며 부리나케 산을 오르는 중이었다. 산마루에서 소리를 지르며 뛰어내려오는 사내와 그 뒤를 쫓는 복면 쓴 놈들을 보는 순간, 병욱은 지팡이 삼아 들고 있던 창포검을 뽑고는 곧바로 괴한들에게 달려들었다. 정황을 볼 때 달리 생각할 게 뭐 있겠는가. 몽둥이를 든 놈들은 검을 들고 달려드는 병욱의 서슬에 처음부터 기가 꺾여서는 싸움다운 싸움도 해보지 않고는 오던 길로 꽁무니를 뺐다.

"아이고, 나리, 저희 주인나리 좀 구해주십시오." 땅쇠는 거친 숨을 내쉬는 사이사이 고갯마루를 가리키며 힘겹게 말을 이었다. 병욱은 피가 흐르는 땅쇠의 왼팔을 살펴 큰 부상은 아니라는 걸 확인한 다음, 땅쇠를 그 자리에 내버려두고 바람처럼 산을 뛰어올라갔다. 하지만 병욱이 당도한 산마루에는 발자국만 어지러이 남아 있을 뿐 보이는 사람은 아무도 없었다. 병욱이 혹시나 하는 생각에 주위의 숲과 바위를 살피는 사이, 숨을 돌린 땅쇠가 마루에 당도해서는 서글픈 목소리로 애타게 "나리"를 부르며 한생을 찾았다. 허나, 흔적이 남아있더라도 어둠이 빛을 다 집어삼킨 산중에서 그걸 찾을 수 있을 리는 만무했다.

이러고 있어 봐야 헛되이 시간만 보내는 셈이라 판단한 병욱은 죽어도 산마루를 떠나지 않겠다고 고집을 부리는 땅쇠를 달래 주막으로 데려갔다. 땅쇠의 다친 곳을 살피는 게 우선이었고, 한생을 찾아 나설 경우에는 횃불이건 초롱이건 밤길을 밝힐 만한 것들을 구해야 하기 때문이었다.

주막에 방을 얻은 병욱은 땅쇠의 다친 팔부터 살폈다. 다행히 뼈는 다치지 않은 듯했다. 병욱은 주막 주인에게 얻은 약을 상처에 잘 발라주고는 깨끗한 천으로 상처를 감쌌다. "자네 주인은 보쌈을 당했을 공산이 크네." 붕대를 다 감아준 병욱이 어서 나가 한생을 구해야 하지 않겠느냐는 절박한 눈빛을 보내는 땅쇠에게 처음 한 얘기였다.

피와 눈물이 얼룩진 몰골의 땅쇠를 주막으로 데려오는 동안, 병욱은 고갯마루에서 일어난 일부터 시작해서 한생의 집안과 사람됨, 품행에 이르기까지 자신이 물은 얘기와 굳이 묻지 않은 얘기까지를 땅쇠에게서 다 들었다. 땅쇠는 황급할 때 땅에서 솟아난 산신령처럼 나타나 앞뒤 가리지 않고 선뜻 괴한들에 맞선 병욱이 한생을 찾는 일에 큰 도움을 줄 거라는 생각에 있는 얘기 없는 얘기를 다 한 참이었다.

땅쇠는 두 눈으로 똑똑하게 본 것은 아니지만 한생에게 달려든 자들이 한생에게 몽둥이를 휘두르지는 않은 것 같다고 말했다. 한생 피습의 자초지종을 들은 병욱은 땅쇠의 그 말이 사실이라면, 이게 길손의 노잣돈을 노린 산적들 소행은 아닐 거라고 짐작했다. 더군다나 이 지역은 길이 험한 곳도 아니고 한양으로 상경하는 나그네들이 무리를 지어 다니는 편이라 산적이 횡행할만한 곳도 아니었다. 병욱은 그렇기에 한생은 보쌈을 당했을 공산이 제일 크다는 결론을 내렸다.

"보쌈이요?" 무슨 말인지 알아듣지 못한 땅쇠는 어리둥절한 표정을 지었다. "우리 주인나리는 사내인데요? 독수공방하는 과부가 아니라요. 그런 분을 보쌈이라니, 그게 무슨 말씀이십니까요?"

"자네는 사내들도 보쌈을 당한다는 걸 모르는군, 그래. 이런 식이네. 금지옥엽 같은 딸을 둔 양반가에서 혼기가 된 딸의 사주팔자를 봤는데 그 딸이 지아비를 두 명 모실 팔자라는 얘기를 들었다면 어떻게 할 것 같은가? 가문의 체통을 목숨보다 중히 여기는 반가(班家)에서, 이혼 때문이건 사별 때문이건, 개가(改嫁)한 딸을 두는 건 있을 수 없는 일 아니겠나. 그럴 때 하는 짓이 아무 인연도 없는 사내를 보쌈해서 딸과 합방을 시키는 거네. 그렇게 남몰래 딸의 지아비를 한 명 만들어낸 다음에 그 사내를 죽이고 시신을 사람들이 찾을 수 없는 곳에 유기하는 거지. 그런 몹쓸 짓을 저지르고 나서 딸을 출가시키면, 그 딸은 남들 모르게 두 번째 지아비를 맞는 셈이 되는 것 아니겠나?"

"아니, 나리, 지금 그 몹쓸 놈들이 우리 주인 나리 목숨을 해칠 거라는 말씀입니까?" 덩치와는 어울리지 않게, 휘둥그레진 눈에서 금방이라도 닭똥 같은 눈물을 쏟아낼 것 같은 표정으로 땅쇠가 물었다.

"자네 주인나리가 보쌈을 당했을 거라는 내 짐작이 맞다면, 그럴 거네."

"아이고, 그럼 어쩝니까요? 나리, 이왕 도와주신 김에 저희 주인 나리 좀 살려주십쇼." 땅쇠는 득달같이 무릎을 꿇고는 허리가 부러져라 머리를 조아리며 사정했다. 병욱은 주인에게 충심을 다하는 땅쇠가 기특했다. 그리고 과거길에 오른 무고한 선비를 잡아가서 자기들의 못된 욕심을 채우고는 목숨을 앗으려는 양반가 사람들과 괴한들을 향한 분노가 치밀었다. 무과에 급제해서 무관이 되려는 자가 의분(義憤)을 느끼지 못하고 인륜에 어긋난 짓을 저지르는 자들을 징벌하지 않고 방치한다면 어찌 가슴을 당당히 펴고 어사화를 받을 수 있겠는가. 병욱은 주막으로 내려오는 길에 머릿속으로 짜놓은 계책을 실행에 옮기기로 마음먹었다.

산마루에서 괴한들이 들이닥쳤을 때 한생은 술기운과 함께 잠기운도 오르던 중이었다. 괴한들이 한생을 자루에 넣을 때, 한생은 이미 반쯤은 꿈나라에 발을 들여놓은 상태였다. 그런 일이 벌어지는 판에도 태평하게 곯아떨어졌던 한생은 2시진(4시간)쯤 지난 후에야 잠에서 깨어 주위를 살피기 시작했다.

한생은 몰랐지만, 그곳은 홀로 살던 심마니가 세상을 떠나면서 버려진 산속 폐가였다. 어쨌든, 생각지도 못한 곳에서 깨어난 한생은 아스라한 기억을 더듬은 끝에 괴한들이 자신을 덮쳤던 일을 떠올렸다. 한생은 눈을 떠서 천장을 보는 것만으로도 자신이 다 쓰러져가는 집의 안방에 있다는 걸 깨달았다. 누운 채로 고개를 돌리자 윗목 한구석에 노잣돈이 두둑이 들어 있는 자신의 봇짐이 보였다. 멀리서 본 것이긴 하지만, 봇짐을 풀어서 안을 뒤진 흔적은 보이지 않았다. 한생에게서 벗긴 그대로 팽개쳐놓은 게 분명했다. 괴한들이 자신을 덮친 건 재물을 노리고 벌인 짓이 아니라는 뜻이었다. 괴한들 입장에서는 일을 다 본 다음에 봇짐을 차지하면 그만이라 굳이 손대지 않고 놔둔 것이었지만 말이다.

그러다가 한생은 인기척을 느꼈다. 누군가가 방안에 있었다. 한생은 천천히 몸을 일으켰다. 아랫목에 이부자리가 차려진 게 보였다. 정갈한 이부자리는 벽에 바른 황토흙이 바스러져 내리는 다 허물어져가는 집하고는 생판 어울리지 않았다. 그런데 그 이부자리 옆에, 혼기를 맞은 듯 보이는 어떤 처자가 가벼이 흔들리는 촛불 빛 속에 다소곳이 앉아있는 게 보였다. 촛불은 규수의 달걀같이 동그란 얼굴의 윤곽만 흐릿하게 보일 정도로만 밝았다. 세상이 알아주는 미색(美色)인 기생들을 자주 접했던 한생은 처자의 얼굴 윤곽만 보고서도 아리따운 규수라는 걸 직감적으로 알아차렸다.

"깨어나셨습니까? 상한 곳이 없으셔야 할 텐데요." 한생이 일어나 주위를 살피는 걸 본 처자가 나지막한 목소리로 말했다.

한생은 방 안에 다른 사람이 또 있는 건 아닌지 두리번거리면서 슬그머니 처자에게로 다가갔다. "여기는 어디요? 처자는 뉘시오?" 한생은 그렇게 물으면서 방문으로 향했다. 방문에 발라진 창호지의 하얀색이 황토흙이 떨어져서 울퉁불퉁하고 손때가 묻어 시커매진 벽과 대조돼 두드러지는 것을 보면 새로 바른 창호지인 게 분명했다. 은은한 달빛이 그 새하얀 창호지를 힘겹게 뚫고 들어오고 있었다.

"송구하오나, 그 문은 사람들이 밖에서 꽁꽁 잠가 걸었사옵니다." 처자는 한생의 머릿속을 훤히 들여다보는 것 같았다. "생면부지인 선비님께 이런 몹쓸 짓을 하게 돼 안타깝기 그지없습니다만, 밖에는 장정 여럿이 흉한 무기를 들고 지키고 있사옵니다."

그 얘기를 들은 한생은 자신이 말로만 듣던 보쌈을 당했다는 걸 퍼뜩 깨달았다. 저기 있는 처자와 하룻밤 운우지정(雲雨之情)을 나눠 저 처자의 첫 지아비가 되기 무섭게 이승을 하직할 신세가 된 것이라는 걸 깨달은 것이다. 어디선가 서늘한 바람이 불어오는 것 같았다. 자신의 처지에 대한 서늘한 느낌 탓에 그런 것만은 아닌 것 같아 고개를 드니, 윗목 구석의 지붕이 조그마한 밥상이 들락거릴 정도로 넓게 뚫려 있는 게 보였다. 흙이 떨어져나간 탓에 생긴 그 틈바구니로 보이는 밤하늘의 색깔은 한생의 지금 심정만큼이나 깜깜하고 아득했다. 땅쇠 말을 듣고 서둘러 고개를 넘었으면 이런 변을 당하지 않았을 것이라는 후회가 들었지만, 물은 이미 엎질러진 뒤였다.

상황이 그렇게 절박한 판에도 어느 틈엔가 한생의 낙천적인 기질이 꿈틀거리고 깨어났다. 한생은 아무리 용을 써봐야 이곳을 빠져나갈 수는 없을 거라고 체념했다. 그래서 이판사판 눈앞에 닥친 일부터 해결하고 보자는 심사로 다소곳이 앉아있는 규수 쪽으로 몸을 돌렸다. "어찌 된 일인지 알겠소이다. 이제 나는 난생처음 보는 처자와 합방하고는 그 대가로 목숨을 내놔야 하는 것이겠구려. 좋소이다. 그리하지요. 그래, 이것도 인연이니 처자의 이름이나 알려주시오. 죽을 때 죽더라도 이승에서 마지막 연을 맺은 처자의 이름이 무엇인지는 알고 죽어야 하지 않겠소?" 멀리 산속에서 부엉이 우는 소리가 애처롭게 들렸다.

한생은 처음 들은 처자의 목소리와 조신한 말투에서 유순한 양갓집 규수라는 인상을 받았지만, 처자는 한생의 부탁을 단호한 어조로 거절했다. "소녀, 어처구니없는 변을 당한 선비님의 심정은 헤아리고도 남사옵니다. 하지만 송구하오나 소녀의 이름은 알려드릴 수 없사옵니다. 차마 선비님께 알려드리지 못할 만큼 미천한 이름이기도 하거니와, 소녀의 부모님께서 이런 흉악한 일을 꾸밀 때 소녀에게 절대로 이름을 입 밖에 내지 말라며 신신당부하셨기 때문이옵니다. 소녀, 선비님께 하는 짓이 천인공노할 일이라는 걸 잘 알면서도 이 자리에 있는 것은, 낳아주고 길러주신 부모님의 은혜에 보답하는 길이 오로지 이 길밖에는 없다고 생각하기 때문이옵니다." 처자의 목소리에서는 한없이 미안해하는 감정이 묻어났다.

한생은 처자에게는 들리지 않을 정도로 낮은 한숨을 쉬었다. 가문과 부모님을 위해 어쩔 도리 없이 여기에 온 것으로 보이는 처자의 하소연을 들은 마당에, 달리 어찌하겠는가. 여기서 처자와 합방하지 않겠다고 버티면 밖에 있는 놈들이 들이닥쳐 목에 칼을 들이댈 것이고, 그렇게 되면 억지로 처자와 합방하고 저승길에 오르든지 합방하지 않고 저승길에 곧바로 오르든지 둘 중 하나였다. "처자의 입장과 심정은 내 잘 알겠소. 전생에 내가 처자와 무슨 일을 겪었기에 이런 인연으로 엮였는지는 모르겠으나, 이왕 일이 이렇게 된 거, 우리의 기이한 인연을 제대로 맺어봅시다." 한생은 처자에게 조심스레 다가갔다.

한생의 숨결이 느껴질 정도로 가까워지자 처자는 자기도 모르게 한생에게서 몸을 돌렸다. "불을 꺼주십시오. 부끄럽사옵니다." 처자가 낯선 사내와 단둘이서만 방에 있는 건 처음일 터였다. 부끄러울 만도 하겠다 생각한 한생은 촛불을 껐고, 그러면서 방안에는 천장의 깨진 틈으로 서슴없이 들어오고 문에 새로 바른 창호지와 벽에 난 조그만 창에 발라진 창호지를 뚫고 들어오느라 기진맥진한 달빛만이 힘겹게 어둠을 밀어내고 있었다. 한생은 어둠에 눈이 익숙해지자 처자의 옷고름으로 손을 뻗었다. 옷고름이 풀리며 저고리 앞섶이 열리자, 가뜩이나 긴장한 처자가 심하게 몸을 떨었다. "떨지 마시오, 처자. 이승에서 맺는 마지막 인연, 잘 마무리하도록 하겠소이다."

한생은 귀중한 도자기를 옮기는 듯한 조심스러운 손길로 처자를 눕혔다. 한생이 처자의 옷을 벗기자 아롱거리는 은은한 구름이 사방에서 몰려와 두 사람을 감쌌다. 스스로 먹물을 머금은 붓이 된 한생은 새하얀 백지 같은 처자의 몸 구석구석에 흔적을 남겼고, 처자의 몸에는 한생이 지나간 자국이 무늬로 남았다. 천둥이 아련하게 울어대고 번개가 한참을 번쩍거렸다. 천지가 그렇게 한참을 요동을 치더니 따스한 빗방울이 나뭇가지에서 듣는 이슬처럼 똑똑 떨어지기 시작했고, 오래지 않아 구름에서 떨어진 빗방울들이 메마른 땅을 촉촉이 적셨다.

단비가 두 남녀의 몸을 촉촉이 적시는 동안, 한생은 처자가 흐느끼는 소리를, 힘껏 깨문 입술을 비집고 나오는 들릴 듯 말 듯한 작은 소리를 들었다. 한생은 손을 올려 처자의 뺨을 쓰다듬고 처자의 몸에 맺힌 물방울을 닦아주는 것으로 처자를 달래려 애썼다. 그렇게 봄날의 따스한 비가 가뭄에 허덕이던 초목을 적셨고, 그러고 나자 구름이 걷히면서 아련한 달빛이 두 사람을 덮었다.

이승의 마지막 인연을 맺은 한생은 처자 옆에 몸을 눕히고 지친 숨을 몰아쉬었다. 그러다 처자가 한없이 민망할 것이라는 생각에 얼른 몸을 일으킨 한생은 윗도리를 걸치고 아랫목 구석으로 몸을 옮기고는 눈길을 천장의 틈바구니에 던지는 것으로 처자를 배려했다. 조금 있으면 이승을 하직할 신세라는 걸 잘 알았지만, 이제 한생은 조금의 회한도 없었다.

처자가 몸을 일으켜 저고리를 걸치는 소리가 들렸다. 한생은 부지불식간에 처자 쪽으로 눈을 돌렸다. 한생의 눈길이 저고리를 입고 머리를 가다듬는 처자의 왼쪽 뒷목에 난 작은 점으로 쏠렸다. 한생의 눈빛을 느낀 처자가 뒤를 돌아보자 한생은 민망해하며 금세 고개를 돌렸지만, 잔잔한 달빛을 받은 처자의 목에 난 앙증맞은 그 작은 점은, 반들반들한 하얀 옥돌에 먹물 한 방울이 살짝 떨어져 흔들리는 것처럼 보이는 그 점은 이후로 여생 동안 한생의 뇌리에 깊이 뿌리를 내렸다. 처자에 몸에서 나는 향긋한 분(紛) 냄새도 마찬가지였다.

등 돌리고 앉은 한생의 귀에 처자가 나지막이 흐느끼는 소리가 들렸다. 한생은 생각했다. 가문과 부모님을 위한 도리를 다하려고 생전 처음 보는 외간남자와 정을 통하는 입에 담기도 싫은 짓을 한 것도 모자라 그 남자가 조금 있으면 죽으리라는 것을 뻔히 알면서도 모르는 척 외면할 수밖에 없는 처자의 심정이야 오죽하겠는가라고. 한생은 곧 들이닥칠 자신의 운명은 신경 쓰지도 않고, 그저 목덜미에, 솜털 같은 머리카락 아래에 작은 점이 나 있는 처자를 안쓰러워했다.

"아씨, 떠날 채비는 다 끝내셨는지요?" 밖에서 사내의 굵직한 목소리가 들려왔다. 한생은 올 게 왔음을 깨달았다.

"조금만 기다리게." 흐느낌을 그친 처자가 물기 젖은 목소리로 바깥 사내에게 말했다. "선비님, 소녀 때문에 선비님이 당하실 일은 송구하기 한량없습니다. 소녀, 평생 선비님께 사죄하는 심정으로 살겠사옵니다. 이런 큰 죄를 짓고서도 혹여 다음 생에 다시 태어난다면, 소녀, 다음 생에 태어난 선비님께 머리카락으로 짚신을 삼아서라도 사죄하겠사옵니다. 선비님, 비록 하룻밤이었을지언정 선비님은 소녀의 지아비였사옵니다. 그러니 지아비이신 선비님께 처음이자 마지막으로 절을 올리고 싶사옵니다. 소녀가 원망스러우실 테지만, 너그러운 마음으로 소녀의 절을 받아주셨으면 합니다."

한생은 초연한 심정이었다. "그럽시다. 처자의 처지, 십분 이해하고도 남으니 처자가 너무 자책하지 않고 오래오래 행복하게 살았으면 좋겠소. 옷깃만 스쳐도 인연이라는데, 이런 큰 인연을 맺었으니 다음 생에는 우리가 반드시 만나지 않겠소? 이번 생의 인연은 끝이 이리 좋지 않게 나지만, 다음 생에 만나면 반드시 처음과 끝이 시종일관 좋은 인연을 맺도록 합시다."

한생은 지어미로서 다소곳이 절을 올리는 처자에게 맞절로 예를 차렸다. 성(姓)도 이름도 알 길이 없는 처자는 그 절을 올리고는 조심스러운 몸놀림으로 일어나 "준비가 됐네."라고 나지막이 말했다. 밖에서 사내들이 문을 열었다. 그러자 처자는 잠시 한생 쪽으로 눈길을 돌렸다가 방을 나가 신을 신고는 밖에 가득 고인 어둠에 몸을 담갔다. 처자는 짙은 어둠이 깔린 산길을 밝히는 횃불 몇 개를 따라 길을 떠났다.

사람들이 걸음을 디딜 때마다 들썩거리는 횃불들이 멀어지는 걸 보면서, 한생은 처자가 흐느끼는 소리가 들리는 것 같다고 생각했다.

처자 일행의 모습이, 멀어지며 작아지는 횃불만 빼고는, 완전히 어둠에 잠기기 무섭게 복면을 한 사내 서넛이 서늘한 쇠붙이를 들고 문 앞에 나타났다. 한생은 최후가 멀지 않았다는 걸 알면서도 차분하게 처신했다. 방구석에 팽개쳐져 있는 봇짐을 가져온 한생은 옷매무새를 가다듬은 후에 입을 열었다. 한생은 해 떨어지기 전까지만 해도 생각도 못했던 죽음을 맞이하게 됐지만 이것도 팔자려니 생각하고 의연하게 받아들일 작정이었다. 그럼에도 죽음에 대한 두려움 때문에 목소리가 떨리는 것까지는 막을 도리가 없었다.

"죽은 사람 소원도 들어준다는데 황천길 오르는 사람 당부 하나 들어주시오. 나는 강경 사람 한상진이라고 하오. 전생에 지은 죄가 있어 이런 일을 당하는 거라 생각해서 별다른 원망은 없소만, 과거 보러 간다고 집을 나선 사람의 생사도 알 길이 없어 애태울 우리 식솔들은 무슨 죄가 있겠소? 그러니 내 생사를 걱정할 식솔들에게 소식이나 전할 수 있게 해주면 안 되겠소?"

"무슨 수작을 부리려는 거냐?" 한생의 극진한 청에 우두머리로 보이는 사내가 걸걸한 목소리로 물었다.

"한양 가는 길에 산적을 만나는 통에 큰 상처를 입었는데 병세를 보아하니 오래 버티지 못할 것 같다는 서찰을 1통 쓸 테니 그걸 주막에서 인편으로 우리 고향집에 보내줬으면 하오. 저녁에 있었던 일은 도망간 내 종놈이 잘 알 터, 내 서찰까지 받으면 부모님과 처자식들도 내가 죽었다는 걸 알고 편한 마음으로 여생을 보낼 것 아니겠소?"

우두머리는 고개를 들어 달과 별을 살펴서는 시각을 확인했다. 그러더니 고개를 설레설레 저었다. "웬만하면 그 소원을 들어주고 싶소만, 우리도 갈 길이 멀어 그래 줄 수가 없겠소이다. 보아하니 무척이나 배포가 크고 너그러운 양반님인 것 같구려. 그러니 평소 성품대로 우리를 너무 원망하지 않았으면 좋겠소. 자, 서두릅시다."

방에서 어서 나오라는 손짓을 본 한생은 저들이 여기서는 일을 치르지 않을 것임을 깨달았다. 사람들이 한생의 시신을 발견하지 못하게 만들자는 게 저들의 생각이었다. 그러려면 이 폐가보다는 험준한 절벽 밑 골짜기 같은 곳에 시신을 유기하는 편이 나았다. 여기서 일을 벌였다가는 핏자국이 남는데다 피투성이인 무거운 시신을 끌고 절벽까지 가야만 한다. 그러는 것보다는 한생이 제 발로 걸어 절벽까지 가는 편이 그들 처지에서는 일이 훨씬 수월했다. 양지바른 곳에 묫자리를 마련하는 것은 한생의 팔자에는 없는 일로 보였다. 평생을 볕 잘 드는 으리으리한 양택(陽宅)에서 살았으니 음택(陰宅, 무덤)이 그늘지고 습하다며 투덜거릴 일은 아닌 것 같았다.

한생은 "뜻은 원대하지만 명이 짧으니 운명이로다."라고 자기 인생을 정리했던 옛 선비를 떠올렸다. 한생은 자신이 원대한 뜻을 세운 적이 있었다고는 생각하지 않았다. 불혹(不惑)을 넘기는 사람이 많지 않은 세상에서 내일모레면 서른이 될 때까지 살았으니 짧다고만은 할 수 없는 인생이었다. 그러니 한생은 옛 선비처럼 자기 운명을 한탄하는 건 분수에 맞지 않는 일이라고 생각했다.

"알겠소이다." 한생은 한숨을 쉬고는 봇짐을 지고 방에서 나왔다. 한생의 묵직한 봇짐을 보고는 군침을 흘리는 놈이 있었지만, 그 놈도 한생의 숙연한 분위기 탓에 봇짐을 내놓으라는 말은 차마 꺼내지 못했다.

저승으로 가는 길은 어둡기 그지없었다. 사내들이 든 횃불만으로는 어둠을 몰아내지 못한 탓에 그리 험하지 않은 산길을 가는 것도 무척이나 힘들었다. 그렇게 힘겹게 걸음을 뗄 때였다. 숲속에서 무엇인가가 부스럭거리는 소리를 내며 일행 쪽으로 달려왔다. 그러더니 요강 크기만 한 시커먼 게 튀어나와 맨 앞에 서 있는 사내를 덮쳤다. 깜짝 놀란 사내는 괴물체를 향해 칼을 휘둘렀다. 그러자 칼에 맞은 괴물체가 괴성을 질러대며 사방을 어지러이 튀어 다녔다. 횃불을 비춰보니 칼을 맞은 새끼 멧돼지가 죽어라 울어대며 나뒹굴고 있었다. 문제는 그 다음이었다. 새끼의 비명에 성이 난 큼지막한 어미 멧돼지가 괴성을 지르고 땅을 쿵쿵 울리며, 말 그대로 저돌(猪突)적으로 달려왔다. 멧돼지의 앞을 막는 잔가지들이 힘없이 꺾여 나가는 소리가 연달아 들려왔다. 야밤에 어두운 숲길에서 달려드는 멧돼지 때문에 일행은 혼비백산하고 말았다.

넋이 빠진 괴한들이 멧돼지를 피해 사방으로 흩어지는 건 한생에게는 목숨을 구할 절호의 기회였다. 죽음 앞에서 초연한 모습을 보였던 한생이건만, 천우신조로 목숨을 부지할 수 있는 기회가 생기자 어떻게든 살아남아야겠다는 의지가 우후죽순처럼 피어났다. 괴한들이 제 목숨을 살리려고 한생을 남겨놓고 흩어지자, 한생은 하늘이 그를 살리려 멧돼지를 보낸 것이라 생각하며 괴한들과 다른 방향으로 달음박질치기 시작했다.

모두들 제 몸 추스르기에 바빠 한생을 쫓는 자는 하나도 없었다. 한생은 캄캄한 산길을 정신없이 내달리다가 뒤를 힐끔 돌아봤다. 멧돼지의 성난 소리와 사람들 고함소리가 들렸고 횃불이 이리로 저리로 두서없이 움직이는 게 보였지만 한생을 쫓는 자가 있는 것 같지는 않았다. 그래도 한생은 마음을 놓지 않고 놈들 손아귀에서 조금이라도 더 벗어나야겠다는 생각에 걸음을 늦추지 않았다.

그때였다. 갑자기 앞에 보이는 세상이 솟구쳐 올랐다. 아니, 정확히 말하면 땅이 꺼졌다. 한생은 허공에 뜬 발이 땅바닥에 다다르기까지 걸린 짧은 시간에 자신이 높은 바위에서 떨어지고 있다는 걸 깨달았다. 눈앞에 닥친 저승사자를 구사일생으로 피하자마자 또 다른 저승사자에게 덜미를 잡힌 꼴이었다. 그 짧은 사이, 한생은 "내 팔자는 아무리 발버둥을 쳐도 객사를 피치 못하는 팔자로구나." 생각했다. 왼발이 딱딱한 땅바닥을 딛는 순간, '뚝' 소리가 나면서 몸이 앞으로 고꾸라졌다. 다리가 부러진 게 분명했다. 다음 순간 엄청난 통증이 몰려왔다. 한생은 아픔에 몸부림치면서도 소리를 내지 않으려 이를 악물었다. 한생은 손으로 사방을 더듬어 몸을 숨길 만한 곳을 찾았다. 바위들 틈바구니를 찾아 몸을 감춘 한생은 통증을 이기지 못해 까무러치고 말았다.

병욱은 주막 주인을 불러 사정을 짤막히 설명하고는 엽전 몇 푼을 쥐어줬다. 주인이 보부상이라면 누구나 갖고 다니는 이 고을 일대의 지도를 가져왔다. 병욱은 자신이 말하는 곳에 맞아떨어지는 곳들을 지도에 표시해달라고 주인에게 당부했다.

우선은 보쌈이라는 일의 성격상 오가는 인적이 드문 곳이어야 했다.

그리고 남녀가 합방(合房)해야 하는 사정상, 보쌈에는 남들이 볼 수 없도록 허름하더라도 기둥이 서 있고 벽이 쳐진 집이, 또는 집 비슷한 곳이 필요했다. 그러니 움집이건 너와집이건, 방(房)이라고 부를 만한 곳을 갖춘 집이 필요했다. 그런 집이 있을 만한 곳들을 목탄으로 표시해달라고 하자 주인은 골똘히 생각에 잠기더니 그럴만한 곳들을 지도에 옅게 표시했다.

그러자 병욱은 가는 길이 심하게 험하지는 않은 곳을 짚어달라고 했다. 병욱이 짐작하기에, 괴한들이 한생을 데려간 곳은 처음에는 처자 한 명을, 처자를 들춰 업고 가건 처자가 제 발로 걸어가건, 대동하고 가야 하는 곳이고, 다음에는 장성한 사내를 납치해서 떠메고 가야 하는 곳이었다. 또한 까마득한 절벽 같은, 사람들의 접근이 어렵기 때문에 모든 일을 마치고 난 후 한생의 시신을 유기하기에 알맞은 곳이 가까이 있는 곳이어야 했다. 이 고을 토박이라서 주변 지리에 밝은 주막 주인은 병욱의 설명에 부합하는 곳을 최종적으로 대여섯 곳 짚어냈다.

주인에게서 각각의 지점에 대한 설명을 들은 병욱은 노자(路資)로 가져온 엽전꾸러미를 주인에게 건네며 지리를 잘 아는 고을 사람들 중에서 한생을 찾아 나설 힘 좋고 주먹 좀 쓰는 사람들을 구해달라고 청했다. 밤중에 산길을 가는 데 쓸 횃불과 등롱을 마련해달라고 당부한 건 물론이었다. 사비(私費)까지 털어 주인 나리를 찾아나서는 병욱의 모습에 감읍한 땅쇠는 허리가 꺾어져라 절을 올리며 고마움을 표했다.

병욱은 삯을 받기로 하고 모인 고을사람 넷에게 사정을 간략히 들려준 후 각자에게 수색할 곳을 두서너 곳씩 맡겼다. 패거리가 모여 밤을 지새워야 하기에 조그마한 불이라도 켜놓을 것이니 어두운 산속에서도 놈들의 불빛을 볼 수 있을 거라고 병욱은 설명했다. 그러면서 과부를 보쌈하는 자들은 사전에 어느 정도 말을 맞춘 과부가 별다른 저항을 하지 않을 거라서 흉기도 준비하지 않고, 무슨 일이 벌어질 경우에도 흉악한 일을 벌이기보다는 줄행랑을 치겠다는 마음가짐으로 그 일에 임하겠지만, 사내를 보쌈하는 자들은 그들과는 달리 애초부터 사람을 죽일 작정을 하고 일을 벌인 자들이므로 놈들을 찾아낼 경우 선불리 달려드는 대신에 놈들을 쫓고 선비의 목숨을 구하는 게 최상책임을 주지시킨 다음에 사람들을 산으로 보냈다. 병욱도 땅쇠와 고을 사람 한 명과 함께 길을 나섰다.

얼마나 지났을까? 한생은 자신을 부르는 아련한 소리를 들으면서 의식을 찾았다. 온몸은 식은땀으로 범벅이 돼 있었다. 힘겹게 일으킨 몸을 두 팔로 끌고 나간 한생이 바위 뒤에 몸을 숨기고는 눈만 살짝 내밀어 어둠 속을 살피자 횃불을 들고 큰소리로 자신의 이름을 부르는 사내들 목소리가 들렸다. 한생은 폐가에서 나오기 전에 괴한들에게 자신의 이름을 말했던 게 생각났다. 저게 그를 끌어내려는 괴한들이 부리는 삿된 수작인지, 아니면 그를 구하려는 사람들이 그를 찾는 소리인지 선뜻 가늠이 되지 않았다. 어찌할지 고민하고 있을 때, 가뭄에 단비 같은 목소리가 들렸다. "주인 나리"를 애타게 부르는 땅쇠 목소리였다. 기어서 밖으로 나가 "여기요, 여기. 나 여기 있소."라고 사람들을 부른 한생은 횃불이 몰려드는 걸 보고는 통증 때문에 다시 정신을 잃었다.

의식을 찾았을 때, 한생은 주막에 있었다. 병욱과 땅쇠, 고을사람들이 혼절한 그를 찾아내 부러진 뼈에 부목을 묶고 업어서 주막으로 데려온 거였다. 주막 주인은 뼈 맞추는 솜씨가 기가 막힌다는 소리를 듣는 사람을 데려와 한생의 부러진 뼈를 맞춰줬고, 돌팔이를 간신히 면한 정도라는 의원이 찾아와 한생의 상태를 살피고는 큰일은 없을 거라며 약을 조제해줬다. 그 와중에 땅쇠도 치료를 받았다.

주막 안주인이 한생의 약을 달이는 동안, 다친 팔에 약을 바르고 붕대를 감은 땅쇠는 약탕기 옆을 한시도 떠나지 않고 지키다가 직접 약사발을 들고 와 한생에게 약을 떠먹였다. 한생이 죽과 약을 먹으며 기력을 찾자, 땅쇠는 한생이 잡혀갔을 때부터 한생을 찾아내기까지 자초지종을 한생에게 들려주면서, 병욱이 노잣돈을 털면서까지 한생을 구하려 애썼음을 알렸다. 한생은 무과를 보러 상경하는 길이었다는 병욱을 '송 장군'이라 부르면서 "송 장군 덕에 목숨을 구했다."며 평생 생명의 은인으로 모시겠노라고 거듭 다짐했다. 병욱은 한생의 사의(謝意) 표시가 조금은 지나친 것 같아 부담스러웠지만, 그래도 기분이 나쁘지는 않았다.

한생이 자신을 구하느라 상경이 지체된 병욱을 걱정하자, 병욱은 "어차피 제시간에 과장(科場)에 당도하기는 그른 것 같습니다."라며 상경을 서두르는 걸 포기하고는 "과거가 이번만 있는 것도 아니니 미안해할 것 없다."며 미안해하는 한생의 마음을 편케 해줬다. 한생은 성치 않은 몸으로 고향에 내려가 가족들을 걱정시키느니, 한양에서 몸이 나을 때까지 지내다가 아무 일도 없었던 것처럼 귀향하는 편이 낫겠다는 결정을 내렸다. 자신의 방랑벽이야 다들 아는 일이니, 한양에 오래 머무르더라도 강경 가는 인편에 서찰 한 장 들려서 보내면 아무도 걱정하지 않을 거라는 게 한생의 생각이었다.

병욱은 한생과 같이 한양으로 가기로 했다. 한생은 노잣돈으로 당나귀를 샀다. 당나귀를 타고 상경하는 길에 병욱과 정겹게 잡다한 얘기를 나누는 건 횡액을 당하면서 받은 충격을 잊기에 충분할 정도로 즐거운 일이었다. 하마터면 염라대왕을 알현할 뻔했던 한생은 언제 그런 일이 있었느냐는 듯 즐거워하는 모습이었다. 하지만 그렇게 기분 좋은 모습을 보이는 동안에도 간혹 한생의 표정에 어딘지 모르게 공허한 빛이 감돌고는 했다는 걸 병욱은 알아차리지 못했다.

일행은 나룻배를 타고 한강을 건너 남촌에 있는 민기의 집에 다다랐다. 민기는 병욱의 소개로 한생과 인사를 나눴다. 한생은 홍문관 교리를 지낸 민기 같은 학식 높은 선비와 교분을 나누게 된 것을 대단히 기뻐했다. "저 같은 강경 촌놈이 송 교리님 같은 고명하신 분께 인사를 올리게 된 것은 우리 한 씨 가문의 크나큰 영광입니다."

민기는 큰일을 당할 뻔한 한생을 위로했다. 한편으로, 민기는 위급한 지경에 처한 사람을 구하기 위해 꾀를 내고 노잣돈을 내놓으면서까지 진력을 다한 당숙이 자랑스러웠다. 민기와 병욱, 한생이 기지개를 켜는 것조차 쉽지 않은 비좁은 민기의 방에서 시간 가는 줄 모르고 환담을 나누는 동안, 땅쇠는 운종가로 나가 당나귀를 팔고는 그 돈과 남아 있는 노잣돈을 합쳐 관인방(寬仁坊)의 백탑(白塔) 근처에 한생이 기거하며 몸을 추스를 셋집을 구했다.

민기는 평소 친분이 깊은 유의(儒醫) 고형순에게 한생의 거처를 찾아 다리를 치료해줄 것을 당부하는 서찰을 보냈다. 고형순은 여러 병증을 두루 잘 다스리는 것으로 정평이 난 의원이었는데, 그중에서도 골절(骨折)을 제대로 치료하는 것으로 명성이 높았다. 민기가 이렇게까지 신경을 써주고 고형순이 솜씨를 한껏 발휘한 덕에 달포쯤 지나자 한생의 다리는 다치기 전이나 다를 바가 없었다.

그러는 사이, 한생은 집안과 자주 거래하는 상단(商團)의 행수(行首)를 찾아가 한양에 머무는 데 필요한 돈을 융통해, 그 돈을 생명의 은인인 병욱의 집을 찾을 때마다 건네는 선물을 사고 형순에게 사례하는 데 썼다. 한생은 민기의 집안이 청빈한 삶을 산다는 것을 감안해서 쓸데없이 돈만 많이 드는 호사스러운 선물은 하지 않았다. 한생은 거의 하루도 빼놓지 않고 미곡(米穀)이나 찬거리로 요긴하게 쓸 만한 것들을 사서 땅쇠에게 짊어지우고는 민기의 집을 찾아 문안 인사를 올렸다. 도라지가루를 비롯해 민기의 폐병에 좋다는 약재도 여럿 선물했고, 아직 패설(稗說)을 쓰기 이전인 어린 아영에게는 그 또래 여자아이들이 좋아할 만한 참빗과 고운 꽃이 수놓아진 예쁜 댕기 같은 장신구를 선물했다. 한생은 민기의 집을 찾아올 때마다 선물을 들고 오는 예를 이후로도 쭉 차렸다. 얼마 지나지 않아 민기가 그러지 말라고 만류했음에도, 한생은 생명의 은인에게는 명이 다할 때까지 이렇게 하는 게 당연한 도리라고 생각한다면서 고집을 꺾지 않았다.

한생과 병욱은 나이 차이가 열 살 가까이 났음에도 끈끈한 사이가 됐다. 두 사람의 우애의 바탕은 당연히 한생이 당한 봉변이었지만, 우애가 더욱 두터워진 계기는 당나귀를 타고 상경하는 한생의 옆을 병욱이 따라가며 길에서 나눈 환담이었다. 두 사람은 환담을 나누는 동안 도성(都城)인 한양이 아닌 향리(鄕里)에 거주하는 거자(擧子, 과거 시험에 응시하는 사람)로서 동류의식을 느꼈다. 과거가 열릴 때마다 상경해야 하는 향리 거자들의 애환이 두 사람을 하나로 묶어준 것이다.

"한양에 사는 거자들이야 갑작스레 과거가 열리더라도 그 날짜에 마실 나가듯 과장에 가기만 하면 그만이지만, 향촌에 사는 거자들은 과거시간에 맞춰 과장에 당도하기가 하늘에 별 따기 아니겠습니까? 과거가 끝난 후에야 과거가 열렸다는 걸 알게 되는 경우도 다반사고요."

"맞습니다. 게다가 시간에 맞추느라 힘들게 상경했는데 느닷없이 국상(國喪)을 당하거나 하는 바람에 시험이 취소되거나 하면 어떻게 됩니까? 그런 일이 벌어지고 노잣돈까지 떨어지면 난처한 지경에 처하기 일쑤 아닙니까. 어렵게 상경한 처지에 헛걸음을 하고 어렵사리 구한 노잣돈 다 탕진하고 빈손으로 귀향할 때마다 민망해서 얼굴을 들고 집에 들어갈 수 없어 난처하기 이를 데 없습니다."

"과행길 고된 것은 또 어떻습니까? 호환(虎患)을 입는 일도 심심찮게 일어나는데다, 산적들한테 변을 당할 수도 있는 위험천만한 길 아닙니까?"

"책을 구하는 것도 힘들기는 매한가지이지요. 과거시험에 꼭 필요한 책이라 해서 사방에 수소문한 끝에 오십 리 넘는 길을 가서야 간신히 책을 구한 적이 있습니다. 그런데 한양에 올라와보니 한양에서는 길바닥에 굴러다니는 개똥만큼이나 흔한 책이더군요."

"따지고 보면 상경(上京)이란 말도, 낙향(落鄕)이라는 말도 그렇지요. 우리 향촌에 사는 이들은 다 아래에, 저 밑바닥에 사는 시골뜨기들이고 한양은 저 위 높은 꼭대기에 있는 도읍이라는 뜻이 은연중에 담겨 있는 거니까요."

"그리고 보면, 한양사람들은 과거에 있어서는 큰 혜택을 받는 겁니다. 물론, 혜택을 보는 게 과거뿐이겠습니까만. 아무튼 향리에 사는 사람들처럼 쪼들리는 살림살이를 탈탈 털어 마련한 노잣돈을 들여 힘겹게 발품 팔면서까지 과행에 나설 일은 없으니까요."

향촌에 거주하는 거자로서 느끼는 설움을 토로하고 서로의 처지에 공감하면서 병욱과 마음이 통하는 사이라는 걸 확인한 한생은 다리가 어느 정도 나아 스스로 거동할 수 있게 되자 목숨을 구해준 보답을 제대로 하겠다며 병욱을 한양에서도 손꼽히는 기방(妓房)에 데려갔다. 고관대작이나 잘 나가는 상단의 행수들이나 들락거릴법한 휘황찬란한 기방으로, 병욱이 훗날 퇴기가 된 매월을 처음으로 만난 곳이 그곳이었다.

고향에서 과거 준비만 하며 지낸 병욱에게 한생이 데려간 기방은 별세계였다. 그윽한 냄새를 풍기는 좋은 술과 맛난 안주가 있는 곳이었고, 자색이 출중한 기생들이 웃는 얼굴로 정성껏 시중을 드는 곳이었으며, 팔도에서 으뜸가는 풍악과 시화(詩畵)가 사내들의 넋을 해일처럼 덮치는 곳이었다. 17살에 혼인했지만 얼마 안 가 상처한 홀아비인 시골뜨기 병욱에게 그곳은 꿈에서조차 상상도 못해 본 곳이었다. 칼을 든 오랑캐 수백 명이 앞을 막아선대도 눈썹 하나 까딱하지 않을 배포가 있는 병욱이었건만, 금준미주(金樽美酒)가 넘쳐나고 경국지색(傾國之色)들이 요염한 미소를 짓는 기방에서는 고양이들에게 포위된 생쥐처럼 넋을 잃었고 얼이 빠졌다. 그런데 권력과 재물을 좇으며 세파에 닳을 대로 닳은 사내들의 비위를 맞추는 일에 염증을 느끼던 매월의 눈에는 병욱의 그런 어수룩한 모습이 무척이나 매력적으로 보였다. 병욱은 자신에게 반한 매월의 시중을 받으며 서서히 주색에 빠져들고 있었다.

병석에 누운 민기는 한생과 병욱이 기방을 제집처럼 들락거리는 모습을 묵묵히 지켜만 보고 있었다. 민기는 처음 한두 번의 기방 출입은 혈기 방장한 사내로서 그럴 수도 있다고 생각했다. 하지만 병욱은 날마다 기방을 제집처럼 들락거리고 있었다. 시간이 흐르면서 민기는 밤늦게 술 냄새와 분 냄새를 풍기며 귀가하는 병욱을 그냥 두고 볼 수가 없게 됐다. 장차 가문을 이끌어갈 병욱이 이런 식으로 주색에 빠져 헤어나지 못하는 건 가문의 앞날을 위해서도 있을 수 없는 일이었다.

어느 날, 민기는 더 이상은 방관하고 있을 수만은 없다는 생각에 쇠약한 몸을 일으켰다. 민기는 해가 기울기 시작하자 달뜬 안색으로 집 밖을 바라보며 땅쇠가 찾아오기를 고대하는 병욱을 불러 앉혀놓고 먼저 입을 열었다. "당숙 어른께 간곡히 드릴 말씀이 있습니다."

민기는 가문이 큰 기대를 거는 집안 어른으로서 행해야 할 도리가 있지 않느냐고, 그런 처지를 떠나서도 무과를 보려는 거자로서도 해야 할 일과 하지 말아야 할 일이 있지 않느냐고, 간혹 기침을 심하게 콜록거려 한동안 말을 잇지 못하면서, 집안 어른인 병욱을 질타했다. 민기에게는 그것이 집안 어른을 모시는 아랫사람의 도리였다. 평소에도 대하기 어려운 당질(堂姪)의 꾸짖음 아닌 꾸짖음에, 민기가 병약함이 물씬 느껴지는 가냘픈 목소리로 하는 하소연에 병욱은 정신이 번쩍 들었다. 병욱은 붉은 노을빛이 출렁거리는 비좁지만 정갈한 방에서 자신이 철없게 굴었음을 인정하고 다시는 그러지 않겠노라고, 마음을 다잡고 기방 출입을 끊겠다고 다짐하고 또 다짐했다.

민기는 병욱을 기방으로 모시려고 찾아온 땅쇠를 불러 긴히 할 말이 있으니 한생을 모셔오라 시켰다. 무슨 일인가 싶어 어리둥절한 표정으로 찾아와 다소곳이 방에 앉은 한생에게 민기는 말했다. "우리 송씨 가문이 이렇게 다 쓰러져가는 초가집에 거하는 빈한한 가문이오만…." 이렇게 시작한 민기의 얘기는 병욱의 무과 급제에 거는 가문의 기대가 크다는 얘기를 거쳐 잦은 기방 출입이 병욱의 장래, 나아가 송씨 가문의 앞날에도 먹구름을 드리우고 있다는 걱정에 이르렀다. 기방 출입과 관련한 구체적인 얘기가 나오기도 전에 민기가 무슨 말을 하려는 것인지 알아차린 한생은 자리에서 일어나 옷매무새를 가다듬은 다음, 민기에게 공손히 절을 올리고 무릎을 꿇고는 죄스러운 낯빛으로 사죄했다.

"교리 나리, 촌구석에서 글 몇 줄 읽은 주제에 세상천지를 다 아는 것처럼 살아온 제 잘못이 크다는 걸 비로소 알겠습니다. 저는 깊은 산중에서 송장이 돼 썩어문드러져도 아쉬워할 사람이 몇 되지 않을 하찮은 제 목숨을 살리겠다고 동분서주하신 송 장군의 은혜를 각골난망하면서 무슨 수를 써서 은혜를 갚더라도 제가 눈을 감는 날까지 그 은혜를 다 갚지 못할 거라 생각합니다. 그나마 조금씩이라도 은혜를 갚아야겠다는 생각에만 정신이 팔려 기방 출입이 송 씨 가문과 송 장군께 크나큰 폐를 끼친다는 걸 미처 깨닫지 못했습니다. 모두 제가 미련하게 타고난 데다 공부도 짧고 외진 고을에서 자라 모자라기 그지없는 탓입니다. 그런 저를 불쌍히 여기시어 제가 한 짓을 용서해주셨으면 합니다."

한생의 사죄는 극진하기가 이를 데 없었다. 민기는 생각이 짧아 저지른 일이라는 한생의 사죄를 받아들였고, 이후로도 염치불고하고 민기의 집을 찾아뵙고 가르침을 받는 걸 허락해달라는 한생의 청도 받아들였다. 한생과 병욱의 기방 출입은 그걸로 끝이 났다.

그렇게 한양에서 두 달 넘게 보내는 동안 한생의 다리는 언제 부러졌었냐는 듯 감쪽같이 나았고, 보쌈이라는 봉변이 알게 모르게 남긴 이런저런 정신적인 파장도 잠잠해졌다. 그런데 그렇게 모든 것이 평온해지며 제자리를 잡자, 잔잔해진 수면 위로 슬그머니 솟아오르는 게 있었다. 아니, 정확히 말해, 그것은 봉변을 당한 후로 간간이 수면 위로 모습을 드러냈다가는 물 밑으로 가라앉고는 했었다. 그건 달밤에 그의 뇌리에 깊이 뿌리를 내린, 달빛에 젖은 처자의 백옥 같은 살갗에 자리 잡은 작은 점에 대한 생각이었다. 그 점을 생각할 때마다 한생의 손끝에는 처자를 안았을 때 느낀 촉감이 맴돌았고 코끝에는 처자에게서 난 향긋한 살 냄새가 진동했다. 그리고 시간이 지날수록 그 촉감과 냄새는 한생의 머릿속을 흉포한 오랑캐처럼 차근차근 점령해갔다.

처음에는 별일 아니겠거니 넘기던 한생은 어느 틈엔가 상황이 심각해졌음을 감지했다. 상황이 왜 그렇게 된 것인지는 알 길이 없었다. 어쩌면 딱 하룻밤만 이어지고는 목숨을 잃는 것으로 끊어졌어야 할 처자와의 인연이 그렇게 끊어지지 않아서 그런 것인지도 몰랐다. 하룻밤을 넘기고도 목숨을 부지한 탓인지, 끊어지지 않고 질기게 남은 인연의 끈은 한생을 휘감고 한생의 생각을 얽매고 들었다. 남들 앞에서는 한마디도 하지 않았지만, 한생의 증상은 날이 갈수록 심해져만 갔다.

한생은 스스로 진단을 내렸다. 상사병(相思病)이라고. 철부지들이나 걸리는 거라 생각했던 상사병이 처자식이 있는 데다 내일모레면 서른인 그에게 찾아온 것이라고. 어쩌면 자신이 나이만 먹었지 철부지라서 그런 병이 찾아온 건지도 모른다고. 한생의 상사병 증세는 심해져만 갔다. 처자가 보고 싶었다. 처자의 살갗을 느끼고 그윽한 향기를 맡고 싶었다. 처자의 목소리를 듣고 싶었다. 처자의 손을 잡고 처자를 안고 싶었다. 한생은 도무지 달랠 길이 없는 갈증과 채울 도리가 없는 욕망 때문에 미칠 지경이었다.

한생을 더욱 미치게 만드는 건 처자의 얼굴이 전혀 기억나지 않는다는 거였다. 한생이 기억하는 건 희미한 달빛 아래 앉은 처자의 고아한 자태와 낭랑한 목소리뿐이었다. 함께 구름에 휩싸이고 비에 젖었던 남녀만이 알 수 있는 내밀한 기억들은 어느 틈엔가 한생의 머릿속에서 깨끗이 씻겨나가고 없었다. 기억을 못해서인지, 기억을 애써 지워버려서 그런 것인지는 알 길이 없었다.

한생은 처자의 얼굴을 떠올리려 갖은 애를 다 썼지만, 얼굴의 윤곽만 희미하게 떠오를 뿐, 눈과 코와 입은 자세히 떠올리려 들면 들수록 흐릿하게 뭉개지기만 했다. 따지고 보면, 한생은 얼굴도 모르는 처자를 사모하고 있는 거였다. 한생은 자신이 앓는 상사병이 처자의 자색이 출중하기 때문에 생긴 게 아니라는 점 때문에도 더더욱 괴로웠다. "내가 이런 병에 시달린다."고 남들한테 속 시원히 말할 수 있는 일이 아니라는 것도 괴로운 일이었다. 사실, 한생이 병욱을 데리고 기방을 들락거린 것은 주색에 빠져 지내다 보면 상사병이 치유될지도 모른다는 실낱같은 희망을 품고 있었기 때문이기도 했다.

누구한테 말도 못하고 혼자서만 끙끙 앓던 한생은 여의치 않게 길어진 한양 생활을 접기로 마음먹었다. 슬슬 귀향할 때가 되기도 했고, 오랫동안 못 본 처자식의 얼굴을 보면서 살다 보면 증세가 나아질까 하는 심산에서였다. 셋방을 정리한 한생은 민기와 병욱에게 한양에 올라올 때 다시 찾아뵙겠다는 인사를 올리고는 과행에 나선 지 몇 달 만에 강경으로 내려갔다.

상사병에 시달리느라 잠도 잘 못 자고 입맛도 떨어져서 잘 먹지도 못한 한생은 수척해진 몰골로 귀향했다. 오랜만에 지아비를 본 한생의 아내는, 한생이 봉변을 당했었다는 건 까마득히 모른 채, 힘든 타향살이를 마치고 퀭한 얼굴로 돌아온 지아비를 정성스레 바라지해서 한생을 감복시켰다. 한생은 지아비를 위해 헌신하는 아내를 향한 미안함과 죄책감을 느꼈다. 아버지의 품에 굶주렸던 아들들은 온갖 재롱을 피워 한생을 흐뭇하게 만들었다. 그럴 때마다 한생의 병세는 나아졌지만, 그것도 그때뿐이었다. 이제는 나아졌구나 싶은 낮을 보내고서 잠자리에 누우면 처자의 살갗과 까만 점이 천장을 떠다녔고, 눈을 감으면 나을까 싶어 눈을 질끈 감으면 어느 틈엔가 그 살갗과 점이 그의 눈꺼풀에 떡하니 자리를 잡고 있었다.

한생의 마음 한편에 둥지를 튼 걱정도 한생을 괴롭혔다. 한생이 처자의 능라(綾羅) 같은 살갗을 만졌을 때 손끝에 남았던 감촉이 갈수록 한생의 기억에서 희미해져 간다는 거였다. 처자가 아닌 다른 사람에게서는 절대로 느낄 수 없는 그 미끈하고 따스한 감촉이 바람에 깎이는 바위처럼 서서히 사라져간다는 사실이 한생은 괴롭기만 했다. 처자를 향한 그리움이 한시도 떠나지 않고 따라다니는 것도 괴로운 일이었고, 처자에게 느꼈던 감촉이 차츰 사라져가는 것도 괴로운 일이었다. 해가 뜨는 것도 괴로운 일이고 해가 지는 것도 괴로운 일인 형국이었다.

처자를 잊으려고, 처자에 대한 애착을 떨쳐버리려고 애써보지 않은 것도 아니었다. 그런데 갖은 짓을 다 해봤지만 헛수고였다. 그건 몸에서 그림자를 떼어내려 애쓰는 것이나 비슷했다. 폴짝폴짝 뛰어도 보고 번개처럼 달음박질치다 방향을 홱 틀어도 봐도 몸에서 떨어질 줄을 모르고 끈덕지게 몸을 따라다니는 그림자처럼, 처자를 향한 그리움은 무슨 일이 있어도 한생의 머릿속을 떠날 줄을 몰랐다. 이름도 모르고 얼굴도 모르는 처자를 사모한다는 어처구니없는 현실은 한생을 더욱 미치게 만들었다. 입맛이 떨어지고 세상 살맛이 없어졌다. 눈이 퀭해지고 볼이 움푹 패었다. 눈빛이 흐려지고 안색이 어두워졌다. 한생 자신도, 땅쇠도 보쌈과 관련한 얘기를 남들에게는 일절 꺼내지 않았기에, 주위 사람들은 한생이 왜 이러는지 도무지 영문을 알지 못했다.

한생이 자신의 병을 치료할 방법을 실행에 옮기기로 마음먹기까지는 한참의 시간이 걸렸다. 한생은 오랜 속앓이 끝에 결국 병을 묵혀두고 끙끙 앓느니 직접 병 치료를 위해 길을 나서기로 결심했다. 처자를 찾아내서 만나기로 마음먹은 것이다. 그것 말고는 달리 방법이 없을 것 같았기 때문이다.

처자를 만나서 어떻게 하겠다는 생각은 전혀 없었다. 그저 처자의 얼굴을 한 번 보고 처자의 손가락 끝이나마 건드려 처자의 감촉을 느끼면 그뿐이었다. 물론 서 있으면 앉고 싶고 앉으면 눕고 싶은 게 사람의 간사한 마음인지라, 처자를 만난 후에 한생의 마음이 어찌 변할지는 한생 자신도 모르는 일이었다. 나중에 어찌 될지는 모르겠지만, 아무튼 한생은 처자를 찾아내기로 마음을 굳혔다.

한생은 과행에 나선다며 땅쇠를 앞세우고 집을 나섰다. 늘 있는 일이기에 뭐라고 하거나 말리는 사람은 아무도 없었다. 오히려 역마살이 있는 게 분명한 한생이 그렇게 바깥바람을 쏘이면 까닭도 모르게 쇠약해지는 병증이 사라질까 싶어 반기는 분위기였다. 그렇게 한생은 직접 처자를 찾아나서는 길에 올랐다.

한생이 처자를 직접 찾아보기로 마음먹고 제일 먼저 한 일은 사내를 보쌈하려는 자의 입장에 서서 일을 꾸며보는 거였다. 한생이 판단하기에, 사내를 보쌈하겠다고 작정한 자가 제일 먼저 고려할 점은 여러 면에서 처자에 비해 심하게 기울지 않는, 처자와 격이 맞는 사내를 보쌈할 장소를 정하는 거였다. 아무리 처자와 하룻밤을 보내게 한 후에 목숨을 앗을 자라고 해도 근본도 모르는 미천한 자를 잡아다가 처자의 방에 집어넣을 수는 없는 노릇일 터였다. 처자 입장에서 이 보쌈은 꿈에서조차 생각해보지 못한 일일 것이다. 그런 기가 막힌 일을 벌여야 하는 처지인 처자로서는 인연을 맺는 상대가 글공부를 조금이라도 하고 곱게 자란 자라야 그나마 대하는 마음이 편할 것이고, 온순하고 유약한 자라야 괜한 앙탈을 부려 일하는 사람을 피곤하게 만드는 일이 없을 것이다. 그런 점에서, 과거를 보러 상경하는 하삼도(下三道)의 선비들이 지나는 길목인 천안 부근은 일을 벌이기에 안성맞춤인 곳이었다. 지천에 널려 있는 선비들 중에서 제일 어수룩하고 만만해 보이는 자를 고르기만 하면 되는 것이다. 바로 한생 자신 같은 자를. 여기에 생각이 미친 한생은 자괴감을 느끼며 한숨을 푹푹 쉬면서 한동안 먼 산만 바라보며 쓰린 마음을 달랬다.

일을 벌일 장소를 점찍을 때 감안해야 하는 또 다른 점은 혼기가 된 양갓집 규수를 모시고 길을 오가야 한다는 점이었다. 출가할 나이가 된 처자에게 집 울타리를 벗어나는 일은 가급적이면 피해야 하는 일이다. 정당한 사유가 있어서 출타를 하더라도 그런 사실이 괜히 사람들 입에 오르내리는 것은 처자에게나 집안에게나 되도록 피해야 하는 부담스러운 일이었다. 따라서 그런 처자가 보쌈을 위해 집을 비우는 것은 남들 눈을 피해서 행해야 하는 일로, 괜한 소문이 나지 않게 조용히 처리해야 하는 일일 것이다. 그런데 연약한 처자를 남들 눈에 띄지 않게 '모시고' 오가야 하기에, 보쌈을 꾸미는 입장에서는 마냥 멀리까지 가서 일을 벌일 수는 없는 노릇이다. 그렇기에 처자의 출타는 세상의 눈을 피해가면서 정말로 짧은 시간 안에 해치워야 하는 일이었다. 이 문제는 길을 고를 때도 골칫거리일 것이다. 처자를 모셔야 하기에 여로를 택할 때도 험한 길을 택하기가 어려운데다, 사람들 이목이 많은 곳도, 통행하는 사람이 많은 시간도 피해야 하기 때문이다.

그렇다면 처자의 출타 기간은 어느 정도로 잡아야 할까? 집안사람 입단속을 아무리 잘한다고 하더라도 혼기를 맞은 규수가 집을 비운 기간이 사흘을 넘기면 말 꾸미기 좋아하는 자들의 이목이 쏠리기 마련이다. 그렇게 따지면, 출타 기간도 여로도 제약이 많은 것이다. 한생은 이런저런 점을 고려해본 끝에 우선은 처자 일행이 출발한 곳을 천안에서 멀어야 200리(80킬로미터) 이내로 잡아보자고 결정했다. 그래서 한생은 천안을 중심으로 사방 200리 일대가 담긴 지도를 장사 일로 집을 들락거리는 상단 행수를 통해 구했다.

그런 다음 한생은 처자의 말투를 떠올리려 애썼다. 어느 지방 사투리를 썼는지 알아보기 위해서였다. 그런데 희한하게도 처자의 말투가 떠오르지를 않았다. 낭랑한 목소리는 생생하게 기억나는 데도 말이다. 한생은 참기름 짜듯이 뇌를 쥐어짜서라도 말투를 떠올리고 싶은 심정이었지만 처자의 말투는 전혀 기억이 나지 않았다. 경상도였을까? 충청도였을까? 전라도였을까? 도무지 생각이 나지 않았다.

그나마 그날 밤의 기억을 더듬어서 찾아낸 게 있었다. 복면 쓴 괴한이 했던 "갈 길이 멀다."는 말이었다. 먼 길은 어느 정도를 뜻하는 것일까? 딱히 "이 정도 거리"라고 정할 수는 없었다. 그래도 아무튼 엉겁결에 내뱉은 그 말을 바탕으로 한생은 천안에서 30리 이내에 있는 고장들은 찾아볼 곳에서 제외시켰다.

한생은 그런 과정을 거쳐 고을 여섯 곳을 우선 추려냈다. 과행을 갈때 그랬던 것처럼 땅쇠를 앞세우고 여로에 오른 한생은 평소와는 딴판으로 걸음을 재촉해서 천안에 당도한 다음, 늘 묵던 객점에 방을 잡고 여장(旅裝)을 풀었다. 새 손님이 당도해 방을 잡을 때마다 객점 주인과 땅쇠를 통해 그 손님의 출신지를 알아낸 한생은 그가 찍은 고을들 출신인 길손일 경우 "타향에서 이리 만난 것도 인연인데 술이나 한잔하자."며 불러 술과 안주를 대접했다. 한생은 술잔을 주고받으면서 출신 고을의 유지(有志)로는 어떤 사람들이 있는지, 그 집안 자제는 몇이나 되며 그중에 혼기를 맞은 여식이 있는지를 꼬치꼬치 캐물었고, 술자리가 파한 후에는 행여나 잊을까 싶어 술기운이 불콰한 중에도 술잔이 오갈 때 들은 내용을 악착같이 공책에 적었다.

한생이 찍은 고을 여섯 곳 중에 유지로 꼽히는 가문에 혼기를 맞은 여식이 있는 고을은 세 곳이었다. 한생은 먼저 가까운 고을부터 찾아가 혼기가 된 여식이 있는 유지들 집을 하나하나 찾아다녔다. 아낙네들이 모이는 빨래터에 땅쇠를 보내 각각의 집안에 대해 알아보기도 하고, 길에서 우연히 만난 안면이 있는 보부상에게서 그 집안들의 내력을 듣기도 했다.

생각처럼 순탄한 일은 아니었다. 낯선 타지(他地)사람이 고을에 나타나 그 고을 유지의 집안 사정을, 그것도 혼기가 된 여식에 대한 얘기를 시시콜콜 묻고 다니는 건 고을사람들의 경계심을 자극하기에 충분한 행동이었다. 처음 들른 고을에서는 험악한 분위기가 봉변으로 이어질 정도로 고조되기 전에 한생과 땅쇠가 고을을 떠나면서 별다른 일은 벌어지지 않았지만, 두 번째 고을에서는 한생이 기웃거린 대갓집의 하인들이 홍두깨를 들고 주막에 몰려오는 바람에 한생과 땅쇠는 걸음아 나 살려라 줄행랑을 치는 고초를 치르고 말았다. 그렇게 하인들에게 쫓기는 절체절명의 순간, 한생은 자신의 뜀박질이 이렇게 빠르다는 게 한편으로는 신기하기만 했다. 이런 식으로 조금만 도를 닦으면 도사(道士)나 산신령이 구사한다는 축지법(縮地法)을 익히는 것도 어렵지 않을 것 같았다. 세 번째 고을에서도 한생은 처자를 찾지 못했지만, 다행히 두 사람은 곤경을 겪는 일 없이 고을을 떠날 수 있었다. 그래도 한생과 땅쇠는 고을을 벗어날 때까지 마음을 놓을 수가 없었다.

발품을 팔고 돌아다닌 성과는 전혀 없었지만, 그래도 한생의 기분은 강경에서 혼자 끙끙거리고 있을 때하고는 비할 바가 아니었다. 한생은 산마루가 성벽처럼 앞을 가로막더라도 발에 날개가 돋아난 것처럼 산을 넘었고, 강물이 황하(黃河)와 장강(長江)처럼 드넓게 펼쳐져 있더라도 순풍에 떠밀려 쭉쭉 나아가는 돛단배 같은 심정으로 강을 건넜다. 근두운을 타고 하늘을 날아다니는 손오공이 된 듯한 기분으로 산천을 누비고 다녔다.

언제 상사병을 앓았냐는 듯 화색이 도는 얼굴로 강경에 돌아온 한생은 여장을 풀기 무섭게 지도부터 펼쳤다. 한생은 적당한 고을 대여섯 곳을 새로이 점찍었다. 한생을 모시고 여로에 올랐다가 연달아 봉변을 겪고 마음을 졸이던 땅쇠는 한생의 그런 모습이 도무지 이해가 되지 않았다. 앞선 과행에서 하마터면 목숨을 잃을 뻔한 한생이 왜 그렇게 위험한 일에 나서는 것인지 땅쇠로서는 알 길이 없었다. 주인 나리는 강경에서 남부럽지 않게 살아갈 수 있는데도 도대체 왜 그러는 걸까? 땅쇠는 한생의 모습이 안타깝기 그지없었지만 누구에게 하소연도 못하고 냉가슴만 앓았다.

한생의 심정은 땅쇠로서는 도무지 이해할 수 없는 거였다. 한생은 처자를 찾아다니는 일에서 뭐라 딱 꼬집어 말하기 힘든 희열을 느꼈기 때문이다. 타고난 역마살 때문에 그런 건지는 한생도 정확히는 알지 못했지만, 어쨌든 좋았다. 그러다 보니, 어느 순간부터 한생은 처자를 찾아낸다는 목표가 아니라 처자를 찾으러 돌아다니는 일 자체에 더 몰두하고 있었다.

한생은 다시 집을 나섰다. 한생의 처와 아들들은 이번에는 반드시 급제하고 오시라며, 그럴 일이 일어날 일은 없을 거라는 걸 잘 알면서도, 장도(壯途)에 나서는 한생을 격려하고 웃으며 배웅했다.

어쩔 도리 없이 한생을 따라가야 하는 땅쇠는 속이 새까맣게 타들어 갔다. 땅쇠는 틈만 나면 한생을 붙잡고는 이제 그만두시고 한양에 올라갔다가 귀향하자며 간곡히 만류했지만, 한생은 땅쇠의 고언이 진심에서 우러난 것이라는 걸 잘 알면서도 뜻을 접지 않았다. 아니, 접을수가 없었다. 땅쇠의 충심어린 고언은 처자의 정체를 알고 처자의 모습을 한 번이라도 보고 싶다는 한생의 욕구를 도저히 이겨낼 수 없었기 때문이다.

두 번째로 나선 여로 역시 처음 들른 두 곳의 상황은 첫 여로와 다를 것이 없었다. 몽둥이를 들고 쫓아오는 사람들을 피해 달아날 때 동원된 한생과 땅쇠의 축지법은 조금만 더 연마하면 도사(道士)의 경지에 다다를 것 같았다.

세 번째로 들른 곳의 결판은 조금 다르게 났다. 낯선 자들이 나타나 수상쩍은 짓을 하고 다닌다는 소리를 들은 포졸들이 들이닥친 것이다. 한생과 땅쇠는 자신들은 동헌(東軒)에 끌려갈 만한 짓은 전혀 하지 않았다고 호소했지만, 포졸들은 들은 척도 않고 두 사람을 동헌으로 끌고 갔다. 천만다행으로, 동헌에서 두 사람 앞에 나타난 사또는 외가가 강경이라 한생의 집안을 잘 알고 한생하고도 안면이 있는 사람이었다. "아니, 자네는 과거에 뜻을 두고 글공부에 열심이라 들었는데 여기는 어쩐 일인가? 과거의 뜻은 접고 가업을 잇기로 한 것인가?" 한생이 장사 때문이 아니고서는 한양 가는 길하고는 동떨어진 곳에 있는 이 고을에 나타날 일이 없을 거라 생각한 사또가 물었다.

한생은 과행에 나섰다가 잠시 딴생각을 하는 바람에 길을 잘못 들어 이 고을을 들르게 됐는데, 넘어진 김에 쉬어간다고 이 고을 산물 중에 물화로 유통할 만한 것이 있을까 싶어 고을 사람들에게 이것저것을 물었다고, 그런데 고을 사람들이 그걸 오해하는 바람에 이렇게 사또를 만나 인사를 올리는, 생각지 못한 일을 하게 됐다며 거짓말로 너스레를 떨었다.

사또는 한생의 대답이 미심쩍었지만, 고을에서 수상쩍은 짓을 했다는 이유로 강경에서는 방귀깨나 뀌는 집안의 자제를 투옥하고 곤장을 칠 수는 없는 노릇이었다. 사또는 한생과 땅쇠의 오랏줄을 풀어주고는 저녁을 대접했다. 그러면서도 한생이 동헌을 나가 고을을 돌아다니는 일이 없도록 단속을 단단히 했다. 이튿날, 사또는 마지못해 한양으로 향할 수밖에 없는 한생을 고을 어귀까지 배웅했다. 세 번째 고을을 제대로 탐문하지 못했음에도, 한생은 사또에게 뜻하지 않게 신세를 졌다며 감사 인사를 올리고는 꼼짝없이 한양으로 향하는 길에 올랐다.

그 와중에도 한생은 세 번째 여로에 올랐을 때는 조금 전의 고을을 다시 찾아 끝마치지 못한 탐문을 마쳐야겠다는 생각에 정신이 팔려 있었다. 동상이몽이라고, 땅쇠의 생각은 달랐다. 땅쇠는 한생뿐 아니라 자기 자신의 안위와 한생의 가문을 위해서라도 한생의 이런 미련한 행보를 막아야 한다는 결론을 내리고는 한양에 닿는 즉시 조치를 취하기로 마음먹었다.

한생은 남대문을 들어서자마자 운종가에 들러 송 씨 집안사람들에게 줄 선물을 샀다. 땅쇠에게 선물을 짊어지게 하고 남산골을 찾은 한생은 민기에게 문안 인사를 올리고 오랜만에 보는 송 장군과 향긋한 냄새를 풍기는 술잔을 주고받는 것으로 회포를 풀었다. 세책방에 내놓을 패설을 쓸까 한다는 아영을 위해서는 습작에 필요한 공책과 필묵을 사서 건넸다. 민기는 그에게 훈계를 듣고는 불쾌해하며 발길을 끊을 수도 있었을 한생이 이렇게 밝은 모습으로 찾아와 인사를 올리는 것이 고마웠다. 덕담과 웃음이 꽃을 피운 즐거운 술자리는 해가 떨어지고 한참 후에야 파했고, 한생은 땅쇠와 함께 북촌에 잡아놓은 셋방으로 향했다.

그런데 그날 밤, 술자리를 정리한 민기 일가가 잠자리에 들 준비를 거의 마쳤을 때였다. 숨을 헐떡거리면서 "교리 나리, 계십니까요?" 하고 묻는 소리가 들렸다. 민기가 방문을 열자, 아까 전에 한생을 모시고 집을 나섰던 땅쇠가 숨을 씩씩 몰아쉬고 땀을 뻘뻘 흘리면서 좁다란 마당에 서 있었다.

"네가 이 시간에 웬일이냐? 혹 한생에게 무슨 일이라도 생긴 것이냐?"

민기의 물음에 땅쇠는 덥석 무릎을 꿇고 엎드려서는 머리를 연신 조아렸다. "나리, 저희 나리 좀 살려주십시오. 넓은 아량으로 저희 나리와 한 씨 집안을 살려주십시오." 한생이 평소 민기를 얼마나 존경하는지 잘 아는 땅쇠는 지금 상황에서 한생을 말릴 사람은 민기밖에 없다는 생각에 한생이 셋방에서 잠이 들자마자 부리나케 남촌으로 뛰어온 거였다.

난데없이 한생과 한 씨 가문을 살려달라는 하소연을 들은 민기는 울먹이는 땅쇠를 달래 방으로 들인 후 무슨 사연인지 자세히 말하라고 시켰다. 자초지종을 들은 민기와 병욱은 혀를 차며 한숨을 내쉬었다. "잘 알았다. 한생을 향한 네 충정을 생각해서라도 내 힘껏 한생을 만류해 보겠다. 그러니 이제 돌아가거라. 가서 내일 날이 밝으면 한생에게 편한 시간에 내가 좀 뵀으면 한다는 말을 전하고 이리로 모셔오거라. 알겠느냐?" 땅쇠는 이마로 땅을 뚫을 것처럼 연신 머리를 조아리다 북촌으로 향했다.

이튿날 아침을 먹은 직후, 한생이 무슨 일인지 영문을 몰라 의아해하는 얼굴로 남산골을 찾아왔다. "교리 나리께서 저를 찾으셨다 들었습니다. 무슨 일이신지요?"

민기는 어리둥절해하는 한생을 방으로 들어오게 했다. 두 사람은 일단 예를 차려 인사를 주고받고 마주 앉았다. "평소 한생이 우리 송

씨 집안을 한미(寒微)하다 업신여기지 않고 존귀한 가문처럼 대우해줘
서 고맙기 한량없었소. 내 오늘 이렇게 한생을 보자 한 건, 그렇게 고
마운 사람이기에 입에는 쓰지만 몸에는 이로운 약을 대접하는 심정
으로 할 말이 있어서요." 민기는 간밤에 땅쇠가 찾아왔던 얘기를 꺼
냈다. 얘기를 듣는 한생의 얼굴이 백짓장처럼 하얘졌다. 민기는 한생
에게 물었다. "한생이 하룻밤 인연을 맺었던 그 처자를 찾아냈다 칩시
다. 그러고 나면 어찌할 거요? 별다른 일이 없었다면 그 처자는 이미
출가(出嫁)하여 다른 집안의 며느리가 돼 있을 거요. 그런데 그런 아녀
자를 찾아내서 어찌할 셈이오? 그 처자를 찾아내는 게 한생에게 무슨
득이 있는 거요? 그 일이 한생과 한생의 가문에 무슨 이로움이 있는
거냐는 말이오?"

한생은 대답하지 못했다. 생각해본 적이 없었기 때문이다. 한생은
오로지 처자를 다시 보고 싶다는 생각에만 사로잡혀 처자를 찾아낸
이후의 일은 단 한 번도 생각해본 적이 없었다. 한생은 숨이 막혔다.

민기는 한생을 한편으로는 달래고 한편으로는 혼냈다. "한생도 공
자님께서 두 발로 세상을 섰다는 이립(而立)의 나이를 목전에 두고 있
지 않소이까? 게다가 처자식도 있는 몸이 아닙니까? 과거를 보겠다고
꾸준히 상경하는 걸 보면 벼슬에 뜻이 있다는 말인데, 벼슬에 뜻이 있
다면 장래를 생각해서라도 그래서는 안 되는 거요. 한생이 그 처자를
찾아내는 데 성공했다 칩시다. 그렇더라도 십중팔구는 뒷말이 난무
할 거요. 한생이 지금 하는 일이 뒷말이 안 나오려야 안 나올 수가 없
는 일이지 않소이까? 내 벼슬살이라야 새벽에 맺혔다 아침햇살에 떨
어지는 이슬처럼 허무하리만치 짧게 겪었소만, 조정이라는 곳은 뒷말

이 나도는 일을 한 사람이 오래도록 관모(冠帽)를 쓰고 있게 놔두는 곳이 아니오. 그러니 그 일이 한생에게 무슨 득이 되겠소? 게다가 한생이 급제해서 가문을 빛낼 거라며 큰 기대를 걸고 있는 집안 어른들을 생각해서라도 그래서는 안 되는 것 아니겠소?"

집안 어른에 대한 얘기는 한생의 폐부(肺腑)를 찔렀다. 한생의 눈에 눈물이 핑 돌았다. 한생은 그 짧은 순간에 자신의 인생을 돌아보았다. 돈 많은 집안을 믿고 술자리나 전전하고 조선 팔도를 유람하며 허랑방탕하게 살아온 인생이었다. 한생이 흘린 눈물은 자신이 그간 살아온 인생이 얼마나 철없는 세월이었는지를 자각하며 흘린 눈물이었다. 뒤늦게나마 대오각성한 한생은 허리를 굽히고는 울먹이며 탄식했다. "제가 미쳤나 봅니다… 제가… 정말로… 미쳤나 봅니다… 미치지 않고서야… 장차 조상님들을 무슨 낯으로 봬야 할지…." 한생은 그렇게 한참을 통곡했고, 민기는 한생의 탄식과 통곡을 굳이 말리지 않았다.

한참 후에 눈물을 그친 한생은 끊어진 인연을 다시 이어보려는 허무한 짓을 다시는 하지 않겠다고 민기에게 다짐했다. 그의 다짐은 마음을 새로이 가다듬고 새 인생을 살아보겠다고 맹세하는 술자리로 이어졌다. 자신의 충고를 들어준 한생이 고마운 민기에게도, 새 출발을 하려는 한생에게도, 한생의 새 출발을 축하해주는 병욱에게도, 민기에게 고자질을 해서까지 한생을 바로잡으려 했던 땅쇠에게도 모두 기분 좋은 술자리였다.

자리가 파하고 모두들 좋은 기분으로 작별 인사를 나눈 다음 한생과 땅쇠가 집을 나설 때였다. 술이 얼큰하게 오른 한생이 땅쇠를 불러 세웠다. 그러고는 땅쇠의 등짝을 손바닥으로 힘껏 내리쳤다. 한생에게 잘 가시라는 인사를 올리고는 방에서 패설을 쓸 준비를 하던 아영이 깜짝 놀라 방문을 열고 내다볼 정도로 큰소리였다.

등짝을 언어맞고 어안이 벙벙했던 땅쇠와 등짝을 후려친 한생은 잠시 서로를 쳐다보다가 너털웃음을 터뜨렸다. 한생의 구타는 자신에게 충심을 다한 땅쇠에 대한 고마움의 표현이자 민기에게 모든 걸 꼬치꼬치 일러바친 괘씸함에 대한 징벌이었다. 활짝 웃는 얼굴로 셋방으로 향한 두 사람은 이튿날 민기의 집에 들러 인사를 올리고는 한강을 건넜다.

한생은 강경으로 내려가는 동안 앞으로 어떻게 살 것인가 고민했다. 벼슬 욕심은 애초부터 없었다. 세상에 이름을 떨치는 것도 별 관심이 없었다. 돈은 굳이 악착같이 벌지 않더라도 집에 잔뜩 있었다. 한생은 더 이상은 무위도식하지 않기로, 큰돈을 버는 일이 아니더라도 떳떳하게 얼굴을 들고 해나갈 수 있는 일을, 아들들 보기에 부끄럽지 않은 일을 하면서 살아가기로 마음먹었다. 좋아하는데다 잘 할 수 있는 일, 세상을 이롭게 하는 일, 타고난 역마살을 제대로 써먹을 수 있는 일을 하기로 결심했다.

한생과 땅쇠가 다음번에 남촌을 찾은 건 그로부터 두 달 뒤였다. 민기의 집에 들어서는 한생의 봇짐에는 책이 잔뜩 들어 있었다. 땅쇠가 모는 나귀에도 책궤가 여러 짝 실려 있었다. 그새 한생은 책쾌(冊儈)가 돼 있었다.

민기에게 정중히 문안 인사를 올린 한생은 한양에 유통시키려고 충청과 전라 일대에서 가져온 책들을 민기에게 보여줬다. 책을 사고자

하는 사람과 팔고자 하는 사람 사이의 거래를 중개하는 책쾌가 되기로 마음먹은 후, 한생이 안면이 있는 명문가를 일일이 돌아다니면서 한양에 올라가 책을 사겠다는 구매자를 찾아 좋은 값을 받고 팔아오겠다며 설득한 끝에 받아온 책들이었다. 민기는 책들을 하나하나 살폈다. 모두 글 읽는 선비라면 반드시 읽어봐야 하는 책이라는 소리를 듣는 책들이었고, 그중 일부는 명성은 자자하지만 시중에서 구하기가 쉽지 않은 책들이었다. 하나같이 책을 팔겠다고 나서면 사겠다는 사람들이 줄을 설법한 책들인 것을 보면서, 책쾌로서 첫발을 내디딘 한생 앞에 놓인 장래는 밝은 편이라고 민기는 생각했다.

"책쾌로 처음 나선 길인데도 이런 책들을 가져온 걸 보면 책쾌로서 자질을 타고난 것 같소이다."

민기의 칭찬에 한생은 빙긋 웃었다. 강경에 내려가는 내내 장래를 고민하던 한생의 머리에 어느 순간 책쾌가 되는 건 어떨까 하는 생각이 떠올랐었다. 그는 자신이 책쾌가 되면 남들보다 유리한 점이 많을 거라 판단했다.

우선, 그는 책에 대해 잘 알았다. 한생은 글공부를 열심히 한 사람은 결코 아니었지만, 어쨌든 어린 시절부터 책을 가까이하며 자랐던 데다 동문수학한 친구들이 많아 선비들이 좋아하는 책, 읽고 싶어 하는 책, 자주 입에 담는 책의 제목들을 들을 때마다 기억해두고 있었다. 그가 책 제목을 기억하는 데에는 한양에 과행을 다녀올 때마다 그런 책을 구해 고향에서 어렵게 공부하는 친구들에게 선물하려는 목적도 있었다. 아무튼 장사치 입장에서 자신이 다루는 물화에 대해 정통하다는 건 크나큰 장점이었다.

둘째, 책의 매매를 주선하는 중개인인 책쾌는 결국 인맥으로 하는 장사였다. 그런데 그는 인맥 면에서는 누구에게도 뒤지지 않을 자신이 있었다. 강경에서 몇 백리 이내에서는 모르는 사람이 없는 유복한 집안 출신에 성격도 좋고 사람 사귀는 걸 좋아하는 활달하고 낙천적인 성격 덕에, 그는 집안이 소유한 땅만큼이나 넓은 마당발이었다.

셋째, 장사에는 관심도 없는 한생이었지만, 그의 핏줄에 상인의 피가 흐른다는 사실은 결코 속일 수가 없었다. 한생은 하려고 들지 않아서 그렇지, 마음만 먹으면 남 못지않은 장사 수완을 발휘할 자신이 있었다.

넷째, 그의 고향인 강경은 지리적으로 책쾌 일을 하기에 유리했다. 강경에서 쉽게 들락거릴 수 있는 충청도와 전라도에는 유서 깊고 뼈대 있는 선비 가문이 많았다. 모두 좋은 책을 소장한 곳들인 동시에 좋은 책을 구하려는 욕구가 큰 곳들이었다. 따라서 책쾌가 활동할 수 있는 여지가 무척 큰 지역이었다.

다섯째, 그 자신이 책에 대한 갈증과 원하는 책을 얻느라 겪은 불편함을 몸소 느껴본 바가 있어서 책쾌의 손님 입장에서 책쾌 일을 해나갈 수 있었다. 과거 공부를 할 때, 그는 공부에 필요한 책을 얻느라 애를 먹은 적이 여러 번 있었다. 따라서 그는 자신이 책쾌가 되면, 강경 일대의 거자들에게서 자신이 겪었던 불편을 조금이라도 덜어줄 수 있을 거라고 생각했다. 그렇게 하면, 평소 불만이던, 한양 거자와 향촌 거자 사이의 공평하지 못한 책 수급 상황을 조금이나마 개선할 수 있을 터였다.

결심을 굳힌 한생은 집에 도착하자마자 식구들이 모인 자리에서 과거 공부는 접고 책쾌로 살아가겠다고 알렸다. 한생이 무슨 결정을 하

건 흔쾌히 수긍하며 격려를 아끼지 않던 집안 식구들은 이번에도 잘 생각했다며 이구동성으로 한생의 결정을 반겼고, 그로부터 채 이삼일도 안 돼 강경 일대에는 한생이 책쾌가 됐다는 소문이 퍼졌다. 그 소문 덕에 한생이 방문하고 싶어 한다는 전갈을 들은 일부 가문들은 한생에게 맡길 책을 미리 싸두고 한생을 맞는 일까지 생겼다.

한생은 책쾌 일을 이문을 남기는 장사로 여기지 않았다. 물론 책쾌 일로 이문을 남기지 않은 건 아니었지만 말이다. 한생은 책쾌를 성현들의 말씀과 시성(詩聖)들의 시구(詩句)를 담은 책들을 가진 이들과 그 책들을 원하는 이들을 이어주는 일을 하는 월하노인(月下老人) 같은 사람이라고 생각했다. 조상 대대로 내려오는 생활의 지혜와 삶에 유익한 갖가지 비법들을 담은 책들을 그것들에 목말라 하는 이들에게 안겨줘서 갈증을 풀어주는 일을 하는 사람이라고 생각했다. 책쾌 일을 시작하고 얼마 안 있어, 군기시(軍器寺) 도제조 영감의 회임한 며느리를 위해 태교를 다룬 책과 산모와 소아를 위한 의서(醫書)를 구해다 준 덕에 산모와 갓난아기가 귀한 목숨을 구할 수 있었다며 도제조 영감에게서 감사 인사를 받았을 때, 한생은 뿌듯한 보람을 느끼면서 책쾌로 나서기를 잘했다고 생각했다.

한생은 민기에게도 좋은 책을 사려는 유자(儒者)들과 대대로 소장해 온 귀중한 책을 피치 못할 사정 탓에 세상에 내놓으려는 선비들을 많이 소개해달라고 부탁했다. 책쾌로서 본분에 충실한 한생의 부탁에, 민기는 웃으며 "과거를 보려는 뜻은 완전히 접은 것이냐?"고 물었다.

"그렇습니다." 한생은 고양(高陽)에 사는 친가 쪽 먼 친척 얘기를 꺼냈다. 어려서부터 벼슬아치가 되겠다는 일념으로 과거에 뻔질나게 낙방하면서도 뜻을 꺾지 않았던 그 친척은 회갑을 넘기고 고희(古稀)를 바라보는 나이에 어찌어찌 능참봉 자리를 얻었다. 능참봉은 왕릉을 관리하는 종구품(從九品) 벼슬이었다. 언젠가 일갓집 잔치자리에서 만난 그 친척이 능참봉이 됐다며 어깨를 으쓱거리는 걸 보며 한생은 "그깟 능참봉으로 저리 유세를 떨다니…." 하며 한심하게 생각했었다. 한생은 민기에게 그 친척 얘기를 하며 농을 했다. "그나마 그 분이야 근처에 왕릉이 많은 고양에 사니 능참봉이라도 했지, 충청도 저 끝, 전라도 바로 위에 있는 강경 근처에는, 지금 있는 먼 옛날 백제 때 왕릉들 말고는, 왕릉이 들어설 일이 없기 때문에 저는 능참봉조차 고대하지 못하는 신세입니다."

한생은 책쾌로서 처음 상경한 길에서 제법 쏠쏠한 성과를 올렸다. 자신감을 얻은 한생은 더 열심히 책쾌 일을 했고, 한생의 일은 날이 갈수록 번창해졌다. 한생은 정말로 열심이었다. 상경했을 때는 한양의 사대문을 발이 닳도록 들락거렸고, 고양과 양주, 시흥, 과천, 광주 등 사대문 밖에 있는 한양 주변의 여러 고을도 제집처럼 돌아다녔다. 좋은 책이 있다는 얘기를 들으면 불원천리하며 기꺼이 산을 넘고 물을 건넜고, 책을 사려는 의향이 있을 만한 사람이라는 얘기를 들으면 체면불구하고 그 집 대문을 두드려 거침없이 자기 소개를 했다. 그러다 보니 어느 틈엔가 한생은 한양의 내로라하는 대갓집을 스스럼없이 들락거릴 수 있게 됐다.

한생이 발품을 판 곳은 한양 일대에만 국한된 게 아니었다. 한생은 땅쇠와 당나귀와 함께 충청과 전라 일대를 누비고 다니면서 아낌없이 발품을 팔았다. 한생은 강경과 한양을 오가면서 객점과 주막을 들를 때도 거기서 만나는 거자들이 하는 말을 한 마디도 허투루 듣지 않았다. 한생은 그들이 주고받는 말을 통해 어느 고을에 어느 양반이 진귀한 책들을 소장하고 있고 어느 양반이 좋은 책을 사는 데 돈을 아끼지 않는지를 파악했다. 그렇게 열심이다 보니, 한생의 책쾌 일은 비구름을 만나 승천하는 용처럼 무서운 기세로 성공가도를 달렸다.

한생은 분주히 일하는 와중에도 한양에 올 때마다 민기의 집을 찾아 인사를 올렸고, 그때마다 책쾌 일이 대단히 흡족하다고 말했다. "책쾌가 하늘이 정해준 제 본분인가 봅니다. 이렇게 늦은 나이에 본분을 찾은 게 억울하다는 생각이 들기도 합니다만, 더 늦기 전에 이렇게라도 본분을 찾았으니 다행한 일이라 생각하기로 마음먹었습니다."

한생이 책쾌가 된 건 한생 혼자에게만 흡족한 일이 아니었다. 가까이로는 한생을 수행하며 시봉하는 땅쇠에게도 흡족한 일이었다. 책쾌인 한생을 따라다니는 일은 신나는 일이었다. 역마살이라면 한생 못지않은 땅쇠는 한생을 따라 조선 팔도를 누비는 게 좋았다. 한생을 따라 장안에 명성이 자자한 고관대작들의 집을 출입하는 건 기분 좋은 일이었다. 강경에 내려가 생전 충청도 경계를 벗어나 본 적이 없는 사람들에게 한양의 정승집과 판서집 풍경이 이러니저러니 떠들어대는 건 아무나 할 수 있는 일이 아니었다. 게다가 한생이 책쾌 일에 몰두하면서 걱정거리가 없어진 것도 좋았다. 땅쇠는 한생이 허랑한 삶을 접고 건전하게 살아가는 데 한 몫 거든 것 같아 뿌듯하기도 했다.

책쾌 한생은 송 씨 집안사람들에게도 흡족한 일이었다. 한생이 처음 안면을 트던 시절하고는 다른 면에서 송 씨 일가에게 도움을 줬기 때문이다. 책쾌 한생에게 가장 큰 혜택을 받은 사람은 역시 민기였다. 민기와 한생은 공생(共生) 관계였다. 민기는 한생이 한양과 강경을 오갈 때마다 제일 먼저 인사를 올리고 제일 나중에도 인사를 드리는 사람이었다. 한생은 갖고 있는 책을 민기에게 한 권도 빼놓지 않고 다 보여줬고, 민기는 제목으로만 듣던, 평소 접해보지 못한 귀한 책들을 실제로 손에 쥐고 읽어볼 수 있게 됐다. 더불어 한생이, 민기의 소개를 받고 찾아간 손님들의 집을 비롯해서, 책을 살만한 손님들을 찾아갈 때마다 나머지 책들을 민기의 집에 놓고 갔기 때문에, 민기는 귀한 책들을 직접 필사할 수 있었다. 귀한 책을, 소장은 못하더라도, 필사하는 것은 글 읽는 걸 천직으로 여기면서도 가난한 탓에 그런 낙을 제대로 누리지 못하는 선비가 누릴 수 있는 최상의 호사였다. 게다가 민기의 소개 덕에 한생에게서 귀한 책을 얻는 기쁨을 누렸다는 감사 편지를 지인들에게서 받는 것도 기분 좋은 일이었다.

한생의 고향 강경은 좋은 종이가 나오는 곳으로 유명한 전주하고 가까웠다. 한생은 한양에 올 때마다 전주에서 사온 종이를 갖고 전교서(典校署)를 찾아가 책을 인쇄해서 삼남에 유통시키기도 했는데, 가끔은 민기에게 필요하다 싶은 책을 민기에게 주고 가기도 했다.

한생이 일방적으로 주기만 한 건 아니었다. 한양의 선비들 사이에서 평판이 좋은 민기는 한생에게 새 고객들을 소개해주는 좋은 출처였다. 조선 팔도에 유통되는 책의 주요한 출처 중 하나가 청나라 연경(燕京)을 다녀오는 연행사(燕行使)들이었다. 성공한 책쾌가 되느냐 여부는 어느 정도는 연행사들과 얼마나 연줄을 잘 맺느냐 여부에 달려 있었다. 그런데 연경을 다녀오는 연행사들이 정해질 때마다 그 안에는 민기의 지인이 많았다. 그래서 한생은 민기 덕에 연행사들이 청나라에서 가져온 귀한 책들을 접하고 입수해서 유통시킬 수 있었다.

송 장군은 한생의 좋은 술친구였다. 예전처럼 기방에서 기녀들의 시중을 받으며 마시는 술은 아니었지만, 땅쇠가 아현리(아현동) 술도가에서 받아온 삼해주(三亥酒)를 나물 안주를 놓고 마시며 향리 출신 거자로서 감내해야 하는 이런저런 차별에 대한 우울한 심사를 털어놓다 보면 가슴 한구석을 막고 있던 답답함이 확 트이는 기분이었다.

아영이 쓴 패설이 전라도 태인(泰仁)에서 방각본(坊刻本)으로 간행되도록 다리를 놓아준 것도 한생이었다. 한생은 아영이 쓴 패설이 정 씨의 세책방에서 인기를 얻자, 세책방을 찾아가 정 씨와 흥정을 했다. 어느 정도는 송 씨 집안에 진 은혜를 갚으려는 생각에서 비롯된 흥정이기도 했지만, 주로는 책쾌로서 한생이 한 판단이 주된 계기였던 흥정이었다. 한생은 아영의 책이 한양에서 그리 큰 인기를 얻는다면 충청과 전라에서도 당연히 인기를 얻으리라 생각했다. 실제로 충청과 전라의 일부 지역에서는 아영의 패설을 필사한 책을 구하려고 난리였다. "아영 낭자의 글을 읽고 싶어 하는 사람이 삼남에 얼마나 많은지여기 한양에서는 상상도 못할 겁니다. 다음 책은 언제 나오느냐고 묻는 사람들이 여름날 파리들처럼 제게 달라붙는다고 하면 믿으시겠습니까? 심지어는 책이라면 진저리를 치며 도망가는 우리 내자(內子)도 아영 낭자의 책이라면 사족을 못 쓸 정도입니다. 우리 내자는 아영 낭자를 직접 뵙는 영광을 누리고 싶어 안달이지만, 한양과 강경이 고개하나 사이에 둔 이웃고을이 아닌 터라 그러지를 못해 안타까워만 하고 있을 따름입니다. 그러니 낭자께서는 열심히 패설을 쓰십시오. 나머지 일은 제가 다 알아서 하겠습니다."

한생은 아영에게 호언장담을 하고는 정 씨를 만나러 갔다. 그러고는 타고난 장사 수완으로 정 씨를 구워삶았다. 방각본 간행인에게서 자신이 받을 구전(口錢) 중 일부를 떼어주기로 한 한생은 아영이 쓴 글을 넘겨받아 태인(泰仁)으로 갔다. 한생이 그렇게 받은 구전 중 큰 몫을 아영에게 넘겨준 것은 물론이었다. 아영으로서는 자신의 글을 읽는 사람들이 조선의 남쪽 지방에도 많다는 걸 확인하며 뿌듯한 자부심을 느낌과 동시에 살림에도 보탬을 주는 기분 좋은 일이었다.

따스한 바람이 부는 어느 봄날이었다. 한생이 오전부터 민기의 집을 찾아 인사를 올렸다. 한생은 아영의 패설을 중개하며 받은 구전인 엽전꾸러미를 내놓았고, 땅쇠는 한생이 송 씨 집안을 향한 정성으로 마련한 쌀 반섬을 지고 있었다. 간만에 병세가 호전된 민기는 볕도 좋고 바람도 솔솔 부는 날을 맞아 좁다란 마당에 책을 가득 펼쳐놓고 습기를 말렸다. 포쇄(曝曬), 즉 쇄서포의(曬書曝衣)를 한 거였다.

책을 끔찍이도 좋아하는 책벌레 민기와 민기 같은 책벌레들에게 원하는 책들을 구해다 주는 일을 하는 한생은 마루에 앉아 책벌레가 창궐하지 못하게 책을 말리는 모습을 한가로이 지켜보았다.

"책벌레를 막겠다고 이렇게 책을 말려봐야 무슨 소용입니까? 정작 여기 있는 큰 책벌레는 막지도 못하면서 말입니다." 한생이 간서치(看書癡) 소리까지 듣는 민기를 웃는 눈으로 보며 농을 던졌다.

"그러게 말이오. 그런데 나라는 책벌레는 책벌레치고는 조금 희한한 놈인가 봅니다. 햇볕을 쪼이고 돌아다녀도 아무렇지도 않아 하면서 책을 쏠아먹는 걸 그칠 줄 모르는 것도 신기합니다만, 좀이 신선(神仙)이라는 글자를 세 번 먹으면 맥망(脉望)이라는 벌레가 되고, 그 맥망을 밤중에 하늘에 비추면 별이 내려와 환골탈태할 수 있는 약을 구할 수 있다던데, 내 지금까지 신선 글자를 몇 백 번, 몇 천 번은 읽은 것 같은데도 맥망이 되지 못하는 걸 보면 나라는 놈은 그런 벌레도 되지 못하는 놈인가 봅니다."

민기는 그 말을 마치자마자 가슴을 부여잡고 심하게 기침을 해댔다. 깜짝 놀란 한생은 황급히 민기를 부축하고 진정시키려 애썼다. 다행히 민기의 기침이 진정된 후, 두 사람은 한동안 말없이 따스한 봄볕을 쬤다. 그러다 민기가 입을 열었다. "처음 책을 읽을 때가 생각나는구려. 할아버님 앞에 무릎을 꿇고 책장을 넘기며 혀 짧은 소리로 더듬더듬 글을 읽었더랬소. 그때부터 책 읽는 재미를 붙여 책을 읽으며 자라고 책을 읽으며 허기를 채웠는데, 이제는 나이를 먹고 몸의 병이 마음까지 퍼지고 나니 종일토록 책을 읽어도 눈을 뜨고 있어도 아무것도 보지 못하는 청맹과니가 돼버린 것 같소이다."

"지나친 겸손의 말씀이십니다."

두 사람은 다시 한동안 말없이 책을 바라봤다. 겨우내 책장에 배어서 곰팡이와 좀을 키워내던 습기가 봄볕을 맞아 아지랑이처럼 피어오르고 있었다. 그리고 습기가 쫓겨난 덕에 조금이나마 명이 늘어난 책은 담고 있는 문자를 세상에 더욱 널리 퍼뜨릴 수 있게 됐다. 책이 마르는 광경을 흐뭇한 눈으로 바라보던 민기가 다시 입을 열었다. "저것들, 저 책이란 건 뭘까요? 창힐(蒼頡)이 새가 남긴 발자국을 보고 문자를 만들고, 옛사람들이 나무로 종이를 뜬 이후로 만들어졌을 저 책이란 게 대체 뭘까요?"

"저 같은 식충이를 밥 벌어먹고 살 수 있게 해주는 귀한 물건 아니겠습니까?" 진지하게 묻는 민기의 말을 한생이 농으로 받고는 물었다.

"밥벌이 얘기가 나와서 말씀입니다만, 조정에서 서점(書店)을 설치하는 문제로 논의가 한창이라는 얘기를 교리님께서도 들어보셨겠죠?"

민기는 고개를 끄덕였다. "들었소이다."

"서점 설치에 대해 어떻게 생각하십니까?"

"십 년여 전에 연행사의 일원으로 연경에 가본 적이 있는데, 청나라에는 서점이 많고 거기서 책을 구하려는 사람들도 많더이다. 책 읽는 선비가 많기로는 우리 조선도 청나라 못지않을 터인데 그런 조선에 서점이 없다는 건 이상한 일 아니겠소? 나는 서점을 설치해야 옳다고 봅니다." 책과 사람들 사이의 인연을 맺어주는 일을 하는 책쾌 앞에서 서점 설치를 찬성하는 건 껄끄러운 일일 텐데도 민기는 평소 성품대로 속에 품은 말을 거침없이 쏟아냈다.

"제가 책쾌라서 드리는 말씀은 아니지만, 서점이 없는 지금도 모두들 저 같은 책쾌의 도움을 받거나 알음알음으로 보고 싶은 책을 구하는 데는 큰 불편이 없지 않습니까?"

"책쾌인 한생은 서점이 설치되면 책쾌들이 모두 설자리를 잃을 거라 걱정할 테지만, 내 생각은 그렇지 않소이다. 서점을 설치한다 한들 그 서점이 세상에 있는 책을 모두 갖출 수는 없을 거요. 역사 이래로 세상에 나온 책이 수십만 가지, 수백만 가지일 터인데, 제 아무리 큰 서점이라 할지라도 어찌 그걸 다 갖출 수 있겠소. 그렇기에 서점이 생기더라도, 사람들은 구하고 싶어 하지만 서점에는 없는 책들이 반드시 많이 있을 거요. 그렇다면 그런 책들을 어디에서 구하고 누구를 통해 구하겠소? 결국 사람들은 한생 같은 책쾌를 찾게 될 것이오."

"그렇겠지요? 조정에서 서점을 설치하기로 결정한다 하더라도 책 쾌가 없어질 일은 없겠지요? 사실, 제 생각도 교리님 생각과 크게 다르지는 않습니다. 그럼에도 책쾌는 책쾌인지라, 혹시나 하는 마음에 걱정이 아주 없었던 건 아니었는데, 교리님께 그런 얘기를 들으니 이제는 마음을 푹 놓을 수 있게 됐습니다."

축축하게 늘어져 있던 글자들이 봄볕을 받으며 습기를 털어내고는 바삭바삭한 생기와 파릇파릇한 활력을 되찾았다. 그러면서 민기는 그 책을 쏠아먹는 책벌레로 돌아갈 채비를 마쳤고, 한생은 책에 굶주린 사람들의 허기를 채워주러 갈 준비를 끝냈다.

며칠 후, 아영은 호조판서 유(劉) 대감 집을 찾았다. 2년 전에 유 대감의 셋째 아들에게 시집간 소꿉친구 문세란을 만나러 간 거였다. 이 만남은 세란 입장에서는 유 대감 댁의 호랑이보다 무섭다는 안주인인 정부인(貞夫人) 강(姜) 씨 밑에서 고추보다 매운 시집살이를 하느라 지칠 대로 지친 세란이 젖먹이 때부터 친한 사이였던 아영에게 시집살이의 고단함을 하소연하는 자리였고, 아영 입장에서는 패설을 쓸 때 대감댁 생활을 핍진하게 묘사할 수 있도록 호조판서 댁의 살림살이를 직접 보고 들을 수 있는 기회였다.

아영과 세란은 유 대감이 집 뒷동산에 세운, 풍광 좋기로 소문이 자자한 정자에 마주앉았다. 정부인 강 씨가 용인에 있는 친정집에 다니러 가면서 며칠 집을 비운 덕에 숨 돌릴 틈을 찾은 세란은 아영에게 한숨 섞인 토로를 두 시진 가까이 늘어놨다. 숨 쉴 틈 없이 쏟아지던 토로는 세란이 목이 마르다며 여종에게 수정과를 가져오라 이르는 덕에 잠시 끊겼다.

그 틈에 아영은 궁궐을 비롯한 한양의 풍광이 한눈에 들어오는 정자에서 한양 도처에 피어있는 봄꽃들의 화려하고 아름다운 자태와 기와집과 초가집이 뒤섞인 올록볼록한 지붕들의 모양새를 구경하며 눈을 호강시키고 있었다. 그때, 유 대감을 찾아온 손님이 "여봐라, 거기 누구 있느냐?" 하고 부르는 소리에 유 대감집 하인이 부리나케 대문으로 뛰어가는 모습이 보였다. 하인이 열어준 대문으로 어떤 선비가 들어왔고 그 뒤로 궤짝을 든 하인이 따라 들어왔다. 아영은 그게 한생과 땅쇠라는 걸 알아봤다.

"한 책쾌가 왔네. 어머님도 안 계신데…." 세란이 집에 들어서는 한생을 보고는 혼잣말을 했다.

"한생이 너희 시댁도 찾아오나 보구나?" 아영이 세란에게 물었다.

"너도 저 책쾌를 아니? 아참, 그래, 아버님께 저 책쾌를 소개해준 분이 너희 아버님이셨지?" 세란이 계집종이 가져온 수정과를 한 모금 마시고는 말했다.

아영은 한생이 강경 사람으로 과거 공부를 하다가 접고 책쾌를 하게 됐다고 세란에게 설명하면서도, 한생이 자기 집안과 인연을 맺게 된 계기에 대한 언급은 전혀 하지 않았다. 민기나 병욱도 아영 앞에서는 그 얘기를 한 적이 없었다. 아영은 그저 술상 심부름을 하다 얻어들은 한두 마디 말과 땅쇠가 엉겁결에 흘린 몇 마디 말로 전후를 추측하고, 이후 어른들 사이에서 넌지시 오가는 얘기와 한생의 통곡을 통해 자신의 짐작이 맞았음을 확인한 것뿐이었다.

"장사 수완을 타고난 사람인 것 같아. 까탈스럽기로는 둘째가면 서러워할 우리 시어머니도 저 사람 앞에서는 한없이 인자한 부처님으로 변하고 마는 걸 보면. 저 사람 때문에 내 고생이 막심하기는 하다만, 그래도 미워할 수는 없는 사람이야."

"네가 저 분 때문에 고생이 막심하다고?"

"우리 시어머니가 저 사람한테 부탁해서 『규방지남(閨房指南)』이니 뭐니 하는 책들을 잔뜩 구해다가는 형님들하고 나한테 그걸 읽으라고 시키신단다. 틈만 나면 시험도 보고. 온종일 시집살이하랴 책 읽으랴 시험 보랴, 게다가 시험을 잘 못 보기라도 할라치면 싫은 소리 듣고 벌로 밤늦게까지 잡다한 일을 해야 하고… 아이고, 내 신세야. 너랑 소꿉 놀이할 때가 좋았는데."

세란의 얘기를 들어보면 한생은 출입하는 집안들의 바깥주인뿐 아니라 안주인에게도 좋은 인상을 심어줬고, 그 덕에 규방에서 많이 읽히는 책들도 구해다 주고 있었다. 한생이 유 대감이 있는 사랑채로 가는 길에 마주친 유 대감의 맏며느리와 깍듯하게 인사를 주고받는 모습이 보였다. 한생은 맏며느리가 지나갈 때까지 그 자리에 그대로 서서 맏며느리의 뒷모습을 공손하게 지켜보고 있었다. 그 모습을 보는 순간 아영의 머리에 휙 스쳐가는 생각이 있었다. 아영은 세란과 한참을 더 수다를 떨고서야, 실제로는 세란의 하소연을 거의 일방적으로 듣고 난 후에야, 다음에 정부인 강 씨가 집을 비울 때 또 보자고 약조하고는 유 대감의 집을 나서 남촌으로 돌아왔다.

아영은 유 대감 댁을 무탈하게 잘 다녀왔다고 민기에게 인사를 올렸다. 그러고는 그 인사 끝에 유 대감 댁에서 한생을 봤다는 말을 슬그머니 덧붙였다. 그 말 자체는 별것이 아니었다. 중요한 건, 아영이 "멀리서 보았는데, 한생께서는 그 댁 맏며느리하고도 스스럼없이 인사를 나누는 사이시더군요."라는 말을 덧붙였다는 거였다.

아영의 얘기를 들은 민기는 그게 뭐 대수로운 일이냐는 식으로 받아넘겼다. "집안 대대로 장사 수완이 대단한 가문이라는 얘기만 들었는데, 과연 피는 못 속이는 모양이로구나." 하지만 속으로는 한생이 책쾌가 돼 한양을 누비고 다니기 시작하고 어느 정도 시간이 지났을 때부터 슬며시 들던 걱정이 현실이 된 것 같다는 생각에 남몰래 한탄하며 자신의 짐작이 맞는 게 아니기를 바랐다.

한생은 책쾌가 된 이후로 장안의 내로라하는 사대부들의 집을, 그리고 그 사대부들의 소개로 삼남 일대의 양반집들을 어렵지 않게 들락거릴 수 있게 됐다. 그 사대부들 중에 한생의 방문을 꺼리는 사람은 아무도 없었다. 한생은 사대부들하고만 허물없이 지내는 사이가 아니었다. 언제부턴가 반가의 여인들이 읽는 책들도 취급하게 된 한생이 반가의 안방 근처에 모습을 드러내도 뭐라는 사람이 아무도 없을 정도가 됐고, 그 덕에 한생은 반가 아녀자들의 얼굴을 밝은 대낮에 떳떳하게 보고 다니는, 웬만한 사람은 절대로 하지 못할 일을 당당하게 하고 다녔다. 한생이 그러고 다녀도 반가 사내들 중에 한생을 보고 뭐라는 사람은 아무도 없었다. 읽으면 피가 되고 살이 되는 책을 양갓집 아녀자에게 구해다 주는 일을 하는 사람에게 무슨 말을 할 수 있겠는가. 한생은 책쾌가 되면서 그렇게 찾아 헤매던, 뒷덜미에 앙증맞은 작은 점이 있는 처자를 떳떳하게, 이런저런 뒷말을 듣지 않으면서 찾아다닐 수 있게 된 것이다.

민기는 한생이 처음부터 그런 생각으로 책쾌가 된 건 아닐 거라고 생각했다. 그럴 거라고 믿었다. 아마도 책쾌로 여러 집안을 다니던 중에 언제부턴가 그런 생각을 하게 된 것일 거라고 생각했다. 그럴 거라고 믿었다. 그리고 그런 생각 없이 순수한 마음으로 책쾌 일을 하고 있기를 바랐다.

그러던 어느 여름날 저녁이었다. 아영은 "태어나서 여태까지 본 사람의 얼굴 표정 중에서 가장 행복해 보이는 표정을 하고" 집을 찾아온 한생의 얼굴을 보게 됐다. 민기가 속으로만 담아두고 내색하지 않은 '그 무슨 일인가'가 벌어진 거라 짐작한 아영이 안방에서 밖을 내다보는 민기를 돌아봤을 때, 민기는 걱정스러운 눈빛으로 한생을 바라보며 '앞으로 이 일을 어찌할까?' 근심하는 표정을 짓고 있었다. 반면, 한생은 지금 당장 죽어도 여한이 없을 것 같은 표정이었다. 그러나 그 환한 표정에는 그토록 바라던 곳에 일단 다다르기는 했지만 이제부터 앞으로 어찌해야 할지를 몰라서 막막해하는 표정도 조금씩 고개를 내밀고 있었다. 그렇게 한생의 얼굴은 너무 여러 색이 섞여서 무슨 색인지 알아보기 어려운 색깔을 띠고 있었다.

해가 지는 서쪽 하늘에서 두툼한 시루떡 같은 먹구름들이 금방이라도 소나기를 퍼부을 기세로 몰려들고 있었다. 아영은 그렇게 쏟아지는 비가 더위를 식혀주고 물러가는 시원한 빗줄기가 될지, 산을 무너뜨리고 큰 물난리를 일으키는 심난한 빗줄기가 될지 알 길이 없었다.

해어화의 죽음

몽롱했다. 이마에 맺힌 땀방울이 흘러내리는 느낌마저 묘했다. 아영은 무심결에 손을 들어 뺨을 지나 턱으로 향하는 땀을 닦았다. 손등이 흠뻑 젖었다. 기분 탓인지, 미끈거리는 땀의 감촉조차 야릇했다. 조금 이따 있을 일에 대한 약간의 불안감이 섞인 기대감에 달뜬 탓만은 아니었다. 술을 마시면 이런 기분일까? 술을 마셔본 적은 없지만, 지금 기분은 취객의 그것과 진배없을 것 같았다.

아영은 물기로 번들거리는 손등을 보면서 이런 곳에 계속 있다가는 온몸에 송골송골 맺히는 땀방울조차 코를 간질이는 냄새를 풍길지도 모르겠다는 생각을 했다. 온갖 냄새가 뒤섞인 이런 곳에서 정신을 바짝 차리는 건 쉽지 않은 일이었다. 야릇한 생각을 하고 기분이 들뜨는 게 순전히 냄새 때문만은 아니었다. 숨 쉬는 것 말고는 아무 짓도 않는데도 땀을 비 오듯 쏟게 만드는 무더위도 만만치 않게 아영을 괴롭혔다. 아영은 옆에 있는 동이에 담긴 찬물로 손등의 땀을 씻었다. 한껏 달아오른 뒤로는 도무지 물러설 기세를 보이지 않는 한여름 무더위 때문에 이렇게 땀을 씻어봐야 그때뿐이라는 걸 잘 알면서도 말이다.

아영은 몽롱해지더라도 이런 냄새를 맡는 게 정 대감 댁 별채에서 맡은, 불길이 핥고 지나가면서 남긴 매캐한 탄내를 맡는 것보다는 훨씬 기분 좋은 일이라고 생각했다. 그 일을 겪은 후로, 아영은 탄내를 맡을 때마다 죽은 사람이라고는 믿어지지 않는, 편한 잠을 자는 사람처럼 다소곳이 누워 있던 초선(苕仙)을 떠올리고는 했다. 초선은 마지막 숨을 내쉴 때 무슨 생각을 하고 있었을까? 그리 큰 상처를 입었으니 무척이나 고통스러웠을 텐데, 도대체 무슨 생각을 했기에 그렇게 편한 표정을 지을 수 있었던 걸까? 자신을 버린 비정한 정인(情人)을 향한, 도무지 버릴 수 없던 연모(戀慕)의 마음이었을까?

몇 달 전, 아영은 밖에서는 열 수 없게 안에서 단단히 문단속이 된 방에서, 그이 말고는 아무도 없는 방에서 시신으로 발견된 초선에 얽힌 수수께끼를 풀어냈었다. 그런데 그런 아영도 그이가 세상을 등질 때 했던 생각에 대한 수수께끼만큼은 풀어낼 도리가 없었다. 그건 사람의 힘으로 해낼 수 있는 일이 아니었다. 탄내를 맡을 때마다 금방이라도 눈을 뜨고 숨을 쉴 것만 같은 초선의 모습이 떠오르는 걸 막는 것도 사람의 힘으로 되는 일이 아닌 것과 마찬가지로.

지금 아영은 술도가들이 모인 애고개(지금의 아현동), 그중에서도 퇴기(退妓) 매월이 차린 술도가에 있었다. 이 술도가들이 있기에 한양의 사대문(四大門) 안 사람들이 술상과 제사상에 술을 올릴 수 있었다. 숨을

몇 번 깊이 들이쉬고 내쉬어 산만해진 정신을 모은 아영은 창고 겸용
으로 쓰이는 목욕간을 찬찬히 살폈다. 널따란 창고를 반으로 가른 장
막 너머에는 다 익은 술이 담긴 술동이들이 가지런히 늘어서 있었다.
장막을 들추고 목욕간에서 그쪽으로 넘어간 아영은 술동이를 일일이
살피면서 술의 이름과 술 빚은 날짜 등을 적어 붙여놓은 쪽지를 확인
했다. 그러면서 삼해주(三亥酒)니 부의주(浮蟻酒)니 하는 많이 들어본 술
이름들과 들어본 적이 거의 없는 다른 술들의 이름을 머릿속에 새겼
다. 하나같이 앞으로 패설을 쓰는 데 유용할 이름들이었다.

밤하늘의 별들이 자미성(紫微星, 북두칠성北斗七星의 동북쪽에 있는 별)을 중
심으로 돌아가듯, 요즈음 아영의 생활은 온전히 패설을 중심으로 돌
아가고 있었다. 아영이 오늘 이곳에 온 이유는 여러 가지였는데, 개중
사소한 것으로는 패설에 쓸 이야깃감이 많은 기녀(妓女)들과 안면을 틀
수 있다는 것과 그이들의 평소 모습을 생생하게 접할 수 있다는 것도
있었다.

아영은 조금 있으면 그이들처럼 몸을 꾸밀 참이었다. 양반집 규수인
아영으로서는 지금까지 겪어보지 못한 일이었고, 앞으로도 평생 겪지
못할 일이었다. 아영은 몸을 꾸미는 데는 별 관심이 없었지만, 그래도
아녀자는 아녀자인 법, 솔직히 말해 그이들처럼 몸을 꾸미는 것에 대
한 설렘 따위는 눈곱만큼도 없다고 당당히 도리질을 칠 수는 없었다.

그런데 그렇게 단장하고 그이들을 만나 초선이 당한 일의 전말을 얘
기하다 보면 그 사건에 얽힌 수수께끼를 풀면서 느낀 달콤한 짜릿함
과 그날 이후로 오래도록 맛본 쓰디쓴 좌절의 맛을 다시 떠올리게 될
터였다. 사건의 진상이 덮이고 사건 자체가 애초에 일어난 적도 없는

일이었다는 양 흐지부지된 지금, 결국 그중에 어느 맛이 오랜 뒷맛으로 남게 될지는 불문가지였다.

그러나 아영은 익모초(益母草)처럼 쓴맛을 삼키며 이곳을 떠날 마음은 없었다. 아영이 이 자리에 온 가장 큰 이유는 그 일을 겪은 후에 하게 된 굳은 결의를 밝히고 그 결의를 장차 철석같이 지켜나가겠노라고 다짐하며 그이들에게도 각자 나름의 할 바를 열심히 해달라고 당부하기 위함이었다. 아영은 몽롱한 기분으로도 여기에 온 참된 이유를 잊으면 결코 안 된다고 되뇌고 또 되뇌었다.

아영은 한 덩어리로 엉켜 공중을 떠도는 냄새들을 일일이 구분하려 애써봤다. 술동이에 담긴 갖가지 술이 풍기는 냄새와 술 빚는 데 쓰려고 챙겨놓은 누룩의 구수한 냄새. 자신이 몸을 적실 술에 이름을 빌려주게 될 온갖 꽃들이 자랑스레 풍기는 감미로운 향기. 매월이 기녀 생활을 접은 후에도 여전히 챙겨놓고 있는 오만가지 분(粉)과 향낭(香囊)과 머릿기름에서 나는 은은한, 그러나 결국에는 정신을 혼미하게 만들 내음들.

그중 일부는 병욱이 밤늦게 귀가할 때마다 풍기는 냄새였다. 민기는 병욱에게서 그런 냄새를 맡으면 얼굴을 찡그리면서도 별말은 않고 콜록거리기만 했는데, 민기가 가슴을 부여잡고 고통스러워하는 이유를 잘 아는 병욱은 무안한 표정으로 방에 들어가 조용히 문을 닫고는 했다. 그런데 병욱에게는 술에 취해야 할 이유가 있었다. 병욱은 달포 전에, 언제나처럼, 무과에 다시 낙방했다. 반드시 병욱의 실력이 모자라서 그런 것만은 아니었다. 이번 과거시험은, 문과(文科)와 무과(武科)를 가리지 않고, 급제자들의 뒤에 있는 연줄들이 누구누구라는 식의 소문이 항간에 퍼지고 그 소문을 들은 사람은 누구나 그걸 사실로 믿을 정도로 문제가 많았다.

그러나 병욱은 썩은 내가 진동하는 부패한 세태 탓에 낙방했다는 식의 얘기는 단 한 마디도 입 밖에 내지 않았다. 그저 씁쓸한 표정으로 자신이 모자라서, 화살을 두어 발 더 적중시키지 못해서 낙방했다는 식의 얘기만 하고는 애처로이 술잔을 기울이기만 했다. 그러니 민기가 매월의 술도가에서 술에 취해 돌아오는 당숙 어른에게 싫은 소리를 하지 않는 건 당숙 어른에게 그런 소리를 하는 게 어려워서 그런 것만은 아니었다.

애고개까지 아영을 호위해서 같이 온 병욱은 지금도 울타리 밖 시냇가 정자에서 술잔을 기울이고 있을 것이다. 그래서 오늘 귀가하는 병욱의 몸에서는 평소와 다름없는 냄새가 날 터였고, 귀가하는 아영의 몸에서는 생전 처음으로 기녀들이 풍기는 것과 비슷한 냄새가 날 터였다. 아영은 아버지가 외동인 딸에게서 이런 냄새가 나는 걸 어떻게 생각하실지 걱정스러웠다. 민기 입장에서 병욱은 당숙 어른이자 사내였지만, 아영은 반가(班家)의 핏줄을 이어받은 당신의 여식(女息)이었다. 아영으로서는 자신이 오늘 이곳에 오는 걸 막고 싶었지만, 손녀를 이 자리에 오게 하려고 간곡히 당부하는 할아버지의 체면을 생각해 하고 싶은 말을 흉중에 꾹 누르며 허락을 한 아버지가 너무 속상해하지 않으셨으면 좋겠다고 바라기만 할 뿐이었다.

아침에 아영이 집을 나설 때, 민기는 송곡댁이 책에서 나는 쿰쿰한 냄새를 없애려고 갖다 놓은 모과의 상큼한 향이 가득한 방에서 오랜만에 가뿐해진 몸과 마음으로 경서(經書)를 읽고 있었다. 아영이 다녀오겠다는 인사를 올리자, 민기는 슬그머니 문을 열어 내다보며 고개를 살짝 끄덕이고는 읽고 있던 경서로 다시 눈을 돌렸다.

아영이 아버지 생각에 잠겨 있을 때였다. 매분구(賣粉嫗, 가가호호 다니며 화장품을 팔던 장사치) 할멈이 남들보다 먼저 술도가에 당도한 기생들과 수인사를 하고 깔깔거리며 흥정하는 소리가 들렸다. 이 모임은 은밀하게 마련한 자리였는데, 할멈은 무슨 수완을 부렸는지 장안의 내로라 하는 기녀들이 아영을 알현하려고 여기에 모일 거라는 걸 알아내고는 친분이 있는 매월을 찾아와 판을 벌여도 좋다는 허락을 받았다.

아영은 멀리 떨어진 곳에 있는 매분구 할멈과 기생들이 주고받는 이야기를 알아들을 수는 없었다. 그저 그들이 자신은 잘 모르는 얘기들을, 그러니까 몸단장에 대한 얘기들을 하고 있을 거라고 짐작하기만 했다. 그들이 주고받는 얘기는 결국에는 어떤 분을 어떻게 발라야 남정네들 눈에 더 어여쁘게 보이고 어떤 향취를 풍겨야 사내들 넋을 손에 넣고 주무를 수 있느냐로 끝이 날 터였다. 아영은 나중에 매월에게 당부해 매분구 할멈과 안면을 터야겠다고 생각했다. 한양 곳곳의 규방(閨房)과 기방(妓房)을 제집처럼 들락거리는 할멈은 이야깃감을 콸콸 쏟아내는 마르지 않을 샘이 될 공산이 크니까.

목욕간이 갑자기 침침해졌다. 세상을 다 녹일 듯한 열기가 이글거리는 한여름 대낮에 무슨 일인가 싶을 정도였다. 아영은 고개를 들어 사방 높은 곳에 통풍을 위해 뚫어놓은 창구들을 살폈다. 아녀자가 몸 씻는 걸 훔쳐보지 못하게 창구에 둘러친 삼베 장막이 먹물을 머금은 듯 시커맸다. 잔뜩 몰려온 먹구름이 빈틈없이 하늘을 덮은 게 분명했다. 금방이라도 소나기가 쏟아질 거라는 생각에 황급히 비를 피할 곳을 찾는 사람들이 치는 아우성과 널어놓은 빨래를 걷고 열어놓은 장독을 닫으려고 허둥지둥 뛰어다니는 발소리가 벽 너머에서 들려왔다. 목욕간은 어느 틈에 몇 걸음 떨어져 있는 물건들의 윤곽이 흐릿할 정도로 어두워졌다. 아영은 손등으로 목을 훔쳐 그새 흘러내린 땀을 닦고는 다시 손등을 씻었다.

우물 쪽으로 난 옆문이 열리면서 녹슨 돌쩌귀에서 나는 쇳소리가 귀를 긁었다. 열린 문으로 들어온 불빛 덕에 목욕간이 조금이나마 환해졌다. 불빛은 매월이 들고 온, 아주까리기름을 때는 호롱불에서 나는 거였다. "먹구름이 꼭 시루떡 같습니다. 중복(中伏)이 내일모레인 한여름 대낮에 등불을 켜야만 하다니 참으로 별일이네요. 아씨, 너무 오래 기다리시게 해 송구합니다. 핑계를 대자면, 소나기가 퍼붓기 전에 서둘러 해치워야 할 일이 많았사옵니다."

등불이 흔들릴 때마다 매월의 얼굴에 그림자가 아른거렸다. 여인네의 미모로는 한창때를 지난 스물여섯 살인데다 십 년 넘게 술자리에서 사내들 비위를 맞추고 흥을 돋우는 생활에 시달린 터라 미모가 많이 사그라졌다고는 해도, 게다가 공들여 분을 바르지 않았는데도 매월은 여전히 사내들이 혹할 만한 미색(美色)이었다. 아영은 무심결에 속으로 "참 곱다"고 감탄했다. 달걀 같은 얼굴에 오뚝한 콧날, 초승달처럼 생긴 윤기 나는 까만 눈썹과 너무 넉넉하지도 좁지도 않은 이마, 겨울하늘 샛별처럼 반짝이는 눈빛. 나라를 기울게 만들 경국지색(傾國之色)이나 조선 팔도에서 으뜸가는 천하일색(天下一色)은 아니더라도 뭇 사내들의 넋을 빼놓기에는 충분한 자색(姿色)이자 여인네라면 한 번쯤은 샘을 낼 만한 미모였다. 아녀자인 자신조차 이러니 남정네인 할아

144

버지가 매월에게 빠져든 것도 무턱대고 타박할 일만은 아니었다.

매월은 등불을 내려놓고는 통나무의 속을 파내 만든 함지박에 계집종이 떠온 우물물을 채웠다. 그러고는 거기에 다른 계집종이 날라 온, 아궁이에서 데운 뜨듯한 물을 섞고는 손을 넣어 목욕하기에 알맞은 온도인지 살폈다. 그 와중에도 벽 너머는 비를 피하려고 부리나케 매월의 집으로 뛰어 들어오는 기생들과 그이들이 거느리고 온 계집종들이 내는 소리로 왁자했다. 매월은 술 담글 때 쓰려고 챙겨둔 여러 꽃잎과 바짝 말린 순비기나무 잎을 목욕물에 띄운 다음, 살결을 곱게 해주는 효험이 있다는 약재들을 우려내 얻은 은은한 향수를 섞는 것으로 목욕 준비를 마쳤다. "아씨, 준비 다 끝났으니 옷을 벗으시지요."

아버지 말씀에 따르면, 그러니까 생선을 싼 종이에서는 비린내가 나고 향을 싼 종이에서는 향냄새가 난다는 말씀에 따르면, 이렇게 강렬하면서도 고상하지는 못한 냄새들에 둘러싸여 살다 보면 은연중에 몸과 정신에 이 냄새들이 스밀 것이고, 그러면 장차 그 사람의 몸과 정신에서도 그런 냄새들이 배어 나올 터였다. 이런 냄새들에 젖어 사는 기생들은 자신도 모르게 이런 냄새에 걸맞은 생각을 하며 그 생각대로 몸을 놀리게 될 터였다. 아영은 사람들이 기생을 천하게 여기는 건 그들이 원래부터 천한 사람이어서가 아니라, 그들을 둘러싼 세상이 천한 탓에 부지불식간에 천한 사람처럼 처신하게 되기 때문일 거라고 생각했다. 아영은 집에 가기 전에 깨끗이 몸을 씻어 지금부터 입을 냄새를 벗겨내야겠다고, 그래서 아버지 심기를 덜 언짢게 해드려야겠다고 생각했다.

아영은 구석에 쳐놓은 발 뒤로 갔다. 옷을 벗어 잘 개키고는 매월이 준비해놓은 삼베 홑치마를 걸쳤다. 안면이 있는 여인네 앞이라고 해도 홑치마만 걸친 알몸을 보이는 건 민망한 일이었다. 그래서 아영은 종종걸음으로 함지박에 가서는 얼른 몸을 물에 담갔다. 은은한 향이 나는 뜨뜻한 물에 들어가자 나른해지면서 눈이 절로 감겼다.

아영은 마지막으로 이렇게 남에게 몸을 맡겨 목욕을 한 게 언제였는지 기억을 더듬었다. 어머니가 돌아가시기 대여섯 달 전에 맞은 명절 때가 마지막이었던 것 같았다. 그때, 아영의 동생을 배고 있어 배가 약간 불룩했던 어머니는 아영을 깨끗이 씻어주고는 참빗으로 머리를 빗겨주고 예쁘게 따줬었다. 그 명절을 쇠고 몇 달 후, 어머니는 아영의 남동생을 낳다 피를 너무 많이 흘리는 바람에 세상을 떠났고, 어머니의 젖도 못 먹은 가여운 갓난아이 역시 며칠 후에 어머니의 뒤를 따라갔다. 그래서 아영은 딸의 머리를 정성껏 빗겨주고 따주던 어머니를 다시는 볼 수가 없었다. 아니, 꿈에서만 볼 수 있었다. 몇 년 전의 그 모습 그대로.

매월이 다가와 아영의 몸에 조심스레 물을 끼얹으며 몸을 씻어주기 시작했다. 아영은 어머니가 돌아가신 후로 자신을 씻겨주는 첫 사람이 매월이라는 사실이 적잖이 신경 쓰였다. 부드러운 수건으로 물 묻은 등을 닦아주는 매월의 손길에서 세상을 떠난 어머니의 손길이 아련하게 떠올랐다. 이렇게 퇴기에게서 어머니의 느낌을 받는 건 곤혹스러운 일이었다. 아영은 그런 내색을 하지 않으려 애썼다.

그런데 매월은 기녀 생활을 오랫동안 하면서 숱한 남정네와 기녀들을 상대했던 사람이다. 그래서 아영은 매월이 사람들의 속내를 꿰뚫어 보는 눈을 갖게 됐을 거라는, 그래서 자신의 머릿속을 손바닥 보듯 훤히 들여다보고 있을 거라는 생각을 했다. 아영은 무심결에 매월을 슬쩍 훔쳐봤는데, 매월은 계집종들의 도움을 받아 아영을 씻기는 일만 신경 쓸 뿐, 다른 생각을 하는 것처럼 보이지는 않았다. 궁금했다. 저렇게 무심한 듯한 모습도 기녀로 지내는 동안 터득한 처세술에서 비롯된 걸까?

아영이 애고개에서 목욕을 하게 된 발단은 몇 달 전에 소꿉친구 연지의 병문안을 갔다 맞닥뜨린 사건이었다. 작년에 병조판서 정 대감의 셋째며느리가 된 연지는 그 전달에 유산(流産)을 하고는 한동안 병석을 벗어나지 못했고, 몸을 어느 정도 추스르고 나서도 처음으로 가진 아이를 낳지도 못하고 잃은 울적한 기분에서 좀처럼 헤어나지 못했다. 연지의 친정어머니는 금지옥엽으로 키우다 출가시킨 연지 때문에 애가 탔지만, 사돈댁 눈치를 보느라 마음처럼 자주 연지를 찾아가 바라지해줄 수가 없었다. 연지 걱정에 가슴을 끓이던 어머니는 결국 남산골에 사람을 보내 어렸을 때부터 연지와 친자매처럼 지내던 아영을 불러서는 연지를 찾아가 재미있는 이야기를 들려주며 말동무를 하는 것으로 우울해진 심사를 풀어달라고 당부했다.

아영은 연지와 관계를 생각하면 마땅히 그래야 하는 일이라고 생각하면서도 선뜻 그러겠노라는 대답을 하기가 쉽지 않은 상황이었다. 아영은 때마침 『청향전』을 이번 기회에 완전히 끝내기로 단단히 마음먹고는 마무리를 어떻게 지을 것인지 고심하느라 머리를 싸매던 중이었다. 닷새 안에 책을 다 써 세책방 주인 정 씨에게 건네야 하는 처지라서 따로 짬을 내서 친구의 병문안을 갈 엄두를 내는 건 쉽지 않았다.

그렇지만 친자매나 다름없는 연지를 위로하고 힘을 북돋아주는 것보다 급한 일이 세상에 있을까 보냐 하는 생각에, 아영은 병문안을 다녀와 밤을 새워 글을 쓰겠다는 각오를 하고는 민기에게 사정을 고한 후 가회방(嘉會坊, 지금의 가회동)에 있는, 아흔아홉 칸짜리(으리으리한 까닭에 말만 이리할 뿐, 실제로는 40~50칸 정도였다) 고래 등 같은 연지의 시댁을 찾아갔다.

정월대보름이 지나고 찾아온 꽃샘추위가 한풀 꺾였는데도 아직도 숨을 쉴 때마다 연한 김이 피어나는 날이었다. 병욱은 아영이 점심 무렵에 가회방에 간다는 얘기에 때마침 근처에 갈 일이 있다며 아영을 따라나섰는데, 실제로는 순전히 추운 날에 홀로 길을 나서는 손녀가 걱정이 돼 따라나선 거였다. 병욱은 요즘 들어 부쩍 아영을 챙겼다. 병욱이 알게 모르게 자신을 보살피는 데 진력하고 있다는 걸 깨달은 아영은 이리저리 궁리를 해봤지만 할아버지가 뜬금없이 왜 그러는 것인지 영문을 알 길이 없었다. 아무튼 정 대감 댁의 육중한 기와지붕이 보이는 골목까지 아영을 바래다준 병욱은 아영이 정 대감 댁 대문으로 향하는 걸 보고는 매월의 술도가로 걸음을 옮겼다. 아영은 얼핏 보면 병욱이 매월을 찾아갈 핑계로 자신을 따라온 것 같지만, 그 이유만으로 여기까지 동행한 것으로 보이지만은 않는다고 생각하며 대갓집으로 걸음을 옮겼다.

아영이 대갓집의 웅장한 위용을 보여주는 솟을대문 앞에 섰을 때 때마침 쪽문으로 들어가는 하인이 있었다. 아영은 하인에게 찾아온 연유를 알리고는 이 집 셋째며느님에게 안내해줄 사람을 불러 달라고 당부했다. 아영이 사람이 나오기를 기다리며 해바라기를 하는 잠깐 동안에도 아영의 이는 절로 딱딱거렸다. 아영은 수건을 감은 왼손으로 오른손을 비비며 손에다 따뜻한 입김을 불었다. 그러고는 이번 추위만 견디면 곧 따스한 봄이 될 거라는 생각을 하는 것으로, 한편으로는 청명한 하늘을 쿡 찌를 것처럼 서 있는 솟을대문을 살피는 것으로 추위를 잊으려 애썼다.

정 대감이 입조(入朝)할 때나 퇴궐(退闕)할 때 타는 초헌(軺軒, 조선시대에 고위관리가 타던 외바퀴 수레)이 거침없이 들락거릴 수 있도록 행랑에서 높이 솟아 있는 솟을대문에는 수레가 지나다니는 데 방해가 되는 문턱도 없었다. 아영은 아버지가 병석에 눕는 대신에 조정에 남아 품계(品階)가 계속 올랐다면 우리도 이런 집에 살게 됐을까 잠시 궁금해하다 이내 고개를 저었다. 아버지의 평소 성품을 볼 때, 무난하게 출세를 거듭했다 한들 지금보다 조금 더 쾌적하고 아늑한 집에서 살게 되기는 했을지언정, 이런 솟을대문이 있는 고대광실(高臺廣室)에서 행세깨나 해대면서 살 일은 죽었다 깨어나도 없을 터였다. 그러니 이런 생각도 다 부질없는 일일 뿐이었다.

잠시 후, 아영 또래로 보이는 계집종이 하품을 늘어지게 하며 나타나 "갑분이라고 합니다요."라고 인사를 올리고는 어색하게 허리를 굽혔다. 두 사람은 하인들이 기거하는 행랑채를 지나, 아랫사람들이 비질하고 장작 패고 빨래를 너는 마당을 가로질렀다. 아영은 그렇게 걸음을 떼는 동안 살짝살짝 고개를 돌리면서 대갓집의 이곳저곳을 유심히 살피고 기억하려 애썼다. 아영은 이 집의 가옥 배치와 집안 장식을 『청향전』을 마무리한 다음에 쓸 패설(稗說)에 약간 모습을 바꿔 등장시킬 작정이었다.

아영은 연지를 만나기에 앞서 이 집의 안주인인 정부인(貞夫人, 정이품과 종이품 문무관의 부인에게 주던 봉작) 구 씨(具氏)를 찾아가 문안 인사를 올렸다. 아영이 홍문관 교리 송민기의 여식이자 셋째며느리의 소꿉친구라는 걸 잘 아는 정부인은 아영을 반겼다. 그런데 아영을 반기는 정부인은 아영이 처음 뵜을 때하고는 생판 다른 사람이 돼 있었다.

아영은 이 집을 처음 방문한 날에도 정부인을 찾아뵙고 인사를 올렸었다. 머리카락 한 올 흐트러짐 없는 분위기로 꼿꼿하게 앉은 정부인의 단정한 모습은 그때나 지금이나 달라진 게 없었지만, 지금 아영의 인사를 받은 사람은 풍기는 느낌과 인상 면에서 그때하고는 완전히 다른 사람이었다. 심지어 아영은 정부인이 자상한 모습을 정교하게 그려 넣은 탈바가지를 쓰고 있는 것 같다는 느낌까지 받았다. 그 어색한 복면 아래에는 아침까지도 맹위를 떨치던 꽃샘추위에 뒤지지 않을 싸늘하고 섬뜩한 냉기로 똘똘 뭉친 사람이 도사리고 있었다.

사람이 죽는 변고가 생긴 후에야 돌이켜보고 떠올린 생각이지만, 정부인은 그때 이미 초선을 죽이겠다는 살기(殺氣)에 휩싸여 더 이상은 그걸 속에만 감춰두고 있지 못할 지경이었던 것 같았다. 아무튼 아영은 처음 뵙고 채 일 년도 되지 않아 정부인의 인상이 그리도 심히 달라진 걸 보고는 깜짝 놀랐지만, 정부인 앞에서 대놓고 그런 말을 할 수는 없는 노릇이었다. 정부인은 인상과는 어울리지 않는 다정한 목소리로 수심이 깊을 며느리와 재미있는 시간을 보내 기분을 풀어달라고 당부했고, 아영은 힘껏 애쓰겠다고 대답하고는 안방을 나왔다. 이때만 해도, 두 사람은 잠시 후 정부인이 사람을 죽이고 만들어낸 수수께끼를 아영이 풀어내면서 악연을 맺게 될 거라는 건 상상도 못하고 있었다.

아영은 안마당 건너 아래채에 있는 연지의 방으로 향했다. 안채 앞에서 하품을 하며 기다리고 있던 갑분이 아래채로 안내하고는 연지에게 손님이 오셨다고 고하고 문을 열어줬다. 연지는 아영이 왔다는 소리에 뛸 듯이 기뻐하며 병석을 떨치고 일어나 아영을 맞았다. 아영은 연지의 손에 이끌려 도배도 잘 돼 있고 채광과 환기도 잘 되는 널찍한 방에 들어갔다. 아직도 병색이 남아 초췌해 보이는 연지의 얼굴에 모처럼 화색이 돌았다. 땋은 머리에 노란 댕기를 맨 아영은 쪽을 올린 연지의 손을 다정히 잡고는 떡두꺼비 같은 아들을 태중(胎中)에서 잃은 슬픔을 위로했다. 다른 사람이라면 수건을 두른 아영의 왼손을 이상하게 여겼을 테지만, 어려서부터 친한 사이인 연지는 그런 것에는 전혀 신경 쓰지 않으면서 추운 날에도 여기까지 찾아와준 것에 고마움을 표했다.

두 소꿉친구는 그간 쌓인 회포를 풀려고 늦겨울의 나른한 햇빛이 드는 창가에 자리를 잡았다. 그러는 사이 갑분이 연지의 잠자리를 개켰는데, 정 대감 댁에 들어온 지 얼마 되지 않았다는 갑분은 일이 서툴러도 너무 서툴렀다. 게다가 연신 하품을 해대고 눈을 비비면서 졸음을 털어내느라 정신이 없었다. 아영과 연지는 갑분이 신경 쓰인 탓에 수다를 떠는 걸 잠시 미뤄야 했다. 갑분이 가만히 숨을 쉬는 걸 보고만 있어도 하늘이 곧 무너질 것처럼 아슬아슬한 심정이었기 때문이다. 갑분은 꾀부리는 일 없이 딴에는 열심히 하려고 부지런히 몸을 놀렸지만, 갑분이 이불과 담요를 개키는 것인지 이불과 담요가 갑분을 갖고 노는 것인지 구분하기는 쉽지 않았다.

연지가 "손님 계신데 일을 좀 조용히 할 수는 없겠느냐?"고 한마디 하고 싶으면서도 아영의 눈치를 보느라 어색한 웃음만 짓는 사이, 어찌어찌 잠자리를 개킨 갑분은 밖에 나갔다가 고소한 냄새가 나는 유밀과(油蜜菓)와 잣 몇 알을 동동 띄운 수정과를 갖고 왔다. 이번에도 아영과 연지는 그 짧은 거리를 걷는 동안에도 하품을 해대고 궁시렁대며 금방이라도 다과상을 엎을 것만 같은 갑분 때문에 가슴을 졸였다.

다행히도 갑분이 무탈하게 방을 나간 후, 아영은 이야깃감을 구하려고 사방천지로 각양각색의 사람들을 찾아다닌 끝에 그러모은 홍미진진하고 별난 이야기들을 들려주기 시작했고, 연지는 그 얘기에 푹 빠져서는 잠시나마 울적함에서 벗어났다. 아영이 제일 먼저 들려준 건 염(殮)장이 이야기였다. 병욱이 포도청 일을 도와주다 만난 염장이에게서 홍미로운 얘기를 들었다는 걸 알게 된 아영은 병욱을 조르고 조른 끝에 어렵사리 병욱의 호위를 받아 염장이를 만날 수 있었다. 물론 민기한테는 철저히 비밀로 한 채로 말이다. 염장이가 30년 넘게 시신들을 염습하며 겪은 기묘한 이야기들은 반가나 여염집의 아녀자로서는 상상도 못할 일들이었다. 연지는 입으로는 몸서리가 쳐지고 소름이 돋으니 무섭고 징그러운 얘기를 그만하라고 하면서도 아영이 하는 얘기에 정신없이 빠져들고 있었다.

그때였다. 밖에서 웬 아녀자가 내뱉은 시퍼렇게 날이 선 칼날 같은 호통소리가 아영의 얘기를 싹둑 끊었다. 연지의 방에서 제법 거리가 있는 곳에서 나는 소리였다. 아영은 순간적으로 소리가 난 곳의 방향을 가늠하며 머릿속에 기억해둔 정 대감 댁의 가옥 배치를 훑었다. 행랑채에서 안채를 찾아가던 길에 오른쪽에서 언뜻 본, 외딴곳에 있는 허름한 별채에서 나는 소리 같았다. 연지의 방이 있는 아래채에서는 제법 떨어진 곳이었다. 아영이 기억하는 별채는 이엉을 얹은 초가집이라, 짙은 색의 무거운 기와를 얹은 가옥들만 잔뜩 모여 있는 것처럼 보이는 정 대감 댁에서는 별나게 튀어 보였었다.

한편, 아영의 이야기에 푹 빠져 있던 연지는 큰소리를 듣자마자 안색이 어두워지면서 구들이 꺼져라 깊은 한숨을 쉬며 혼잣말을 했다. "그렇게 인자하시던 분이 어찌 저리 사납게 변하실 수 있는지, 원."

그 얘기를 들은 아영은 호통을 치는 목소리는 정부인의 것이라는 걸 직감적으로 깨달았다. 정부인이 무슨 일로 저리도 큰소리를 내는 것인지 궁금해진 아영은 연지에게 무슨 영문인지 물어보지 않을 수가 없었다. 세상 무엇보다도 체통을 중시하는 대갓집 울타리 안에서 일어난 부끄러운 일을 외간사람에게 털어놔도 좋을지 고민하며 머뭇거리던 연지는 허물없는 사이인 아영에게는 솔직히 말해도 괜찮을 거라는 생각에 입을 열었다. 연지는 지금 큰소리를 치는 사람은, 아영의 짐작대로, 시어머니인 정부인 구 씨라고 말했다. 아영은 다시금 멀리서 나는 소리에 귀를 한껏 기울여봤다. 연지의 얘기를 들은 탓인지, 아스라이 들리는 호통소리는 틀림없이 방금 전에 문안을 올리며 들은 정부인의 목소리였다.

정말로 뜻밖의 일이었다. 사내로 태어났다면 일찌감치 과거에 급제해 판서와 정승이 되고도 남았을 거라는 말을 들을 정도로 학식이 뛰어나고 영민하다는 평판이 자자한 분이었다. 정 대감의 내조(內助)를 정성스레 잘한다고 소문난, 보기 드문 현모양처라는 소리를 듣는 분이기도 했다. 아영은 앞서 정부인을 뵀을 때 받은 느낌에 대한 얘기는 속에만 꼭꼭 담아둔 채로 연지에게 정부인의 평소 평판에 대한 말을 했다. 그러자 연지는 그런 얘기를 듣는 게 당연한 일이었던 정부인이 요즘에는 생판 다른 사람이 됐다며, 담장 밖 사람들 앞에서는 남우세스러워서 쉽게 꺼내지 못하는 얘기를 들려줬다.

"너라서 하는 얘기다만, 요즘 우리 집 돌아가는 형편을 보면 내가 몸이고 마음이고 추스르려야 추스를 수가 없지 뭐니. 어머님은 아버님이 새로 들인 애첩을 찾아가 날마다 이런저런 핑계를 내세워 저리 호통을 치시지, 아버님은 그 애첩을 한 번이라도 더 보고 싶어 전전긍긍이시지, 새로 들어온 애첩은 하루도 빼놓지 않고 저리 구박을 당하니 초상 당한 사람처럼 무겁고 어두운 안색이지… 집안 분위기가 이래서야 어디 맘 편히 숨이나 쉴 수 있겠니?" 연지는 한숨으로 푸념을 마무리했다.

이 사달의 시초는 연지의 시아버지인 정 판서가 달포 전에 조정에 있는 동문수학한 신료(臣僚)들과 기방을 찾았다가 술시중을 들려고 온 기생 초선을 처음으로 본 거였다. 정 판서는 초선을 보자마자 초선에게 홀딱 빠졌고, 그 다음 일은 번갯불에 콩 구워 먹듯 벌어졌다. 초선을 만나고 채 이틀이 지나기도 전에 초선과 초선의 뒤를 봐주는 수양어머니(假母)를 설득한 정 대감은 은 덩어리와 엽전꾸러미를 잔뜩 건넨 끝에 초선을 기적(妓籍)에서 빼냈다. 정 대감은 초선을 가마에 태워 데려와 별채를 내줬다. 아영이 대갓집에 들어오면서 고대광실에 있는 별채치고는 무척 허름하다고 본 바로 그곳으로, 양민(良民)들이 사는 초가삼간과 다를 게 없는 그곳은 초선이 살림을 차리기 전에는 청지기가 살던 곳이었다.

정 대감이 거기 살던 청지기를 형편이 좀 더 나은 다른 별채로 옮기게 하고 거기에 초선을 들인 건 정부인의 심기를 거스르지 않으려고 신경을 써서 내린 결정이었는데, 한편으로는 그 별채가 자신이 쓰는 사랑채와 가까운 곳에 있다는 이유도 있었다. 아무튼 그때부터 정 대감은 주상전하의 부르심을 받거나 정사(政事) 때문에 입시(入侍)해야만 하는 등의 피치 못할 일이 아니라면 바깥출입을 일절 삼가고는 별채에서 살다시피 했고, 아랫사람들은 "늦게 배운 도둑질에 날 새는 줄 모른다더니 여색(女色)하고는 담을 쌓고 지내던 양반이 새로 얻은 애첩의 치마폭에서 헤어나지를 못한다."고 수군거렸다.

혼인하고 스물 몇 해를 넘기는 동안 축첩(蓄妾)에는 도통 관심이 없던 정 대감이 난데없이 기생을 첩으로 들이고 싶다는 말을 꺼냈을 때만 해도, 정부인은 양반이 첩을 서넛씩 두는 게 흉이 될 일이 아닌 세상에서 고관대작(高官大爵)인 남편이 이제야 그런 얘기를 꺼내는 게 신기하기까지 했다. 그러고는 양반집 아녀자로 사노라면 으레 겪게 되는 일 중 하나라는 식으로 대수롭지 않게 받아들였다. 초선이라는 아리따운 첩이 올리는 절을 받고 남편의 당부대로 곧 쓰러져도 이상할 게 없는 초가집을 내쳤을 때만 해도 정부인의 기분은 대감에게서 별실(別室)을 얻겠다는 얘기를 처음 들을 때랑 달라진 게 없었다.

그런데 정부인이 생전 느껴보지 못한 감정을 느낀 건, 그러니까 질투심을 느낀 건 정 대감이 초선에게 빠져 헤어나지를 못하는 걸 보면서였다. 첩을 들이겠다는 얘기를 처음 들었을 때만 해도, 정부인의 질투심은 잠시 반짝했다 금세 꺼져버릴 미미한 불티 같았다. 그런데 정 대감이 초선의 별채를 벗어날 생각을 않을 무렵, 바짝 마른 짚단 같은 마음에 옮겨붙은 불티는 무슨 수를 써도 걷잡을 길이 없는 불길로 맹렬히 타오르기 시작했고, 그러면서 정부인은 생판 다른 사람이 돼버렸다. 정부인 자신조차 자신이 투기(妬忌) 때문에 그렇게 달라질 수 있다는 사실에 깜짝 놀랄 정도였다.

정부인이 더욱 분노하게 된 것은 자신이 질투심을 걷잡지 못하는 모자란 사람이라는 걸 깨달았기 때문이었다. 초선이 들어오기 전까지만 해도, 정부인은 자신을 무슨 일이 닥쳐도 차분하고 침착하게 대처하면서 지혜롭게 풀어가는, 그래서 세상 사람들의 존경을 받는 고상하고 품격 있는 대갓집 마나님이라고 믿고 있었다. 그랬던 정부인이니 타오르는 질투심에 휘둘려 평소 상상도 못했던 짓들을 벌여야만 울화가 풀리는 경험을 하는 자신의 모습을 보고는 아연실색한 건 당연한 일이었다. 자신도 결국에는 항간의 볼품없는 아녀자들과 다를 게 없는 사람이라는 게 드러나게 만든, 격노할 일이 닥치면 더 이상은 점잖고 현명한 사람이 아니라는 게 드러나게 만든 초선은 그래서 정부인이 분통을 터뜨릴 상대가 돼야 마땅했다. 그리고 정부인이 체통 따위는 잊고 분통을 터뜨리게 만들었다는 그 사실은 뱀이 꼬리를 무는 것처럼 되돌아가서는 초선에게 분노를 품어야만 하는 이유가 돼버렸다.

정부인은 별실로 들어온 초선과 관련이 있는 일이면 경중을 가리지 않고 사사건건 트집을 잡으면서 호통을 치고 구박을 했다. 정부인에게는 초선이 숨을 쉬는 것부터가 영 마뜩지 않은 일이었다. 별채에서 바느질을 하며 대부분의 시간을 보내는 초선을 찾아가 구박하는 게 어느 틈엔가 정부인의 일과가 돼버렸다.

"오죽하면 내가 초선이라는 그 기생을 다 불쌍해하겠니. 내가 누워 있는 동안 그이가 약사발을 들고 찾아온 적이 있었거든. 그리 긴 시간은 아니었어도 얘기를 나눠보니 사람이 참 참하더라. 생긴 것도 청초

한데다 경우도 바르고. 바느질은 또 어찌나 좋아하고 잘하는지. 지금 내가 차고 있는 이 향낭도 그이가 자기가 지은 거라며 선물한 거야. 기생이었다는 걸 모르고 만났다면 언니로 모시고 싶은 생각까지 들 정도로 참하고 착한 사람이라는 걸 알고 나니, 어머님께 그런 모진 일을 당하는 게 더 안쓰러워 보이더라. 말은 안 해도 거금을 들여 기적에서 빼내 소실로 맞아준 아버님한테 정말로 감사해하는 게 눈에 훤히 보이던데… 여러 모로 딱한 사람이야." 연지가 그런 말을 하는 사이에도 정부인이 치는 큰소리는 그칠 기미를 보이지 않았다.

그런데 두 사람은 별채하고 서른 걸음쯤 떨어진 아래채에 앉은 터라 정부인이 치는 소리를 들으면서도 무슨 말을 하는 건지는 알아들을 수가 없었는데, 그래도 그 와중에 몇 번이나 거듭해서 들리는 "숟가락"이라는 말은 어렴풋이 알아들을 수 있었다. 연지는 "숟가락"이라는 말을 듣자마자 궁금증이 풀려 답답한 체증이 뚫린 사람처럼 시원하다는 표정을 지었지만, 막상 연지의 입에서 나온 건 한탄이었다. "하아, 그럴 것 같더라니. 기어코 그놈의 숟가락이 일을 낸 게로구나." 혼잣말을 하는 건지 아영에게 들으라고 하는 말인지 분간이 되지 않았다.

"무슨 소리니? 숟가락이 일을 냈다는 게?"

"우리 시댁 본가가 충청도 보은이잖니. 며칠 전에 본가에서 속리산에서 난 귀한 석청(石淸, 산속의 나무나 돌 사이에서 채취한 고급 꿀)을 보내왔는데, 아버님이 글쎄 어머님께는 알리지도 않고 꿀단지를 곧장 별채로 가져다주셨지 뭐니."

정 대감이 아침저녁으로 꼬박꼬박 챙겨 먹어 몸을 보(補)하라고 신신당부하며 초선에게 건넨 건 그 꿀단지만이 아니었다. 정 대감은 반질반질하게 깎은 가벼운 대나무 숟가락도 함께 건넸다. "꿀은 놋수저 같은 쇠붙이로 먹으면 약성(藥性)을 잃게 되느니라. 쇠붙이가 꿀에 닿으면 벌들이 오랜 세월 부지런을 떨어 정성껏 모은 약성이 다 허사가 된다는 말이다. 그러니 꿀을 먹을 때는 반드시 이 대나무 수저로 떠먹도록 하거라." 정 대감이 건넨 대나무 수저에는 초선의 건강을 챙기는 정 대감의 마음이 듬뿍 담겨 있었다.

정 대감은 석청과 대나무 숟가락 얘기가 정부인의 귀에 들어가는 일이 없도록 하라고 아랫사람들 입을 단단히 단속했지만, 그 넓은 대갓집도 결국에는 한 울타리 안인 법, 몸을 추스르느라 좀처럼 아래채를 벗어나는 일이 없는 연지의 귀에도 들어온 얘기가 정부인의 귀를 피해 다닐 길은 애초부터 없었다고 보는 게 옳았다. 얘기를 들은 정부인은 안주인인 자신도 모르게 집에 들어와서는 별채로 직행한, 초선을 향한 지아비의 애정의 징표인 석청과 대나무 수저가 땔감이 돼서 활활 피워낸 질투심 때문에 제정신이 아니었다. 정부인이 악에 받쳐 질러대는 고함소리는 한참의 시간이 흘렀는데도 점점 더 커지고 있었고, 아영과 연지는 가시방석에 앉은 듯 어색한 분위기가 불편해 몸 둘 바를 몰랐다.

"착한 아이였다더군요. 하늘이 무슨 억하심정으로 그리 착한 아이가 그런 흉한 일을 당하게 했느냐는 한탄이 나올 정도로 착했답니다. 그리고… 남정네들에게 술 따르고 웃음 파는 이 바닥 여인네치고 그렇지 않은 사람이 있겠습니까마는… 불쌍한 아이였답니다." 수건으로 아영의 몸에 묻은 물기를 닦아준 매월이 창포물로 감겨준 아영의 머리에 마른 수건을 감아 물기를 없애주며 말했다.

"아는 사이였는가?" 아영이 물었다.

"직접 만난 적은 없지만, 얘기는 많이 들었습니다. 이 동네는 한 다리, 많게는 두 다리만 건너면 조선 팔도 구석구석에 있는 기생들이 웬만큼은 다 연줄로 이어지는 좁은 바닥이랍니다."

"그래, 자네가 듣기에 초선은 어떤 사람이었나?"

"바느질을 무척 좋아했다더군요." 향낭을 선물 받은 연지에게서도 들은 얘기였다. 탄내가 진동하던 초선의 방을 사소한 것 하나도 놓치지 않으려고 눈에 불을 켜고 살펴봤던 아영은 그곳을 속속들이 기억하고 있었다. 연지에게 그런 얘기를 듣지 않았더라도, 방에 있던 알록달록한 실타래들과 온갖 바느질 도구가 담긴 반짇고리를 보는 것만으로도 초선이 바느질을 무척 좋아했다는 건 미루어 짐작할 수 있는 일이었다. 매월이 말을 이었다. "잘하기도 했고요. 임금님께서 입으실 어의(御衣)를 짓는 상의원(尙衣院)에 상방기생(尙房妓生)으로 들어가지 않겠느냐는 얘기를 듣기도 했었고, 기생 일을 그만두더라도 여염집의 옷을 짓는 침모(針母)로 일하면 평생 먹고 살 걱정은 안 해도 될 거라는 말을 들을 정도로 솜씨가 좋았답니다. 저에게도 그 아이가 지은 무척이나 근사한 향낭이 있답니다. 아는 기생을 통해 제게 보내준 선물이었죠."

매월은 물기가 어느 정도 남은 아영의 머리를 빗살 촘촘한 참빗으로 정성껏 빗겼다. 아영은 흐릿한 기억으로 남은 어머니의 빗질을 떠올렸다. 매월은 아영의 머리를 곱게 땋기 전에, 전라도에서 가져왔다는, 동백의 씨앗에서 짜낸 동백기름을 발라줬다. 아영은 청동거울을 들여다보며 귀한 머릿기름을 바른 덕에 한결 윤기가 나고 단정해진 머리를 살폈다. 그러고는 손에 기름이 묻지 않도록 조심조심 머릿결을 살짝 만져봤다. 자신의 머리카락에서 생전 처음으로 느껴지는 감촉은 어색하기도 하고 신기하기도 했다. 호롱불을 켜는 데 쓰는 싸구려 쪽동백기름은 아무리 질이 좋은 것이라도 동백기름에 비할 바가 못 된다는 걸 실감할 수 있었다. 그러니 동백기름은 지체 높은 대갓집 마님들이나 바를 수 있고 쪽동백기름은 항간(巷間)의 뭇 아녀자들이 바르는 것 아니겠는가. 불현듯, 초선이 누워있던 방에 탄내와 함께 떠돌던 아주까리기름 냄새가 떠올랐다.

정부인 때문에 소란하던 별채가 느닷없이 조용해졌다. 정부인이 일으킨 소동 때문에 좌불안석이던 연지와 아영은 막상 소리가 뚝 그치고 정적이 흐르자 호기심이 동했다. 어찌 된 일인지 궁금해진 연지가 문을 빠끔히 열고 밖을 살폈고, 아영 역시 호기심을 이기지 못해 연지 뒤에서 별채 쪽을 살폈다. 별채는 언제 소란했냐는 듯이 조용하기만 했다. 너무 조용해서 별채에 있던 사람들이 순식간에 구들 밑으로 꺼져버린 것 같다는 생각이 들 정도였다. 연지와 아영은 한참을 기다렸지만 별채에서는 별다른 기척이 없었다.

그러다 잠시 후, 별채에서 다시금 큰소리가 났다. 그런데 이번 소리는 별채 안에서 나는 게 아니었다. 별채와 안채를 잇는 쪽문 근처에서 난 거였다. 별채에서 나와 쪽문으로 오던 정부인이 분이 다 풀리지가 않아 별채를 향해 마지막으로 목소리를 높이는 것 같았다. "여기는 네가 보낸 미천하던 지난날하고는 격이 달라도 천지 차이로 다른 뼈대 있는 집안이라는 걸 명심해야 할 것이야. 한시라도 몸가짐을 흐트러뜨리지 말아야 할 것이란 말이다." 그 얘기만 들어서는 정부인이 무슨 일 때문에 이런 얘기를 하게 된 것인지 알 길이 없었다.

소리가 멎은 직후, 치마폭을 힘껏 움켜쥐고 치맛자락을 앞으로 말아 돌린 정부인이 사냥에 나선 호랑이처럼 살기등등한 기색으로, 그러면서도 왠지 민망한 듯 보는 눈이 없는지 주위를 조심스레 살피면서 쪽문으로 나와 안채로 향하는 게 보였다. 연지는 소동이 가라앉은 걸 확인하고는 안도해서, 그리고 본처의 구박을 받은 애첩의 신세가 가여워서 자기도 모르게 한숨을 쉬었다. 무거운 얼굴로 원래 앉았던 자리로 돌아간 두 사람은 한동안 덮쳤던 어색함을 이겨내는 데 성공하고는 앞서 피우다 말았던 이야기꽃을 다시 피우기 시작했다.

연지가 아영의 이야기에 다시 빠져들던 참이었다. 갑분이 경망스러운 목소리로 "화천댁 아주머니"를 목청껏 불러대며 대갓집 곳곳을 헤집고 다니기 시작했다. 화천댁은 정 대감 댁에서 일하는 계집종들 중에서 연배가 제일 높은 하녀였다. 갑분은 체통을 중시하는 집안 분위기 따위는 아랑곳없이 아까와 다르지 않은 모습으로 허둥거리고 있었다. "종살이가 처음이라 잠깐 저러다 말아야 할 텐데, 앞으로도 계속 저러면 정신 사나워서 어떻게 견디고 살아야 할지 모르겠다." 집안 전체를 들썩거리게 만드는 갑분의 행동거지에 짜증이 난 연지의 푸념이었다. 참다못한 연지는 갑분에게 한소리하려고 문을 열었다. 그런데 때마침 화천댁이 나타나 호들갑 떨지 말라며 갑분을 타박하기 시작했다.

"화천댁, 무슨 일로 이리 시끄러운 겐가?" 연지는 이왕 문을 연 김에 화천댁에게 묻는 척하며 갑분에게 주의를 줄 생각으로 입을 열었다. 아영과 얘기를 할 때만 해도 쌩쌩하기만 하던 목소리는 어느 틈에 병색이 완연한 목소리로 변해 있었다.

화천댁이 송구해서는 연신 허리를 조아리며 대답했다. 종살이를 오래 한 까닭에 자연스레 몸에 밴 공손한 몸짓이었다. "정부인 마님께서 아주까리기름을 찾으신답니다." 화천댁은 갑분의 어깨를 책망조로 툭툭 때리면서 두 사람 말고는 알아듣기 쉽지 않은 나지막한 소리로 갑분을 혼냈다. "이것아, 그런 일이 있으면 조용히 날 찾아올 것이지, 여기가 너희 집 안마당도 아니고, 어쩌자고 큰소리냐, 큰소리가?"

화천댁에게 혼나는 와중에도 연신 하품을 해대던 갑분이 예상치 못한 말로 받아쳤다. "계집종으로 일하겠다고 판서님 댁에 들어온 거니까 지금은 여기가 저희 집 안마당 아닙니까요?" 허를 찔린 화천댁은 뭐라 대꾸할 말을 찾지 못했다.

그러자 연지가 화천댁을 대신해 나섰다. "정부인 마님께서? 아니, 뜬금없이 아주까리기름을 왜 찾으시는 거지?" 연지는 시어머니인 구씨를 '어머님'이라고 부르지 않고 '정부인 마님'이라고 불렀다. 아영은 정부인이 내색은 않지만 사람들이 그렇게 불러주는 걸 은근히 좋아한다는 걸, 그래서 며느리인 연지도 남들 앞에서는 시어머니를 정부인 마님이라고 부르는 게 입에 뱄다는 얘기를 연지에게 들은 적이 있었다.

"갑자기 소화가 안 돼 속이 더부룩하다고 그러시네요."

갑분의 대답을 들은 연지와 화천댁은 약속이나 한 듯 동시에 고개를 끄덕였다. 두 사람 다 말은 안 했을 뿐, 속으로는 정부인이 요즘 별실 문제로 신경을 많이 쓴 탓에 소화가 잘 되지 않아 고생하다 보니 생전 찾는 일이 없던 아주까리기름을 찾나보다 생각했다.

"빨리 갖다 드리도록 하게. 어서."

연지의 얘기에 화천댁이 머리를 조아리며 대답했다. "예, 작은 마님."

연지와 아영은 갑분이 기름을 담은 사발을 정부인에게 바치러 간다는 걸 방에 앉아서도 알 수 있었다. 화천댁에게 조용히 다니라는 지청구를 단단히 들었을 텐데도 갑분의 촐랑거림은 달라진 게 없었다. 어찌 보면 초지일관하는 갑분의 행실에 두 친구가 두손 들었다는 뜻으로 빙긋 웃으며 하던 이야기를 다시 시작하고 얼마 지나지 않았을 때였다.

"화천댁 아주머니, 이런 치마는 빨래를 어떻게 해야 한데요?" 이번에도 갑분의 목소리였다. 갑분의 입을 막으려고 부리나케 달려오는 화천댁의 발소리가 들렸다. 연지가 문을 열자 화천댁이 남색 치마를 들고는 이리저리 살피는 게 보였다. 정부인이 방금 전에 안채로 갈 때 입고 있던 치마였다. 방에 앉은 자리에서도 치마에 기름이 잔뜩 묻어 있는 게 보였다.

"아니, 이게 웬일이라니? 그리도 조신하던 분이? 그리도 몸가짐이 조심스럽던 분이 어쩌다 이리… 정말로 소실 때문에 속이 상해도 단단히 상하셨나보다." 화천댁은 연지와 아영이 보고 있다는 건 생각도 못하고 혼잣말을 중얼거렸다. 화천댁의 혼잣말과 치마의 기름자국을 보아하니, 정부인이 갑분이 조금 전에 올린 아주까리기름을 치마에 쏟은 모양이었다. "그건 그렇고 이 귀한 치마를 어찌해야 한다니… 연경(燕京, 지금의 베이징北京)에서 가져온 귀한 비단으로 지은 거라고 애지

중지하시던 건데… 아주까리기름은 빠지지도 않는 걸 잘 아시면서 이런 걸 쏟으시고, 참….” 그러다가 연지와 아영의 눈길을 알아차린 화천댁은 자던 아이가 요에 그린 것 같은 기름자국이 남은 치마를 얼른 갑분의 손에 쥐어줬다. “일단 행랑채에 갖다 두거라. 나중에 방책을 찾아보자꾸나. 잿물에 담가 보던지, 아무튼 수를 써보자.” 갑분은 치마를 챙겨 까불거리는 걸음으로 행랑채로 향했고, 화천댁도 연지에게 허리를 숙이고는 볼일을 보러 갔다. 연지는 문을 닫고는 다시 아영의 얘기에 귀를 기울였다.

매월은 아영이 꺼려하는 기색을 보이는데도 “살짝만 바를 테니 너무 걱정하지 마십시오. 게다가 나중에 씻어내면 그만 아닙니까?”라고 달래며 아영의 얼굴에 곱고 화사한 분을 연하게 발랐다. 아영은 너무 천박해 보이지나 않을지 걱정하며 부지불식간에 왼손에 감은 수건을 오른손으로 꼭 움켜쥐었다. 아영이 버릇처럼 하는 이 행동이 분칠을 마치고 분첩을 내려놓던 매월의 눈을 잡아끌었다. 매월은 아영이 민망해하지 않도록 조심스러운 눈빛으로 수건을 감은 아영의 왼손을 보며 입을 열었다. “귀신보다 용하다는 오간수문(五間水門, 지금의 청계천 6가에 있던 수문) 조 판수(判數, 시각장애인 점쟁이)가 아씨의 어머님께 드렸다는 이야기에 대해 들었습니다. 문창성(文昌星)이 아씨에게 세상을 홀릴 글재주를 줬다고 했다던데, 맞는 말인가요?”

아영의 어머니가 태어난 지 석 달이 채 되지 않은 아영을 안고 조 판수를 찾아가 들은 얘기를 말하는 거였다. 조막손을 갖고 태어난 딸의 장래가 심히 걱정됐던 어머니는 글 읽는 선비 가문의 아녀자가 점쟁

이를 찾아가는 걸 언짢아하며 나무랄 아버지 몰래, 패물을 팔아 마련한 복채를 들고 조 판수를 찾아갔었다. 오간수문 근처에 있는 조 판수의 아담한 집 앞에는 귀신보다 용하다는 조 판수에게 걱정거리를 털어놓고 장차 닥칠 길흉을 알려주는 점괘를 들으려는 사람들이 장사진을 치고 있었다. 아영 모녀는 한나절을 기다린 끝에야 조 판수의 방에 들어설 수 있었다. 어머니의 품에 안긴 아영은 그 어린 나이에도 조금도 칭얼거리지 않고 판수의 집에서는 흔한 볼거리인 태극도(太極圖)와 명당도(明堂圖)와 온갖 부적을 말똥말똥 둘러보고 있었다. 신기한 방안의 모습을 머리에 깊이 새겨 넣으려고 기를 쓰는 것만 같았다. 조 판수의 앉은뱅이책상 앞에 앉은 어머니는 이곳을 찾아온 연유를 밝혔다.

정작 자신의 앞은 한 치 앞도 못 보는 눈으로 많은 사람의 앞날을 살펴 조심할 일과 마음 놓을 일을 알려주는 조 판수는 알아듣기 힘든 주문을 웅얼거리고 산가지가 담긴 산통(算筒)을 철컹철컹 흔들며 아영의 앞에 놓인 길이 탄탄대로일지 험로(險路)일지, 험로가 있다면 얼마나 험한 길이 어디어디에 놓여 있을지를 살피기 시작했다. 산통에서 꺼낸 산가지 몇 개를 더듬거려 짚어본 조 판수가 짙은 색 자수정(紫水晶) 안경으로 감춘 눈살을 잔뜩 찌푸렸다. 초조한 심정으로 판수의 낯과 입에서 눈을 떼지 못하던 어머니는 혹여 불길한 얘기를 듣는 건가 싶어 그러잖아도 졸이던 가슴을 더욱 졸였다. 머릿속으로 점괘를 헤아리는 걸 마친 조 판수의 표정이 밝아지더니 아기씨의 왼손을 만지게 해달라고 청했다. 조 판수는 아영의 앙증맞은 조막손을 잠시 만지작거리고는 마침내 입을 열었다. "너무 걱정 마십시오, 마님. 아기씨의 손이 이런 건, 학문과 글재주를 맡아 다스리는 별인 문창성이 삼신할

미를 찾아가 아기씨에게 글재주를 주는 대가로 아기씨의 왼손을 자라게 해줄 기력을 받아 갔기 때문입니다. 아기씨가 그 글재주 때문에 고초를 겪는 일도 많이 있겠지만, 그래도 아기씨는 장차 그 글재주와 총명함으로 세상에 이름을 떨치고 칭송을 받게 될 겁니다.”

조막손을 가진 여인네로서 험난한 세상을 살아야 할 딸의 앞날이 걱정됐던 어머니의 가슴에 산더미처럼 쌓여있던 근심은 조 판수의 얘기를 듣고는 스르르 녹아 자취를 감췄다. 귀가한 어머니는 민기 앞에서는 입을 꾹 다물고는, 가까운 친척들에게만 밝은 표정으로 조 판수를 만나고 온 얘기를 했다.

아영이 어렸을 때였다. 어머니는 조막손이라는 또래 아이들의 놀림에 울면서 집에 온 아영을 달래려고 몇 년 전에 조 판수에게 들은 얘기를 해줬다. 그때부터 아영은 자신의 왼손을 새로운 눈으로 보게 됐다. 글재주와 정당하게 맞바꾼 왼손을 더 이상은 부끄럽게 생각하지 않게 된 것이다. 아영은 조막손이 되는 대가로 얻은 글재주를 더욱 갈고 닦아 온전한 것이 되지 못한 왼손이 뿌듯해하도록 살아가겠다고 마음먹었고, 그렇게 먹은 마음은 이후로 아영이 조막손을 바라보는 세상의 눈길에 조금도 움츠러들지 않으면서 당당한 모습을 보일 수 있게 해줬다.

그런데 아영은 지금 집안사람이 아닌 매월의 입에서 그 얘기가 나온 것에 살짝 짜증이 났다. 매월은 필시 병욱에게서 그 얘기를 들었을 것이다. 그리고 문창성 얘기가 나오려면 그에 앞서 조막손 얘기가 나왔을 것이다. 아영이 조막손을 부끄러워하지는 않는다고 해도, 남들이 조막손을 들먹거리는 건 유쾌하게 받아들일 일은 아니었다. 이게 다

할아버지 때문이었다. 할아버지는 매월에게 우리 집안의 내밀한 이야기를 도대체 어디까지 한 걸까?

"할아버님이 걱정스러우시죠, 아씨?" 매월이 분첩을 정리하며 무심한 듯 물었다. "틈만 나면 사내대장부로 태어났으니 힘으로 산을 뽑고 기개로 세상을 덮을 거라는 말을 꺼내는 사내가 허구한 날 술에만 절어있으니, 그분이 잘될 거라는 기대가 큰 친족으로서는 걱정을 하는 게 당연할 겁니다. 허나, 어쩌겠습니까? 그분도 진력(盡力)을 다하지만 세상이 녹록지가 않은걸." 매월은 잠시 말을 멈추더니 살짝 한숨을 쉬었다. "저는 그런 사내들을 많이 봤습니다. 용(龍)이 사라진 세상에서 용을 잡는 탁월한 재주만을 타고난 사내들을요."

매월은 병욱이 무과에 급제하지 못하는 건 "실력도 급제하기에는 약간, 아주 약간 모자라지만, 뒷배가 없으면 능참봉도 하기 힘든 세상에서 미력한 힘이나마 써주려는 사람이 아무도 없다는 게 가장 크다." 고 말했다. 사실 이건 아영도, 아니 온 세상이 다 아는 얘기였다. 매월이 덤덤한 어투로 말했지만 아영의 가슴을 날카롭게 찌른 건 "할아버님도 당신이 무과에 급제하는 건 난망한 일이라는 걸 잘 안다."는 말이었다. 매월은 "운이 좋아야 급제할까 말까" 할 거라는 얘기를 병욱에게 들었다는 말을 덧붙였다.

"자네는 그걸, 그러니까 할아버님의 앞날이 그리 밝지 않다는 걸 잘 알면서도 어찌 할아버님과 계속 교분을 나누는 겐가?" 이건 아영이 집을 나설 때부터 매월에게 이것만큼은 절대로 묻지 말아야 한다고 생각한 물음이었다. 그런데 없는 집 제사 돌아오듯 치러지는 과거에 뻔질나게 낙방하는 보잘것없는 선비에게 술과 안주를 원껏 대접하며 뒷바라지를 하는 매월이 병욱의 앞날이 그리 밝지 않을 거라는 투의 말을 하자 그 궁금증을 도저히 심중에 누르고만 있을 수가 없었다.

매월은 아영의 물음을 듣고는 빙긋 웃더니 잠시 입을 다물었다. 그러고는 부드러운 웃음을 머금으며 입을 열었다. "언젠가 제게 물으시더군요. 북진(北鎭, 함경북도의 육진六鎭 지방)에 가서 일 년간 살 자신이 있느냐고." 무과에 급제한 무관은 반드시 변방에서 일 년을 복무해야 했다. 변방에 부임한 사랑하는 낭군이 그리워 임지로 찾아가는 기생들 이야기가 항간에 많은 건 그래서였다.

병욱은 매월에게 왜 그걸 물은 걸까? 매월은 아영의 생각을 꿰뚫는다는 듯 알아서 대답을 내놨다. "그래서 대답을 드렸습니다. 그럴 자신은 차고도 넘친다고요. 그러니 과거에 급제만 하시라고요." 그 얘기를 들은 아영은 엉겁결에 매월을 보고는 싱긋 웃었다. 매월은 병욱의 힘을 북돋아주려고 마음에도 없는 대답을 한 거였을까, 아니면 진심에서 우러난 말을 한 거였을까?

"불이야. 별채에 불이 났다." 다급한 목소리가 울려 퍼지더니 곧이어 똑같은 내용의 큰소리가 사방에서 터져 나오기 시작했다. 아영은 소리를 듣기 무섭게 자리에서 일어나 부리나케 문을 열고 밖을 내다봤다. 멀리서 봐도 불길이 별채의 여닫이문과 봉창(封窓, 채광과 통풍을 위해 벽을 뚫어 작은 구멍을 내고 종이를 발라서 봉한 창)의 문살 사이로 십여 개의 혀를 날름거리며 문밖으로 빠져나오려 기를 쓰고 있는 게 보였다. 지붕에 얹은 이엉이 아직까지는 말짱한 걸 보면 불은 방안에서 시작된 게 분명했다. 집안 곳곳에 있는 하인들이 하던 일을 팽개치고는 동이며

168

바가지며 사발이며 물을 담을 수 있는 건 무엇이건 들고는 사방에서 별채로 부리나케 모여들고 있었다.

"어머, 어머, 어쩌면 좋아?" 연지는 문턱 앞에 서서 불이 난 별채를 보고는 애타는 혼잣말만 해대며 발을 동동 굴렀다. 연지가 걱정된 아영은 자신이 가서 살펴본 후 돌아와 자세히 얘기해줄 테니 마음을 진정시키고는 찬바람을 피해 방문을 닫고 있으라고 신신당부했다.

아영은 그렇게 연지를 남겨두고는 신을 신는 둥 마는 둥 아래채 마당으로 뛰어내렸다. 아영은 그렇게 황급히 별채로 향하다가 받은 이상한 느낌에 자신도 모르게 고개를 돌려 안채를 올려다봤다. 그러자 높은 곳에 있는 안채의 대청에 정부인이 서 있는 게 보였다. 불길이 별채를 잡아먹으려고 정신없이 혀를 날름거리고 있는데도 강 건너 불구경을 하는 사람처럼 꼼짝도 않은 채로. 그새 갈아입은 흑갈색 치마의 자락을 힘껏 움켜쥐고는 청동거울처럼 딱딱한 얼굴로 불길에 장악된 별채를 내려다보면서. 후련해하는 것 같기도 하고 죄스러워 하는 것 같기도 한 표정으로. 정부인의 얼굴에서 속내를 제대로 읽어내고픈 욕심에 사로잡힌 아영은 별채로 뛰어가던 것도 잊고는 정부인이 그러는 것처럼 그 자리에 잠시 얼어붙었다.

자신을 바라보는 아영의 눈길을 의식한 걸까. 별채에서 눈을 떼지 못하던 정부인이 어느 순간 아래채에 있는 아영에게로 시선을 옮겼고, 그러면서 두 사람은 아영이 고개를 돌리고 별채로 뛰어갈 때까지 잠깐이나마 서로를 응시하게 됐다. 아영은 곳곳에서 몰려온 사람들로 북적이는 별채로 가는 동안 소실의 안부가 궁금했다. 그런데 불을 끄려고 안간힘을 쓰는 사람들이 지르는 소리에 소실의 안위를 언급하는 말은 하나도 섞여 있지 않았다.

별채 주변은 장날의 시장바닥 같았다. 불은 방안에서 맹위를 떨치면서 방 밖으로, 지붕으로, 아담한 마당에 심어진 나무들로 세력을 넓힐 기회를 호시탐탐 노리고 있었다. 사람들은 별채까지 이고지고 온 물을 타오르는 불길에 끼얹었지만 이미 자리를 잡은 불길의 기세는 쉽게 꺾이지 않았다. 오히려 불길의 화만 돋운 듯 불길은 거세져만 갔고, 기와를 얹은 가옥들 가운데에서 세 칸(三間)밖에 안 되는 흙집에 초라한 행색으로 얹혀져 있는 이엉을 집어삼키려는 듯 위로 길게 내민 혀를 까딱거리고 있었다. 다행히도 불길과 이엉까지 거리는 아직까지는 어느 정도 떨어져 있었다.

볕 잘 드는 곳에 지어진 안채와 사랑채와 달리, 별채는 그리 볕이 잘 들지 않는 외딴곳에 있었다. 게다가 담장 근처에 심어진 나무 몇 그루가 드리운 그림자 때문에 다른 곳에 비해 약간 침침했고, 그래서 겨우내 얼어 있다 슬며시 찾아온 봄기운에 녹았던 땅에는 꽃샘추위 때문에 다시 살얼음이 얼어 있었다. 정오를 지나면서 녹은 얼음 때문에 질척이던 땅은 사람들이 동이를 나르다 흘린 물 때문에 시간이 갈수록 더더욱 질퍽거렸다. 바람에 몸을 맡긴 시커먼 검댕이 힘없이 밀려다니는 눈송이처럼 공중을 떠다녔다.

사람들은 시야를 막는 검댕을 치우려 손을 저으며 불을 끄려고 발을 재게 놀리다가 차츰 지쳐갔다. 그렇게 사람들 몸놀림이 차츰 굼떠질 때였다. 누군가의 입에서 "작은 마님 어디 계시는가? 누구 작은 마님 본 사람 없는가?"라는 말이 튀어나왔다. 그 얘기를 들은 다른 누군가가 퍼뜩 떠올린 생각을 내뱉었다. "혹시 방에 계신 것 아냐?" 대감마님의 사랑을 듬뿍 받는 기생첩이 보이지 않는다는 걸 그제야 깨달은 사람들은 주위를 휘휘 둘러봤지만, 초선의 모습은 사람들 틈에서도, 별채 주위 어디에서도 찾을 길이 없었다.

머리와 수염이 희끗희끗한 하인이 득달같이 별채로 달려갔다. 공기가 후끈하게 달아오른 별채로 돌진하는 건 웬만한 배짱과 충심(忠心)이 아니면 하기 힘든 일이었다. 그새 창호지가 다 타버린 문과 봉창은 가녀린 문살이 앙상하게 드러나 있었고, 방을 빠져나올 길을 찾는 불길이 문살 틈으로 혀를 날름거리고 있었다. 마루에 올라 불길이 할짝거리는 문살을 통해 안을 들여다본 하인의 얼굴에 놀람과 안타까움이 섞인 표정이 떠올랐다. "여기 계시는구먼. 이봐, 뭣들 하고 있어? 어서들 와서 작은 마님을 구해내지 않고." 늙은 하인은 사람들을 재촉하면서 무심결에 문을 열려고 문고리를 잡았다가 외마디 비명을 질렀다.

달아오른 문고리에 덴 손을 연신 털어대며 뒷걸음질로 마당으로 내려온 하인은 화상을 입은 손에서 화기(火氣)를 빼려고 질척거리는 마당에 손을 갖다 댔지만, 그 와중에도 불길의 기세에 눌려 어쩌지를 못하고 구경꾼처럼 서 있는 사람들을 향해 어서 작은 마님을 구해내라고 버럭 소리를 질렀다. 그러자 덩치 좋은 젊은 하인이 찬모(饌母)가 쓴 수건을 벗겨 손에 감고는 방문으로 달려가 문고리를 힘껏 잡아당겼다. 하지만 문은 들썩거리기만 할 뿐 도통 열릴 생각을 하지 않았다. 불길을 피하면서 문살을 통해 안을 들여다본 하인은 문고리가 안에서 걸려있는 걸 확인했다.

정부인의 모습을 보고는 불길함을 느낀 아영은 방에 쓰러져 있는 소실의 모습을 자세히 살펴야겠다고 생각했는데, 문고리가 안에서 걸려 있다는 것까지 확인되자 그래야 하겠다는 생각이 더욱 커졌다. 아영은 방안이 더 잘 보이는 곳을 찾아 사람들 틈을 헤집고 다녔다. 정 대감 댁 아랫사람들은 아영의 낯선 얼굴을 보고는 미심쩍어하는 표정을 짓다가, 아영의 차림새가 초라하기는 해도 자신들하고는 다른 양반집 규수의 그것이라는 걸 확인하고는 말없이 자리를 비켜줬다.

문을 여는 데 실패한 젊은 하인의 표정이 갑자기 바뀌었다. 그는 코를 방안에 대고 킁킁거렸다. "이거 아주까리기름 냄새잖아? 다들 그렇게 멀뚱멀뚱 있지만 말고 흙을 퍼 와요, 어서. 물은 말고. 이거 기름에 붙은 불이라 물 부으면 안 돼요. 흙으로 꺼야 해요." 사람들은 조금 전까지도 물이 담겨 있던 동이를 비우고는 부지런히 흙을 채워 하인에게 가져갔고, 하인은 그 흙을 문살 사이로 힘껏 뿌렸다. 그러자 이미 힘을 잃어가던 불길은 오래지 않아 사그라졌다가 결국에는 꺼졌다.

하인은 이제는 필요치 않은 동이를 내려놓고는 마루 위에서 몇 걸음 뒷걸음질을 치더니 창호지는 타버리고 문살만 앙상하게 남은 문으로 뛰어가 냅다 발길질로 문살을 박살냈다. 불길에 시달리며 약해질 대로 약해진 문살은 힘없이 빠개졌고, 그러면서 방으로 들어가는 길을 열어줬다. 두 팔을 휘저어 거치적거리는 문살을 꺾고 들어간 하인이 잠시 후 축 늘어진 초선을 안고 나왔다.

그러자 발만 구르고 탄식만 해대던 사람들이 우르르 몰려갔다. 누가 가져온 것인지 모를 멍석이 초선을 뉘일 수 있게 순식간에 깔렸다. 백발의 찬모가 얼른 초선 옆에 무릎을 꿇고는 초선의 손목과 목의 맥을 짚었다. 찬모의 안색이 어두워졌다. 찬모는 그래도 혹시 하는 심정으로 벌벌 떨리는 손가락을 초선의 코에 댔다. 사실, 초선의 코와 입 주위가 깨끗한 걸 보면, 손가락을 갖다 댈 필요도 없는 일이었다. 어쨌든 찬모는 고개를 들고는 안타깝다는 표정으로 고개를 설레설레 저었고, 그러자 꽃다운 나이에 본처의 구박을 받으며 첩살이를 하던 기생이 당한 흉한 일을 안쓰러워하는 사람들의 탄식이 파문처럼 퍼져나갔다.

아영은 사람들 틈을 비집고 들어가 영원한 잠에 빠져 있는 초선의 얼굴을 살폈다. 꼭 깊은 잠에 빠진 사람 같았다. 아니, 아영은 자기 생각이 틀렸다는 걸 깨달았다. 지금 초선은 영영 깨어나지 못할 잠을 자고 있는 거였으니. 혹시나 싶어 다시 살펴본 초선의 코밑은 얼굴의 다른 곳처럼 깨끗했다. 연기가 자욱한 곳에 누워있었는데도 코 근처에는 검댕이 하나도 묻어있지 않았다. 연기가 피어났을 때에는 초선이 이미 숨을 쉬고 있지 않았다는 뜻이었다. 질식하는 고통을 면한 게 그나마 다행인 걸까? 아영은 다음으로 초선의 몸을 살폈다. 불길이 핥고 간 흔적이 군데군데 있었다. 그런데 천만다행이라는 게 옳은 말인지는 모르겠지만, 치마만 약간 타고 사지에 약간 그을린 자국이 몇 곳 있을 뿐 크게 상한 곳은 없었다.

갑자기 "흐미" 하는 비명이 터졌다. 초선의 생사를 살핀 찬모가 지른 비명이었다. 초선을 반듯하게 눕히려고 머리를 바로잡아주다 미끈한 느낌을 받고는 머리를 만진 손을 봤다가 피가 묻은 걸 보고는 비명을 지른 거였다. 웅성거리는 소리가 다시금 파도처럼 퍼졌다. 마음을 진정시킨 찬모가 초선의 머리를 살며시 돌리자 오른쪽 뒷머리가 찢어져 흘러나온 피와 머리카락이 엉켜 떡이 진 게 보였다. 상처는 언뜻 보기에도 무척 컸다. 두개골이 깨져서 생긴 틈으로 슬쩍 삐져나온 뇌수(腦髓)를 본 여인네들은 몸서리를 치며 고개를 돌렸다.

그걸 본 누군가가 말했다. "안에서 문을 걸어 잠그고 있다 잘못해서 쓰러지는 바람에 머리를 다쳐 돌아가셨나 보네." 힘껏 잡아당겼는데도 들썩거리기만 할 뿐 열리지는 않았던 문을 보고는 문고리가 안에서 걸려 있다는 걸 똑똑히 확인한 사람이라면 누구나 그럴듯하다고 여길 얘기였다. 모여 있는 사람들은 초선이 그렇게 쓰러져 숨을 거둔 뒤로 우연히도 불이 나는 바람에 흉한 일이 벌어졌다는 걸 수긍했다.

그러나 본능적으로 그 얘기를 수긍하지 못하는 사람이 있었다. 아영이었다. 아영은 지금까지 보고 들은 걸 바탕으로 사건의 전말을 상상해봤다. 초선이 시신으로 누워있던 방의 문고리는 안에서 걸려 있었다. 초선 말고 누군가 방에 있었다면 불길에 휩싸인 방에 그대로 남아 있었을 리는 만무했고, 하인이 문살을 부수고 들어갈 때 안에서 나온 사람은 없었다. 그러므로 방에는 초선만 있었을 것이다. 사람들 말대로, 문을 걸어 잠근 초선이 어딘가에 머리를 부딪치는 바람에 쓰러져 절명했고 그런 후에 불이 났다는 건 사리에 맞는 일이었지만, 석연치 않은 무엇인가가 아영이 초선이 사고로 목숨을 잃었다는 결론을 받아들이는 걸 방해하고 있었다.

"뭣들 하고 있는 것이냐? 잔불을 꺼야 할 것 아니냐? 이러다 불이 다시 번지기라도 하면 어쩌려고 이렇게 소란만 떨고 있는 것이냐?" 서릿발처럼 서늘한 목소리가 비탄에 잠긴 사람들을 덮쳐 정신을 번쩍 들게 만들었다. 모두들 굳이 고개를 돌리지 않아도 정부인의 목소리라는 걸 알고 있었다. 사람들이 우왕좌왕 불을 끄려 애쓰던 조금 전까지도 보이지 않던 정부인이 별채에 나타난 거였다.

아영은 정부인이 나타난 이후로 정부인에게서 눈을 떼지 않았다. 정부인은 열기가 식는 동안 탄내와 검댕을 쏟아내는 별채를 냉랭한 얼굴로 바라만 볼 뿐, 멍석 위에 누워 있는 대감의 애첩에게는 눈길을 전혀 주지 않았다. 정부인이 초선을 쳐다보지 않는 건 애첩의 죽음을 기꺼워하는 속내를 감추기 위함일까? 초선은 애초부터 이 집에 없던 사람이라고 생각해서일까? 아무튼 아랫사람들에게 호통을 치는 정부인의 목소리에서 초선의 불행을 안타까워하는 기색은 전혀 엿보이지 않았다. 정부인에게는 사람이 죽은 것보다 별채에 난 불을 서둘러 진화하는 게 더 중요한 일인 것 같았다. 정부인의 호통에 몇 명이 흙을 퍼서 방으로 몰려갔다. 그러면서 기세를 되찾을 기회를 노리며 보이지 않는 곳에 몸을 감추고 있던 자잘한 불씨들은 모두 꺼졌고 별채에 붙은 불은 완전히 진화됐다.

별채가 진화된 걸 확인한 아영의 눈길이 다시 정부인에게로 향했다. 왠지 모르지만 초선의 죽음은 정부인의 소행일 거라는 생각이 들었다. 그 생각을 뒷받침하는 근거는 아직까지 하나도 없었고, 정부인을 모함하는 거나 다름없는 그런 생각을 입 밖에 냈다가는 위험천만한 지경에 처할 게 뻔했지만 말이다. 아영은 반들반들한 탈을 뒤집어쓴 것 같은 정부인의 무표정한 얼굴이 무슨 뜻일지 알아내려 궁리해봤다. 묵은 체증이 쑥 내려가 시원하다는 표정일까, 아니면 자기 손으로 그런 짓을 저지를 수 있을 거라고는 상상도 못했고 감당할 수 있을 것 같지도 않던 일을 실제로 저지르고는 뒤늦게 근심에 젖은 표정일까, 그도 아니면 오랜 세월 꾹 눌러두고 살았던 본모습을 마침내 드러내서는 홀가분하다는 표정일까. 찰나의 순간에 언뜻언뜻 스쳐가는 그 감정들을 모두 합쳐놓은 게 정부인의 진짜 속내일지도 모른다는 생각이 들었다.

정부인은 진땅을 밟았다가 아주까리기름을 엎은 탓에 갈아입은 치마를 다시 갈아입어야 하는 일을 당하고 싶지 않았던지 선 자리에서 꼼짝도 않으면서 아랫사람들에게 불이 다 꺼진 게 확실한지 다시 확인해보라고 시켰다. 별채 안팎을 두루 둘러본 하인들로부터 그렇다는 대답을 들은 정부인은 청지기 하 씨(河氏)를 불러 일렀다. "궐(闕)로 사람을 보내 집에 가벼운 불이 났다는 걸 대감님께 알리도록 하게. 불은 다 껐으니 걱정하실 건 없다고, 그러니 보시던 정사를 소홀히 하지 말고 잘 마무리하신 후에 퇴궐하시라고 당부드리도록 하고. 포청에도 사람을 보내 집에 불이 났다는 걸 알리도록 하게. 불이 난 것하고는 별개로 사람이 죽었으니 포청에서 나와 수사를 해야 할 것이네. 그러니 포졸들 맞을 채비를 해두고."

아영은 정부인이 궐에 있는 정 판서에게 전하라는 얘기에 초선이 숨을 거뒀다는 얘기가 들어있지 않은 건 무슨 연유인 것인지 궁금했다. 아무튼 부인에게 품고 있던 아영의 의심은 정부인이 한 말의 끝부분을 듣고는 더욱 굳어졌다. 정부인의 입에서 '불이 난 것하고는 별개로 사람이 죽었으니'란 말이 나온 건 틀림없는 사실이었다. 의아했다. 초선의 시신을 자세히 살펴보지도 않고, 시신에 손을 대보기는커녕 근처에도 가보지 않고 어떻게 초선이 화재하고는 별개로 죽은 것이라는 걸 알고는 포청에 그렇게 알리라고 말을 한 것일까?

정부인이 별채에 나타난 건 사람들이 초선이 불의의 사고로 죽었다는 생각을 하고 난 직후였다. 그러니 정부인에게는 초선의 사인(死因)이 무엇인지를 사전에 알 수가 없었다. 아영이 아래채를 나왔다가 안채에 있는 정부인을 올려다본 순간 들었던 설명할 길 없는 의심이 초선을 죽인 건 정부인의 소행이라는 심증으로 굳어졌다. 한겨울에 대야에 꽁꽁 언 얼음처럼 말이다.

아영이 내색하지 못할 그런 생각에 잠겨 있을 때였다. 무엇인가가 무너지는 큰소리가 났다. 아영은 소리에 놀라 엉겁결에 몸을 웅크리면서 소리 나는 쪽으로 고개를 돌렸다. 별채의 벽에서 흙이 쏟아지면서 뿌연 흙먼지가 문밖으로 뿜어져 나오고 있었다.

더 늦기 전에 방안을 제대로 살펴봐야 한다는 생각이 들었다. 혹시라도 별채가 무너지기라도 하면, 초선이 숨을 거두기 전후의 상황을 가늠하는 데 도움이 될 방안의 모습이 완전히 엉망진창이 될 것 같아서였다. 어서 빨리 방에 들어가야겠다는 조바심이 났다. 그러나 정부인과 정부인의 지시를 따를 사람들 앞에서 손님으로 찾아온 규수가 언제 무너질지 모르는 난장판에, 그것도 사람이 죽어 나온 곳에 들어가려는 수상쩍은 행동을 하는 건 조심해야 할 일이었다. 아영은 죄 없는 입술만 깨물며 틈이 나기만을 기다렸다.

"저, 마님." 정부인이 시킨 대로 대궐과 포청에 사람을 보낸 하 씨가 난처한 표정으로 차마 떨어지지 않는 입을 어렵사리 열었다.

"왜 그러는가?"

하 씨는 대답 없이 초선의 시신을 물끄러미 쳐다보고는 다시 고개를 들어 물었다. "어찌해야 할깝쇼?"

하 씨의 의중을 알아챈 정부인의 목소리는 매정했다. "우리 맘대로 손을 대서는 안 될 일, 그렇다고 그대로 놔둘 수도 없는 노릇이니, 어디서 천이라도 가져와 포졸들이 올 때까지 덮어두도록 하게." 그 소리에 부지런히 움직인 하녀들이 가져온 천이 초선의 시신에 덮였다.

아영이 병욱과 매월의 교분이 어떤 종류의 것이고 앞으로 어떻게 될 것인지를 고심하는 사이, 매월은 아영이 무슨 생각을 하건 상관없다는 듯이 옆에 있는 패물함을 열었다. 패물함과 거기에 그득 담긴 패물은 기생 노릇을 하며 보낸 오랜 세월이 매월에게 남긴 거였다. 매월은 사람의 눈과 마음을 사로잡는 형형색색의 패물들 중에서 아영의 손가락에 어울릴 만한 비취가락지를 집었다. 아영은 매월의 권유에 가락지를 껴봤다. 고와 보였지만, 그런 가락지를 끼고서도 붓이나 목탄을 쥐고 글을 쓸 수 있을지는 자신이 서지 않았다.

매월의 패물함에는 모양과 장식이 제각기 다른 비녀도 몇 개 있었다. 쪽을 지어 본 적이 없는, 어쩌면 평생 쪽을 지을 일이 없을지도 모르는 아영에게 비녀는 딴 세상 물건이나 다름없었다. 그래서인지 비녀를 꽂아보고 싶다는 욕심이 더더욱 크게 꿈틀거렸다. 보는 사람이 매월 말고는 아무도 없는 이런 기회에 쪽을 올리고 비녀를 꽂아보면 어떨까? 머리를 올리고 비녀를 꽂으면 나는 어떤 모습일까? 일단 기지개를 켠 예뻐 보이고 싶은 욕심은 걷잡기가 쉽지 않았다. 출렁이는 욕심에 휘말린 아영의 눈을 휘어잡은 형형색색의 가락지와 노리개는 아영을 놓아주려는 기색을 도무지 보여주지 않았다.

"초선이가 생전에 아씨를 만났다면 아씨를 무척이나 부러워했을 겁니다. 아니, 생전에 이미 아씨를 부러워했겠지요." 매월은 화제를 병욱에게서 초선에게로 돌리면서 아영의 오른손 손가락에서 먼저 있던 가락지를 빼고는 다른 비취가락지를 끼워줬다. 아영은 반지에는 관심이 없는 척하려 애썼지만, 난생처음 끼워보는 가락지들에 절로 신경이 쓰이는 건 막을 도리가 없었다. 아영은 휘황찬란한 패물로 몸을 꾸미려는 아녀자들의 심정을 실감했다. 그렇지만 평소 몸치장에 관심이 없는 아영답게 패물을 향한 관심은 이내 식어버렸다. 아영은 매월이 한 말에 관심을 돌리며 물었다. "그 사람이 무슨 연유로 나를 부러워했을 거란 겐가?"

"초선이가 글재주를 가진 분들을 굉장히 부러워하고 우러러봤다고 들었습니다. 자신에게는 시재(詩才)가, 더 크게는 문재(文才)가 모자란다고 한탄하면서요. 시 쓰는 걸 좋아했지만 사람들에게 보이기에는 너무 부끄러운 졸작이라며 시를 써도 한사코 사람들 눈에 띄지 않는 곳에 감춰두고는 했답니다. 그 와중에도 그 아이가 쓴 시조 한 수가 기생들 사이에 알려졌는데…." 매월은 영롱한 푸른빛을 내뿜는 가락지를 쥐고는 초선이 쓴 시조를 떠올리려 기억을 더듬었다. "은행잎 흩날릴 제 떠밀려 왔다더니/잔설(殘雪)로 우려낸 차 다정히 마시던 님/자목련(紫木蓮) 나뒹굴 적에…." 매월은 시조가 묘사하는 모습을 상상하다 종장(終章)의 후구(後句)를 놔두고는 낭송을 그쳤다.

아영은 종장의 후구가 나오기를 기다리다 한참을 기다린 끝에 더 이상은 참지 못하고 물었다. "왜 마저 읊지 않는 것인가?"

"그 아이가 지은 게 딱 거기까지입니다. 듣기로는 도저히 마무리하지 못하겠다고 했다더군요. 지금 생각해보면, 재주가 모자라서 짓지를 못한 것인지, 마음이 너무 아파 차마 끝을 맺을 엄두를 내지 못해서 그런 건지 분간이 되지 않습니다."

"사연이 있는 시조인가 보군." 종장에 나오는 자목련의 특징은 꽃이 통째로 떨어지는 것이라는 걸 떠올린 아영은 그 자목련은 큰 충격을 받고 허물어진 신세가 된 초선 자신을 빗댄 것일 거라고 짐작했다.

패물함을 정리해 닫은 매월은 사람들의 손을 타지 않을 안전한 곳에 그걸 치워놓은 후 아무렇지 않은 표정으로 대답했다. "있다마다요. '말을 알아듣는 꽃(解語花)'이라는 우리 같은 것들에게 왜 없겠습니까, 그런 가슴 아픈 사연이? 기생이라면 누구를 잡고 물으시더라도 며칠 밤을 새도 모자란 사연을 들으실 수 있을 겁니다. 그러니 그 아이에게도 당연히 아픈 사연이 있었지요."

초선이 그 시조를 지은 건 사모하던 정인에게 버림받은 슬픔에 눈물 샘이 마를 정도로 옷깃을 적시며 하루하루를 보낼 때였다. 가문도 좋고 인물도 번듯하며 과거에 급제한 유생(儒生)이던 초선의 정인이 초선을 처음 만난 건 치열한 당쟁(黨爭)에 휘말린 가문의 가세가 기울면서 불우한 나날을 보내던 중이었다. 성균관에서 동문수학한 후 벼슬길에 올라 승승장구하던 친구들이 위로 차 마련한 술자리에 끌려와 기방을 찾은 그에게 초선은 첫눈에 반했고, 취흥(醉興)에 젖은 그는 초선의 미모를 칭송하는 멋들어진 시를 지어줬다.

그러자 그에게 품고 있던, 가느다란 실개천에서 널찍한 강물로 변해가던 초선의 연정은 눈 깜박할 사이에 망망대해보다 드넓고 깊어졌다. 우울한 시절을 보내며 딱히 의지할 곳 없던 사내 입장에서는 초선의 연정을 고마워했으면 했지 마다할 이유가 없었고, 그렇게 두 사람은 북풍한설이 몰아치는 날에도 잔설을 녹인 물에 우려낸 차를 호호 불며 마시는, 죽어도 떨어지기 싫은 다정한 사이가 됐다. 하지만 행복하던 시절도 잠시, 정쟁이 거세지자 가문을 일으키겠다는 열의에 사로잡힌 그는 주저 없이 거기에 뛰어들어 상대 당을 거세게 비난하는 상소를 올렸다. 격한 어조로 가득한 상소는 조정에 큰 분란을 일으켰고, 결국 그는 아무런 근거도 없이 조정과 신료들을 비방했다는 죄로 유배형에 처해졌다.

그는 유배지인 낙도(落島)에서 2년을 고생한 뒤에야 해배(解配)돼 한양으로 돌아올 수 있었다. 하지만 그사이에 명맥을 간신이 유지하던 가문은 완전히 몰락해버렸고, 그 바람에 그는 한양 하늘 아래 이슬을 피할 곳조차 마땅치 않았다. 설상가상으로, 평소 교분이 있던 사람들조차 그와 엮이는 걸 두려워하며 그를 피하는 바람에 그는 오갈 데 없는 신세가 돼버렸다. 그에게 찾아갈 곳이라고는 초선이 있는 기방뿐이었다.

그가 초선을 찾아 기방에 온 날, 때마침 함박눈이 펑펑 내렸다. 그리도 그리워하던 정인이 오고 있다는 얘기를 듣고 황급히 대청으로 나간 초선의 눈에 대문으로 들어오는 사내의 모습이 들어왔다. 솜뭉치처럼 큼지막한 눈송이들이 빗금을 그으며 떨어질 때마다 꿈에서도 그리워하던 정인의 모습은 조각조각 갈라졌다가 다시 원래대로 한 몸뚱이로 붙고는 했다. 복받치는 감정을 추스르고 눈물을 흘리며 그 모습을 지켜보는 동안, 그간 품었던 한없는 그리움이 드디어 한 덩어리로 뭉쳐 정인의 형상이 됐다는 걸 실감한 그녀는 기쁨을 주체할 수가 없었다.

초선의 정인은 끈 떨어진 갓이나 노 잃은 조각배나 다름없는 처량한 신세였다. 허나 초선은 정인의 사정이 어떻건, 형편이 얼마나 불우하건, 그저 님이 곁에 있다는 것만으로도 무릉도원에 있는 것만큼이나 행복했다. 벼랑 끝에 몰린 남정네와 연심에 휘둘리는 여인네는 칼바람 몰아치는 매서운 겨울을 갓 살림을 차린 새신랑과 새색시처럼 따스하게 넘겼다.

찬바람에 은근슬쩍 파고들어 세력을 넓힌 훈기를 느낀 매화가 꽃봉오리를 터뜨릴 무렵, 정국(政局)을 주도하는 세력이 바뀌는 환국(換局)이 이뤄졌고, 그러면서 서슬 퍼런 칼날 앞에 핍박받던 처지이던 정인은 하루아침에 칼자루를 쥔 입장이 됐다. 출세가도가 거짓말처럼 훤히 열린 것이다. 그는 그 길에 오르는 걸 주저하지 않았다. 아울러 초선의 곁을 떠나는 것도, 초선과 함께 했던 나날을 송두리째 잊는 것도, 초선을 외면하는 것도 망설이지 않았다. 당상(堂上, 정삼품 이상의 품계에 해당하는 벼슬)에 올라 주상전하와 정사를 논하며 정적(政敵)들을 향해 서슬 퍼런 칼날을 휘두를 때, 자신에게 버림받은 초선이라는 여인네가 있다는 것은 그에게는 까맣게 잊힌 일이 됐다.

매월이 초선의 사연을 풀어놓는 와중에 저만치 있는 대청에서 가야금을 뜯는 낭랑한 소리가 들렸다. 가야금 솜씨로 유명한 기녀가 매월이 대청에 내놓은 가야금을 뜯자, 노래로 유명짜한 기녀가 구성진 가락을 풀어놓기 시작한 것이다. 매월이 "하여튼 저 아이들은 잠시도 가만히 있지를 못한다."고 투덜거리는 동안, 아영은 이 모든 사건의 발단이 된 초선과 그이의 정인이 품은 연심을 생각했다.

초선에게 두 사람의 사랑은 그이가 찾아온 날 내리던 함박눈처럼 한없이 쌓여만 가는 것, 만년설(萬年雪)로 남아 낮이면 햇빛을 받아 눈이 부시게, 밤이면 달빛을 튕기며 은은하게 빛나는 변치 않고 아름답기만 한 마음이었다. 반면, 정인에게 둘의 사랑은 그렇게 내려 쌓였다가도 훈훈한 봄바람이 불면 언제 그랬냐는 듯 녹아 땅으로 스며들거나 냇물로 흘러 없어질, 때로는 타는 듯한 갈증을 녹여주고는 자취를 감출 감정이었다. 사랑에 대한 두 사람의 이런 생각 차이가 사랑을 철석같이 믿으면서 상대를 엄청나게 더 많이 사랑한 이가 상처를 입는 서글픈 결말로 이어진 거였다.

매월의 얘기에 따르면, 철저히 버림받은 초선은 이후로 몇 달간 식음을 전폐하고는 눈물에 젖어 살았다. 초선의 뒷바라지를 하는 수양어머니는 이 바닥에 있는 여인네가 하나같이 하는 것처럼 떠난 사내는 잊으라고, 초선이 이제부터 할 일은 그 사내에게 보라는 듯 더 좋은 정인을 만나 행복하게 사는 것이라고 간곡하게 호소했다. 수양어머니의 호소에 마음을 다잡은 초선이 오랜만에 몸을 꾸미고 술시중을 들러 기방에 들어간 첫날, 그 술자리에는 정 판서가 있었다. 아무리 분을 바르고 단장을 했어도 초췌한 기색만큼은 감추지 못한 초선을 본 정 판서는 가련해 보이는 초선을 돌봐주고 싶다는 생각이 솟았고, 그러면서 일은 일사천리로 진행됐다. 정 판서는 초선에게 어떤 사연이 있었고 초선을 버린 사내가 누구인지도 잘 알았지만, 그건 아무려나 상관이 없었다.

"그렇게 해서 정 대감 댁에 소실로 들어가게 된 게로군."

"다들 말렸다더군요. 아무리 대감댁 소실 자리라고는 해도 심신을 추스르지 못한 채로 곧바로 소실로 들어가는 건 안 될 말이라면서요. 그래도 초선이는 자기를 예뻐해 주는 분이 있으니 그분의 마음에 기대 살아가면 되지 않겠느냐고 고집을 부렸답니다. 그러는 바람에 그런 변을 당한 게지요. 가여운 것이." 거기까지 말한 매월은 한숨을 쉬고 다시 말을 이었다. "제 짐작입니다만, 마음 한구석에는 자포자기하는 심정도 있었던 것 같습니다. 그 정인에게 평생의 사랑을 다 바쳤으니 이제부터는 누구를 사랑하는 일 없이 자신을 사랑해주는 남정네에게 기대 한평생을 살아야겠다는 심정 말입니다."

아영 입장에서, 지금 매월이 하는 말은 막연히 짐작만 해왔을 뿐 실제로는 단 한 번도 경험하거나 느끼지 못한 일이었다. 그런데도 아영은 그런 일을 겪은 사람들의 심정을 상상한 뒤에 글로 옮기고 온 세상이 읽을 수 있도록 책으로 만들어 퍼뜨리는 일을 해왔다. 신기한 건, 아영이 순전히 상상으로만 지어낸 얘기들을 읽는 사람들이 그 글을 자기가 직접 겪는 일인 것 마냥 공감하면서 가슴 아파하고 안타까워한다는 거였다.

사람들이 초선의 시신에 정신이 팔린 사이, 흙이 떨어지는 소리가 그친 걸 확인한 아영은 누가 볼세라 슬그머니, 그러면서도 잽싸게 방으로 향했다. 지저분한 바닥에 끌리지 않도록 치마를 살짝 들어 올린 아영은 신을 신은 채로 댓돌을 밟고 마루에 올라 얼른 방으로 들어갔다. 방에서 보면 여닫이문 왼쪽에 창호지가 타버린 봉창이 있어 봉창의 창살 사이로 밖이 훤히 보였다. 아영은 밖에 있는 사람들 눈에 자기 모습이 보이지 않도록 봉창이 없는 문 건너로 몸을 옮겼는데, 그러는 짧은 동안에도 방에 가득한 매캐한 냄새 때문에 잠시나마 콜록거려야 했다. 손을 저어 공중에 떠 있는 재를 흩트린 아영은 따끔거리는 눈을 억지로 크게 뜨고는 방안을 살폈다. 서둘러야 했다. 포청 사람들이 오면 아영이 이곳에 들어올 기회는 영영 없을지도 몰랐다. 게다가 솜씨가 서투른 사람들이 수사에 나서기라도 한다면 이 방이 지금 있는 그대로 남아있을 공산은 거의 없을 터였다. 그러니 지금 있는 방의 모습을 머리에 고스란히 새겨둬야 했다.

방안의 형편을 둘러본 아영은 방안의 모습이 밖에서 본 별채의 허름한 모습보다 더 초라한 걸 보고는 놀라기도 하고 안쓰럽기도 했다. 이 방의 형편을 설명하는 데 딱 알맞은 말은 궁상맞다는 거였다. 뭇 사내들이 품고 싶어 탐을 내는 잘 나가는 기생으로 살 때는 모자란 것 하나 없이 호사스러운 삶을 살았을 초선이 퇴기가 되자마자 곧바로 어떻게 이렇게 구차한 삶을 살 수 있었는지 궁금하기까지 했다. 아영은 마음만 먹었다면 자신을 애지중지하는 정 대감으로부터 손쉽게 더 풍족한 대접을 받을 수도 있었을 초선이 이런 초라한 살림살이를 순순히 받아들인 건 자신을 다잡아 과거를 잊고 새로운 인생을 살아가려면 응당 이래야 한다고 마음먹었기 때문이지 않을까 짐작해봤다.

바닥은 불을 끄느라 끼얹은 물과 흙 때문에 질퍽했다. 물을 뿌리다 관둔 덕에 철퍽거림이 덜한 게 그나마 다행이었다. 아영은 서둘러 방을 둘러봤다. 볕이 잘 들지 않는데다 늦겨울이기는 했어도, 해가 중천에 떠 있는 낮이라 침침하지는 않았다. 방안에 비치는 햇빛에 바닥에 고인 물 위에 뜬 기름기가 반짝거렸다. 불을 끄던 하인의 말이 맞았다. 공중에 떠다니는 탄내에는 아주까리기름 냄새가 섞여 있었다. 그러니 지금 반짝거리는 기름기는 타지 않고 남은 아주까리기름일 터였다.

무엇보다도 먼저, 아영은 방에 바깥과 통하는 출입구가 문 말고 또 있는지 여부를 살폈다. 사방의 벽과 천장을 다 살펴봤지만, 사람이 들락거릴 수 있는 출구는 한 군데도 보이지 않았다. 어린아이라도 사람이 오갈 만한 크기의 창문과 봉창에는 다 창살이 쳐져 있었다. 그건 문살이 부서진 여닫이문을 통하지 않고는 이 방을 출입할 수가 없다는 뜻인데, 하인이 문고리가 걸린 채로 안에서 잠긴 문을 부수고 들어가는 걸 집안사람 모두가 봤으니 불이 난 이후로 이 방에서 나온 사람이 아무도 없다는 건 어느 누구도 부인 못할 일이었다.

아영은 다음으로는 불이 핥고 지나가며 남긴 자국을 살폈다. 방에는 유별나다 싶을 정도로 다른 곳보다 더 심하게 탄 곳이 두 곳 있었다. 아주까리기름이 담긴 호롱이 엎어져 있는 장롱 주위, 그리고 창살만 남아 있는 봉창과 문살이 쪼개진 여닫이문의 문고리 주위. 호롱이 쓰러진 곳에서 멀어질수록 탄 자국이 서서히 희미해지는 걸 보면, 불은 호롱이 엎어지면서 쏟아져 퍼진 기름을 타고 번진 게 분명했다.

탄 자국을 유심히 살피던 아영의 고개가 절로 갸우뚱해졌다. 초선이 쓰러져 있던 자리가 어디였는지는 바닥을 보기만 해도 알 수 있었다. 바닥의 질척거리는 흙에는 크기로 볼 때 남정네 발자국인 게 분명한 자국이 두 개 찍혀 있었다. 앞꿈치 자국이 뒤꿈치 자국보다 깊이 패어 있어서 하인이 초선을 안아 올린 자리가 그곳이라는 걸, 그리고 사람의 몸 형상을 어렴풋이 보여주는 바닥의 흙 형태를 볼 때 초선이 발을 장롱 쪽으로, 머리를 봉창 쪽으로 쓰러져 있었다는 걸 알 수 있었다. 아영이 의아하게 여긴 건, 장롱부터 시작해 시신의 발치 근처로 해서 문까지 이어지는 가느다란 띠 같은 탄 자국을 제외하면, 방의 다른 곳에는 불에 탄 흔적이 거의 없다는 거였다. 탄 자국만 놓고 보면, 번지던 불이 방 가운데에 누워있는 초선을 피해 아래로 살짝 걸음을 옮겨 가늘게 번지다가 문을 만나고부터는 크게 기지개를 켠 것 같은 형국이었다. 아영은 어떻게 이런 탄 자국이 생길 수 있는지 궁금했지만, 한시가 급하니 그 문제는 나중에 고민하기로 하고 앞에 있는 장롱으로 눈길을 돌렸다.

벽을 따라 놓인 무릎 높이 장롱에 쓰러져 있는 촛대와 거기에 꽂힌 초도 이상해 보이기는 마찬가지였다. 호롱에서 한 자(약 30cm)쯤 떨어져 있는 촛대는 불이 번지는 와중에도 상한 곳 한 군데 없이 말짱하게 쓰러져있었다. 한 손으로 간신히 쥘 수 있을 것처럼 굵은 초가 벽을 향하고 있고 촛대 주위에 흙이 뿌려진 걸 보건대, 촛대가 쓰러진 건 불 때문이 아니라 불을 끄느라 끼얹은 흙에 맞은 탓이었다. 초의 심지 부위가 쓰러진 곳 근처에는 물방울 같은 작은 촛농이 군데군데 굳어있고 촛불 때문에 연하게 그을린 자국이 있었다. 초가 쓰러지면서 촛농이 튀고 채 꺼지지 않은 촛불이 장롱을 핥았다는 뜻이자, 불이 날 때 촛불이 켜져 있었지만 초가 멀쩡한 걸 보면 불이 처음 시작된 곳이 초는 아니라는 뜻이었다. 초의 심지 부근의 촛농이 방금 전에 꺼진 것처럼 말랑말랑해 보이는 것도 아영의 추측을 뒷받침했다.

아영은 호기심을 이기지 못하고는 한 걸음 다가가 촛농을 살짝 만져봤다. 지금처럼 사람이 죽거나 도둑이 들었던 곳에 있는 물건에 함부로 손을 대면 안 된다는 건 잘 알고 있었다. 그렇게 했다가는 나중에 포청이 하는 수사를 곤란하게 만들 수도 있을 테니 말이다. 아영은 그걸 잘 알면서도 지금 초를 만지는 건 어쩔 수 없는 일이라고 판단했다. 지금은 말랑말랑한 촛농이 포교가 도착했을 때는 딱딱하게 굳은 뒤일 것이고, 그러면 불이 날 때 초가 켜져 있었다는 걸 증명할 도리가 없을 것이기 때문이다. 눈으로 보며 짐작했던 것처럼, 심지 부근의 촛농은 딱딱한 다른 부분들에 비해 말랑했다. 아영은 이 초는 불이 났을 때 켜져 있었지만 방안을 태운 불길에 휩싸인 적은 없었다는 결론을 내렸다.

장롱 말고도 살펴볼 곳이 많다는 조바심에 딴 데로 서둘러 눈을 돌릴 때였다. 장롱 밑에서 무엇인가 가느다란 게 반짝거렸다. 기름기가 번들거리는 게 아닐까 생각했지만, 그건 아니었다. 아영은 허리를 굽혀 흙이 쌓여 이룬 작은 웅덩이에 고인 물을 살폈다. 물이 살랑거릴 때마다 빛의 위치가 조금씩 바뀌었다. 빛은 물에 떠 있는 제법 긴 바늘에서 나는 거였다. 아영은 두 손가락으로 바늘의 뾰족한 끝을 잡아들고는 허리를 폈다.

창문으로 들어온 햇빛에 바늘을 들이밀기에 앞서, 상체를 살짝 기울여서 열린 방문을 통해 바깥 동정을 살폈다. 사람들은 아직도 어쩌할 바를 몰라 웅성거리고 우왕좌왕하기만 할 뿐, 자신이 안에 있다는 걸 눈치챈 이는 없는 듯했다. 아영은 바늘로 눈을 돌렸다. 바늘귀에 실이 타면서 남은 것으로 보이는 자국이 있었다. 실이 꿰인 상태에서 실이 타서 없어졌다는 뜻이었다. 시신이 있던 쪽으로 한 자쯤 떨어진 곳에는 돌돌 말린 실타래 형상을 한, 물과 흙을 뒤집어쓰면서 한쪽이 허물어지고 지저분해진 잿더미가 있었다. 불에 타기 전에는 실이 팽팽하게 감긴 멀쩡한 실타래였을 것이다.

바느질을 좋아하고 잘했다는 초선이 쓰던 반짇고리도 보였다. 바늘을 웅덩이의 원래 위치에 조심스레 내려놓은 아영은 걸음을 옮겨 반짇고리를 열었다. 응당 있어야 할 실과 바늘, 가위, 골무를 훑던 중에 아영의 눈길을 붙잡은 게 있었다. 박쥐 모양으로 만든 바늘겨레(바늘방석)였다. 바늘겨레에는 십여 개의 바늘이 나란히 줄을 이루고 꽂혀 있었는데, 줄에는 빈자리가 두 곳 있었다. 그러면서 반듯한 줄은 제멋대로 이빨이 빠진 것처럼 보였다. 깔끔하게 정돈된 반짇고리의 다른 부분들을 보면, 초선은 어수선한 것을 보면 참고 넘기지를 못하는 사람

같은데, 그런 초선이 바늘을 이렇게 앞니가 빠진 어린아이 이빨처럼 듬성듬성 꽂아놓을 성싶지는 않았다.

밖에서 웅성거리는 소리가 들렸다. 서둘러야 했다. 아영은 바닥을 살피면서 조심스레 위치를 옮겼다. 촛대가 놓인 장롱 옆에 아녀자 키 높이의 장롱이 있었는데, 장롱 모서리에 머리카락 몇 올과 꽤 많은 피가 묻어 있는 게 보였다. 초선의 머리에 난 상처는 거기에 부딪히며 생긴 상처인 게 분명했다.

밖의 소리가 커졌다. "물렀거라"며 호통치는 소리가 들렸다. 필시 포교와 포졸들이 당도했을 것이다. 아영은 방을 마저 살피려면 자신이 방에 있다는 게 봉창을 통해 들통나지 않도록 자리를 잘 잡아야 한다는 걸 알고 있었다. 봉창 왼쪽 벽에 바짝 붙은 아영은 미간을 찡그리면서까지 눈에 초점을 맞춰 봉창에서 한 자 반쯤 떨어져 있는 문고리를 살폈다. 어느 집에서나 흔히 볼 수 있는 문고리였다. 시커멓게 타버린 문틀에는 배목(문고리를 걸기 위해 둥글게 구부려서 만든 걸쇠)이 볼록하게 박혀있고, 여닫이문의 동그란 문고리가 거기에 걸려있었다. 그리고 문고리가 걸린 배목의 동그란 부분에는 대나무 숟가락이 꽂혀서 문고리가 배목에서 빠지지 않게 막는 빗장 노릇을 하고 있었다. 이러니 아무리 밖에서 문을 잡아당겨 봐야 열리지를 않았던 것이다.

대나무 숟가락? 아영은 정 대감이 초선에게 대나무 숟가락을 건네는 바람에 정부인에게 초선을 타박할 또 다른 구실이 생겼다는 걸 떠올렸다. 이게 그 숟가락일까? 숟가락을 조심스레 꺼내봤다. 가벼웠다. 대나무를 깎은 거라 놋수저보다 훨씬 더 가벼운 건 말할 나위도 없고, 다른 나무수저보다도 가벼웠다. 석청을 뜨는 데 쓰던 수저는 불에 탄

뒤인데도 꽤나 끈적거렸다. 손잡이에도, 숟가락 머리에도 끈적끈적한 기운이 남아 있었다. 이상한 건 손잡이 중간 부분도 끈적거렸다는 거였다. 이상한 생각이 들었지만, 지금은 그런 생각을 할 틈이 없었다. 아영은 숟가락을 조심스레 원래 있던 대로 꽂았다.

고개를 숙여 배목과 문고리를 살폈다. 어디서나 볼 수 있는 평범한 배목과 문고리였다. 혹시나 싶어 고개를 들어 문틀 위쪽과 천장을, 그리고 몇 뼘 떨어진 곳에 뚫린 봉창을 살폈다. 역시 이상한 건 하나도 보이지 않았다. 방안에서 숟가락을 배목에 꽂지 않는 한 다른 수로는 숟가락을 빗장으로 걸 수 없다는 뜻이고, 불이 날 때 방에는 지금은 고인이 된 초선밖에 없었으니 숟가락을 배목에 꽂은 사람은 초선이라는 뜻이었다. 그렇게 보면, 지금 이 상황은 초선이 문을 걸어 잠근 다음에 머리에 큰 충격을 받는 흉한 일을 당해 절명했고, 그러고 난 후에 불이 났다는 것 말고는 달리 설명할 길이 없었다.

발소리가 들렸다. 봉창 창살 사이로 살짝 내다보니 전립(氈笠)을 쓴 사람이 다가오고 있었다. 전립을 썼으니 포졸(捕卒)이 아니라 포교(捕校)일 것이다. 서둘러야 했다. 문고리가 걸린 곳의 바로 위 문틀에 있는 심하게 탄 자국을 확인해야 했다. 그곳을 확인하는 건 유별나게 심하게 타기도 했지만, 다른 곳과는 달리 거뭇거뭇한 게 묻어있는 것처럼 보였기 때문이다. 아영은 그 자국에 얼굴을 바짝 들이밀었다. 탄내에 달큼한 냄새가 섞여 있었다. 잽싸게 바닥에 손을 뻗어 흙 몇 알을 집어서는 문고리 위의 탄 자국에 살짝 문질렀다.

"헉." 방에 발을 디딘 포교가 문틀에 얼굴에 들이밀고 있는 아영을 발견하고는 놀라서 외마디 비명을 내며 뒷걸음질을 쳤다. 아무도 없을 거라 생각하고 들어선 방에서 어린 처자가 문틀에 얼굴을 바짝 대고는 그곳을 노려보는 광경을 맞닥뜨리면서 깜짝 놀란 포교는 그 바람에 전립이 벗겨져 떨어졌고, 하마터면 마루 아래로 떨어질 뻔했다. 포교는 간신히 중심을 잡기는 했지만 철렁 내려앉은 가슴을 진정시키느라 한동안 꼼짝을 못했다. 그러는 사이, 아영은 문틀에 바른 흙이 문틀에서 떨어지지 않는다는 걸 확인하고는 그제야 포교에게로 눈길을 돌렸다.

"아니, 너는…." 몸과 정신을 수습한 포교가 아영을 보고는 입을 열었다. 아영의 얼굴은 알아보면서도 이름이 생각나지 않은 포교는 얼굴을 잔뜩 찡그리며 기억을 더듬고 있었다.

"안녕하십니까, 종사관님? 소녀(小女), 송아영이옵니다."

"그래, 그래. 송병욱의 손녀 송아영, 송민기 교리의 여식. 그런데 네가 여기는 어인 일이냐? 어떻게 거기서 나오는 게야?" 그렇게 묻는 좌포청의 이상규 종사관하고는 병욱과 동행하던 중에 두어 번 마주치면서 인사를 올린 적이 있어 안면이 있는 사이였다. 아영은 이상규가 이 사건을 맡은 건 잘된 일이라고 생각했다. 필요할 때마다 할아버지를 내세우면 손해 볼 것은 없을 것이기 때문이다.

상규가 사람이 죽은 방에서 난데없이 튀어나온 친구의 손녀에게 한소리 하려던 참이었다. 방안에서 느닷없이 후두둑 소리가 크게 나면서 흙이 쏟아져 내렸고, 그러면서 간신히 돌아와 자리를 잡은 상규의 넋이 다시금 상규의 몸을 빠져나갔다. 그런데 상규는 그렇게 정신이 없는 와중에도 무의식적으로 친구의 손녀를 잡아당겨 탄내와 섞인 흙먼지가 순식간에 매캐하게 피어올랐다 가라앉는 방에서 끌어냈다. 소리와 먼지는 불 때문에 약해진 벽의 황토가 떨어지면서 생긴 거였다.

"어서 나오거라. 빨리." 상규는 아영이 방에 있게 된 전후 사정은 나중에 따질 일이라고, 우선은 언제 무너질지 모르는 별채에서 멀리 피하는 게 상책이라고 생각했다. 아영은 상규와 함께 별채에서 멀어지면서도 방안의 모습과 여러 수수께끼를 머리에 깊이 새기려 애썼다.

"신경을 써서 꾸미면 이리도 어여쁘신데…." 매월은 한동안 녹만 슬어가던 단장 솜씨를 발휘해 꾸며준 아영의 아리따운 모습에 자기도 모르게 입을 열었지만, 반가의 귀한 여식인 아영에게 "날마다 이렇게 꾸미고 다니면 오죽 보기 좋으시겠습니까?"라는 투의 말로 그 뒤를 이어서는 안 된다는 건 잘 알고 있었다. 그래도 매월은 아영의 모습을 보는 게 흐뭇하기만 했다. 자신이 아니라 남의 몸을 단장해준 거였지만, 이렇게 분첩을 잡아 분을 발라주고 패물함을 열어 온갖 패물을 만지작거린 건 기적에서 빠져나온 뒤로는 가뭄에 콩 나듯이 해본 일이었다. 매월은, 써먹을 데가 마땅치 않은 솜씨지만, 몸을 꾸미는 솜씨가 여전하다는 걸 확인한 것만으로도 마냥 기분 좋았다.

청동거울에 비친 자기 모습을 확인한 아영도 적잖이 기분이 좋은 건 마찬가지였다. 몸을 꾸미는 데 아무런 관심도 없는 아영이건만, 살짝 바른 연지(臙脂) 때문에 발그레한 뺨과 입술연지 때문에 빨개진 입술을 보니 자신에게도 이렇게 어여쁜 구석이 있었다는 생각에 금방이라도 날개가 돋아 날아오를 것만 같은 기분이었다.

아영은 좋아라 하는 기색을 내보이면 민망할 것 같아 아무렇지도 않은 듯한 표정을 지으려 애썼지만, 속내를 숨기는 데 얼마나 성공했는지는 확신이 서지 않았다. 반가 아녀자 중에 지금 자신이 한 것처럼 몸을 단장해 본 사람이 몇이나 될까? 오늘이 지나면 평생 다시는 이렇게 몸을 꾸밀 일이 없을 터였다. 그래서 아영은 거울에 비친 자신의 모습을 기억에 깊이 새기려 애썼다. 앞으로 사는 동안 이런 모습을 볼 일은, 이런 기분을 느낄 일은 다시는 없을 테니까.

"아씨, 잠시 기다리고 계세요. 기녀들만 모아놓은 방이 얼마나 난장판일지는 보지 않아도 훤합니다. 아씨처럼 조신하게 자라신 분은 차마 눈 뜨고는 못 볼 광경일 겁니다. 제가 먼저 가서 정리를 한 다음에 모시도록 하겠습니다." 자기 모습에 홀려있던 아영은 그제야 정신을 차렸다. 매월은 자기 방에 아영을 남겨두고는 조용히 복도로 나가 대청으로 향했다. 아영은 매월이 애써 꾸며준 단장이 혹시라도 망가질까 두려워 숨도 크게 쉴 수가 없었다.

매월의 짐작대로, 기생들이 모인 대청에는 왁자한 광경이 펼쳐져 있었다. 기녀 특유의 트레머리를 올린 여인네들이 장죽(長竹)을 물고 깊이 숨을 들이마셨다가 뻐끔뻐끔 담배 연기를 뿜어내고 있었다. 담배를 다시 채우느라 장죽을 내려놓고 쌈지를 찾는 동안 입이 허전해서 자기도 모르게 입술을 실룩이는 여인네도 있었고, 장죽을 놋쇠 재떨이에 깡깡 내리쳐 재를 털어내는 여인네도 있었다. 조선 팔도에서 손에 꼽을 정도로 아리따운 미색(美色)들이 금붙이, 은붙이에 영롱한 빛이 감도는 비취며 호박 같은 노리개를 달고 손가락에는 두툼한 가락지를 여럿 끼고 있으니, 게다가 사람들의 눈을 호리는 화려한 능라(綾羅)로 호리호리한 몸을 감싸고 있으니 웬만한 남정네는 그 모습을 보는 것만으로도 넋을 잃고는 무릉도원에 온 것 같은 황홀경에 빠질 터였다.

매월은 대청에 들어서기 무섭게 호통부터 쳤다. "너구리를 잡으려는 것이냐? 사방이 훤히 뚫려 있는데도 너구리를 여기 풀어놓으면 숨이 막혀 죽을 것 같구나. 이러니 내가 너희를 집에 부르지 못하는 것 아니냐? 너희가 왔다 가면 온 집안에 담배 냄새가 진동을 하니 말이다. 그것도 그렇지만, 너희가 여기 모인 연유가 무엇인지도 잊은 것이냐? 아씨께 초선이의 억울함을 풀어줘 고맙다는 인사를 올리려는 것 아니냐? 아영 아씨를 곧 모실 터이니 서둘러 자리를 정돈하거라. 매무새도 단정하게 가다듬고 자세도 바로잡도록 하고 말이다." 타박을 들은 기녀들은 재빨리 장죽을 거둬들이고 자세를 바로잡아 아영을 맞을 준비를 했고, 매월은 계집종에게 향로(香爐)를 가져와 피우라고 일렀다. 매월은 향로를 피워 담배 냄새를 덮으려 했지만, 그래 봐야 별 소용은 없을 터였다. 매월은 시원한 바람이 불어 대청에서 담배 냄새를 몰아내기를 바랐다. 매월은 아영을 모시러 가던 걸음을 멈추고는 마지막으로 고개를 돌려 기녀들이 자세를 바로잡고 있는지 확인하고서야 다시 걸음을 옮겼다.

"아씨, 모두들 아씨를 뵈옵기만을 학수고대하고 있습니다." 아영이 기녀들에게 고맙다는 인사를 받으러 가야 할 때가 됐다는 뜻이었다. 방에 들어온 매월이 이런 차림새로 사람들 앞에 나서는 걸 어색해하는 아영을 거들어 대청까지 안내했다.

상규는 애초에는 들어가서는 안 될 곳을 들어갔다며 아영을 혼쭐낼 생각이었지만, 포졸들을 시켜 별채가 안전한지 확인하는 데 신경을 써야 하는 바람에 그 생각을 뒷전으로 밀어둘 수밖에 없었다. 이곳에서 상규가 제일 신경 써서 대해야 할 사람은 아영이 아니라, 거침없이 출세가도를 달리는 정 대감 댁 마님인 정부인이었다. 상규 입장에서는 다행스럽게도, 정부인은 싸늘한 표정으로 "수고스럽겠지만 뒷수습을 잘해 달라."고 부탁하고는 안채로 향했다. 상규는 정부인의 말을 대갓집에 생긴 뜻하지 않은 변고 때문에 우리 뼈대 있는 가문이 세상의 손가락질을 받게 만들어서는 안 된다는 말로 들었다.

상규는 서둘러 조사를 마무리 짓기로 마음먹었다. 별채로 몰려와 불을 끄는 과정을 지켜본 집안사람들을 심문한 결과를 포졸들로부터 보고 받아보니, 그리 복잡한 사건 같지도 않았고 결론을 짓는 것도 그리 어려운 일이 아니었다. 상규는 일찌감치 결론을 내렸다. 이건 정 대감의 애첩이 문을 안에서 걸어 잠근 다음에 장롱에 머리를 찧는 일을 당하고는 그런 후에 우연히 불이 난 바람에 일어난 불운한 사고라는 결론을. 아니, 상규뿐 아니라 그 자리에 있는 사람이라면 누구나 그렇게 생각하고 있었다. 딱 한 사람, 아영만 빼고는.

정부인이 안채로 향하려고 몸을 돌렸을 때, 정부인과 아영의 눈이 스친 순간이 있었다. 아영은 극히 짧았던 그 순간에, 지금 당장은 순전히 감(感)만으로, 초선이 목숨을 잃은 건 사고 때문이 아니라고 생각하고 있었다. 불이 났을 때 본 정부인의 표정, 그리고 정부인이 별채에 나타난 이후로 줄곧 풍기는 분위기 때문이었다. 아영은 '이건 우연히 일어난 사고로 생각하고 넘기기에는 의심스러운 구석이 있다'는 뜻이 담긴 눈빛을 정부인에게 보내고는 얌전히 고개를 숙여 인사를 올렸다. 아영의 인사를 받은 정부인은 '그걸 어떻게 증명하겠다는 것이냐?'라고 묻는 듯 우쭐한 기운이 담긴 눈빛을 보내고는 절도 있는 걸음으로 안채로 사라졌다.

정부인이 떠나는 걸 깍듯한 자세로 지켜본 상규가 아영을 혼쭐내려고 입을 떼려는 찰나였다. "어디 있느냐, 아영아? 우리 아영이는 어디 있는 게야?" 정 대감 댁의 분위기는 대문이 활짝 열려 있어 외간 사람이 제집처럼 집안을 들락거릴 수 있다는 것도 모를 정도로 어수선했는데, 그런 곳을 거침없이 뛰어 들어온 병욱은 손녀의 이름을 부르며 곳곳을 돌아다니다가 사람들이 모여 있는 걸 보고는 별채로 들이닥쳤다. 이제 상규 때문에 고초를 겪겠구나 싶어 각오를 단단히 하고 있던 아영으로서는 천군만마를 만난 셈이었다.

병욱은 매월의 술도가에서 매월과 술잔을 주고받던 중에 도성(都城)에 들어가 볼일을 보고 돌아온 일꾼에게서 정 대감 댁에 불이 났고 사람이 죽었다는 소문이 돈다는 소리를 듣고는 아영이 걱정돼 받았던 술잔도 팽개치고는 내달려온 참이었다.

상규로서는 평소 입이 닳도록 손녀 자랑을 해대고 손녀 사랑이 극진한 친구 앞에서 그 손녀를 혼낼 수는 없는 노릇이었다. 상규는 어차피 혼내는 건 나중에도 할 수 있으니, 지금은 이 난장판을 정리하는 데 집중하기로 했다. 정 대감과 정부인의 체면을 위해 서둘러 수사를 마무리 지어야 하는데, 그러려면 제일 먼저 이 집에 있는 바깥사람부터 내보내야 했다. 병욱과 아영 같은 바깥사람부터.

아영은 상규의 머릿속을 꿰뚫고 있었다. 상규가 무슨 생각을 하건, 아영은 당장 이 집을 떠날 생각이 없었다. 초선의 죽음이 정부인의 소행이라는 걸 밝히려면 이 집에 머무르며 증좌를 찾아내고 사건 전후를 꿰맞춰야 했다. 그러니 우선은 상규의 손이 닿기 어려운 곳으로 몸을 피해야 했다. 상규가 포졸들에게 뭔가 지시를 하려고 눈길을 돌리는 순간, 아영은 병욱에게 눈빛을 보내고는 잰걸음으로 아래채로 향했다. 제 아무리 포청에서 나온 포교라 하더라도 귀한 집안의 아녀자들이 거주하는 안채와 아래채에 함부로 발을 들이지는 못할 것이기 때문이다.

아영의 눈빛을 받고는 무슨 심산인지 알아차린 병욱은 상규에게 뚱딴지같은 말을 던져 어리둥절하게 만들어서는 아영이 연지의 방에 무사히 들어갈 수 있게 도왔다. 병욱은 아영에게 생각할 시간을 벌어주려고 상규 옆에서 포졸들과 함께 현장을 둘러봤다. "자네 도대체 여기서 뭘 하는 건가? 자네는 여기 있으면 안 되는 사람이잖은가. 어서 집에 가게." 상규는 가는 곳마다 자신을 따라다니며 현장을 살피는 병욱에게 참다못해 핀잔을 줬다. 그러다가 아영이 어디 있는지 보이지 않는다는 걸 깨달았다. "자네 손녀는 어디 있나? 어서 빨리 손녀 데리고 집에 가는 게 여러 모로 좋을 것이야."

병욱은 그런 소리를 듣고도 아무렇지 않은 듯 대꾸했다. "나도 그러고 싶네. 그런데 정 대감님 셋째며느리가 그 아이의 소꿉친구라네. 그 아이야 이런저런 일을 많이 겪어서 이런 일이야 대수롭지도 않은 일이네만, 대감님 며느리는 이런 일에 얼마나 큰 충격을 받았겠나. 그래서 지금 친구를 다독이느라 애를 먹는 아이를 데리고 나만 좋아라 집에 갈 수는 없는 일 아니겠나. 그리고 자네도 그 아이를 못 잡아먹어서 그렇게 안달할 일이 아니네. 뭐, 그 아이가 발칙하고 당돌한 구석은 있지만, 그래도 허를 찌르는 기발한 생각으로 알쏭달쏭한 수수께끼를 푸는 재주가 있는 총명하고 당찬 아이라는 건 자네도 인정하는 것 아닌가? 자네도 포교 일을 하는 동안 그 아이 도움을 받을 일이 있을 수 있으니 나나 저 아이를 못 본 척해주는 게 나을 걸세."

"내가 언제 자네 손녀를 못 잡아먹어 안달을 했단 말인가?" 병욱의 그럴싸한 넉살을 받아칠 마땅한 말을 찾지 못한 상규는 짐짓 따지고 들었다. 상규는 이 사건에 혹시라도 있을지 모르는 수수께끼를 아영이 풀었다가는 정 대감이라는 권신(權臣) 때문에 골치 아픈 일이 생길 수도 있다는 게 걱정됐다. "당찬 것과 당돌한 건 다른 걸세. 지금 자네 손녀는 당돌하게 굴고 있어. 대낮에 술 냄새를 풍기고 있는 자네도 여기가 뉘 댁인지는 잘 알고 있을 거네. 그러니 경거망동하지 말고, 빨리 손녀 데리고 집에 가게. 어서." 그러나 병욱은 못 들은 척, 지나가는 포졸들과 수인사를 하며 딴청을 부렸다.

오늘 이 자리는 초선이 어떻게 목숨을 잃게 됐고 그 변고가 어떻게 불의의 사고로 꾸며졌는지를 듣고 싶다는, 그러고는 그 수수께끼를 풀어준 아영에게 고맙다는 인사를 올리고 싶다는 기생들의 청에 따라 마련된 거였다. 아영이 대청에 들어섰을 때, 기녀들은 이미 자리에서 일어나 아영을 향한 예를 차리고 있었다. 소나기가 지나가면서 불어온 시원한 바람이 더위를 쫓아낸 것도 잠시, 대청의 더위는 차차 바람이 불기 전으로 돌아가면서 사람들을 윽박질렀다. 그렇지만, 기생들은 땀을 흘리면서도 미동도 않으면서 아영에게 온 정성이 다 담긴 예를 표하려 애썼다. 매월은 아영을 정성껏 꾸민 상석(上席)으로 안내했다. 아영이 대나무 자리가 깔린 푹신한 방석에 앉자, 매월이 기녀들에게로 몸을 돌리고는 호령을 했다. 기녀들은 매월의 호령에 따라 두 손을 이마에 맞대고는 다소곳이 절을 올리며 큰소리로 아뢨다. "쇤네, 아영 아씨께 인사 올리옵니다."

아영은 한자리에 모인 장안의 내로라하는 기녀들에게 절을 받는 이런 일은 생전 꿈에도 상상해 본 적이 없었다. 아영은 얼떨떨한 기분으로 앉은 채로 머리를 살짝 숙여 맞절을 했다. 절을 마친 기녀들이 매월의 지시에 따라 얌전하게 자리에 앉았다. 아영은 기녀들을 둘러봤다. 이제 이 자리에 온 이유인, 초선의 죽음에 관한 진실을 밝힐 때가 된 것이다.

초선의 죽음에 큰 충격을 받은 연지를 다독여 재우는 건 쉽지 않은 일이었다. 아영은 연지를 달래 자리에 눕히고는 이불을 덮어줬다. 아영은 자신도 충격을 받았으니 진정이 될 때까지 아래채 마루에 앉아 있다가 할아버지와 함께 귀가하겠다고 말하고는 다음에 올 때까지 몸과 마음을 잘 챙기라고 당부하면서 초선이 가여워서, 그리고 초선이 당한 황망한 죽음에 충격을 받아 눈물을 흘리는 연지와 작별 인사를 했다. 연지는 이불을 덮어주는 아영에게서 이삼일 안에 다시 찾아오겠다는 약속을 받은 후에야 파리한 입술을 다물고 그새 두덩이가 쑥 들어간 눈을 감았다.

방을 나온 아영은 마루에 앉아 지난 한 시진(時辰, 2시간) 동안 일어난 일에 대한 생각에 잠겼다. 그새 추위는 한풀 꺾여, 날씨는 마루에서 해바라기를 하며 생각에 잠기기에 딱 알맞았다. 마당으로 이어지는 쪽문이 열린 틈으로 포졸들이 돌아다니는 게 보였다. 이상규 종사관은 이 사건을 사고사로 몰아가려 할 것이다. 어찌 보면, 그건 당연한 일이었다. 누가 보더라도 이건 불운에 불운이 덮친 사고로 보일 터였다. 그러나 아영은 그 생각에 동의할 수가 없었다. 그렇게 인정하기에는 꺼림칙한 게 몇 개 있었다.

아영은 초선이 사고로 절명한 게 아니라는 걸 증명하려면 큰 수수께끼 두 개를 풀어야 한다는 결론에 도달했다. 첫째는 안에서 잠긴 문의 수수께끼였다. 아영은 대나무 수저가 배목에 꽂힌 채로 문고리가 안에서 잠겨 있는 걸, 그리고 사람이 별채를 들락거릴 통로는 그 문 말고는 전혀 없다는 걸 두 눈으로 똑똑히 확인했었다. 하인이 문을 부수고 들어간 뒤로 그 방에서 시신이 된 초선 말고 나온 사람은 아무도 없다는 걸 모두가 목격한 터였다. 만약에 아영의 짐작대로 초선이 살해당한 거라면, 초선을 살해한 자는 그 별채에서 어떻게 나온 걸까? 어떻게 방에서 나온 뒤에 문고리를 잠그고 대나무 수저를 꽂을 수 있었을까?

두 번째 수수께끼는 별채에 불이 붙은 시간과 관련된 거였다. 아영은 초선을 죽인 사람은 정부인일 거라고 확신에 가까운 의심을 했다. 그런 의심의 근거는, 처음에는, 순전히 직감이었다. 불이 났다는 소리가 터진 후에 안채에서 나타난 정부인의 모습을 보고 받은 직감 말이다. 아영의 그런 직감을 뒷받침한 건 불이 나기 전에 별채에서 나온 것으로 확인되는 사람은 정부인밖에 없다는 거였다. 아영이 별채의 불이 꺼지고 아랫사람들 틈에 있을 때, 그들끼리 수군거리는 소리가 들렸다. 별채 근처에 오간 사람을 본 적이 있냐는 누군가의 물음에 다른 이가 대답했다. "그 근처를 왜 얼쩡거리겠어? 별실 때문에 심기가 불편한 서슬 퍼런 마님 눈에 띄었다가 애먼 불똥을 뒤집어쓸 텐데." 그걸 거드는 소리도 있었다. "없었어. 내가 행랑채에 앉아 빨래를 개고 있었는데 정부인 마님이 별채를 나온 뒤로 별채를 왕래한 사람은 아무도 없었어." 아영이 떠올린 정 대감 댁 가옥 배치에 따르면, 행랑채에 앉으면 별채로 이어지는 쪽문을 훤히 볼 수 있었다. 그 쪽문을 통하지 않고 별채에 들어갈 방법은 담장을 넘는 건데, 아랫사람들이 우글거리고 보는 이가 많은 대낮에 그런 대담한 짓을 할 자가 있을 성싶지는 않았다.

별채를 들락거린 사람이 정부인뿐이라면, 그리고 이게 살인이라면, 살인범으로 의심되는 사람은 정부인 밖에는 없다는 뜻이었다. 그런데 불이 난 걸 본 하인이 "불이야"라고 외쳐 사람들을 모은 건 정부인이 별채를 나와 안채로 향하고 1각쯤 지난 뒤였다. 바닥에 쏟아진 기름에 붙은 불이 번졌기에 불이 처음 난 시점부터 사람들이 불을 발견하기까지 걸린 시간은 무척 짧았을 것이고, 그러니 정부인이 별채에 불을 지른 사람일 리는 없었다.

아영은 불이 난 직후에 정부인이 안채에서 나온 걸 똑똑히 봤다. 사람들 눈에 띄지 않은 채로 별채에 들어가 불을 지르고는 눈 깜짝할 사이에 안채에서 모습을 나타내는 건 축지법이나 신통력을 쓰지 않는 한 불가능한 일이었다. 그렇다면 가장 의심스러운 사람인 정부인이 안채에 있었는데, 숨이 끊긴 초선 말고는 아무도 없는 별채에는 어떻게 불이 난 것일까? 정부인이 범인이라는 직감이 옳다는 걸 입증하려면 그 수수께끼를 풀어야만 했다.

흘러내리는 땀 때문에 목이 간지러웠다. 아영은 땀을 슬쩍 닦으면서 법당(法堂)에 모여 큰스님의 법문(法問)을 기다리는 불자(佛者)들처럼 자신을 쳐다보는 기녀들을 둘러봤다. 아영은 자신과 저이들은 같은 대청에 앉아 있지만 저이들과 사이에는 무척이나 넓은 강이 흐른다고, 까마득한 낭떠러지가 놓여 있다고 생각했다. 월영(月影)이라는 이름 뒤에 숨어 패설을 쓰는 자신과 매란국죽(梅蘭菊竹) 같은 초목과 꽃, 구름(雲)이며 조개(貝)처럼 세상이 어여삐 여기는 것들을 이름으로 삼은 저이들은 비슷한 것 같으면서도 크게 다른 사람들이었다. 아영은 저이들과 비슷하게 몸을 꾸민 지금도 여전히 저이들과는 섞일 수 없는 사람이었다.

그러나 혹시라도 이 자리를 보게 된 사람들의 생각은 다를 것이다. 홍문관 교리를 지낸 선비의 여식이 기녀처럼 꾸미고는 그들과 같은 자리에 앉아 있는 것을 본 사람들은, 제정신이 박힌 사람이라면, 하나같이 기함을 할 것이다. 그래도 이 자리는 아영이 언젠가 한 번 가져봤으면 하고 바라던 자리였다. 기생들이 어떤 사람들이고 어떤 생활을 하는지, 그들처럼 꾸미면 어떤 기분이 드는지 궁금하기 이를 데 없었지만, 차마 이렇게 그들과 만나고 싶다는 말은 목에 칼이 들어와도 꺼낼 수가 없었기 때문이다. 그래서 아영은, 이 자리의 발단이 된 초선에게 느끼는 안타까움과는 별개로, 이런 자리를 마련해준 매월이 무척 고마웠다.

매월이 미리 마련해둔 자개함을 들고 아영에게로 왔다. 자개함은 기녀들이 아영에게 선물하려고 정성을 모아 마련한 것으로, 아영의 땋은 머리에 달 댕기가 들어있었다. "변변치 않고 보잘것없는 것이오나, 저희의 정성이 담긴 물건이오니 하찮게 여기지 않으시고 틈틈이 해주셨으면 합니다." 매월이 자개함에서 꺼내 건넨 댕기는 연경에서 가져

온 귀한 서양목(西洋木)을 꼼꼼하게 바느질해서 지은 주홍색 제비부리 댕기로, 댕기에는 댕기를 단 이의 만수무강을 비는 파란 수(壽)자 무늬가 수놓아져 있었다. "초선이 생전에 직접 짓고 수놓은 것입니다. 귀한 분들에게 선물할 요량으로 따로 챙겨뒀다가 급히 기방을 뜨는 바람에 남겨 놓고 간 물건에서 찾아낸 겁니다. 쇤네의 부족한 소견이지만, 이 댕기의 주인으로 아영 아씨만한 분은 없을 것입니다." 아영은 건네받은 댕기를 어루만지면서, 선물을 받을 이의 만수무강을 바라면서 그걸 곱게 지으려 정성을 다했을 초선의 마음을 헤아려봤다.

이상한 게 한두 가지가 아니었다. 우선은 문고리가 빠지지 않게 막는 용도로 꽂힌 대나무 숟가락이 마음에 걸렸다. 사람은 오랫동안 직접 겪어봐도 그 속을 제대로 헤아릴 수 없다는 말도 있지만, 없는 말을 지어서 할 이유가 없는 연지의 말에 따르면 초선은 꽤나 참한 사람이었다. 정 대감을 향한 초선의 진심이 어땠는지는 알 길이 없지만, 아무튼 그렇게 참하다는 사람이 자신을 어여뻐하는 정 대감이 정성껏 마련해서 본처의 눈을 피해 몰래 건넨 대나무 숟가락을 문고리를 거는 빗장이라는 막된 용도로 쓴다는 게 있을 수 있는 일일까?

게다가 그건 석청을 먹는 데 쓰던 숟가락이었다. 방에서 만져본 숟가락은 불길에 휩싸인 뒤였는데도 머리와 머리 근처, 손잡이 가운데 부분에까지 끈적거리는 기운이 남아있었다. 특별한 사정이 있지 않은 한, 끈끈한 석청이 묻은 숟가락을 그런 용도로 쓴다는 건 아무리 생각해도 있을 수 없는 일이었다.

의아하기는 촛불도 마찬가지였다. 불이 난 것도, 그리고 불을 끈 지금도 여전히 해가 중천을 막 넘어선 직후인 미시(未時, 오후 1시~3시)였다. 별채는 높은 담이 쳐지고 우람한 나무들이 그늘을 드리운 곳에 있었으니 평소에 해가 잘 드는 편은 아니었을 것이다. 별채에 남쪽으로 창을 뚫고서도 채광을 위해 문 옆에 봉창을 뚫은 것도 그 때문이었을 것이다. 그렇다고는 해도, 그리고 아무리 오늘이 꽃샘추위가 느릿느릿 뒷걸음질을 치는 늦겨울이라고 해도 방을 밝히려고 이 시간에 초를 켤 필요까지는 없다는 걸 아영은 방에 들어가 직접 확인해 본 터였다. 불이 날 때나 지금이나 날은 맑았고, 방은 밝아서 사물을 분간하는 데 어려움이 없었다. 그렇다면 초선은, 또는 초선을 죽인 자는 왜 초를 켠 걸까?

혹여 초를 켤 일이 있었다고 치더라도 의문은 또 있었다. 초가 있는 곳에서 그리 멀지 않은 바닥에 기름이 담긴 호롱이 엎어져 있었다. 불을 켤 일이 있었다고 하더라도, 제법 귀한 물건 축에 들어 여염집에서는 쉽게 보기 힘든 초보다는 싼 기름이 담긴 호롱불을 켜면 되는데도 굳이 초에 불을 붙인 이유는 뭘까?

쪽문 너머에서 포졸들이 분주히 돌아다니는 소리가 들렸다. 거기에는 포졸들에게 너스레를 떠는 병욱의 목소리도 간간이 섞여 있었다. 곰곰이 생각에 잠겨 있던 아영은 직접 확인해 봐야 할 일을 떠올리고는 자리에서 벌떡 일어나 별채로 향했다.

초선의 시신은 어디로 옮겨졌는지 보이지 않았다. 질척이는 바닥에 깔렸던 멍석도 마찬가지였다. 방에는 사람들의 출입을 막는 새끼줄이 쳐져 있었고, 그 앞을 지키는 포졸은 육모방망이를 손바닥에 탁탁 두드리는 것으로 지루한 시간을 견디고 있었다. 상규와 다른 포졸들은 보이지 않았고, 대감 댁 아랫사람 몇이 어수선한 별채 주변을 정리하느라 정신이 없었다.

아영은 별채에서 대여섯 걸음 떨어진 곳에서 걸음을 멈췄다. 아영을 본 병욱이 포졸들을 버려두고는 슬그머니 아영에게로 다가왔다. 아영은 별채를 향해 손을 들고 길이를 재봤다. 알쏭달쏭했다. 결국, 길이를 확인하는 제일 좋은 방안은 직접 손을 넣어보는 거였다. 아영의 눈빛이 병욱의 눈빛과 만나는 순간, 병욱은 아영이 하려는 일이 무엇인지를, 자신이 무슨 일을 해주기를 원하는지를 단박에 알아차렸다. 병욱은 크게 헛기침을 하고는 문을 지키는 포졸에게 향했다. 병욱이 뜬금없는 얘기를 늘어놓으며 포졸을 붙잡고는 울타리 쪽으로 데려가는 동안, 잽싸게 마루에 올라선 아영은 봉창에 세로로 꽂힌 창살들 사이에 난 제일 왼쪽 틈으로 손을 들이밀었다. 아영은 손을 한껏 집어넣으려 애를 썼지만, 아무리 용을 써도, 아영이 있는 위치에서 볼 때 여닫이문 오른쪽에 달려 있는 문고리에는 손이 닿지 않았다. 아영은 병욱과 포졸을 힐끔 살핀 후 다시 손을 넣어 봤지만 이번에도 마찬가지였다.

아영은 생각에 잠기며 마당으로 내려왔다. 정부인의 덩치는 아영과 비슷했다. 그러니 팔의 길이도 아영에 비해 유별나게 길지는 않을 것이다. 방금 전에 확인했듯, 설령 팔이 더 길더라도 어지간해서는 방 밖에서 봉창으로 손을 집어넣어 문고리를 잠글 수 없을 것이다. 게다가 정부인이 이렇게 환한 대낮에 그런 짓을 했을 리는 만무했다. 이 집 울타리 안에 있는 사람들은 멀리서 보더라도 정부인을 한눈에 알아볼 수 있었다. 그렇기에 정부인이 그런 체통 없는 짓을 하기는, 게다가 의아해 보여서 사람들이 눈여겨 보게 만들 짓을 대놓고 하기는 쉽지 않았을 것이다.

아영이 상규가 근처에 없다는 걸 확인하고는 안채로 이어지는 쪽문 근처에서 이런저런 궁리를 하고 있을 때였다. 앞서 봤던 화천댁이 쪽문으로 들어와 별채 곳곳을 살피더니 다시 쪽문으로 돌아왔다.

"뭘 그리 열심히 찾는 겐가?"

아영의 물음을 받은 화천댁은 아영을 한눈에 알아보지 못하는 바람에 잠시 의아한 눈으로 아영을 살피다 연지의 친구라는 걸 알아차리고는 그제야 고개를 조아리며 대답했다. "그게… 계집종 하나가 보이지를 않아서 그렇습죠."

뭔가 짚이는 게 있었다. 아영은 물었다. "계집종? 누구?"

"갑분이라고… 들어온 지 며칠도 안 된 것이 벌써부터 게으름을 피우는 건지 도통 보이지를 않아서요."

아영의 머릿속이 번개가 치듯 순식간에 환해졌다.

"나랑 같이 찾아보세. 그 아이한테 물어볼 게 있어 그러니 자네가 먼저 찾으면 반드시 나한테 알려줘야 하네. 알겠나?" 아영은 화천댁의 다짐을 받고는 화천댁과 함께 갑분이를 찾아 집안을 돌아다녔다. 물론, 이 집 사람이 아닌, 게다가 상규를 피해 다녀야 하는 아영이 활개를 치며 갑분이를 찾아다닐 수는 없는 노릇이었다. 그래서 갑분이를 먼저 찾아낸 건 화천댁이었다. 갑분이는 곡식을 쌓아놓는 광 한쪽에 숨어 웅크린 채로 잠을 자고 있었다. 갑분이에게 다행이라면, 화천댁이 아영을 불러와야 하는 바람에 곧장 꾸짖지는 못했다는 것, 그리고 아영의 당부를 받고는 두 사람만 있도록 자리를 비켜줬다는 거였다.

아영은 무슨 말을 듣게 될까 겁을 먹고는 눈알을 잠시도 가만두지 못하는 갑분이를 달래 안심시켰다. 알고 싶은 얘기를 들으려면 안심부터 시키는 게 급선무였다. 아영의 질문을 받은 갑분은 아영을 하인들이 쓰는 행랑채로 안내했다. 대문에서 제일 멀리 떨어진, 구석방의 바로 옆에 있는 방이 갑분의 방이었다. 들어가 보지 않고 밖에서 보기만 하는데도 방안의 꼴이 어떨지 훤히 상상이 됐다. 갑분이 아영이 찾는 걸 가져오려고 방에 들어가 문을 닫은 후, 뭔가가 떨어지는 소리, 내던져지는 소리가 연신 들려왔다. 아영은 무슨 일이 벌어지고 있는지를 굳이 상상하고 싶지 않았다. 아무튼 갑분이다운 일이 벌어지고 있을 것이다. 한참 후, 갑분이 기름이 쏟아진 정부인의 남색 치마를 들고 나와 건넸다. "이건 왜 찾으시는 건데요?"

행랑채의 처마 아래에 서 있던 아영은 잃어버렸던 가보(家寶)를 되찾은 듯한 기분이라서 갑분의 질문에 대답할 정신이 아니었다. 아영은 치마를 들고 따스한 볕이 내리쬐는 마당으로 나갔다. 마당에 선 아영이 치마를 펼쳤을 때 보이는 건 어린아이가 이불에 그려놓은 것 같은 자국뿐이었다. 그러나 아영은 그 자국을 보려고 치마를 찾은 게 아니었다. 그 자국이 감춘 것을 보려고 찾은 거였다. 아영은 양손으로 치마를 펼쳐 햇빛을 향해 들었고, 갑분은 신기한 구경을 한다는 눈빛으로 그 모습을 지켜봤다.

아영은 남색 치마를 뚫고 들어온 햇빛에 눈이 부셔, 그리고 치마에 남은 자국을 더 뚜렷하게 보려고 눈살을 찌푸렸다. 짐작했던 대로, 치마 뒤쪽의 오금 부분에서 그것이 보이기 시작했다. 아주까리기름이 남긴 자국의 밑에서 역시 아주까리기름이 남긴 자국이 또렷해지기 시작했다. 햇빛 아래에서 실처럼 가느다랗게 도드라지는 줄은 "아무리 기름을 쏟아 나를 감추려 애써봐야 허사"라고 목청껏 외치는 것 같았다. 줄은 자를 대고 그은 것처럼 반듯했지만, 줄의 군데군데에는 기름이 아래로 살짝 흐르면서 남긴 자국이 있었다.

기름을 쏟아 생긴 자국과 반듯한 줄 같은 자국이 층을 이룬 건 두 자국이 각기 다른 때에 생겼다는, 줄 같은 자국이 먼저 생기고 마른 위에 기름이 쏟아졌다는 뜻이었다. 이제 수수께끼의 일부가 풀렸다. 아직도 풀어야 할 수수께끼가 남아있지만, 정부인이 부린 교묘한 꾀의 일부를 무너뜨린 건 큰 성과였다. 아영은 성과를 올렸다는 짜릿함을 잠시 만끽했다. 그러고는 정부인이 이 사건의 범인이라는 걸 밝혀줄 중요한 증좌인 치마를 이상규 종사관에게 제출하기로 마음먹었다. 갑분에게 돌려주면서 함부로 다룰 수도, 그렇다고 정부인에게 돌려줄 수도 없었기 때문이다.

"이 치마는 내가 가져가 포청에서 오신 종사관님께 드리겠다. 그러니 혹여 정부인께서 치마를 찾거들랑 그리 말씀드리도록 해라."

"알았습니다요." 갑분은 아영이 한 말에 심드렁한 표정으로 대답했다. 그러더니 대답을 마치자마자 입이 찢어져라 하품을 해댔다. 반가 출신의 손님인 아영이 앞에 있는 건 아랑곳하지 않는다는 투였다. 그러고는 크게 기지개를 켜고는 혼잣말을 했는데, 그 혼잣말이 화살처럼 날아와 아영의 귀에 꽂혔다. "난리가 나서 집안이 발칵 뒤집어졌으니 연놈들도 오늘만큼은 얌전히 있겠구나. 그러니 오늘은 봉창에 얼굴 박지 않고 푹 잘 수 있겠다. 이게 뭐야, 연놈들 때문에 밤마다…."

"그게 무슨 얘기냐?" 아영은 갑분이 중얼거리는 말이 뭔가 민망한 얘기라는 걸 짐작하면서도 물었다.

갑분은 민망해하는 기색은 전혀 없이 입을 열었다. 정 대감 댁의 머슴과 계집종이 눈이 맞아 날마다 밤이 깊어지면 행랑채 구석방에, 그러니까 갑분이 자는 방의 옆방에 숨어들어 민망한 짓을 한다는 것, 그리고 두 사람이 방에 들어갈 때마다 호기심을 이기지 못한 갑분은 옆방의 봉창에 미리 뚫어놓은 구멍을 통해 안을 훔쳐보느라 꼴딱 밤을 새우고는 한다는 거였다. 갑분은 오늘 온종일 하품을 한 것도, 광에 숨어서 잠을 잔 것도 밤에 잠을 자지 못한 바람에 그런 거라고 했다.

아영은 다시 닥친 졸음기를 떨치려고 눈을 비비는 갑분을 남겨두고는 병욱이 있는 별채로 갔고, 병욱에게 치마를 보여줬다. 아직 전모는 다 밝혀내지 못했지만 이 사건을 푸는 데 굉장히 중요한 물건이라는 설명을 들은 병욱은 그걸 갖고 상규를 찾아갔다. 아영 앞에서 정부인이 입었던 치마를 증좌라고 넘겨받은 상규는 떨떠름한 표정을 감추지 못했다. "아무런 설명도 없이 중요한 증좌라고 이걸 넘기면 어쩌자는 것이냐?"

귀한 천으로 지은, 그러나 기름이 쏟아진 아녀자의 치마가 어떻게 중요한 증좌가 되는지 궁금해하는 기색이 역력했지만, 아영은 수수께끼를 다 풀기 전까지는 아무 말도 안 할 작정이었다. "종사관님께 사건의 전모를 설명 드리려면 좀 더 생각을 가다듬어야 할 것 같습니다.

그때까지 이 치마를 잘 맡아주십시오. 제가 반드시 이에 대한 설명을 드리도록 하겠습니다."

"그래 알았다. 맡아두도록 하마. 자, 이제 자네는 손녀 데리고 한시라도 빨리 여기를 뜨도록 하게. 여기는 지체 높으신 판서님 댁이잖은가. 그러니 어서 집에 돌아가게. 그리고 자네를 위해서도 손녀를 위해서도 한마디 해야겠네. 오늘 여기서 있었던 일은 더 이상 생각이고 자시고 할 것도 없네. 어쩌다 보니 흉한 일이 일어난 건데, 그걸 살인이니 어쩌니 하면서 생각을 키우고 일을 키워봐야 자네를 비롯해서 여러 사람이 힘들어질 걸세. 그러니 조용히 집에 가서 얌전히 지내도록 하게."

상규는 옆에 있는 포졸에게 잘 챙겨두라고 지시하며 치마를 넘겼다. 상규는 혹시라도 정부인이 치마를 찾으면 올 하나도 망가지지 않은 상태로 돌려줄 작정이었다.

아영이 숨을 고르느라 잠시 입을 다물자, 기녀들은 하나같이 어서 얘기를 계속하시라는 눈빛으로 아영을 재촉했다. 이제는 모두들 궁금해하는 수수께끼 풀이를 들려줄 차례였다.

"생각할 게 너무 많은 탓에 도저히 잠을 이룰 수가 없었네." 아영은 수수께끼를 푸느라 『청향전』을 마무리하는 급박한 일조차 한없이 뒤로 미뤄놨던 얘기는 하지 않았다. 아영은 수수께끼 풀이에만 얘기를 집중했다. "확실한 증좌는 없는데도 정부인이 범인이라는 의심을 도저히 떨칠 수가 없었다네. 순전히 직감에서 비롯된 생각이었는데, 그런 선입견이 수수께끼를 푸는 데 방해가 되고 때로는 엉뚱한 풀이로 이어질 수도 있다는 건 명심해둘 일이네만, 어쩐 일인지 이 경우에는 정부인 말고 다른 사람에게 혐의를 둘 수가 없지 뭔가. 그런데 지금까지 말했듯 그 직감이 사실이라는 걸 증명하려면 넘어야 할 산이 몇 개 있었네. 그래서 우선은 그날 그 방에서 일어난 일을 정부인의 입장에서 패설로 쓴다면 어떤 식으로 써야 앞뒤가 가장 잘 들어맞는지를 상상해 봤네. 패설이라는 건 그런 걸세. 세상 사람들이 하는 오만가지 짓들 중에서 앞뒤가 맞지 않게 만드는 자질구레한 부분들은 싹둑싹둑 잘라내고, 그런 후에 남은 부분을 비단처럼 매끄럽게 이어붙이는 것이지. 그런 패설을 써본 후에 내가 직접 그 방에서 확인한 것하고 맞아떨어지지 않는 것들은 하나하나 지워나가는 식으로 그럴듯하게 보이는 이야기를 만들어본 걸세.

먼저, 정부인이 그 방에 찾아간 건 정 대감이 초선에게 자기 몰래 석청과 대나무 숟가락을 준 것에 대한 분풀이를 하기 위함이었네. 허나 정부인이 평소에도 격한 질투심에 사로잡혔다는 걸 생각해 보면, 정부인은 꼭 그것들이 아니더라도 초선을 구박할 다른 핑곗거리를 찾아서 그 방에 갔을 걸세." 아영은 정부인이 초선을 찾아가기 전부터, 아마도 자신에게 문안 인사를 받기 전부터 초선을 죽일 작정을 하고는 차근차근 계획을 세우고 있었을 거라는 의혹을 품고 있었지만, 그건 사람들 앞에서 입 밖에 낼 얘기가 아니었다. 아영은 정부인이 우발적으로 저지른 일이었다는 식으로 얘기를 지어내 들려줬다.

"아무튼 정부인은 초선을 향해 속에서 부글부글 끓고 있던 분통을 터뜨렸네. 정부인이 그렇게 소란을 피운 건 내가 직접 듣고 근처에 있는 사람들이 다 들었으니 대감 댁에 있는 누구도 부인 못할 일이지. 품성이 착한데다 소실이라는 자신의 처지를 잘 아는 초선은 본처인 정부인이 트집을 잡아 쏟아내는 화를 군말 없이 받아줬을 것이네. 그런 와중에 화를 주체못한 정부인은 초선의 머리를 잡고 흔들었고, 그러다가 장롱에 연달아 세게 부딪친 초선의 머리가 살갗이 찢어지고 두개골이 깨질 정도로 큰 충격을 받으면서 초선은 숨이 끊어진 걸세." 아영의 얘기를 들으며 그 광경을 상상하던 기녀들은 끔찍한 광경에 몸서리를 쳤고, 초선을 향한 안타까움에 한숨을 쉬며 눈물을 찍어냈다.

"정부인은 초선의 몸이 쳐진 걸 보고는 정신이 번쩍 들었을 거네. 지체 높은 판서댁 마님이 질투심 때문에 사람을 죽이는 끔찍한 짓을 했다는 걸 깨달은 거지. 그래도 정부인은 그런 짓을 한 사람으로 세상의 손가락질을 받으며 역사에 이름을 남길 생각은 추호도 없었을 거네.

그렇다면 자신이 초선을 찾아와 고래고래 소리를 질렀다는 걸 온 집안이 다 아는 상황에서 초선이 목숨을 잃은 지금, 정부인이 그런 혐의를 벗을 가장 좋은 방법은 무엇이었을까? 꼭 정부인이 아니라 자네들이 그런 일을 저질렀다 치더라도, 초선이 사고로 목숨을 잃은 것으로 만드는 게, 그리고 초선이 숨을 거뒀을 때 자신은 방에 없었다는 걸 보여주는 것이 으뜸가는 방책 아니겠나? 그래서 정부인은 자신이 방을 나간 후에 초선이 문을 잠갔다는 걸 사람들이 믿게끔 만드는 꾀를 짜낸 걸세.

이따가 설명하겠네만, 정부인은 그 꾀를 써서 방 밖에서 문고리를 거는 데 성공했지. 정부인은 그런 다음에는 별채에서 안채로 이어지는 쪽문에 당도해서는 걸음을 멈추고 몸을 돌려 별채를 향해 호통을 쳤네. 몸가짐 방정한 정부인이 온 집안이 다 듣도록 큰소리를 치는 건 평소라면 말도 안 되는 일이겠지만, 정부인이 질투심 때문에 딴사람이 됐다고 생각하는 사람들은 모두들 그러려니 받아들였지. 당시에는 몰랐지만, 이건 정부인이 일부러 한 짓이었네. 자신이 불이 나기 전에 일찌감치 별채를 나서 안채로 갔다는 걸 알리기 위해서였지.

정부인이 쪽문을 나오면서 조심스레 주위를 둘러보는 걸 내 눈으로 직접 봤는데, 나는 이것도 정부인이 자신을 보는 눈이 없기를 바라서 그런 게 아니라고 보네. 이건 오히려 자신을 본 사람이 있다는 걸, 그래서 자신은 나중에 일어난 불을 낼 수 없다는 걸 확인시키려고 한 짓일 걸세. 그렇게 둘러보다 행랑채 마루에서 일을 하는 하녀를 본 정부인은 큰 소리를 내서 자신이 떠나는 걸 그 하녀가 보고 기억하게 만들어야 한다고 생각했을 거네. 실제로 그 하녀는 나중에 정부인이 나선 이후로 별채를 오간 사람은 아무도 없었다는 걸 확인해줬고, 그 덕에 이후에 별채에서 벌어진 일은 모두 정부인하고는 아무런 상관도 없는 일이 됐네.”

아영이 말을 마쳤을 때였다. 갑자기 세상이 어두워지더니 하늘이 우르릉거렸다. 요란한 소나기가 다시금 대청을 덮은 지붕의 기와를 미친 듯이 두드리는 동안, 아영은 말을 멈출 수밖에 없었다. 장대 같은 빗줄기가 더위를 몰아낸 덕에 대청이 순식간에 시원해졌다. 아영은 언제 그랬냐는 듯이 빗줄기가 가늘어지면서 조용해지는 걸 보고는 다시 입을 열었다.

“별채에 불이 난 건 정부인이 그렇게 요란을 떨며 별채를 나가는 걸 온 집안에 보여주고 1각쯤 지난 후였네. 그러니 정부인이 그 불을 질렀다고 생각할 이가 누가 있겠는가? 불이 났다는 소리에 아래채에서 나왔다가 안채에서 나온 정부인을 본 나조차도 처음에는 그런 생각을 하지 못했다네. 그런데 불은 어떻게 시작된 걸까? 나는 진화(鎭火)를 마친 방에 들어가 특이한 양상으로 불에 탄 그곳 모습을 찬찬히 되짚어본 후에야 정부인은 불을 지를 수가 없었다는 미몽에서 깨어날 수 있었네.”

아영은 장롱 근처와 건너편의 문짝 근처만 집중적으로 불에 탄 흔적이 남은 방안 모습을 기생들에게 자세히 설명해 줬다. 모두들 그 모습을 이상하게 생각했지만, 그게 진정으로 뜻하는 바가 무엇인지 아는 이는 없었다.

“우선 초선의 죽음과 발화(發火) 전후를 상상해봤네. 불이 키 낮은 장롱에 놓여 있는 초에서 시작된 것은 분명했네. 문이 안에서 걸린 방에는 초선 말고는 아무도 없었고 절명한 사람이 불을 켤 수는 없는 노릇이니, 그리고 불씨가 될 만한 거라고는 촛불밖에 없었으니, 그 불은 초선이 생전에 켠 촛불에서 비롯된 것이어야 하니까 말이네. 여기에도 의심스러운 구석이 있지만, 일단 초선이 무슨 연유가 있어서 촛불을 켰다고 치세. 그렇다면 초선은 불을 켜고 물러서다 어쩐 이유에서인지 넘어지면서 장롱에 머리를 세게 연달아 부딪친 후 숨이 끊어진 채로 방 가운데에 쓰러졌고, 그 와중에 기름이 담긴 호롱이 엎어지면서 바닥에 기름이 쏟아져 퍼졌으며, 결국에는 촛불의 불이 그 기름으로 옮겨붙어 번졌다는 식의 설명이 가능하네.

그렇다면 초선은 왜 불을 켠 걸까? 별채가 외지고 그늘진 곳에 있기는 했지만, 대낮에 불을 켜야 할 정도로 어두침침한 건 아니었네. 설령 불을 밝힐 일이 있다고 하더라도, 호롱을 놔두고 초에 불을 붙인 것도 의아한 일이지. 더욱더 이상한 건, 장롱 쪽에서 붙은 불이 초선의 몸을 거의 건드리지 않으면서 건너뛰듯이 방 건너편의 봉창과 문으로 넘어갔다는 거였네. 아무리 봐도 누군가가 일부러 그런 식으로 불을 낸 것만 같더군.

그래서 생각해보았네. 사람을 죽이고 방에 그런 식으로 불이 붙게 불을 지르는 사람은 무엇을 노리고 그런 짓을 한 걸까? 정부인이 불을 냈다고 가정해봤네. 그러자 우선은 앞서 얘기한 것처럼 불이 난 시간에 자신은 안채에 있었다는 걸 증명하려는 의도로 불을 질렀을 거라는 결론이 나오더군. 실제로 정부인의 이런 노림수는 제대로 먹혀들었네. 세상 모두가 정부인이 불을 낼 수는 없었다고 생각했으니 말이네. 정부인이 범인이라는 걸 증명하려면 반드시 그 수수께끼를 풀어야만 했고, 그래서 정부인이 별채를 나서고 1각이 지난 후에야 불을 낼 수 있었던 방법을 알아내느라 한참을 고심하고 또 고심해야 했다네."

아영은 초선의 시신하고는 반대 방향으로 쓰러진 초와 장롱 앞에 고인 물에 떠 있던 바늘, 새까맣게 탔지만 실이 돌돌 말린 형태를 유지하고 있던 실타래, 반짇고리의 바늘방석에 비어있는 바늘 두 개 얘기를 꺼냈다. "정부인은 먼저 바늘방석에서 바늘을 급하게 두 개 꺼내 각각의 바늘에 실타래의 실을 꿰었네. 그러고서는 호롱에 담긴 아주까리 기름을 실타래에 쏟았지. 기름은 실타래의 실에 먹었는데, 호롱은 그리 크지 않은 반면 제대로 태워야 할 곳은 은근히 많은 상황이라서 정부인은 기름을 아껴 써야만 했네. 아무튼 정부인은 실타래에 붓고 남은 기름은 바닥에 퍼지게 놔뒀네. 나중에 불이 붙었을 때 자연스럽게 탄 자국을 보여줘야 하니까 말이네. 그러고는 바늘 두 개에 꿴 실들에 기름을 적신 다음, 바늘 중 하나를 초에 꽂고 실의 끄트머리를 실타래 속에 묻었지. 값비싼 초를 켜는 건 없이 사는 사람들로서는 엄두도 내기 힘든 일이지만, 지체 높은 정부인이야 날마다 초를 켜고 살았으니 정부인 입장에서는 1각에 타는 초의 길이가 어느 정도인지는 조금만 신경을 쓰면 알 수 있는 일이었지. 정부인은 1각쯤 지난 후를 염두에 두고는 그 길이에 해당하는 초의 위치에 바늘을 꽂았네. 정부인의 꼼꼼한 성품을 생각하면, 정부인은 그 바늘에 꿴 실에 기름이 잘 먹었는지를 재차 확인했을 거네. 그러고 나서 부싯돌로 심지에 불을 붙이면, 초는 타면서 서서히 줄어들 거고 심짓불은 천천히 바늘에 가까워지겠지. 바늘은 차츰 불에 달궈질 거고. 그렇다면 그렇게 달궈진 바늘에 꿰인 기름 먹은 실은 어떻게 되겠나? 바늘이 달궈지고 달궈지다 보면 어느 순간 실에 불이 붙겠지. 그리고 그렇게 붙은 불은 실을 따라 달음박질을 쳐서 실타래에 다다를 거고, 커다란 불덩이가 된 실타래는 쏟아진 기름을 태우겠지." 아영의 수수께끼풀이를 들은 기녀들이 동시에 "아아" 하는 낮은 탄성을 질렀다.

그러나 뒤늦은 발화에 대한 아영의 풀이는 그게 끝이 아니었다. "정부인은 불을 내는 데 쓴 실과 실타래를 재로 만들어서 중요한 증좌를 없앴네만, 초에 꽂은 바늘은 아직도 남아 있지 않나?" 그걸 깨달은 기녀들이 서로를 돌아보는 동안, 아영은 설명을 이어나갔다. "내가 장롱 앞에서 발견한 바늘은 그리 중요한 증좌는 되지 못할 거네. 정부인도 그걸 잘 알고 있었을 거고. 초가 타면서 흐물흐물해지는 바람에 바늘이 빠져 떨어졌을 경우, 사람들은 바느질을 좋아하는 초선이 자기도 모르게 바늘을 떨어뜨렸구나 생각할 테지. 바늘이 초에 꽂힌 채로 발견됐을 경우에는 정부인의 수법이 들통 날 위험이 있지만, 그런 위험도 그리 크지는 않을 거라고 판단했을 거네. 어쩌면 정부인은 나중에 방에 들어와 바늘을 초에서 빼겠다는 생각을 하고 있었을지도 모르네. 나는 정부인이 불이 진화된 후에 나타나 잔불을 끄라고 호통을 친

것도 방에 혹시 남아있을지도 모르는 그런 흔적들을 어지럽히려는 의도가 아니었을까 의심한다네. 아무튼 여기까지가 정부인이 별채를 나서고 1각 후에 별채에서 불이 나게 만든 수법이네."

아영은 잠시 숨을 골랐다. 이제는 정부인이 방 밖에서 문고리를 건 수법을 설명할 차례였다. "우선 방에서 여닫이문 앞에 서 있는 자네들의 모습을 그려보게." 기생들은 하나같이 그 모습을 상상하는 표정을 지었다. "자네들 왼쪽에 여닫이문의 문고리가 있고, 그 문고리 왼쪽의 문틀에는 배목이 박혀 있네. 그 문고리를 배목에 걸려면 문고리를 간단히 오른쪽에서 왼쪽으로 옮기기만 하면 되지. 그건 방안에서는 어린아이도 할 수 있는 일이지만, 방밖에서라면 다른 얘기잖나. 혹시나 싶어, 배목 왼쪽에 뚫린 봉창의 창살 사이로 손을 넣어 문고리를 잡아보려 했지만, 봉창과 문고리 사이는 아녀자가 아니라 장정의 팔도 닿지 않을 정도로 길었네. 그래서 정부인은 그 거리를 뛰어넘는 묘수를 생각해냈네. 실과 바늘을 이용한 묘수였지. 내가 앞서 정부인이 바늘 방석에서 바늘 두 개를 빼냈다고 얘기했던 걸 기억하나? 정부인은 그 중 하나는 초에 꽂아 불을 내는 데 썼고, 나머지 하나는 방밖에서 문고리를 거는 데 사용했네. 정부인은 실타래에서 길게 풀어 끊은 실을 바늘에 꿰고는 그 실도 기름에 적셨지. 그러고는 그 실의 끄트머리를 여닫이문의 문고리에 묶은 다음 오른손으로 바늘을 잡고 그 바늘을 몸 뒤로 돌려 왼손으로 잡아서는 봉창에 바른 창호지에 꽂았네. 그러고 나서 조심스레 문을 열고 방에서 나와 문을 닫은 후 봉창 창호지에 꽂힌 바늘을 천천히 잡아 빼면 어떻게 될까? 바늘에 딸려온 실이 문고리를 잡아당기면서 문고리가 배목에 걸리게 되겠지."

방밖에서 방안의 문고리를 건 방법에 대한 설명을 들은 기생들이 다시 낮은 탄성을 질렀지만, 철두철미하게 설명하고픈 아영은 말을 계속 이어나갔다. "바늘로 봉창을 뚫어낸 바늘구멍은 사람들 눈에 잘 띄지 않는 이점이 있네. 아무튼 그렇게 해서 빼낸 바늘에 꿰인 실을 이빨로 끊고 바늘을 풀밭이나 도랑처럼 으슥한 곳에 버리면 그 문제는 마무리되는 것이지. 그런데 정부인은 이 일을 하던 중에 예상하지 못한 일을 당했네." 아영의 얘기에 대청에는 긴장감이 감돌았다. "기름 적신 실을 몸 뒤로 돌리던 중에 치마의 오금 부분에 실이 걸리는 바람에 치마에 기름이 묻은 거지. 내가 나중에 정부인의 치마를 햇빛에 비췄을 때 본 반듯한 줄은 실에 적신 기름이 남긴 거였네. 나는 치마에 묻은 기름이 살짝 아래로 흐른 자국들도 확인했다네. 정부인이 별채 쪽 문을 나설 때부터 치맛자락을 움켜쥐고 안채로 향한 걸 보면, 정부인은 치마에 기름이 묻었을 때부터 그걸 알고 있었던 것 같네. 사람들 눈에 띄지 않고 안채에 돌아간 정부인은 소화가 잘 되지 않으니 아주까리기름을 가져오라 명하고는 그걸 치마에 엎어 실이 남긴 자국을 감추려 들었지만, 각기 다른 시간에 생겨서 마른 자국이 층을 이루는 것까지 막을 수는 없었던 걸세."

아영이 많은 말을 했다고 판단한 매월이 시원한 오미자차를 따라 올렸다. 아영은 수수께끼의 마지막 부분을 설명하기에 앞서 차를 한 모금 마셨다. "불을 내면서 노린 두 가지 중 하나는 앞서 설명했네. 사실, 이 두 번째 노림수는 두 번째와 세 번째 노림수라고 해도 무방하네만, 같이 설명하도록 하겠네. 불을 내면서 노린 두 번째 노림수는 방안에 있는 증좌를 태워 없애는 거였네. 무엇보다도 먼저 태워 없앨 물건은 당연히 문고리를 거는 데 사용한 실이었지. 기름에 적셔 뒀으니 앞서 불을 내는 데 쓴 실처럼 타서 재가 되는 건 불문가지일 걸세. 그 다음으로 태워 없앨 건 봉창에 발라진 창호지였다네."

아영이 처음에는 전혀 감을 잡지 못했던 창호지에 대한 생각을 떠올린 건 밤마다 봉창에 뚫어놓은 구멍을 들여다본다는 갑분의 얘기를 듣고 나서였다. "봉창의 창호지를 그대로 놔뒀다가는 누군가가 봉창에 난 바늘구멍을 보고 문고리를 잠근 수법을 알아차릴 수도 있다고 판단한 정부인은 아예 그 싹수를 미리 뽑아버리기로 작정했지. 그리고 불을 지르게 된 세 번째 노림수는 대나무 숟가락이 배목에 꽂히는 것을 도와주기 위함이었네."

아영은 문고리를 건 수법에 감탄하느라 배목에 꽂힌 대나무 숟가락에 대해서는 까맣게 잊고 있는 기녀들에게 숟가락에 대한 설명을 시작했다. "아녀자들 중에 문고리를 거는 것만으로 문단속을 끝내는 사람이 몇이나 되겠나? 그래서 정부인은 문고리를 배목에 거는 것에만 그치면 오히려 문단속을 의심하는 사람이 생길 수도 있을 거라 판단했을 거네. 그러니 방에 무거운 놋수저도 쇠수저도 아닌 가벼운 대나무 숟가락이 있는 건 정부인 입장에서는 천운이었지. 석청이 있던 것도 마찬가지였고. 정부인은 배목 위의 적당한 높이에 끈적거리는 석청을 바르고 그 위에 대나무 숟가락을 붙였네. 끈적거리는 석청은 대나무 숟가락처럼 가벼운 물건을 정부인이 원하는 시간만큼, 그러니까 방에서 나가 문고리를 잡아당겨 배목에 거는 데 필요한 시간만큼은 충분히 붙잡아둘 수 있을 테니까. 결국 석청의 끈적거림이 대나무 숟가락의 무게를 감당하지 못하면 배목을 겨냥한 채로 적당한 높이에 붙어있던 숟가락이 천천히 흘러 내려와 배목에 꽂히면서 빗장 노릇을 하게 되는 걸세. 여기에서도 불은 한몫을 했네. 정부인은 사전에 봉창, 숟가락을 붙여놓은 문틀, 문고리 주변에 기름을 뿌려, 불이 타오르면 꿀이 녹으면서 타올라 꿀의 흔적이 없어지게 만든 걸세."

정부인은 마음 같아서는 방 전체를 태우고 그 여파로 별채가 허물어지게 만들고 싶었겠지만, 정부인에게 중요한 것은 문이 안에서 잠긴 방에서 초선의 시신이 발견되는 걸 온 세상이 보게 만드는 거였다. 게다가 설령 별채를 다 태우고 싶었더라도 방안에 있는 기름이라야 호롱에 들어 있는 정도가 고작이어서 그건 꿈도 꾸지 못할 일이었을 것이다. 그래서 정부인은 장롱 주위와 문 주변에 기름을 거의 다 쓰고는 얼마 되지 않은 남을 기름을 두 곳을 이어주는 통로 역할을 하도록 초선의 발아래에 길게 뿌렸을 것이다.

어쨌든 아영은 수수께끼 풀이를 마쳤다. 그간 쉽게 남들에게 하지 못하고 속으로만 삭여두고 있던 얘기를 털어놓고 나자 후련하기 이를 데 없었다. 그리고 그 후련함이 사그라지자 앞으로도 오랫동안 틈날 때마다 아영을 엄습할 좌절감이 몰려왔다. 아영의 심중에는 아직도 차마 하지 못한 이야기가 남아 있었다. 아영은 수수께끼를 푼 직후만 해도 정부인이 초선을 구박하다 울화를 참지 못하고 욱하는 바람에 초선의 목숨을 빼앗았을 거라고 생각했었다. 그런데 오래지 않아 그 생각은 그렇지 않을 공산이 크다는 쪽으로 바뀌었다. 아영이 보기에 이 사건은 정부인이 무심결에 초선의 몸을 흔들어대다 장롱에 머리를 찧게 만드는 바람에 시작된 게 아니었다. 정부인이 방밖에서 문고리를 걸고 숟가락을 끼워 넣은 수법은, 그리고 별채를 떠나고 1각 후에 불이 나게 만든 수법은 초선이 절명하는 뜻하지 않은 일이 벌어진 직후의 짧은 시간 안에 생각해낼 만한 게 아니었다. 정부인은 오래 전부터 초선을 죽일 계획을, 그러면서 자신에게 혐의가 쏟아지지 않게 만들 수법을 궁리하고 또 궁리했을 것이다.

정부인이 살인을 은폐하는 데 동원한 도구들이 아영의 이런 의심을 뒷받침했다. 정부인이 살인을 은폐하는 데 동원한 도구들은 초선이 좋아하는 바느질에 사용되는 도구들과 애첩에게 푹 빠진 정 대감이 본처 몰래 가져다준 물건들이었다. 정부인은 초선의 목숨을 빼앗는 선에서 복수를 멈추지 않고, 초선이 사랑한 일, 초선을 사랑한 이가 초선에게 건넨 물건들을 끌어들여 범행을 은폐하는 수준으로까지 복수를 밀고 나간 거였다.

그런데 아영은 기생들을 비롯한 외간(外間) 사람들에게는 이런 생각을 밝힐 수가 없었다. 정말이지, 물도 없이 맨밥만 계속 입에 밀어 넣는 것처럼 답답한 심경이었다.

정 대감 댁에서 집에 돌아온 아영은 저녁을 먹는 둥 마는 둥 방으로 들어가서는 수수께끼를 푸는 데 몰두했다. 수수께끼 풀이에 몰두한 아영에게는 민기의 약값을 마련하려면 반드시 며칠 안에 써야만 하는 『청향전』 집필조차 뒷전이었다. 방에 처박혀 궁리에 궁리를 거듭한 아영은 마침내 동틀 무렵에 수수께끼를 푸는 데 성공했다. 사위가 밝아지는 것과 동시에 머릿속을 덮고 있던 짙은 안개가 말끔하게 걷힌 듯한 기분이었다. 하지만 인생살이가 다 그렇듯, 아영이 누린 즐거움의 순간은 찰나처럼 지나가버렸고 이제는 고통의 시간이 영겁처럼 펼쳐지기 시작했다.

송곡댁이 병욱과 민기의 아침상을 부엌으로 내올 때까지 아영이 간질간질한 입을 참는 건 여간 힘든 일이 아니었다. 병욱과 민기는 밤을 샌 탓에 눈에 핏발이 서고서도 흥분을 감추지 못하는 아영을 보는 것만으로도 아영이 수수께끼를 풀었다는 걸 알아차렸는데, 두 사람이 각기 보인 반응은 전혀 달랐다. 병욱은 어서 빨리 아영의 얘기를 듣고 싶어 양반 체통 같은 건 내던지고 부지런히 수저를 놀린 반면, 민기는 아영이 밝힌 진실이 일으킬 풍파가 걱정돼 병환 때문에 가뜩이나 없는 입맛이 까마득한 낭떠러지 밑으로 떨어지고 있었다. 초선은 사고로 죽은 게 아니라 살인을 당했으며, 그이를 죽이고 사고로 위장하려한 범인은 정부인이라는 걸 차근차근 밝혀내는 아영의 얘기를 듣고 보인 반응도 마찬가지였다. 병욱은 당장이라도 방을 박차고 나가 포청으로 달려갈 기세였지만, 민기의 안색은 한없이 어두워졌다.

아영은 아버지의 안색을 보면서 앞으로 벌어질 일들을 어느 정도는 짐작할 수 있었지만, 그때까지만 해도 결국에는 정부인을 단죄하고 초선의 원한을 달래주게 될 거라는 기대감을 적잖이 품고 있었다. 그런데 하릴없이 몇 달이 흐르면서 아영의 기대감은 가뭄을 맞은 시냇물처럼 바짝 말라버렸고, 그 자리를 한없는 좌절감과 터뜨릴 곳을 찾기 힘든 분노가 차지하고 있었다.

지난 몇 달 간, 항간에는 초선이 사고로 목숨을 잃은 게 아니라는 소문이 자자하게 퍼졌다. 그렇지만, 그건 무슨 일만 벌어졌다 하면 색안경부터 끼고 쉴 새 없이 혀를 놀려대는 이들이 지어낸 터무니없는 얘기였지, 아영의 수수께끼 풀이를 근거로 한 얘기는 아니었다. 민기가 신신당부한 덕에 아영의 풀이는 아영의 집 울타리를 넘어간 적이 없었기 때문이다. 소문은 그저 남 얘기하기 좋아하는 사람들이 정부인의 달라진 성품과 초선의 가련한 죽음을 짝지어서 만들어낸 맹랑한 얘기였을 뿐이었다. 그런데 그런 사람들도 당상관(堂上官) 댁에서 일어난 살인사건에 대한 얘기를, 그것도 정부인을 살인범으로 의심하는 얘기를 대놓고 떠들어대지는 못했다. 그저 쉬쉬하며 귀엣말을 주고받을 뿐이었다. 그런데도 소문이 퍼지고 민심이 흉흉하자 결국 조정은 판서가 관련된 이 사건에 대해 논의한 끝에 포청에 단속을 명했다. 그렇다고 포청이 발 벗고 수사에 나선 건 아니었지만 말이다.

병욱은 사건이 나고 달포 정도는 상규를 수시로 찾아가 둘만 있는 자리에서 아영의 풀이를 들려주고 수사에 나서라고 설득했지만, 돌아온 대답은 "장차 과거에 급제해 무관이 되고 싶다면, 세상에는 알더라도 모르는 척해야 하는 일이 숱하게 많다는 걸 가슴에 새겨둬야 할 것"이라는 거였다. 이 사건에 대한 상규의 입장은, 그러니 결국에는 포청과 조정의 입장은 이랬다. "미심쩍은 구석이 있다고는 생각하네. 그렇지만 심증만 잔뜩 있을 뿐 물증은 찾을 수가 없잖은가? 심증만 갖고 정부인처럼 지체 높은 분을 무턱대고 체포하고 심문할 수는 없다는 건 자네도 잘 알겠지?"

아영이 찾아내 건넨 치마 얘기를 꺼내자 돌아온 대답은 절망적이었다. "그건 정부인께 돌려드렸네. 세상을 떠난 오라버니가 연행(燕行)을 갔다 와서 선물한 귀한 비단으로 지은 것이라 각별한 뜻이 담겨있는 치마라고 하소연을 하시니 낸들 어쩌겠나. 돌려드릴 수밖에. 게다가 포청에서 민망하게도 아녀자의 치마를 증좌로 갖고 있을 수는 없잖은

가. 그것도 피가 묻은 것도 아니고 아주까리기름만 잔뜩 묻은 치마를 말이네." 사건을 위장하는 데 사용된 실과 기름을 불이 삼켜 없앤 탓에 기름 묻은 치마는 어쩌면 이 사건의 유일한, 아니 대나무 숟가락과 함께 둘밖에 없는 증좌였다. 그런데 그 증좌가 범인으로 의심되는 이에게로 다시 반환된 거였다.

더욱 절망적인 소식은 정 대감 댁의 별채가 허물어졌다는 거였다. 그건 초선이 숨을 거두고 1달 보름쯤 지난 뒤의 일이었다. 정 대감 댁은 다른 말이 나오지 않도록 포청의 허락을 받은 후에 별채를 허물었다. "그렇지 않아도 불이 난 후로 날마다 흙이 조금씩 떨어지면서 허물어지고 있었네. 그냥 놔둬도 무너질 판이었는데, 그러다 잘못하면 사람이 상할 수도 있으니 허물어야겠다는 걸 낸들 무슨 이유로 막을 수 있겠는가?" 그렇게 해서, 몇 가지 증좌를 품고 있던 별채까지 없어지는 바람에 정부인이 한 짓을 명명백백히 밝혀낼 길은 영영 없어진 셈이었다.

없어진 건 그것 말고도 또 있었다. 아영은 진상을 밝혀낸 죄로 소꿉친구를 잃었다. 아영이 아무리 입을 다물고 있더라도 병욱이 포청을 들락거린 일과 포청에서 한 얘기는 사람들 입에서 입으로 건너다니기 마련이었고, 정 대감과 정부인의 귀에 그 얘기가 들어가지 않을 리는 없었다. 그러니 아영이 연지를 만나러 정 대감 댁을 출입하는 건 당연히 있을 수 없는 일이었고, 연지 역시 누가 얘기하지 않더라도 앞으로는 평생 아영을 만나지 못하리라는 걸 알고 있었다.

아영은 연지와 인연이 끊어진 걸 보면서, 사람이 목숨을 잃은 사건의 진상을 밝힌 올바른 일을 했는데도 뜻밖의 가슴 아픈 일을 당해야만 하는 세상살이의 혹독함과 씁쓸함을 실감했다. 아영이 "장안의 기생들이 초선의 죽음에 관한 진상을 듣고 싶어 한다."는 매월의 얘기를 병욱을 통해 듣고는 그 자리에 가서 얘기를 하겠다고 마음먹은 건 답답함과 죄책감을 조금이라도 덜고 앞으로 살아갈 삶에 대한 다짐을 하기 위해서였다.

향이 다 탄 향로는 더는 향기를 뿜어내지 못했고, 소나기가 그치면서 더위와 힘겨루기를 하던 시원함은 대청에서 밀려나고 있었다. 아영은 말없이 자신을 바라보는 기녀들을 미안한 눈빛으로 바라보다 입을 열었다.

"반상(班常)과 적서(嫡庶)와 귀천(貴賤)과 남녀의 구별이 엄연한 세상이지만, 나는 나와 자네들은 하늘이 내려준 성(性)과 명(命)을 받아 태어난 똑같은 사람들이라고 생각하네. 같은 하늘을 이고 같은 땅에서 난 곡식과 남새를 먹으며 같은 공기를 숨 쉬는 나와 자네들이 어찌 다른 사람들이겠는가. 그런데도 타고난 핏줄이 다르고 하는 일이 다르기에 세상이 나와 자네들을 다른 사람으로 본다는 것, 그리고 우리가 한 무리로 섞일 수는 없는 사람이라는 걸 나나 자네들 중 누구도 부인하지 못할 걸세.

나와 양반 신분을 가진 이들은, 무슨 연유인지는 모르겠으나, 자네들에 비해 많은 것을 누리고 더 나은 대우를 받으며 사네. 그런데 나는 세상이 나를 높이 떠받들고 자네들을 괄시한다면, 그건 내가 그런 대접을 받아 마땅한 처신을 하는 사람이라서 그래야 마땅하다고 생각하네. 적어도 남 부끄러운 짓은 하지 않아야 그런 대접을 받으면서도 떳떳하게 고개를 들 수 있지 않겠나? 내가 오늘 이 자리에 온 건 해서는 안 될 짓을 한 정부인이 단죄를 받지 않고 아무 일도 없다는 듯이 세상을 살아가는 것을 같은 양반으로서 부끄럽게 생각한다는 것과 마땅히 행해졌어야 할 처벌이 행해지지 않은 것 때문에 초선에게, 그리고 그대들에게 미안하기 한량없다는 얘기를 하기 위함이네."

아영은 숙연하게 자신을 지켜보는 기생들과 일일이 눈을 맞추고 미안하다는 눈빛을 보내고는 말을 이었다. "하늘을 나는 새도 떨어뜨린다는 삼공육경(三公六卿, 조선시대 삼정승과 육조 판서) 앞에서, 한미한 가문 출신의 나는 양반이라고는 해도 수레바퀴에 맞서려 애쓰는 미약한 사마귀나 다름없는 아녀자라네. 그건 자네들도 잘 알겠지. 아니, 어쩌면 자네들이 더 잘 알겠지. 그렇기에 초선의 죽음에 얽힌 수수께끼를 풀어내고도 그릇된 것을 바로잡을 힘이 없는 내 처지가 원망스럽기 그지없다네."

이때였다. 초선과 친자매나 다름없는 사이였다는 명월(明月)이 한 발 앞으로 나와 반듯하게 절을 올리고는 입을 열었다. "말씀하시는 중에 죄송하지만, 소녀 한 말씀 올려도 되겠사옵니까?" 아영의 양해를 구한 명월은 말을 이었다. "지금 이 자리에 아씨의 처지를 모르고, 일이 어찌하여 이리 됐는지를 모르는 사람이 누가 있겠사옵니까? 저희가 여기 모인 건 가여운 초선이의 죽음과 관련한 진실을 밝혀낸 아씨께 감사하다는 인사를 드리기 위함이지, 아씨를 원망하기 위함이 아닙니다. 오히려 저희는 학식과 덕망 높은 홍문관 송민기 교리의 따님께서 저희 같은 천한 것들과 어울렸다는 이유로 망측한 소문이 나고 아씨를 이상한 눈으로 볼 사람들이 생겨날 공산이 큰데도 이 자리에 와주신 아씨가 고맙기 한량없습니다." 말을 마친 명월이 자리에서 일어나자 약조라도 한 것처럼 다른 기생들도 일제히 일어났다. 기생들은 아영에게 공손히 절을 올려 고마움을 표했다.

기생들의 절을 받은 아영은 할 말을 생각하느라 잠시 고심했다. 아영은 대청에 한동안 침묵이 흐른 후에야 입을 열었다. "면목이 없는 내가 이 자리에 오겠다고 한 건 자네들에게 당부하고 자네들 앞에서 다짐하기 위해서네. 나는 힘없는 아녀자일 뿐이지만, 하늘이 불쌍히 여기신 것인지 패설을 쓰는 알량한 재주는 갖고 있네. 그래서 나는 그 보잘것없는 재주를 부당한 세상에 맞서고 그릇된 일을 바로잡는 데 한껏 쓰겠다고 그대들 앞에서 굳게 다짐하는 바네. 초선이 당한 일을 반드시 패설로 남겨 온 세상에, 후세에 이 일을 알릴 것이네. 그리고 나는 자네들 한 사람, 한 사람이 힘을 보태면 초선의 억울함을 세상에 널리 알릴 수 있을 거라고도 믿네.

그대들에게 당부할 게 있네. 초선을 잊지 마시게. 초선이 잊히지 않도록 하게. 그대들이, 세상이 초선을 잊으면 또 다른 초선이 생길 것이고, 또 다른 초선을 죽인 또 다른 정부인이 아무런 벌도 받지 않고 거리낌 없이 세상을 살아가게 될 거네. 나나 그대들이나 장차 세상이 그런 곳이 되지 않도록 애써야 하지 않겠나? 초선의 이야기를 마음속에 품고 언제든 기회가 있을 때마다 억울하게 죽은 그이를 생각하시게.

그대들은 꽃과 나무, 구름이며 조개처럼 세상이 어여삐 여기는 것들을 이름으로 삼았더군. 그런데 자네들 이름을 아무 생각 없이 받아들이고 온전히 그 이름처럼만 처신해서는 안 될 일이네. 그대들이 이름처럼 어여쁘기만 한 존재로 사는 데 만족하면 그대들은 영원히 그 신세로 남게 될 거네. 그대들이 정신을 바짝 차리고 바르게 행동하지 않는다면 그대들은 해어화라는 말처럼 말을 알아듣는 꽃의 신세를 면치 못할 것이고, 남정네들의 눈요깃감이자 술자리의 흥을 돋우는 어릿광대밖에는 되지 못한다는 걸 명심하게. 그대들이 하늘이 내린 성과 명을 받은 귀한 사람이라는 걸 명심하고 그에 걸맞게 처신했으면 하네. 어떤가? 나는 초선의 일을 패설로 써서 그이가 잊히지 않도록 진력을 다할 테니 그대들도 그리 해주겠는가?"

대청의 기생들이 알았다고, 그리하겠다고 큰 목소리로 대답했다. 모임은 앞서 기생들이 매월을 통해 바친 자개함을 아영이 되돌려주는 것으로 마무리됐다. 아영은 귀한 물건을 선물한 건 고맙지만, 너무 값진 물건인데다 자신하고는 어울리지 않는 물건이니 마음만 받겠다며 자개함을 돌려줬다. 한편으로 아영은 초선이 지은 수자(壽字)무늬 댕기는 고맙게 받아 소중히 간직하고 틈날 때마다 드리겠다고 다짐했다.

그러자 매월은 돌려주신 자개함은 자신이 간직하고 있겠다고, 그러니 마음이 바뀌어 얘기만 하시면 언제든 다시 드리겠노라고 말했다. "아씨께서 패설을 쓰시는 데 온갖 잡다한 세상사가 도움이 된다고 들었사옵니다. 아씨께서 저희 천한 것들의 이야기를 하잘것없다 여기시며 귀 닫지 않으신다면 저희도 술자리에서 듣고 주연(酒宴)에서 겪은 별나고 재미있는 일들을 들려드려 아씨께서 글을 쓰시는 데 조금이나마 도움을 드리고 싶사옵니다." 말을 마친 기생들은 아영에게 하직 인사를 올렸고, 아영은 맞절로 기생들에게 작별을 고했다.

기생들이 하나둘씩 대청을 떠나려 할 때였다. 명월이 간곡한 얼굴로 아영에게 다가왔다. "아씨께 청할 게 있사옵니다." 자리를 뜨려던 기생들이 모두 걸음을 멈추고는 명월과 아영을 돌아봤다.

"청할 게 있다니, 무엇인가?"

"초선이 생전에 짓다가 만 시조가 있사옵니다."

아영은 고개를 끄덕였다. "그 시조 얘기는 나도 들었네."

대답을 들은 명월의 얼굴이 환해졌다. "그리하시면 아씨의 글재주로 그 시조를 완성해주십시오. 초선이 생전에 글재주 있는 분들을 그렇게도 부러워했습니다. 아씨께서 솜씨를 발휘하셔서 그 시조를 완성해주시면 저세상에 있는 초선이도 무척 기뻐할 겁니다. 간곡히 청하오니 헤아려 주십시오, 아씨."

아영은 잠시 생각에 잠겼다가 고개를 절레절레 저었다. "미안하네만, 그 청은 들어주지 못하겠네. 나는 그 시조를 완성할 수가 없다네."

뜻밖의 대답을 들은 명월이 어리둥절한 표정으로 물었다. "아씨처럼 재주 있으신 분이 그 시조를 완성하실 수 없다니요? 그게 무슨 말씀이십니까?"

"그런 시조는 재주로 쓰는 게 아니네. 시조에는 그 사람의 삶이 담겨야만 하는 법, 완성되지 못했다고 해도 그런 애틋한 시조는 그이가 겪은 가슴 아픈 사랑을 통해 나온 거라네. 그런 사랑을 해본 적이 없는 내가 어찌 그이가 쓴 애달픈 시조를 마무리할 수 있겠는가? 설령 그런 시조를 쓸 재주가 있다 하더라도, 그이의 마음이 담긴 시조가 가닿은 아득한 경지는 나로서는 가닿을 수 없는 곳이라네."

아영이 한 말이 무슨 뜻인지를 알아들은 명월은 슬픈 안색으로 "무슨 말씀이온지 잘 알겠사옵니다."라고 대답하고는 물러났다. 소나기가 다녀간 거리는 진창이 돼 있었다. 이제 기녀들은 진창이 된 길로 나서야만 했다. 아영은 무지개가 떠 있는지 보려고 무심결에 고개를 들었다. 하지만 기생들 중에 그런 이들은 아무도 없었다. 순진하게 하늘을 올려다봐야 무지개는 떠 있지 않을 거라고 철석같이 믿는 사람들처럼, 그들은 묵묵히 진창을 걸어갔다.

아영은 매월의 도움을 받아 화장을 지우고 다시 목욕을 했다. 몸을 꾸미느라 바른 분 냄새와 기생들과 같은 자리에 있다 보니 살며시 밴 사향냄새가 목욕으로 가셨으면 싶었다. 그리 돼야 아버지의 걱정이 조금이나마 줄어들 테니까.

매월은 아영의 몸을 씻어주는 동안, 자기 앞에서 아영의 글재주를 자랑하던 병욱 얘기를 꺼냈다. 병욱은 아영과 기생들의 자리가 파했다는 소리를 듣고는, 술도가 뒤쪽의 시냇가 정자에서 벌인 술자리를 정리하고 있었다. 언젠가 매월은 아영을 자랑하면서 취기가 살짝 돈 병욱에게 토라진 척 한마디 했다고 한다. "낭군의 아영 아씨 사랑도 참으로 대단합니다, 그려. 손녀 없는 사람은 어디 서러워서 살겠습니까?" 그러자 병욱은 빙긋 웃으며 대답했다고 한다. "명색이 사내대장부로 태어난 자(者)치고 청사(靑史)에 이름을 남기고픈 욕심이 없는 사람이 누가 있겠는가? 청운만리(靑雲萬里) 꿈을 품고 등용문(登龍門)을 오르고픈 포부가 난들 왜 없겠나? 그런데 나는 나를 잘 안다네. 연줄이 없으면 급제도 출세도 못하는 세상이 아니던가. 그렇다고 세상을 탓하는 건 아니네. 내가 보기에도 내 재주는 과거에 급제하기에는 딱 한 치가 모자란 재주라네. 밤마다 자리에 누워 곰곰 생각해보니, 그런 어정쩡한 재주로 이름을 청사에 남기는 건 무망(無望)한 일이라는 게 분명해지더군. 그렇다면 어찌 내 이름을 후대에 전할 수 있을까? 그랬더니 확실해지더란 말일세. 문창성의 글재주를 가진 우리 손녀가 쓴 글

232

에 이름이 남으면 그리 될 수도 있을 거라는 생각이. 비록 패설에 적힌 이름일지라도 말이네. 그러니 내가 그 아이 생각을 끔찍이 하는 건 당연한 일 아니겠나." 매월은 그게 농(弄)으로 한 말인지 진심에서 우러난 말인지를 가늠하기 어려웠다고 했다. 그러나 아영에게 그 말이 어느 쪽인지는 중요하지 않았다. 그 말을 듣고는 할아버지의 불우한 신세를 다시금 생각해보게 됐으니까.

목욕을 마치고 화장기를 걷어낸 아영은 올 때 입었던 옷으로 갈아입었다. 그러고는 선물 받은 댕기를 맸다. 댕기를 맨 이가 만수무강하기를 바라면서 정성껏 수자(壽字)를 수놓은 이는 지금은 돌아올 곳이 없는 곳으로 가버렸다는 게 떠오르니 안타까움을 주체할 길이 없었다.

아영은 매월의 집 대문에 섰다. 앞에는 여전히 진창길이 펼쳐져 있었다. 집까지 동행할 병욱이 어서 나오기를 기다리며 생각에 잠겼다. 앞으로는 눈이 내릴 때마다 초선과 그이를 불행하게 만든 사랑을 떠올리게 될 거라고. 그러고는 다짐했다. 글재주를 받는 대가로 문창성에게 왼손은 내주었지만, 자신에게는 여전히 붓이나 목탄을 쥐는 데 조금도 불편함이 없는 오른손이 있으니 이제부터는 그 글재주를 발휘해 세상을 올바르게 바꾸는 데 조금이나마 도움을 줄 패설을 쓰겠다고. 댕기를 지은 이의 바람에 따라 오래오래 쓰겠다고.

병욱이 조금 늦어지는 것 같았다. 어차피 집으로 가는 길은 뻔했다. 병욱은 조금 늦게 출발하더라도 얼마 안 가 아영을 따라잡을 것이다. 그래서 아영은 병욱이 나타나기를 기다리는 대신 진창을 향해, 그리고 그 너머에 있는 어떤 길일지 알지 못하는 길을 향해 한 걸음을, 그리고 다음 걸음을 내디뎠다.

전기수 청유

　청유로 말할 것 같으면 "100년에 한 명 날까 말까 하는 하늘이 내린 전기수" 소리를 듣는 자(者)이니, 명불허전이라, 주위를 빈틈없이 몇 겹으로 에워싼 구경꾼들을 앞에 놓고 세 치 혀와 얼굴과 두 팔과 부채를 천리마의 다리처럼 날래게 놀려 구경꾼들 쌈지에 든 엽전을 털어내는 것을 업(業)으로 삼는 전기수(傳奇叟)로서는 고금을 통틀어 상대할 자를 찾기 힘들 거라는 소문은 결코 뜬구름 같은 헛소리나 허풍이 아니었다. 그의 재주를 직접 보고 듣지 못한 이들 중에는 세상을 속고만 살았는지 "청유라는 자가 그토록 뛰어난 전기수란 말인가?"라며 고개를 가웃거리는 이도 있을 것이나, 그런 이를 상대로 소문은 절대 부풀려진 게 아니라는 데 500냥을 거는 내기를 하더라도 겁날 게 전혀 없노라 장담할 사람을 모으면 드넓은 운종가(雲從街)를 가득 채우고도 남으리라.

그런데 도성에 사는 사람이라면 코흘리개부터 머리 허연 노인까지 모르는 사람이 없다는 청유건만, 정작 청유에 대해서는 알려진 게 거의 없었으니, 고향이 어디이고 나이가 몇인지 같은 신상에 대한 것부터 청유라는 이름이 본명인지 전기수 일을 하느라 내세운 이름인지까지 제대로 알려진 게 하나도 없었던 것이다. 청유라는 이름의 뜻도 마찬가지였다. "청산유수(靑山流水)를 줄인 것"이라는 말이 성내에 파다했지만, 정작 청유는 "맞느냐?"고 누가 물을 때마다 빙긋 웃기만 할 뿐 가타부타 대답을 하는 법이 없었다.

세상이 확실히 아는 건 청유가 전기수 일을 처음으로 시작한 때와 장소로, 겨울이 지났건만 불어오는 바람에 아직도 실려 있는 한기 탓에 절로 몸을 움츠리게 되는 경칩(驚蟄, 양력 3월 5일) 무렵에 온갖 물화(物貨)를 싣고 한강을 거슬러 온 조선 팔도의 배들이 정박해 짐을 부리고 싣는 마포나루 끄트머리의 한적한 곳이었다. 충청도에서 실어 온 갖가지 젓갈을 일찌감치 팔아치우고는 서너 시진 뒤에 배가 다시 뜰 때까지 심심파적할 거리를 찾던 장사꾼들이 구경꾼이 아무도 없어 썰렁한 냉기가 감도는 청유의 주위에 자리를 잡았다. 시답잖은 얘기라도 들으며 따분함을 달랠 요량이었다.

그런데 그들이 편한 자세로 자리를 잡은 순간, 계집이 아닌가 싶을 정도로 곱상하게 생긴 청유가 깃털이 곱게 장식된 부채를 사뿐히 들어 올려 쫘악 펴더니 옥구슬이 은쟁반을 굴러갈 때 날 듯한 낭랑한 목소리로 춘향과 몽룡이 처음으로 눈을 맞추는 이야기를 들려주기 시작했다. 그러자 별 기대 없이 퍼져 앉아 있던 장사꾼들은 자기도 모르게 몸을 곧추세우고는 청유에게서 눈과 귀를 떼지 못하는 신세가 돼버렸고, 푸르른 산속을 거침없이 흘러가는 물처럼 청유의 입에서 수울술, 수울술술 흘러나오는 이야기를 들으려는 사람들이 몰려들어 청유의 주위는 어느 틈엔가 송곳 꽂을 틈도 찾아내기 힘들게 되고 마포나루는 파장(罷場)한 것처럼 사람 찾아보기가 쉽지 않은 지경에 이르렀다.

그날부터 청유는 귀신처럼 사람을 홀린다는 재담을 들으러 모여든 이들의 얼을 빼놓으면서 그이들의 넋과 쌈지를 마음대로 쥐락펴락했다. 청유가 분기탱천한 표정과 말투로 영웅호걸들이 한 하늘을 지고 살 수 없는 철천지원수와 선량한 백성들을 괴롭히는 탐관오리들을 상대로 의협심을 발휘하는 이야기를 쏟아낼 때면 듣는 이들은 금방이라도 못된 놈들에게 주먹을 날리려는 심정으로 무심결에 주먹을 불끈 쥐었고, 동지섣달의 두꺼운 얼음장도 녹일 것 같은 훈훈한 표정으로 사내계집이 정분이 나서 벌이는 그렇고 그런 얘기를 나긋나긋하게 풀어낼 때면 거기에 녹아난 사람들은 따스한 봄바람에 나른해진 듯한 기분에 젖어서는 절로 헤벌레 벙긋거리기 일쑤였다. 행여 청유가 서글프고 애달픈 이야기를 마음먹고 쏟아내기라도 하면 구경꾼들이 흘린 눈물이 바다를 이뤄 청계천으로 흘러드는 바람에 물난리가 날지도 모른다는 걱정도 한낱 능청스러운 너스레로만 듣고 넘길 수는 없는 지경이었다.

청유가 풀어놓는 이야기가 그때껏 귀가 닳도록 듣고 또 들은 이야기일지라도, 다음에 무슨 일이 벌어지고 어떻게 끝날 것인지를 뻔히 아는 이야기일지라도, 청유의 입을 통해서 나오기만 하면 그 이야기는 생전 처음 듣는 이야기처럼 들렸다. 그리고 청유의 이야기에 일단 빠져든 구경꾼들은 헤어 나올 길을 도저히 찾지 못했다. 『춘향전』을 들려주던 청유가 춘향이 칼을 쓰고 변학도의 생일잔치에 불려와 '목숨을 잃을지언정 정절을 잃지는 않겠다'는 결심을 내보인 대목에서 느닷없이 자물쇠를 채운 것처럼 입을 꾹 닫아걸면, 구경꾼들은 춘향이 이야기를 이제야 처음 듣는 사람들마냥 어쩔 줄 몰라 하며 가련하고 딱한 춘향이의 앞날이 어떻게 될지를 한시라도 빨리 알고 싶어 미칠 지경이 돼서는 뭐에 홀린 사람처럼 부리나케 쌈지에 손을 넣어 와락 움켜쥔 엽전을 몇 개인지 세어볼 생각도 않고는 이야기를 어서 계속해 달라 하소연하는 표정으로 절간에서 시줏돈 올리듯 정성스레 청유에게 바치기 일쑤였다. 그러니 청유가 자리를 깔았다 하면 주막 안주상의 새우젓국물이 묻은 짭짤한 엽전이며 탁주잔 기울이던 손가락으로 문질러댄 탓에 달짝지근한 냄새가 나는 엽전이며 할 것 없이 온갖 엽전이 청유의 옆에 쌓여 산을 이뤘다.

그렇게 날이 흐르고 달이 저무는 사이, 중요한 대목에서 청유의 입에 느닷없이 채워지는 자물쇠를 열려고 엽전이 날아들 때면 태산이 무너지는 듯한 소리가, 용 아홉 마리가 승천했다는 구룡폭포에서 폭포수가 떨어지는 듯한 소리가 장터를 쩌렁쩌렁 울렸다. 해가 뉘엿뉘엿 기울어 청유가 자리를 접으려 할 때 쌓인 엽전의 양은 처음에는 만만치는 않아도 청유 혼자 포대자루에 담아 거뜬히 옮길 수 있을 정도였지만, 닷새가 지나고 열흘이 지나고 보름이 지났을 즈음에는 장정 몇이 달라들어도 힘이 부쳐 소가 끄는 수레까지 동원해야 할 지경이었다.

청유는 마포나루에 그리 오래 있지 않았다. 적토마를 타고 달리는 듯한 기세로, 대나무를 쪼개는 듯한 기세로 한양 복판을 향해 나아갔다. 청유의 자리는 마포나루에 처음 나타나고 보름쯤 지났을 때는 숭례문 밖 칠패(七牌)시장으로, 다시 보름쯤 지나서는 숭례문 안 주막거리로 바뀌었고, 땡볕을 피해 그늘을 찾아 들어가고 싶어지는 입하(立夏, 양력 5월 5일) 무렵에는 마침내 전기수의 자리로는 조선 팔도에서 제일 좋은 목이라는 광통교에 이르렀다. 청유가 마포나루에 처음 자리를 깔았을 때부터 광통교까지 진출하는 데 걸리는 기간은 두어 달 남짓이었다.

전기수로 지낸 세월만 따지면 풋내기나 다름없는 청유가 그렇게 목 좋은 자리를 차지하려 들면 원래 그 자리의 주인이었거나 청유를 시샘하는 자들 중에 험담을 퍼붓거나 완력을 쓰는 등의 텃세를 부리는 자들이 있을 법도 하건만, 청유의 명성이 워낙 드높고 전기수로서 발휘하는 솜씨가 탁월하다 보니 장안의 전기수들 중에 청유에게 이렇다 저렇다 싫은 소리를 하는 자는 아무도 없었다. 쏠쏠한 자리를 내주고 밀려난 전기수조차 청유의 솜씨와 재주를 부러워할지언정, 그걸 인정하지 않을 도리는 없었던 것이다.

광통교에 자리를 잡을 무렵, 청유는 더 이상은 혼자가 아니었다. 꼭 두새벽에 나와 자리를 정갈히 청소한 다음에 한낮에 내리꽂힐 따가운 햇볕을 가려줄 차일을 치고 자리를 펴는 일만 하는 일꾼이 있었고, 구경꾼들의 쌈지를 노리는 못된 놈들이 꼬이는 걸 단속하며 행여 불미스러운 일이 일어나지 않도록 구경꾼들을 정리하는 일꾼이 있는가 하면, 청유가 틈틈이 목을 적실 수 있게 시원한 냉수와 따끈한 꿀차를 갖다 바치는 일꾼과 하루가 파했을 때 우마차를 끌고 와 엽전을 실어 나르는 일만 하는 일꾼도 있었다.

청유는 그런 일꾼을 여럿 두는 게 당연하다 싶으리만치 장안의 엽전이라는 엽전은 다 긁어 들일 기세였다. 다른 볼일이 있어 한양을 찾았다가 청유의 명성을 듣고는 귀향하기 전에 좋은 자리에서 청유의 얘기를 들어보고 가려고, 청유하고 조금이라도 가까운 자리를 잡으려고 광통교 아래에서 노숙을 하는 사람이 생기기도 했다. 그렇게 한양의, 나아가 조선 팔도의 전기수 바닥을 평정하던 청유가 광통교에 모습을 나타내지 않으면서 감쪽같이 자취를 감춘 것은 백로(白露, 양력 9월 7일) 즈음이었다.

민기는 사괴석(四塊石)으로 높이 쌓은 담장을 짚고는 가쁜 숨을 고르려 애썼다. 아침에 집을 나설 때만 해도 근심스런 눈으로 배웅하는 병욱과 아영에게 걱정 말라며 허리를 쭉 펴고 실로 오랜만에 집밖의 맑은 공기를 원 없이 들이쉬었건만, 채 네다섯 시진이 지나기도 전에 북촌(北村) 한복판에서 걸음을 걷는 것이, 아니 가만히 서 있는 것조차 쉽지 않은 일이 되다 보니 낭패도 이런 낭패가 없었다.

아침에는 정말로 몸이 가뿐했었다. 실로 오랜만에 느껴보는 가뿐함이었다. 병석에 눕는 바람에 바깥출입을 제대로 못한 지 몇 년 만의 일이었다. 숨도 가쁘지 않고 기침도 나지 않았으며 사지가 그리 가벼울 수가 없었다. 그토록 괴롭히던 폐병이 이제는 제풀에 지쳐 나가떨어졌나 보다 싶어 하늘을 날 것만 같은 기분이었다. 그래서 민기는 병욱과 아영의 만류도 뿌리치고 북촌을 찾아 동문수학하던 사형(師兄)과 사제(師弟)와 지기(知己)를 만나 회포를 풀겠다며 길을 나선 거였다. 병문안을 온 사람들로부터 얘기를 듣고 틈틈이 날아드는 서한(書翰)을 보며 상상했던 세상 돌아가는 모습을 두 눈과 두 귀로 직접 보고 들을 셈이었다.

몇 년 만에 처음으로 직접 접해본 세상은 고질병에 시달리기 전하고 달라진 게 없는 듯했다. 입궐(入闕)할 때 지나던 길의 화사한 햇살도 그대로였고, 운종가의 전방들에서 나는 특유한 냄새도 그대로였다. 지나가는 사람들의 얼굴은 달라졌을지언정 그들이 풍기는 분위기는 변한 게 전혀 없었다.

북촌은 병석에 눕기 전에 봤던 그대로였다. 모든 것이 반듯하고 높고 넓고 으리으리했다. 하다못해 민기의 삐쩍 마른 몸을 고스란히 빼닮은 채 돌담에 드리워지는 그림자조차 남촌에 드리워진 그것보다 더 근사해 보였다. 깔끔하게 청소된 골목으로 들어서는 민기의 등을 떠미는 바람도 더 산뜻한 느낌이었다. 그런데 솜털처럼 가벼운 걸음으로 나선 길이건만, 돌아가는 길에 오른 몸은 물 먹은 솜뭉치처럼 축축 늘어지면서 한없이 무거워지고 있었다.

민기는 이날 내내 정승이었거나 정승이거나 머지않아 정승이 될 이들을 만나 와병하는 동안 보내준 위로와 격려에 고맙다 인사하고, 그 사이 있었던 경축할 일은 경축하고 애석한 일은 애석해했다. 예전보다 조금 또는 많이 늙어 보이는 많은 이들이 예전하고 달라진 게 전혀 없는 마음으로 반가이 맞아준 것은 기쁘기 한량없는 일이었으나, 감투를 쓴 뒤로 생판 다른 사람이 된 벗 서넛이 마지못해 예의를 차리면서도 귀찮은 손님 때문에 심기가 불편하다는 기색을 대놓고 드러낸 것은 무척이나 가슴 아픈 일이었다.

민기는 북촌을 떠나는 때에 몸이 갑자기 나빠진 건 그이들에게 받은 쓸쓸한 대접 탓에 마음이 상해서 그런 것은 아닐 거라고 속으로 되뇌고 또 되뇌었다. 민기는 생각하고 또 생각했다. '막중한 과업을 짊어진 조정의 중신(重臣)으로서 정사를 돌보느라 바쁜 이들의 사정은 생각지 않고 오랜만에 얼굴을 보겠다는 철없는 생각으로 그이들의 귀한 시간을 빼앗은 내가 잘못이지, 어찌 그이들의 잘못이겠는가?'

"나리, 괜찮으십니까요?"

힘겹게 고개를 돌려보니 오전에 들른 이 판서 댁에서 민기를 사랑채로 안내했던 하인인 마당쇠가 걱정스러운 눈으로 쳐다보고 있었다. 민기의 입에서는 괜찮다는 대답이 나왔으나, 민기의 몸은 그렇지 않다고 대꾸하고 있었다. 사괴석에 드리운 민기의 가냘픈 그림자조차 곧 꺾일 듯 휘청거렸다.

민기는 마당쇠의 부축을 받아 북촌 초입에 있는 작은 정자까지 갔다. 정자에 앉아 숨을 돌리며 주위를 둘러보던 민기의 눈에 큰길가에 접해 있는 역관(譯官) 소강수의 옛집이 들어왔다. 한때는 궁궐보다 많은 사람이 북적거린다는 소리를 듣던 집이었다. 역관으로서 연경을 오가며 엄청난 부를 쌓고 대단한 위세를 떨치던 소강수가 어느 순간 가세가 급격히 기울면서 결국은 북촌에 있는 집도 건사하지 못하는 신세가 돼 몇 달 전 야반에 소리 없이 사라졌다는 얘기를 들은 적이 있었다. 인생사 일장춘몽이고 새옹지마라는 것을 이보다 더 잘 보여주는 일도 없을 터였다.

민기가 오른쪽에는 조용한 북촌을, 왼쪽에는 왁자지껄한 관인방(寬仁坊: 지금의 인사동 일대)을 두고 소 역관의 집을 보며 상념에 잠겼을 때였다. 울긋불긋한 광대 차림에 흥을 돋울 때 쓰는 장구와 해금 같은 악기를 든 재인(才人) 여럿이 관인방 쪽에서 나타나 소 역관의 집으로 우르르 몰려가는가 싶더니, 잠시 후에는 푸짐한 상을 몇 상 차리고도 남을 것 같은 갖가지 남새와 푸새를 잔뜩 담은 소쿠리를 인 아낙들이 떼 지어 그리로 들어갔다. 조금 뒤에는 건어물이 가득 담긴 광주리를 인 아낙이 허겁지겁 그리로 뛰어가는 게 보였다.

"저기 소 역관이 살던 집, 지금은 누가 사는지 아는가?" 민기는 손가락으로 가리키며 물었다.

볼일을 보러 가고 싶어 슬슬 조바심을 내며 민기를 어떻게 해야 하나 눈치를 보던 마당쇠는 민기가 가리키는 집을 보고는 그런 질문을 받은 것이 반갑다는 기색으로 입을 열었다.

"저 집은 지금은 극락재(極樂齋)가 됐습죠."

"극락재? 주인이 누구이기에 집에 그런 괴이한 이름을 붙였단 말인가?"

"누가 붙였다기보다는… 동네사람들이나 오가는 사람들이 다 그리 부르다 보니 그렇게 굳어진 것입죠." 마당쇠가 궁금하다는 눈빛으로 물었다. "나리, 혹시 청유라고 들어보셨습니까요? 광통교에서 날리던 전기수인뎁쇼."

"청유? 전기수?" 곰곰 생각해보니 병문안을 온 사람들에게서 몇 번 들어본 적이 있는 이름이었다.

"몇 달 전에 장안을 뒤집어 놓은 전기수입니다요. 그런데 그 청유가 말입니다, 달포 전에 저 집을 사서 이사 들어왔지 뭡니까. 한데나 다름없는 길바닥에서 구멍 난 쌈지에 딸랑거리는 엽전 몇 개 넣은 주제에 툭하면 싸움질이나 해대는 무지렁이들 상대하는 짓거리가 지긋지긋해 때려치웠다는 소리가 돌던데, 광통교 뜨고 얼마 지나지 않아서 저 집을 사들였습죠. 소문으로는 옛날 소 역관 못지않은 거부(巨富) 변 생원한테서 빌린 돈으로 산 거라는데, 그 내막을 누가 알겠니까요. 아무튼 청유가 저 집을 으리으리하게 꾸민 다음에 하늘이 내렸다는 혀놀리는 재주를 직접 보고 들을 수 있다면 금덩어리며 은덩어리며 아끼지 않고 내놓을 고상하신 대갓집 마님들을 모셔 극락 구경을 시켜드릴 작정이라는 소문이 자자합니다. 사람들이 저 집을 극락재라고 부르게 된 연유가 그것입죠." 말을 마친 마당쇠는 살짝 배알이 꼴린 기색으로 궁시렁거렸다. "광통교에서 청유가 늘어놓는 재담을 들어본 적이 딱 한 번 있는데, 이제 우리 같은 천것들이 그 재담을 들어볼 일은 죽어도 없을 테지요. 사람들 말마따나 청유가 정말 물건은 물건이었는데… 하긴 제가 청유라도 먼지 풀풀 날리는 광통교보다는 비바람 걱정 없는 고래 등 같은 기와집에서 재주를 부리고 싶을 겁니다. 누군들 안 그렇겠습니까?"

얘기를 듣고 보니, 청유라는 자(者)는 혀 놀리는 솜씨 못지않게 재물을 굴리고 불리는 수완도 뛰어난 듯했다. 지아비들이 입조(入朝)하고 나면 한낮이 마냥 무료하기만 할 대갓집 마님들에게 집밖에서 별미와 다담을 즐기고 입담 좋은 자가 들려주는 재담(才談)에 폭 빠져 세상 시름을 잊을 수 있는 아늑한 자리를 마련해주는 것으로 목돈을 챙긴다는 돈벌이 계획은 나빠 보이지 않았다. 그런 집을 얻고 꾸미는 건 상당한 돈이 들어가는 일이므로 처음에는 부담이 만만치 않겠지만, 소문대로 하늘이 내린 재주를 가진 자라면 본전을 뽑고 이문을 보는 것이 그리 어려운 일은 아닐 성싶었다.

청유가 소 역관의 집을 사들인 이유도 수긍이 됐다. 크고 넓다는 이유가 제일 크겠지만, 다른 특징도 썩 마음에 들었을 터였다. 민기는 소 역관의 집에는 옆문과 뒷문이 다른 집보다 유난히 더 많다는 걸 알고 있었다. 소 역관과 떳떳치 못한 일을 꾸미려는 자들이 남들 눈을 피해 드나들 때 쓰던 것들이었는데, 이제 그 문들은 북촌 마님들이 큰길가의 대문으로 들락거리다 사람들 눈에 띄어 입길에 오르내릴 걱정 없이 남몰래 저 집을 들락거리게 해주는 데 쓰일 것이다.

그때 민기의 머릿속에 떠오르는 광경이, 소리가 있었다. 패관인 그가 올린 잡기를 읽는 낙에 산다며 그의 노고를 치하하던 중에 잡기에 담긴 내용을 떠올리고는 역시 그 글을 읽은 주위사람들에게 새삼 유쾌한 목소리로 "참으로 재미나지 않았느냐?"고 물으며 뜻을 같이 하기를 바라는 중궁전(中宮殿)이 떠오른 것이다. 청유가 대갓집 마님들에게 들려주는 얘기는 어떤 얘기일지 궁금했다. 그 얘기들도 지난날 자신이 올렸던 글만큼이나 사람들을 재미있게 해줄는지 궁금했다. 패관이 쓴 글을 눈으로 읽는 것과 전기수의 목소리를 통해 이야기를 듣는 것은 과연 어떻게 다른지, 똑같은 이야기라면 더 재미난 쪽은 어느 쪽인지도 마찬가지였다.

마당쇠가 헛기침을 해댔다. 마당쇠가 불편해하는 기색을 그제야 눈치 챈 민기가 고맙다고 치하하며 이제 그만 가서 볼일을 보라는 말을 막 하려던 참이었다. 행색과 하는 짓이 하나같이 껄렁껄렁한 예닐곱 명이 관인방 쪽에서 요란을 떨며 나타났다. 한눈에 봐도 왈짜들인 게 분명한 패거리는 가는 길을 막는 거추장스러운 사람들을 험악한 낯빛으로 쏘아보아 사람들이 알아서 길을 비켜주게 만들면서 극락재를 향해 성큼성큼 걸어갔다. 서슬 퍼런 분위기에 잔뜩 주눅이 든 사람들은 잽싸게 으슥한 곳으로 자리를 옮기면서도, 조금 있으면 괜찮은 구경거리가 생길 거라는 예상에 그 광경을 조금도 놓치지 않으려 왈짜들에게서 한 순간도 시선을 떼지 않았다. 순전히 까마귀 날자 배 떨어진 격이겠지만, 북촌의 어느 집에서 키우는 비둘기들이 떼를 지어 푸드득 날아오른 것도 왈짜들의 우악스런 기세에 놀라서 그러는 것만 같았다.

"쇠심줄 저놈 저거…." 재미 쏠쏠한 구경거리가 생길 거라는 기대에 볼일 보러 갈 생각도 까먹은 마당쇠가 혼잣말로 중얼거렸다.

"쇠심줄? 그게 뭔가?" 민기가 물었다.

"아, 예. 저 패거리 맨 앞에 있는 험상궂게 생긴 놈이 쇠심줄입니다요. 관인방 백탑(白塔, 원각사지 10층 석탑) 근처에서 창기(倡妓)들 뒤를 봐주는 조방꾼 노릇도 하고 주변의 전방(廛房)들을 보호해준답시고 돈 뜯어먹는 짓도 서슴지 않는 못된 놈이죠. 돈 나올 구석이 눈에 띄기만 하면 찰싹 달라붙어서는 쇠심줄처럼 질기게 돈을 뜯어먹는다고 해서 그런 별명이 붙었습죠. 근데 관인방에서나 설치지 여기 북촌에는 얼씬도 않던 놈이 어째서 백주대낮에 저리 당당하게 패거리를 몰고 오는지 영문을 모르겠습니다."

민기는 왈짜 패거리가 뿌연 먼지를 날리며 극락재로 향하는 걸 보면서 청유라는 전기수에게서 자릿세를 뜯어내려 저러는 거라고 짐작했다. 뒷골목에서 싸움으로 잔뼈가 굵은 자들인 게 역력했는데, 청유가 광통교에서 자리를 깔았을 때 청유의 뒤를 봐준다는 명목으로 돈을 뜯은 자들일 공산이 컸다. 그런 자들이 중인환시(衆人環視)리에 자기들

동네도 아닌, 고관들과 부호들이 사는 곳인 북촌으로 쳐들어온 건 지금 당장 돈을 뜯어내겠다는 심산에서 하는 짓은 아닐 것이다. 북촌에 터전을 마련하면서 판을 크게 키운 청유는 이제 놈들에게는 놓치려야 놓칠 수가 없는 화수분일 터였다. 그러니 놈들이 몰려온 건 청유가 자리를 까는 곳이 어디이건 청유는 자기들 소관이라는 걸, 시쳇말로 청유에게 침을 바르는 걸 온 세상에 알리려는 수작일 것이다.

사람들이 수군거리며 패거리의 뒤를 따라 극락재로 슬금슬금 한 걸음씩 모여들던 때였다. "입춘대길(立春大吉)"과 "건양다경(建陽多慶)"이라는 글귀가 한 짝씩 붙어있는 극락재의 대문이 끼익 소리를 내며 열리더니 수염을 근사하게 기른 풍채 좋은 사내가 패거리를 기다렸다는 듯이 뚜벅뚜벅 걸어 나왔다. 사내의 손에는 얼굴 높이의 봉(棒)이 들려 있었다. 그런데 대문에서 고작 두어 걸음을 내딛는 짧은 사이에도 사내가 뿜어낸 기운은 사방 수십 걸음을 천근의 바위처럼 짓눌렀고, 그러자 조금 전까지만 해도 거칠 것이 없던 왈짜 패거리의 걸음은 순식간에 납덩이를 달아놓은 것처럼 굼벵이걸음이 돼버렸다.

민기는 "봉을 든 사내"를 본 순간 떠오르는 이름이 있었다. 그런데 극락재 대문까지는 거리가 좀 됐기에, 그 사내가 자신이 생각하는 사람이 맞는지 확인하기는 어려웠다. 그렇다고 점점 더 긴박해지는 판국에 "조금 더 가까운 곳에서 보고 들을 수 있게 내 몸을 부축해 가까이로 가달라"고 마당쇠에게 당부하는 것도 어려운 일이었다. 민기가 어쩔 도리 없이 그 자리에서 신경을 잔뜩 곤두세워 지켜보는 동안, 패거리는 봉을 든 사내의 몇 걸음 앞에서 걸음을 멈췄다. 패거리를 멈춰 세운 쇠심줄이 한껏 으스대며 봉을 든 사내를 향해 나아갔다. 쇠심줄이 핏대를 잔뜩 세워가며 뭐라 뭐라 떠들어대는 모습은 보였지만, 낮은 소리로 으르렁거리는 데다 거리가 좀 있는 탓에 무슨 소리인지 알아듣기는 쉽지 않았다. 봉을 든 사내가 몇 마디 짧은 말로 대꾸하는 게 보였는데, 쇠심줄은 그 대답이 영 마뜩지 않은 눈치였다. 멀리서 봐도 말로는 풀릴 상황이 아닌 것은 분명했다. 천천히, 조금씩 뒷걸음질을 치던 쇠심줄이 살벌한 분위기를 잔뜩 뿜어내는 패거리 쪽으로 고개를 살짝 돌려 뭐라고 짧게 외치자 왈짜들이 일제히 고함을 지르며 봉을 든 사내에게 달려들었다.

그러나 놈들의 허황된 기세는 구경하는 사람들에게나 통했지 사내에게는 조금도 먹히지 않았다. 패거리가 달려들면서 시작된 싸움을 구경한 사람들 중에 놈들과 사내와의 사이가 두어 걸음 안으로 좁혀진 이후에 일어난 일의 처음부터 끝까지를 하나도 빼놓지 않고 제대로 본 사람은 아무도 없었다. 사람들이 기억하는 건 왈짜들이 달려드는 모습, 사내의 봉이 땅에서 떨어지는가 싶더니 순식간에 허공을 가로로 긋고 세로로 가르고 사선을 그리며 오가는 모습, 그리고 그럴 때마다 무슨 영문인지 하나둘 풀썩풀썩 쓰러져 땅바닥을 뒹구는 왈짜들의 모습이 다였다. 민기는 멀리 떨어져 있는데도 쓰러진 왈짜들이 고통스러워 내뱉는 신음소리가 들리는 것 같았다.

쓰러진 놈들 중에 어디 한 군데 부러지거나 바스러졌다며 호들갑을 떠는 놈은 한 놈도 없었다. 그것만 보더라도 사내의 봉술 솜씨가 출중하다는 걸 알 수 있었다. 그렇게 날렵하게 봉을 놀리는 무사라면 왈짜들의 몸 몇 군데를 부러뜨리는 것은 어려운 일도 아닐 텐데, 사내는 왈짜들을 해치우면서도 큰 상처는 입지 않게끔 사정을 봐준 것이다. 그걸 보면서 민기는 사내가 자신이 짐작하는 그 사람이 맞는다는 걸 확신하게 됐다.

어느 틈에 사내는 아무 일도 없었다는 듯이 처음에 대문을 나올 때 보였던 늠름한 자세로 돌아가 있었다. 사내에게 덤벼들지 않은 덕에 흙투성이로 나뒹구는 망신을 피한 쇠심줄은 차마 사내에게 덤벼들지도 못하고, 그 많은 사람들 앞에서 꽁무니를 빼고 줄행랑을 치는 체면 떨어지는 짓을 하지도 못하는 난감한 처지였다.

난처해진 쇠심줄을 도와준 건 뜻밖에도 봉을 든 사내였다. 말없이 주위를 둘러보던 사내의 시선이 민기를 향했을 때였다. 민기를 본 사내는 살짝 당황한 기색이었다. 사내의 정체를 확신한 민기가 조금이라도 가까이 가보려고 하인에게 부축을 부탁하려는 찰나였다. 사내는 쇠심줄에게 낮은 소리로 몇 마디를 하고는 서둘러 극락재로 들어갔고, 쇠심줄은 쓰러진 패거리를 호통으로 다그쳐 일으켜 세우면서 자리를 정리했다. 극락재의 문을 두드려 사내의 얼굴을 확인하고 싶은 마음이 굴뚝같았지만, 민기는 자신의 몸 상태가 그런 상태가 아니라는 걸 잘 알았다. 민기는 집에 돌아가 조금 전 일을 당숙에게 알려야겠다고 생각하면서도, 지금의 몸으로 무사히 집에 갈 수 있을지가 걱정됐다.

남촌으로 들어가는 골목의 어귀가 보일 무렵, 민기는 몸도 정신도 제대로 가누지 못했고, 마당쇠는 그런 민기를 부축하는 게 점점 더 힘에 부쳤다. 차라리 업고 가는 게 낫겠다고 생각한 마당쇠가 "나리, 쇤네 등에 업히시지요"라고 권했으나, 민기는 뭐라는지 알아듣기 힘든 말을 웅얼거릴 뿐이었다.

남촌에 들어선 마당쇠가 홍문관 송 교리 댁이 어디인지 물으려고 지나가는 사람을 찾아 두리번거릴 때였다. 오후 수련을 마치고 돌아오던 병욱은 입성을 볼 때 대갓집 하인인 게 분명한 이의 등에 업혀 축 늘어진 갓 쓴 사내를 멀리서 보는 순간, 일이 생겼다는 걸 직감하고는 정신없이 달려가 마당쇠를 서둘러 집으로 데려갔다. 병욱은 지체 없이 방으로 뛰어 들어가 민기를 눕힐 자리를 깔았고, 부엌에서 저녁을 차리던 아영과 송곡댁은 업혀오는 민기를 보고는 찬물을 담은 대야와 수건을 챙겨 펄펄 끓는 민기의 몸을 식혀주려 안간힘을 썼다. 병욱은 그렇게 급박한 사이에도 이 판서에게 전후를 알리며 마당쇠를 칭찬하는 내용의 쪽지를 급하게 써서 쌈지에 있던 엽전 몇 푼과 함께 마당쇠에게 쥐어주고는 수고를 거듭 치하하며 돌려보냈다.

　고열에 시달리는 민기의 의식은 점점 더 희미해졌다. 민기는 의식이 아득해지는 동안에도 일렁이는 물에 비친 사람처럼 흔들려 보이는 병욱에게 북촌에서 본 무인(武人) 권정규 얘기를 들려주려 갖은 애를 썼지만, 걱정스레 간호하는 사람들 귀에는 그저 혼미해서 내뱉는 두서없는 헛소리로만 들릴 뿐이었다. 그러고는 잠시 후, 민기는 결국 의식을 잃었다.

　혼절한 조카의 상태가 심상치 않다고 판단한 병욱은 유의(儒醫) 고형순의 집으로 날아가듯 뛰어갔다. 민기가 병석에 누운 10년여 전부터 지금까지 쭉 민기의 병세를 살피며 알맞은 처방을 해준 형순만큼 민기의 몸과 병을 잘 아는 사람은 없을 터였다. 느닷없이 들이닥쳐 어서 가자는 병욱의 재촉에 형순은 진찰에 필요한 구급함(救急函)만 부리나케 챙기고는 병욱에게 끌려오다시피 왕진에 나섰다. 형순이 도착하자, 그 사이 민기를 보살피며 노심초사하던 아영과 송곡댁은 형순이 진찰할 수 있게 자리를 내주고는 마루로 나와 안타까운 눈으로 비좁은 방을 들여다봤다.

의식이 없는 민기의 곁에 앉은 형순은 급히 오느라 들뜬 몸과 마음을 진정시키느라 한동안 숨을 골랐다. 그러고는 세 손가락을 민기의 오른손과 왼손 손목에 번갈아 갖다 댄 후 눈을 감고 맥을 헤아렸다. 형순은 아무것도 없는 벽을 응시하며 머릿속에 떠오르는 생각을 웅얼거리며 정리한 끝에 결국 한숨을 내쉬었다. 자신의 입을 주시하는 병욱과 아영과 송곡댁에게 이런 얘기를 해도 좋을까 고민하던 형순은 한없이 어두워진 낯빛으로 입을 열었다. "심화(心火)가 폐부(肺腑)를 범해 목숨이 위중한 지경이네."

"위중하다는 게 얼마나 위중하다는 말이오." '설마'하던 대답을 들은 병욱은 따져 묻지 않고는 견딜 수가 없었지만, 조카가 '사경(死境)을 헤매고 있다'는 건 굳이 형순의 입을 통해 듣지 않더라도 알 수 있는 일이었다. 병욱이 장탄식하는 동안, 아영은 갑자기 일을 당한 터라 심경이 복잡하기 그지없어 어떤 반응을 보여야 옳은 건지 갈피를 못 잡고 있었다.

"근래에 이 친구가 크게 상심할 만한 일이 있었던가?" 형순이 도대체 어쩌다 이런 지경이 된 건지라도 알고 싶어, 혹여 치료에 도움을 줄 지푸라기라도 잡을 수 있을까 싶어 물었다. 병욱과 아영은 아무리 기억을 더듬어 봐도 민기의 병세를 이토록 악화시킬 만한 일은 딱히 떠오르는 게 없었다. 형순은 오늘 오전에 오래간만에 가뿐해졌다며 밝은 얼굴로 북촌 나들이를 나간 것 말고는 요 근래 평소와 다른 유별난 일은 없었다는 얘기를 듣고는 누구에게 묻는 것인지 알기 힘든 말투로 의아해했다. "아무래도 북촌에서 무슨 일이 있었을 것 같은데… 그렇지 않고서야… 이 판서 댁 하인은 별일이 없었다고 했단 말인가? 아니, 별일이 없는데 갑자기 이리 병세가 악화되다니…."

그러나 우선은 민기를 살리는 게 급선무였다. 병욱과 아영은 한 목소리로 물었다. 어찌해야 하느냐고. 형순은 곤혹스러웠다. 그는 친구 송 교리의 집안 형편을 속속들이 알고 있었다. 청빈하게 살기는 했지만 생계를 꾸리는 데는 별 문제가 없던 민기의 집안은 부인이 출산을 하다 세상을 뜨고 민기가 앓아 누운 뒤로 가세가 급격히 기울었고, 그 뒤로는 아영이 글을 써서 벌어온 돈으로 근근이 입에 풀칠하며 살아가고 있었다. 그런 형편에 대고 이런 얘기를 해도 좋을까 싶어 머뭇거리던 형순은 사람들의 간절한 눈빛을 이겨내지 못하고 결국 힘겹게 입을 열었다. "때마침 충청도 속리산하고 강원도 오대산에서 캔, 이 친구 병증에 딱 알맞은 약재가 잘 아는 약방에 들어왔다는 얘기를 들었네."

아영은 형순의 머뭇거리는 태도에 약값이 만만치 않으리라는 걸 짐작했지만 거침없이 당부했다. 약값은 어떻게든 마련할 테니 그 좋다는 약재를 구해 약을 지어달라고. 그러자 형순은 "그러마" 대답하며 급히 동대문 근처 약방으로 향했다.

식구들 저녁을 차려주러 집에 돌아갔던 송곡댁은 고맙게도 다시 돌아와, 쏟아지는 별빛 아래에서 형순이 지은 약을 약탕기에 달여 줬다. 사발에 담긴 약을 수저로 떠서 입술을 적시는 식으로 민기에게 먹이는 건 아영의 몫이었다. 한밤중에 민기의 맥을 짚은 형순은 상태가 악화되는 건 막은 것 같다는 얘기와 함께 이튿날 오전에 다시 오겠다는 말을 남기고는 야경꾼이 돌기 전에 서둘러 귀가했다.

아영은 고열을 이기지 못해 끙끙거리는 민기의 곁에 앉은뱅이책상을 놓고 앉았다. 병구완을 하면서 밤을 새워 글을 쓸 작정이었다. 호롱불 불빛은 비좁은 방안을 가득 채운 어둠을 고작 몇 뼘만 밀어낼 정도로 약한데다 민기의 의식처럼 흔들거리기까지 했지만, 민기를 간호하는 틈틈이 글을 쓰는 아영에게는 없어서는 안 될 귀한 빛이었다.

아영은 병구완이 아니더라도 어차피 밤을 새워 글을 쓸 작정이었다. 아영은 지금 『청향전』 19권을 쓰는 중이었다. 아영을, 그러니까 '월영'을 유명하게 해주고 집안 살림을 건사하는 데 큰 몫을 해준 『청향전』은 언제부터인가 아영의 애물단지가 돼있었다. 『청향전』이 처음으로 인기를 얻고 어느 정도 시간이 지났을 때만 해도, 아영은 아무리 길어도 20권쯤에는 이 패설의 결말을 짓겠다고 마음먹고는 열과 성을 다해 글을 써나갔었다. 그런데 세책방 정 씨가 책을 더 내야 하니 섣불리 결말을 지어서는 안 된다고 목소리를 높일수록 그렇게 열심히 쓰던 글이 조금씩 지겨워지더니, 15권이 지날 때쯤부터는 청향의 이야기에 대한 아영 자신의 열의가 서서히 바닥을 보이고 있다는 걸 누구보다도 아영 자신이 절감하고 있었다.

그런데 글을 짓는 아영의 심정을 아는지 모르는지, 『청향전』에 대한 독자들의 반응은 줄곧 좋아지기만 했고, 그러면서 아영은 이 작품을 어떻게 끝내야 할지, 언제까지 써야 할지 깊은 고민에 빠지게 됐다. 어느 날인가는 청향이 정인(情人)을 찾아 금강산을 떠돌다 절벽에서 실족해 죽는 식으로 이야기를 끝내는 건 어떨까 생각한 적도 있었다. 청향을 딱하게 여기면서도 청향이 겪는 고초가 끝나는 건 결코 원치 않는, 도무지 이해하기 힘든 모순된 생각을 품은 독자들이 아영의 고막을 찢어버릴 듯 아우성을 칠 게 뻔하지만, 그런 곤경을 각오하면서까지도 『청향전』에 종지부를 찍고 싶은 게 아영의 솔직한 심정이었다.

그러나 고열을 이기지 못해 헛소리를 하며 식은땀으로 목욕을 하다시피 하는 아버지를 곁에 두고 글을 쓰는 지금, 『청향전』을 서둘러 끝내겠다는 생각은 뿌리째 뽑아 내팽개쳐야 하는 게 아영의 처지였다. 독자들이 열렬히 호응하는 『청향전』을 섣불리 끝냈다가 그 다음에 쓰는 글이 호응을 얻지 못하면 그나마 생계를 꾸리는 데 요긴하던 글 값마저 끊기는 암담한 상황이 벌어질까 두려워서였다.

아영이 속상한 건 글 때문만이 아니었다. 민기에게 먹일 약을 직접 짜지 못하는 신세도 한스럽기 그지없었다. 달인 약재를 약탕기에서 꺼내 삼베보자기로 싼 후 막대들을 보자기에 엇갈리게 걸어서 돌려 약을 짜야 하는데, 왼손이 조막손인 아영은 막대들을 양손으로 잡고 한약을 짤 방도가 없었다. 할 수 없이, 민기에게 올릴 약을 짜내는 일은 병욱이나 송곡댁에게 맡길 도리 밖에 없었다. 요즘 들어 아영이 이때만큼 자신의 조막손을 한스러워 했던 적은 없었다. 반면, 송곡댁은 삼베보자기로 싼 약재에서 물기가 거의 느껴지지 않을 정도로 약기운이 담긴 마지막 한 방울까지 알뜰하게 짜내서는 아영의 부러움을 샀다. 아영은 글을 쓰는 틈틈이 민기가 기력을 찾고 나면 자신의 두 손으로 직접 탕약을 짜내는 법을 송곡댁과 함께 궁리해보기로 마음먹었다.

민기는 헛소리를 하는 횟수는 줄었지만, 여전히 의식을 못 찾고 있었다. 민기가 병석에 누운 지 사흘이 지났을 때였다. 아영과 송곡댁이 마당에서 부채질을 하며 정성껏 약을 달일 때, 여기가 '월영 낭자' 댁이 맞느냐고 묻는 남자가 나타나더니, 같은 걸 묻는 다른 남자가 곧바로 나타났다. 낭자께 전할 전갈을 가져왔다는 것까지 똑같은 두 사람은 그런 말을 하는 서로를 신기한 듯 쳐다봤다. 두 사람이 똑같이 가져온 전갈은 "한때 광통교에서 재담을 늘어놓던 전기수 청유가 상의드릴 일이 있어, 모두가 혹하는 글을 지어 장안의 종잇값을 올리시는 고명한 월영 낭자를 삼가 직접 뵙고자 하오니 너그러이 허락하여 주십사" 하는 거였다.

아영이 물으니 한 명은 청유의 아랫사람으로 세책방 정 씨에게서 이곳 얘기를 듣고 찾아왔다고 했고, 다른 한 명은 매월의 아랫사람으로 매월과 연이 닿은 청유의 부탁을 들은 매월의 명에 따라 찾아온 거였다. 두 사람 다 아영에게 "이르면 내일 중으로 직접 만나 뵈올 수 있는 영광을 베풀어주실 수 있는지 가부를 알려주셨으면 하고, 만남을 허락하실 경우 내일 사시(巳時, 오전 9시~11시)에 댁으로 가마를 보내겠노라"는 청유의 말을 전했다. 아영은 두 사람을 보면서 청유가 자신을 한껏 예우한다는 걸 확연하게 알 수 있었다. 그냥 정 씨나 매월을 통해 이야기를 전해도 될 것을 특별히 사람을, 그것도 한 명이 아니라 두 명을 보냈다는 게 아영을 향한 청유의 정성이 지극하다는 걸 보여주는 증거였다.

아영은 청유가 어떤 사람인지 잘 알고 있었다. 그렇지만 무성한 소문만 들었을 뿐, 청유를 직접 본 적은 한 번도 없었다. 세책방을 다니러 가는 길에 광통교를 건널 때 그 옆에 구름같이 모인 사람들을 몇 번 본 적이 있었고, 사람들이 친 그 벽 너머에 장안의 화제라는 청유가 있다는 건 잘 알고 있었다. 그때마다 청유의 유명한 구변을 직접 들어보고 싶은 마음은 있었지만, 그 많은 사람들 사이를 비집고 들어가며 사람들에게 부대낄 엄두를 차마 내지 못했기에 청유를 직접 볼 기회는 없었던 것이다.

요사이 병욱은 민기를 보살피려고 평소보다 일찍 귀가하는 편이었다. 집에 들어선 병욱은 아영을 보자마자 "청유가 보낸 사람이 왔다 갔더냐?"고 물었다. 귀가하는 길에 매월에게 들렀다가 전갈 얘기를 들은 것이다. 병욱은 다른 것도 물었다. "어떻게 하겠다고 했느냐?"

아영은 그런 전갈을 받았을 때 고심 같은 걸 해볼 여유가 없는 지금 상황에서 그런 걸 묻는 할아버지가 잠시나마 원망스럽기까지 했다. 당연히 아영은 남자들에게 "가겠다"는 대답을 들려 보냈다. 청유가 무슨 꿍꿍이로 자신을 찾는지를 짐작했기에, 그건 당연한 대답이었다. 민기의 병세는 요 며칠 형순이 지어준 약 덕분에 조금씩이나마 차도를 보이고 있었다. 약재가 좋은 데다 약을 지은 사람의 솜씨도 좋은 탓에 효험이 있는 듯했다. 열도 많이 내리고 식은땀과 헛소리도 줄었다. 지금까지 먹은 약값, 그리고 앞으로 병석을 박차고 일어날 때까지 달여야 할 약값을 치르려면 돈이, 그것도 많은 돈이 필요했다. 그것도 급하게. 그러니 아영으로서는 청유가 내놓을 거라고 짐작한 제안을 이것저것 재고 따지고 할 여유가 없었다.

송곡댁은 찬간에서 밥을 지을 때마다 옆에서 한돌이를 봐주는 아영에게 빨래터나 장터에서 들은 세상 돌아가는 이런저런 이야기를 들려주고는 했다. 청유가 북촌에 있는 소 역관의 고대광실을 사들였다는 얘기를 보름쯤 전에 송곡댁에게서 들은 적이 있는 아영은 청유가 지금 '월영 낭자'를 찾는 이유가 무엇인지 짐작되는 바가 있었다.

아영이 남자들에게 한 대답을 들은 병욱은 "조신한 손녀"를 혼자 그런 자리에 보낼 수는 없으니 자신이 아영을 호위해서 같이 가겠노라고 했다. 아영은 병욱이 그렇게 나올 거라는 것도 짐작하고 있었다.

관인방에 매월의 전방이 있었다. 매월이 애고개에서 빚은 술을 사려는 도성의 상인들을 만나 흥정하는 곳으로 쓰려 마련한 곳으로, 전방 앞쪽에는 갖가지 술이 담긴 작은 항아리들이 옹기종기 놓여 있고, 그 뒤에 놓인 칸막이 뒤로는 아담한 대청과 적당한 크기의 방 몇 개가 있었다. 전갈을 들고 아영의 집을 찾아온 매월의 아랫사람은 매월이 "그곳을 청유 도령을 만나는 곳으로 써도 무방하다"는 뜻을 전했다며 그곳으로 모셔도 되겠느냐고 물었다. 아무리 생각해도 그만한 곳은 없을 거라 생각한 아영은 고개를 끄덕였다.

아버지 간호하고, 글 쓰고, 벽에 기대 선잠을 자며 밤을 보내고 맞은 이튿날, 몇 숟갈 뜨는 둥 마는 둥하며 아침을 먹고 얼마 안 있어 청유가 보낸 가마가 당도했다. 교(轎)꾼 두 명이 메는 지붕 있는 가마로, 아영은 사람들 눈을 크게 끌지 않는 수수한 가마라는 점이 마음에 들었다.

아영은 가마에 오르려 집을 나서기에 앞서 송곡댁의 손을 잡고 말했다. "이런 판국에 집을 비우고 자네에게 아버님 병구완을 맡기게 돼 미안하기 짝이 없네. 항상 신세만 지면서 이런 얘기를 하는 것도 면구스럽고."

"무슨 말씀을 그리 하세요, 아씨? 한가하게 놀러 가시는 것도 아니고, 중요한 일 때문에 가시는 거잖아요. 교리님 구완은 제가 잘 알아서

할 테니 염려 붙들어 매시고, 아씨는 하시러 가는 일 잘 성사시키는 것만 신경 쓰도록 하세요. 어서 가보세요, 어서." 아영을 가마로 이끌면서 하는 송곡댁의 한 마디 한 마디는 든든했다. 봉을 든 병욱이 옆에서 호위하는 가운데, 아영이 탄 가마를 번쩍 든 교꾼들은 머릿속에서만 울리는 장단에 맞춰 춤을 추는 것처럼 흔들흔들 걸음을 옮기며 관인방으로 향했다.

청유는 약조했던 시각보다 일찍 매월의 전방을 찾아왔다. 사람들 흥겹게 해주는 일에는 도가 튼 사람들인 매월과 청유는 전방의 마루에서 차를 마시며 나눈 환담으로 화기애애한 분위기를 전방 가득 피워냈다. 두 사람이 지푸라기로 새끼를 꼬듯 화제를 계속 이어가던 중에 전방 일꾼이 가마가 도착했다는 소식을 전했고, 청유는 그 소식을 듣기 무섭게 벌떡 일어나 서둘러 가마로 향했다. 가마에서 내린 아영이 매무새를 다듬고 막 전방에 들어서려는 순간에 전방에서 나온 청유는 병욱과 아영에게 깍듯하게 인사를 올리며 예를 차렸다. 곧이어 매월도 나와서는 두 사람을 반겼다. 평소에도 활달한 매월이지만, 지금은 한층 더 상기된 모습이었다. 매월은 상대를 즐겁게 해주는 솜씨가 자신보다 뛰어난 상대를 오랜만에 겪는 게 무척이나 즐거웠던 눈치였다.

말만 듣다 처음으로 본 청유의 인상은 누가 봐도 전기수라는 걸 알 수 있는 화려한 차림새만 튀어 보일 뿐, 생김새는 길에서 스쳐 지나가도 다시 눈길을 줄 일은 없을 것처럼 평범했다. 그런데 모두가 대청에 자리를 잡은 후 제대로 인사를 올리겠다며 병욱과 아영에게 큰절을 올리고 반듯하게 자리를 잡은 청유는 입을 열기 무섭게 예사사람으로는 결코 볼 수 없는 강렬한 인상을 풍기기 시작했다.

"드높은 명성을 들으며 흠모해오던 두 분을 이렇게 직접 뵙고 인사를 올리게 돼 기쁘기 한량없사옵니다. 소인 같은 미천한 자가 두 분을 뵙는 것보다 더 큰 경사가 어디 있겠사옵니까? 그저, 천한 놈이라 외면하지 마시고 너그러이 인사를 받아주시면 크나큰 광영이겠사옵니다. 소인, 저잣거리에서 혓바닥 놀리는 일로 먹고 살던 청유라 하옵니다." 병욱과 아영이 듣기에는 지나치게 낯 간지러운 인사말이었지만, 청유의 말투나 표정은 비아냥거리느라 그러는 게 아니라 진심에서 우러난 것이라는 게 느껴졌다. 설령 진심에서 우러나지 않았다 하더라도, 청유에게는 남을 한껏 추켜세우면서도 듣는 사람이 전혀 부담스러워하지 않게끔 만드는 재주가 있었다. 아영은 청유가 자기를 소개하면서 '먹고 사는'이 아니라 '먹고 살던'이라고 말했다는 사실을 주목했다.

청유는 말끝마다 아영을 '월영(月影) 아씨'라고 불렀다. 아영의 본명을 알고 있을 게 뻔한 데도 그랬다. 청유가 아영을 그리 부르는 건 자기 앞에 있는 아영이 아니라 만인(萬人)이 즐기는 글을 지어내는 월영 낭자에게 예의를 갖추기 위해서였고, 지금 이 자리에서 자신에게 중요한 사람도 아영이 아니라 월영 낭자라고 생각하기 때문이었다.

듣던 대로, 청유의 구변은 명불허전이었다. 청유는 '청산유수'를 줄여 만든 이름일 거라는 세간의 짐작은 근거 없는 얘기가 아니었다. 청유는 병욱을 향해 영웅호걸의 풍모와 인품을 타고났다는 소리를 "가까이 있는 사람"에게서 들었다는 말을 꺼내며 병욱부터 치켜세우기 시작했다. 병욱은 사람들에게 그런 얘기를 좀처럼 하지 않는 매월이 그런 실없는 얘기를 했나 싶어 매월을 힐끔 쳐다봤지만, 청유의 얘기에 푹 빠진 매월은 병욱의 눈길을 의식조차 하지 않았다.

청유는 그러고는 아영, 아니 월영 낭자에 대한 칭찬도 이어갔는데, 그걸 부풀리는 솜씨도 병욱에 대한 칭찬 못지않았다. 아영은 청유의 칭찬을 들으면서 낭패도 이런 낭패가 없다 싶었다. 아영 입장에서 이 자리는 꽤나 중요한 얘기를 주고받고 중요한 결정을 내려야 하는 자리였다. 그런데도 아영은 청유의 혀 놀림에 넋을 잃고는 청유가 하는 얘기가 무슨 뜻인지를 곱씹어볼 틈도 없이 연신 고개를 끄덕이고만 있었다. 어떻게든 정신을 차리려 애써 봤지만 아무 소용이 없었다. 아영은 내가 술에 취한 건 아닐까 생각도 해봤다. 이곳 전방의 앞쪽에 상당히 많은 술이 쌓여있는 터라 술 냄새가 적잖이 진동했다. 그러나 아무리 생각해봐도 자신을 취하게 만든 건 술 냄새가 아니라 청유의 말주변이었다. 듣는 사람의 혼을 빼놓는 실로 무서운 재주였다. 자리가 파한 후 집으로 돌아가는 가마에 오르기 전에 병욱이 혼잣말처럼 한 얘기에는 틀린 구석이 하나도 없었다. "세상의 모든 전쟁을 혀로만 치른다면, 저 자는 천하무적일 것이다. 어느 누가 감히 저 자를 꺾을 수 있겠느냐?"

청유는 소 역관의 집을 사들인 경위와 거기에 들어간 큰돈을 변 생원에게서 변통한 이야기, 장차 그 집에서 해나가려는 일에 대한 포부를 당당한 어조로 자세히 설명했다. "제가 그 집을 사들인 건 소인의 하찮은 재주나마 한껏 부려서 나라와 만백성에게 조금이나마 보탬이 되는 일을 하고 싶다는 생각 때문이었습니다." 청유에게서 들을 거라고는 생각지 못한, '나라와 만백성' 운운하는 뜻밖의 거창한 얘기에 병욱과 아영은 속으로는 적잖이 당황했지만, 그런 기색을 드러내지 않으려 애썼다. 청유는 두 사람의 표정은 아랑곳하지 않으며 말을 이었다.

"나라님께서 계시는 궁중에는 나라님을 보필해 막중한 나랏일을 하며 태평성대를 이루려 노심초사하는 충직한 중신(重臣)들이 계시지요. 그분들 댁에는 그분들을 내조하는 마님들이 계시고요. 생각 없는 사람들 눈에는 그런 마님들이 하는 일은 하찮아 보이고 눈에 잘 띄지도 않겠지만, 저는 그 마님들의 내조야말로 종묘사직과 만백성을 위한 실로 극히 중요한 일이라고 생각합니다. 그런 생각을 하면서 제 보잘것없는 재주로 마님들을 위해 해드릴 만한 일이 없을까 궁리하던 어느 날 이런 생각이 들었습니다. 헌신적인 내조를 하느라 심신이 지친 마님들께서 모처럼 느긋한 기분으로 모여 한 시진 동안 별세계를 즐길 수 있도록 해드리면 어떨까 하는 생각이 말입니다. 재담을 늘어놓는 소인의 미천한 재주를 보여드리는 데에만 그치지 않고, 흥겹기도 하고 애처롭기도 한 풍악도 곁들이고, 솜씨 좋은 숙수(熟手)가 조리한 맛난 식사와 다담을 즐기시는 자리도 마련하면 금상청화일 거라는 생각도 들고 말입니다. 그런 생각을 이어가다 보니 비록 한 시진에 불과한 찰나 같은 시간일지라도, 조정대신을 뒷바라지하는 마님들께서 살림살이의 시름을 다 잊고 즐거운 시간을 보내면서 가슴 속에 응어리진 게 있었다면 다 풀 수 있게, 체증이 있었다면 다 내려가게 해드리자, 그러고 나면 그분들께서는 이후로 더욱 더 정성껏 내조에 힘쓰실 것이고, 그분들의 지아비 분들은 종묘사직과 만백성의 태평을 위해 견마지로를 다할 것이니, 마님들을 제대로 모시는 것이야말로 천지신명께서 소인에게 맡긴 천명일지도 모른다는 생각에 다다랐지 뭡니까."

청유는 나라와 백성을 위한 충정만을 강조할 뿐 큰돈을 벌고 싶다는 등의 속되게 들릴 수도 있는 얘기는 한 마디도 하지 않았다. 청유는 광통교를 떠나 북촌으로 옮겨온 것에 대해 사람들이 어떤 말을 수군대는지도 잘 안다면서, 그런 얘기들은 자신의 속내를 제대로 알지 못한 사람들이 꾸며낸 이야기라며 억울함을 토로했다. "제가 광통교를 떠난 건 사람들 말처럼 그곳에서 제 재담을 즐기는 이들이 천한 사람이어서도, 더러운 손으로 문질러댄 탓에 악취가 코를 찌르는 엽전들을 그러모으는 일이 진저리가 나서도 아닙니다. 저는 그곳이 싫어서라기보다는 그곳에서 하는 일, 아니 하지 못하는 일 때문에 광통교를 떠난 것입니다. 겪어보셨으니 아시겠지만, 저는 이야기를 쏟아내면서 신명을 느끼는 사람입니다. 그런데 저 같은 놈이 신나게 이야기를 풀어내다 제일 짜릿하거나 흥겹거나 구슬픈 대목에서 이야기를 뚝 끊고는 입을 다무는 게 얼마나 고역인 줄 아십니까? 전기수의 업이라는 것이 그렇게 해서 사람들이 내놓는 돈을 챙기는 것이기에 어쩔 도리 없이 그리하기는 하였으나, 이야기를 도중에 끊는 일 없이 계속 이어가고픈 열망을 꾹꾹 누르며 입을 꼭 다무는 건 여간 힘든 일이 아니었습니다. 하루 이틀, 한 달 두 달, 그렇게 세월이 쌓이다 보니 속이 문드러지고 곪아터지는 것 같고, 그래서 제 명에 죽지 못할 것만 같더군요. 그래서 북촌에 터전을 마련한 겁니다. 돈푼을 벌겠다고 이야기를 끊는 일 없이, 재담을 쏟아내서 사람들을 웃고 울리는 일에만 오로지 열중할 수 있는 곳을 갖고 싶어서, 그렇게 해서 제 명대로 죽고 싶어서 말입니다."

말은 그렇게 했지만, 청유의 말투에서는 이 일을 거금을 챙기는 사업으로 키워가겠다는 야심이 은연중에 느껴졌다. 청유는 자신은 "멀리 보고 크게 보는 사람"이라면서, 이런 일을 할 때 돈을 아끼는 짓은 결코 해서는 안 될 일이라는 게 자신의 소신이라는 말도 했다. 이 자리를 마련하게 된 진짜 이유는, 아영이 짐작했던 바로 그 이유는 그런 말들을 다 마친 다음에 나왔다. 청유가 아영을 만나고자 한 건 마님들에게 들려줄 좋은 이야깃감을 얻기 위해서였다.

귀가한 아영은 자리가 파할 때까지 자신이 한 일이라고는 청유의 얘기에 빠져 연신 고개를 끄덕인 것밖에 없다고 생각했다. 그러던 끝에 자리가 파하자, 청유는 병욱과 아영을 배웅하겠다고 나섰다. 그러나 매월의 귓속말을 들은 병욱은 우리는 여기서 볼 일이 아직 남아 있으니 먼저 가라고 청유에게 권했고, 그러자 청유는 약조한 날에 댁으로 다시 가마를 보내겠다면서 깍듯하게 절을 올리고는 매월의 전방을 떠났다.

전방을 나선 청유는 북촌으로 이어지는 관인방의 골목으로 들어섰다. 골목에는 심상치 않은 기운이 가득했지만, 청유는 아랑곳하지 않는 눈치였다. 청유가 관인방에 들어선 한 시진쯤 전부터, 그 소식을 들은 쇠심줄과 수하들은 관인방의 모든 골목 어귀를 지키고 있었다. 돌아가는 청유의 일거수일투족을 주시하다 틈이 보이는 순간 청유를 덮칠 작정이었다. 그런데도, 청유가 마실 나온 사람처럼 느긋한 걸음으로 콧노래를 흥얼거리는데도 쇠심줄 일당은 선뜻 나서지를 못했다. 청유가 극락재를 나섰을 때부터 청유와 다섯 걸음에서 열 걸음 사이의 거리를 유지하며 따라온 사내 때문이었다. 삿갓으로 얼굴을 가린 봉을 든 사내는 태연하게 걸음을 옮기며 청유와 거리를 일정하게 유지하는 동안에도, 주위에서 일어나는 수상쩍은 움직임을 하나도 빼놓지 않고 감지하고 있었다. 청유가 극락재로 돌아갈 때도 마찬가지였다. 결국 청유는 이를 북북 가는 쇠심줄 일당을 약 올리기라도 하듯 느릿느릿 부채질을 해가며 당당한 걸음으로 무사히 관인방 골목을 헤집고 나가 북촌으로 향했다.

그 시간, 매월은 잠시 드릴 말씀이 있다며 붙잡은 아영을 방으로 안내했다. 병욱은 가마 옆에서 기다리겠다며 눈치껏 자리를 비웠다. 아영이 자리를 잡자, 매월이 옆에 있는 함을 끌어와서 열고는 안에서 묵직한 엽전꾸러미를 꺼냈다. "약소합니다." 매월은 엽전을 아영 앞에 내놓았다. "이러지 않아도 된다며 한사코 사양했는데도, 청유 도령이 '거간을 서셨으니, 그것도 귀중한 인연을 맺게 해주셨으니 구전(口錢)을 드리는 건 당연하고 마땅한 일이다'고 하기에 받은 겁니다. 쇤네가 한 일도 없이 이런 돈을 받는 건 도리가 아닌 것 같으니, 교리 나리 드실 약을 마련하시는 데 보태셨으면 합니다."

아영은 한편으로는 고맙고 한편으로는 비참한 심정이었다. 그러나 지금은 체면 같은 걸 따질 계제가 아니었다. "자네가 베풀어준 선덕(善德)과 마음씀씀이, 내 뼈에 새겨 잊지 않겠네." 고마움을 표한 아영은 엽전을 챙긴 후 전방에서 나와 가마에 올랐다.

병욱은 아영이 송곡댁의 도움을 받아 가마에서 내리기 무섭게 아영이 건네는 엽전꾸러미를 받아들고는 곧장 형순의 의원으로 달음박질쳤다. 그러고는 형순이 약재상에서 받아온 약재로 지은 약을 받자마자 다시 미친 듯이 집으로 뛰었다. 송곡댁은 한돌 부자의 저녁을 차리러 집에 가는 것도 마다하고 기다리다가 별이 밤하늘에 그득할 때까지 달인 약을 짜서 아영에게 건넸다.

삼경(三更. 오후 11시에서 오전 1시 사이) 무렵, 약을 먹은 민기의 표정이 한결 편안해졌다. 힘겹게 들이쉬고 내쉴 때 나던 거친 숨소리도 많이 차분해졌다. 아영은 그제야 한숨을 놓을 수 있었다. 그러나 아영은 긴장에서 벗어나 금방이라도 풀릴 것 같은 맥과 정신을 다잡고는 아버지의 병석 옆에 책상을 갖다 놓고 글을 쓸 채비를 했다. 어제 밤을 새우다시피해서 얼추 마무리해놓은 『청향전』19권의 문장들을 마저 가다듬은 아영은 동이 트면 세책방 정 씨에게 갖다 주기로 마음먹었다.

그렇게 『청향전』이라는 시름을 내려놓은 순간, 이때가 되기만을 기다리고 있었다는 듯이 청유가 안겨준 시름거리들이 득달같이 아영을 덮쳤다. 낮에 청유가 했던 얘기들이 뒤늦게 하나둘씩 떠오르면서 아영의 숨통을 조였고, 그러자 아영은 불안감에 익사하는 것처럼 정신이 아득해졌다. 청유가 하는 얘기를 깊이 생각해보지도 않고 무턱대고 고개만 끄덕인 게 후회됐고, 대책도 없이 그런 짓을 해댄 자신이 미워졌다. 아영은 자신이 뭣도 모르고 고개를 끄덕였던 청유의 얘기가 무엇이었는지 하나씩 헤아려봤다.

제일 먼저 떠오르는 건, 당연히, 글값 얘기였다. 전날 오후에, 아영은 송곡댁에게 아버지의 간호를 맡기고 잰걸음으로 세책방 정 씨를 찾아갔다. 패관이 전기수에게 이야기를 써 달라는 의뢰를 받아 글을 써줄 경우 글값으로 얼마를 받아야 하는 건지 알아보기 위해서였다. 세책방을 열고 20년 가까이 된 정 씨이기에 그런 사정에 능통할 거라 짐작했건만, 정 씨는 오랫동안 세책방 밥을 먹었지만 이런 경우는 한 번도 없었다고, 그러니 얼마를 받아야 마땅할지 도무지 가늠이 안 된다며 고개를 설레설레 저었다. "잘 생각해보시고, 아씨 생각에 알맞다 생각되는 액수의 두 배쯤 되는 액수를 부르도록 하십시오. 그러면 청유가 흥정을 하지 않겠습니까? 그렇게 흥정을 잘하셔서 적당한 액수를 받아내는 게 상책입니다." 그게 정 씨의 조언이었다. 정 씨는 그러고는 지나가는 말처럼 덧붙였다. "혹시라도 아씨께서 『청향전』하고 관련이 있는 이야기를 써줄 요량이시라면, 아씨, 지금까지 저하고 거래해온 의리를 생각하셔서라도 청유에게서 받은 글값을 저하고 나누는 게 도리가 아닐까 싶습니다. 그렇게 하실 요량이시면, 반드시 저하고 상의를 하셔야 합니다요." 별다른 소득도 없이 아버지 걱정에 서둘러 귀가한 아영은 글값으로 얼마를 불러야 할지를 밤새 고민했고, 그 고민은 가마를 타고 흔들흔들 매월의 전방으로 가는 동안에도 계속됐다.

아영은 물화 값을 놓고 열을 올리고 핏대를 세우며 흥정하는 건 양반의 체통에 어긋나는 천한 일이라는 생각에 동의하지 않았다. 그런데도 어찌된 일인지 막상 흥정을 하려고 할 때면 머릿속 어딘가에서 "양반가의 여식이 그런 짓을 하면 안 될 텐데…." 탄식하며 혀를 쯧쯧 차는 소리가 들리는 것만 같아 자신도 모르게 뒷걸음질을 치기 일쑤였다. 하물며 물화를 놓고 하는 흥정에 대한 생각도 그러한데, 신줏단지처럼 귀히 여기는 글을 놓고 벌이는 흥정이야 오죽하겠는가.

게다가 아영은 타고난 성품상 흥정하는 걸 힘들어했다. 어찌어찌 흥정을 시작했다가도 상대방이 내놓으려는 액수를 제시하고 짓는 불쌍한 표정을, 아니, 아영의 눈에만 불쌍해 보이는 표정을 보면 더 이상 고집을 부리지 못하고는 상대의 의향을 들어주는 쪽으로 흥정을 마치고는 했다. 그런데 흥정과 관련된 아영의 결정적인 문제는 '자기 글은 그리 대단한 게 못 된다'는 아영의 인식이었다. 아영은 자신의 글이,

자신의 글재주가 남들보다 조금 나을 뿐이지, 그리 대단하다는 생각을 해본 적이 생전 한 번도 없었다. 그러니 자기 글을 받는 대가로 많은 돈을 내놓으라는 주장을 자신만만하게 펼 수가 없었다.

이런 연유로, 가마가 매월의 전방에 도착했을 무렵 아영은 '아버지 약값 때문에 한 푼이 시급한 판국이지만, 나는 글값 흥정에는 젬병이니 결국 입심 좋다는 청유의 구변에 넘어가 보잘것없는 돈을 받고 글을 써주게 될 것'으로 예상하며 그 예상 탓에 우울해진 심사에 빠져 허우적대고 있었다. 그럼에도 아영은 가마에서 내리기 직전까지도 그런 내색을 전혀 하지 않으려 노력하는 한편, 어떻게든 악착같이 한 푼이라도 더 받아내야 한다고 속으로 다짐하고 또 다짐했고, 청유와 마주앉아 흥정하는 장면을 상상하는 것으로 불안과 초조로 요동치는 마음을 다잡았다. 가마에서 땅으로 발을 내딛는 그 짧은 순간에도 아영은 머릿속으로 '청유가 먼저 액수를 부르게 하고, 청유가 이만큼의 액수를 부르면 그 액수에 몇 할(割) 몇 푼(分)을 더 붙인 액수를 부르고, 청유가 그 액수를 깎으려 들면, 그 다음에는….' 하는 식의 그림을 열심히 그리고 있었다.

그런데 막상 청유를 마주하고 나자 그때까지 했던 고민은 다 쓸데없는 짓으로 판명됐다. 앞서 말한 대로, 청유는 통이 컸다. 좋은 이야깃감에는 돈을 아끼지 말아야 한다는 것이, 좋은 이야기가 있어야 더 많은 손님을 단골로 모실 수 있다는 것이 소신이라는 청유의 말은 빈말이 아니었다. 청유가 대수롭지 않은 듯한 말투로 제시한 액수가 이야기 하나에 쌀 세 섬(石)과 삼백 냥이었기 때문이다. 아영의 예상을 훌쩍 넘는 액수로, 받아냈으면 하고 바랐던 액수의 두 배가 훨씬 넘는 큰돈이었다. 아영은 내색을 않으려 아무리 애썼더라도 그 액수를 듣는 순간 자신의 눈이 반짝거리고 얼굴에 화색이 도는 걸 막지는 못했을 거라는 짐작에 지금도 얼굴이 화끈거렸다. 사람들이 술 냄새에 취한 탓에 그러는 거라고 생각해줬으면 좋으련만. 청유는 그러면서 조건이 있다고 밝혔다. 이번에 아영이 지어서 건네줄 이야기는 절대로 패설로 써서 세책방에 돌려서는 안 된다는 거였다. 그 이야기는 어디까지나 극락재에서 열리는 연희에 참석한 분들만 듣고 즐길 수 있는 이야기여야 하기 때문이었다. 그렇게 큰돈을 내놓는 사람이 당연히 요구할 만한 조건이고, 전혀 어려울 것 없이 수락할 수 있는 조건이었다.

아무튼 그러니 흥정이고 뭐고 할 필요가 없었다. 약값 때문에 애가 닳는 판국에 그런 거금을 제의받았으니, 아영은 다른 생각을 할 겨를도 없이 이야기를 써주겠노라고 수락했다. 그러자 흐뭇한 표정으로 고개를 살짝 끄덕인 청유는 "급히 돈이 필요하실 테니"라는 말로 운을 뗐다. 그러고는 그 말 뒤에 앞서 밝힌 글값의 3분지 1인 100냥을 약조금 명목으로 이 자리에서 당장 드리고, 쌀 한 섬은 따로 사람을 시켜 해 떨어지기 전에 보내 드리겠다 얘기가 이어진 걸 보면, 청유는 송씨 집안의 사정을 훤히 꿰뚫고 있는 게 분명했다. 아영은 청유가 아버지 얘기를 누구한테 들은 걸까 궁금했다. 매월일까? 아니, 그렇지는 않을 것이다. 매월은 세파에 닳고 닳은 사람이었다. 게다가 병욱하고는 속된 말로 '그렇고 그런' 사이였고, 그래서 송씨 집안이 잘되기를 바라는 사람이었다. 그런 사람이 송씨 집안에 일이 생겨 급전이 필요하다는 말을 해서 흥정에서 불리해지게 만드는 짓을 했을 리는 없었다.

청유는 아영의 생각을 훤히 들여다보는 듯한 투로 말을 이었다. "학식 높고 인품이 고아하신데다 청백리이시기도 하다는 송 교리님의 명성은 익히 들어 알고 있습니다. 제가 비록 천한 몸이기는 하나, 세상 돌아가는 사정에 밝은 지인들이 도성 여기저기에 있는 덕에 송 교리님이 편찮으시다는 얘기를 많이 들었습니다. 부디 이 돈이 송 교리님의 쾌차에 조금이라도 보탬이 된다면 기쁘기 한량없겠습니다." 아영은 청유가 한 말을 수긍했다. 청유처럼 수완 좋은 재주꾼이라면, 더불어 그토록 야심과 포부가 큰 장사꾼이라면 한양 곳곳에 사람들을 심어놓고 세상 돌아가는 사정을 손바닥 보듯 들여다보고 있을 터였다.

그리고 청유가 집안 사정을 어떻게 알아냈는지는 전혀 중요치 않았다. 아영은 청유가 내놓겠다는 글값을 생각하는 것만으로도 하늘을 나는 것만 같았다. 아영은 기대감에 한껏 부풀었다. 청유하고 연을 튼 이번 기회에 다행히도 아영이 쓴 이야기에 대한 반응이 좋으면 여기저기에 입소문이 날 것이고, 그러면 청유를 비롯한 많은 전기수가 이야기를 써달라며 아영을 찾아올 것이며, 그런 일감이 꾸준히 생기면 쪼글쪼글한 주름투성이이던 생계가 인두로 다림질을 한 것처럼 시원하게 펴질 거라는 생각이 꼬리에 꼬리를 물고 이어지면서 막연한 기대감이 샘물처럼 솟아났다. 하지만 아영은 이건 어디까지나 생각하기나 쉽지 이루기는 힘든 일이라는 것도 잘 알았다. 거기까지 가려면 넘어야 할 산이 많고 험한 길이 끊이지 않을 거라는 것도 잘 알았다. 그래서 잠시나마 하늘 높이 솟았던 아영의 기분은 청유와 나눈 얘기들이 하나씩 큼지막한 바윗돌로 변할 때마다 가슴 깊은 곳으로 짓눌려 가라앉고 있었다.

조금 이상한 일이지만, 청유가 지불하겠다고 해서 사람을 흐뭇하게 만든 액수도 아영을 괴롭혔다. 청유는 얼마나 재미있는 이야기를 바라기에 그렇게 큰돈을 내겠다고 했을까? 청유의 큰 기대에 부응하는 이야기를 과연 지어낼 수 있을까? 자신은 그런 큰돈을 받을 정도로 재미난 이야기를 지어내고 쓸 수 있는 사람일까? 오만가지 생각이 아영을 괴롭혔다.

시간도 문제였다. 청유는 앞으로 매달 엿새와 열엿새, 스무엿새 등 순(旬)마다 엿새째 되는 날에 연희(演戲)를 벌이다 어느 정도 자리가 잡히면 닷새에 한 번씩 연희를 벌일 생각이라면서, 극락재에서 첫 연희를 벌이기로 한 날이 한 달쯤 남았다고 했다. 그러니 지금부터 보름쯤 후에는 이야기를 적은 글을 넘겨받아야 한다고, 그때까지 아영을 닷새에 한 번씩 만나 이야기에 대해 상의하고 이야기를 자신의 생각에 어울리게, 재담을 펼치기에 알맞게 고쳐나가야 한다고 했다. 아영이 쓴 이야기를 숙달하고 자기 것으로 소화하면서 사람들이 빠져들 만한 재담으로 탈바꿈시키려면 이야기에 어울리는 풍악을 고민하고 주위에 놓을 병풍도 이야기 분위기에 알맞은 것으로 구하는 등 준비해야 할 게 많고 연습도 여러 번 해야 한다고 청유는 설명했다. 그래서 연희를 벌이기까지 남은 기간은 한 달이지만 아영에게 이야기를 지어낼 시간으로는 보름밖에 주지 못한다는 거였다. 청유는 아영이 그 시간을 맞춰준다면 보름 후에 약조한 쌀과 엽전의 3분지 1을 주고, 첫 연희를 무사히 마치고 나면 그 다음날로 남은 3분지 1을 주겠다고 했다.

"만약에 내가 보름 후까지 청유 도령의 성에 차는 이야기를 지어내지 못하면 어쩔 셈인가요? 그렇게 되면 시간이 무척이나 촉박해서 연희가 부실해질 것이고, 까딱하면 연희를 치르지도 못하게 되지 않겠습니까?"

아영의 물음에 청유는 빙긋 웃고는 여유 만만한 말투로 대답했다. "혹여 그런 일이 생길 때를 대비해 다른 패관들에게도 이야기를 써 달라 부탁하기는 했습니다. 월영 아씨의 이야기로 마수걸이를 하고 난 다음에 펼칠 연희들을 위한 이야기들도 필요하니 말입니다. 허나 그 패관들 중 누구도 월영 아씨의 발꿈치도 미치지 못할 솜씨입니다. 부디 그런 일이 없기를 바라고, 그런 일이 없을 거라 철석같이 믿사오나 다만, 만에 하나 월영 아씨의 이야기를 제 때 받지 못하게 된다면 그이들이 가져온 이야기를 쓰는 것 말고는 달리 도리가 없겠지요. 그래도 아무쪼록 월영 아씨의 이야기로 극락재의 첫 문을 여는 광영을 누릴 수 있기만을 바랄 따름이옵니다." 청유에게 아영 말고도 택할 수 있는 다른 길이 있다는 사실은 아영의 숨통을 약간이나마 틔워줬다.

어쩌면 가장 큰 문제는 마지막 문제일지도 몰랐다. 아영은 청유의 입담에 휘말려 넋을 잃은 와중에서도 간신히 정신을 수습해 무척이나 중요한 걸 물었다. "청유 도령께서 원하는 이야기는 어떤 이야기인가요?"

청유는 '이야기'라는 얘기가 나오자 무심결에 접부채를 탁 펼쳤다가 무안한 듯 접어 옆에 다소곳이 내려놨다. "말씀드렸다시피, 대갓집 마님들이 한낮에 만나 맛난 점심을 드신 후, 한 시진 남짓 다담을 즐기면서 마냥 빠져들 이야기면 됩니다." 청유가 원하는 건 듣기는 쉬워도 만족시키기는 무척이나 어려운 거였다.

아영은 청유에게서 받을 큰돈에 대한 생각을 떨치지 못하면서도 이런 질문을 하지 않을 도리가 없었다. "지금까지 여러 편의 글을 써봤

270

지만, 청유 도령이 원하는 그런 글을 써본 적은 없습니다. 그렇게 지체 높으신 분들이 그런 자리에서 즐길 이야기는 써본 적이 없다는 뜻입니다. 그런데 왜 하필 나를 찾은 건가요? 무엇을 보고서요?"

"월영 아씨께서 쓰신 『청향전』을 보고 나니 이것저것 생각할 필요가 없더군요. 저자에 떠도는 패설이라는 것들이 앞에서는 이런 얘기를 해놓고 불과 두세 쪽 뒤에서는 저런 얘기를 해대는 것들이 수두룩하지만, 『청향전』은 앞뒤가 딱딱 맞고 아기자기한 게 참으로 일품이더군요. 남 못지않게 많은 이야기를 접해 본 소인의 짐작에 다음에는 청향과 도령이 이렇게 되겠거니 생각할 때마다 뒤통수를 후려치는 식으로 이야기를 풀어나가는 것도 대단했습니다. 범인(凡人)으로서는 생각도 못할 기발한 구석도 무척 많았고요. 글이 난잡하고 산만한 통에 무슨 얘기를 하려는 건지 알 길이 없어 짜증이 나는 여느 패설들과 달리, 월영 아씨의 글은 반듯하게 쌓은 돌담처럼 선이 또렷해서 그런 느낌이 전혀 들지 않았습니다. 따라서 소인이 원하는 글을 쓰신 적은 없으시지만, 그런 글을 부탁드려도 충분히 잘 써주실 거라는 생각에 이리 부탁을 드리게 된 겁니다."

그런 후에 청유는 또 다른 묵직한 바위를 아영의 가슴에 올려놨다. 청유는 아영이 이야기를 쓰겠노라고 허락하면 '『청향전』으로 명성이 자자한 월영 낭자가 전기수 청유를 위해 특별히 쓴 패설을 바탕으로 연희를 벌일 것'이라는 이야기를 북촌 일대에 대대적으로 퍼뜨려 마님들의 기대를 한껏 부풀릴 거라고 했다. 그 말은 아영에게 엄청난 부담을 안겼다. 아영이 지어낸 이야기를 마음에 들어 한 청유가 손님들 앞에서 연희를 벌였는데 반응이 좋지 않을 경우, 청유와 아영은 나란히 그에 따른 충격을 받게 될 터였다. 그렇게 되면 청유도 크게 휘청거리릴 테지만, 아영도 그간 '월영'으로서 쌓아온 명성에 큰 흠집이 생기면서 자칫하다가는 패관으로서 꾸려나갈 앞날의 생계도 위태로워질 수 있었다.

아영은 청유로부터 큰돈을 받는 것은 운명이 내보이는 미끼일지도 모른다는 생각을 하면서 자기도 모르게 진땀을 흘리고 한숨을 쉬었다. 그런 미끼에만 혹해 주위를 살피지도 않고 덥석 물었다가는 두고두고 후회하게 될 수도 있는 일이라는 걸 왜 이리 늦게 깨달은 걸까? 지금 와서 뱉어내기에는 너무 욕심나는 미끼인데다 때도 너무 늦었다는 생각은 아영을 더욱 짓눌렀다.

그렇게 청유의 제안을 받아들인 것은 무모한 짓 아니었을까 불안감에 시달리는 와중에도, 아영은 야심한 밤에 무거워진 눈꺼풀의 무게를 견뎌낼 수가 없었다. 그렇게 앉은뱅이책상을 앞에 두고 벽에 기대 잠시 눈을 붙인 아영은 가위에 눌리면서 밤새 흉한 꿈에 시달렸다.

민기는 다시 지어온 약을 먹고 이틀이 지나자 열이 내리고 의식을 되찾았다. 민기가 제힘으로 간신히 몸을 일으켰을 때, 병욱과 아영은 집을 비우고 없고 송곡댁만 집을 지키며 설거지 중이었다. 송곡댁에게서 북촌을 찾은 뒤로 며칠이 지났다는 얘기를 들은 민기는 소스라치게 놀랐다. 자신이 앓아누운 사이에 일어난 일에 대해 개략적으로 들었을 때는 당숙어른과 딸에게 또다시 큰 짐이 된 것만 같아 억장이 무너지는 것 같았다.

이러다 민기가 다시 혼절할지도 모른다고 판단한 송곡댁은 민기를 잘 달래 자리에 눕혔다. 그러고는 그간 제대로 먹지를 못해 속이 허할 테니 미음을 써오겠다며 밖으로 나갔다. 기력이 없는 탓에 정신을 한 군데 모으는 걸 힘겨워하는 민기의 귀에 송곡댁이 뒤주를 여는 소리가, 그러고는 곧바로 뒤주가 닫히는 소리가 들렸다. 초근목피(草根木皮)로 연명하는 신세를 간신히 벗어난 살림살이에 뒤주를 박박 긁는 소리가 뒤주 안에 메아리치지 않은 채로 뒤주가 닫히는 건 의아한 일이었다. "뒤주가 어느 정도 차 있다는 뜻이렸다? 내가 앓는 동안 형순에게 귀한 약재로 지은 약을 받아왔다면 가뜩이나 궁핍한 살림이 더욱 빠듯해졌을 텐데, 저건 어찌된 일일까?"

민기는 속에서 받아들이려 하지를 않는 미음을 기력을 찾기 위해, 그리고 송곡댁의 정성을 생각해서라도 억지로 몇 술 떴다. 그러고는 상을 내가는 송곡댁을 불러 앉혔는데, 집안 형편에 대해 물으려던 찰나 '봉을 든 사내'가 번뜩 떠올랐고, 그래서 "당숙 어른은 어디 계신가?"라고 물은 후 돌아오는 즉시 드릴 말씀이 있다고 전해 달라 이르고는 다시 자리에 누웠다.

오후 수련을 마치고 돌아오는 길에 들은 민기가 의식을 찾았다는 얘기는 병욱에게 최근 들어 제일 반가운 소식이었다. 방에 들어간 병욱은 자리에서 일어나려는 민기를 말리고는 고생이 많았다고 위로했다. 민기는 당숙어른의 만류에도 고집스레 집을 나섰다가 잔뜩 폐만 끼쳐 송구스럽기 그지없다고 미안해했다.

"일부러 앓아누운 것도 아닌데 미안해할 게 뭔가? 미안하다는 얘기 그만 하고 어서 빨리 몸을 추슬러서 일어날 생각이나 하게. 그래야 아영이도 덜 고생할 것 아닌가?"

"그리 말씀하지 않으셔도 아비로서 아영이 볼 면목이 없습니다. 그런데 그것보다도 먼저 당숙어른께 드릴 말씀이 있습니다." 민기는 의식을 잃기 전에 북촌에서 본 일을 병욱에게 얘기해줬다.

"정말인가? 정말로 그분이 틀림없는가?" 민기의 얘기를 듣고 안색이 변한 병욱은 죄인을 신문하는 것 같은 목소리로 캐물었다.

"사방에서 달려드는 왈짜들을 눈 한 번 깜빡하지 않고 봉 하나로 해치우는 솜씨를 가진 무인이 조선 팔도에 몇이나 되겠습니까? 그리고 마구잡이로 휘둘러 상대의 뼈를 으스러뜨리는 게 아니라 상대를 딱 바닥에 뒹굴게 만들 정도로만 봉을 쓰는 고수가 몇이나 되겠습니까? 게다가 그 풍채며 풍기는 기운이며… 조금 떨어져 있어서 얼굴을 확실하게 보지는 못했지만, 권 무사 아니고 다른 사람일 리는 없습니다."

얘기를 들은 병욱의 안색은 민기가 기력을 찾으면서 막 비운 병석을 금방이라도 대신 차지할 것처럼 보였다. 정말이냐고 다시금 묻고는 똑같은 대답을 들은 병욱은 금방이라도 문을 박차고 나가 극락재로 달려갈 기세였지만, 정말로 정규가 맞는지 확실하게 확인한 다음에 찾아가라는 민기의 설득을 이기지 못하고는 한숨을 쉬며 주저앉았다.

권정규는 '봉술의 달인' 소리를 듣는 무인이었다. 그의 봉술은 조선 팔도에서 봉 쓰는 걸로는 당할 자가 없다는 송도(松都)의 보부상 행수 김막돌의 그것과 쌍벽을 이룬다는 게 세간의 평가였다. 무술 솜씨로는 누구에게서나 인정받는 정규였지만 무과(武科)하고는 지독히도 연이 닿지 않아 10년 가까이 무과에 응시하고서도 번번이 낙방(落榜)하기만 했다. 그것도 터무니없는 실력으로 낙방한 것이 아니라 매번 아슬아슬한 점수 차이로 낙방을 해서 그의 급제를 기대하는 사람들을 더욱 안타깝게 만들었다. "화살 한 발이 조금만 더 날아갔다면…" "그를 태운 말(馬)이 뜬금없이 다리가 부러지지만 않았다면…" 등이 그가 이번에는 급제하겠거니 예상했다가 그 예상이 빗나갔을 때 사람들이 내뱉은 탄식이었다. 그래서 언제부턴가 정규에게는 "실력은 급제하고도 남을 사람인데 운이 없어도 너무 없는 사람"이라는 말이 꼬리표처럼 항상 붙어 있었다. 물론, 이건 병욱에게도 붙어 다니는 꼬리표이기도 했다.

정규의 본가는 송씨 가문의 본향(本鄕)과 가까운 곳에 있었다. 그래서 정규와 병욱은 오랜 세월 무술을 같이 연마하기도 하고 과행(科行)에 동행하기도 하면서 가히 의형제나 다름없는 각별한 정을 쌓은 사이였다. '시험운(運) 없는 사람들이 끼리끼리 붙어 다니는 것'이라고 두 사람의 우정을 비아냥거리는 사람들도 있었지만, 두 사람은 그런 시선 따위는 개의치 않았다.

두 달 전, 곧 열릴 무과에 응시하려 상경한 정규는 이번에도 남촌을 찾아와 평소 흠모의 정을 키우던 민기를 문안했다. 민기는 정규에게 "이번에는 꼭 급제하라"고 격려했고, 정규는 그런 말 한마디만으로도 큰 힘이 된다며 고마움을 표했었다. 그런데 무과가 열리기 이틀 전 해질 무렵, 정규가 묵는 숙소로 다급히 들이닥친 사람이 있었다. 고향에 사는 사촌형의 지인이었는데 한양에 볼 일이 없을 그 사람이 느닷없이 나타난 것을 본 정규는 여독(旅毒)에 지친 기색을 넘어선 그 사람의 어두운 안색만으로도, 자신을 보자마자 일그러지며 축축해지는 표정만으로도 이미 고향집에 흉한 일이 벌어졌다는 걸 짐작하고는 마음의 준비를 했다. 그러나 아무리 준비를 단단히 했어도 상처(喪妻) 소식의 충격까지 막아내지는 못했다.

정규를 만나자마자 장탄식을 한 고향사람은 정규의 처가 갑작스러운 병으로 급사했다는 비보를 알렸다. 하늘이 무너지는 것 같은 막막함에 뭐라 할 말을 찾지 못한 정규는 몇 마디 말을 더듬거리며 방에 들어가 여장(旅裝)을 꾸리려 했으나, 고향사람이 이어서 전한 말은 정규를 막아 세웠다. 정규의 처가 숨을 거두기 전에 "내가 저세상으로 떠났다 해서 서방님이 과거를 포기하고 귀향하는 것을 원치 않으니 과거가 끝나기 전까지는 이 소식을 전하지 말라"는 유언을 남겼다는 거였다. 처가 그런 유언을 남겼는데도 사촌형이 사람을 보내 소식을 전한 것은 처의 장례를 치러주려는데 어려운 형편에 장례비용을 마련하기가 쉽지 않으니 어찌 방도가 없느냐고 묻기 위해서였다.

정규의 처는 낙방을 거듭하며 지내온 10년 세월 동안, 궁핍한 살림을 어떻게든 알뜰하게 꾸려가며 정규를 지극정성으로 내조해온 보기 드문 현처(賢妻)였다. 정규는 그런 아내가 먼 길을 떠났다는 사실에, 먼 길을 가는 아내를 임종조차 못했다는 사실에, 자신은 떠난 아내의 장사(葬事)를 성대히 치러줄 형편조차 안 되는 못난 놈이라는 사실에 슬픔과 그리움이 큰물처럼 솟구쳤지만, 아내는 자신이 울며 한탄하는 걸 바라지 않을 거라는 생각에 억지로 감정을 누르고는 애써 태연한 척했다.

그러나 아무리 아무렇지 않은 척한다지만 목까지 차오르는 울적한 심사는 어쩔 길이 없었다. 정규는 고향사람에게 자신의 방에 들어가 우선 여독부터 풀라는 말을 하고는 거리로 나섰고, 고향사람은 정규의 처지를 안타까워하면서도 여독에 무릎을 꿇고는 그대로 곯아떨어지고 말았다. 술시(戌時, 오후 7시~9시)에 깨어난 고향사람은 정규가 방문 앞 툇마루에서 별이 총총 떠 있는 시커먼 밤하늘을 우두커니 올려다보고 있는 걸 봤다.

정규는 새로 태어난 별이 있는지 밤하늘을 살피고 있었다. 그리도 어진 아내가 세상을 떠났다면 그이는 분명 별이 됐을 터였다. 먹물을 잔뜩 엎어놓은 듯 시커먼 하늘에는 분명 그의 아내였던 별이 새로 생겨나 반짝반짝 빛나고 있어야 마땅했다. 그렇지 않다면 이 세상은 살맛이 조금도 나지 않는 모진 곳이라는 뜻이었으니, 그가 앞으로도 제정신으로 살아가려면 반드시 그래야만 했다. 그는 별이 된 아내가 못난 자신을 내려다봐 줬으면 했다. 봉을 마음먹은 대로 다루는 그였지만 인생은 봉이 아니기에, 인생은 봉처럼 원하는 대로 부릴 수가 없는 것이기에 살아오면서 뜻대로 이룬 일이 없다는 생각에 그는 한없이 울적했다. "그래도 나는 처복(妻福)이 있다"고 자부하며 살았으나 이제는 더 이상 그런 자부심도 느끼지 못할 터였다.

그는 한없는 무력감을 느꼈다. 못난 지아비를 바라보며 손이 닳고 허리가 끊어져라 살림만 하다 간 아내에게 큰 죄를 지었다 생각했다. 자랑스러운 무관의 아내가 돼 지아비 뒷바라지 잘하는 사람이라는 소리만 들으면 족하다고 했던 아내는, 그 이상은 언감생심 바라지도 않는다고 소박한 꿈을 얘기하면서도 부끄러워하던 아내는 대체 무슨 죄를 지었기에 그리 불우하게 살다 간 것일까.

정규가 생전의 아내가 원치 않았을 일을 하기로 마음먹은 건 그래서였다. 정규는 이제부터 하려는 일이 아내에게 얼마만큼이나 속죄가 될 수 있을지는 모르겠지만, 세상사람 모두가 그 일에 대해 들으면 과연 그게 속죄가 될까 고개를 갸우뚱하겠지만, 아무튼 그렇게 하지 않고서는 고개를 들고 세상을 살아가지 못할 것 같았다. 그는 아내가 지금부터 그가 하려는 일을 내려다보며 흐뭇해했으면 좋겠다고 바랐다.

톳마루에 앉은 정규의 옆에는 작은 자루가 놓여 있었다. 정규는 고향사람의 기척이 들리자 묵직한 자루를 들고 들어와 자루를 고향사람 앞에 내려놓았다. 정규에게서 나는 술 냄새는 희미하지도 않았지만, 그렇다고 과하지도 않았다. 자루를 내려놓을 때 나는 짤랑거리는 소리를 들은 고향사람이 물었다. "그새 어떻게 이렇게 많은 돈을 마련한 거요?" 정규는 묵묵부답이었고, 고향사람은 상처한 이에게 다그치기도 뭐해서 더 이상은 묻지 않았다.

이튿날, 아무것도 모르는 병욱은 댓바람에 정규의 숙소를 찾았다가 고향사람을 배웅하는 정규를 봤다. 병욱하고도 안면이 있는 고향사람은 배낭에 든 엽전을 툭툭 치며 정규에게 "장사를 성대하게 치르겠다"고 다짐한 후 "그러니 염려 말고 혼신의 힘을 다해 고인의 뜻대로 꼭 급제하도록 하라"고 기원했다. 예상하지 못한 상황에 어리둥절해하는 병욱에게 고향사람은 짤막하게 전후를 들려주고는 서둘러 귀향길에 올랐다. 병욱은 평소 형수님이라 부르며 따르던 이에 대한 비보에 큰 충격을 받고는 애달파하며 정규를 위로했다. 그러던 중에 병욱은 고향사람이 정규에게 한 얘기가 떠올랐다.

"아까 그이가 가져간 거, 그거 돈이었소?" 정규는 말이 없었다. "장사를 성대하게 치르겠다"는 얘기를 떠올리면 고향사람이 가져간 돈은 상당한 액수일 게 분명했다. 그런데 정규나 병욱이나 쌈지 사정은 뻔했다. 병욱은 "그 많은 돈을 그새 어디서 구했느냐?"고 캐물었지만, 정규는 "우리 내자(內子)가 지아비 잘못 만난 죄로 고생만 실컷 하다 떠났는데 마지막 가는 길만큼은 성대하게 배웅해야 할 것 아닌가?"라는 대답만 할 뿐 돈의 출처에 대해서는 이렇다 저렇다 말을 하지 않았다. 그저 내일 열릴 과거시험에나 정신을 쏟으라는 대답만 할뿐이었다.

그런데 사실 그 무과시험은 치르나 마나 한 시험이었다. 벌열(閥閱)과 세도가의 농간으로 시험을 치르기도 전에 이미 급제자가 내정됐다는 소문이 파다했기 때문이다. 정규나 병욱 같은 사람들은 이미 정해진 급제자들 옆에 세울 들러리 같은 신세였다. 과거시험장에 모인 사람들은 "여기 아무개와 저기 아무개는 시험을 치나마나 급제"라고 수군댔고, 정규의 솜씨를 잘 아는 사람들은 정규와 수인사를 하면서도 헛심만 쓰게 될 정규를 안쓰러운 눈으로 쳐다봤다. 정규는 돌아가는 내막을 잘 알면서도 아랑곳하지 않았다. 사람들의 수군댐을 애써 모른 척하며 떠나간 아내가 남긴 말을 충실히 따르려 애쓸 뿐이었다.

소문 탓에 어수선한 분위기에서도 시험은 착착 진행됐고, 오후에는 활쏘기 시험이 치러졌다. 차례가 된 정규가 사대(射臺)에 올랐다. 그런데 어쩐 일인지 정규가 시위를 당기고 겨냥을 할 때마다 돌풍이 불었다. 뿌연 먼지가 어찌나 심하게 피어났는지 과녁조차 제대로 보이지 않는 지경이었다. 묘하게도, 돌풍은 정규가 숨을 고르느라 활을 낮추고 자세를 풀면 언제 그랬냐는 듯이 잦아들었다가 정규가 다시 활을 들기만 하면 기다렸다는 듯이 불어댔다. 결국 정규는 돌풍이 부는 가운데에노 화살을 날려야 했고, 그렇게 날린 화살이 명중할 리는 없었다.

마지막 한 발이 남았을 때였다. 이번에도 정규는 자세를 잡고 시위를 당겼다. 그러자 이번에도 어김없이 돌풍이 몰아쳤다. 시험관을 비롯해서 주위에서 지켜보는 사람들이 흙먼지를 막느라 팔로 얼굴을 가리고 아우성을 쳐대는 가운데, 정규는 서걱거리는 바람을 맞으면서도 과녁을 겨냥한 자세를 팽팽히 유지하며 희뿌연 바람 너머 아스라이 보이는 과녁을 뚫어져라 노려보고만 있었다. 한참을 지난 후 마침내 돌풍이 멎었다. 정규를 잘 알고 측은하게 여기던 시험관이 잠시 시위를 풀고 숨을 고른 다음에, 어차피 급제 여부에는 아무 쓸모도 없을, 마지막 발을 쏘라고 권하려던 찰나, 정규는 시위를 풀고 화살을 전동(箭桐)에 넣은 다음 말없이 터벅터벅 사대를 떠났다. 정규의 뜻밖의 행동에 놀란 사람들이 웅성거렸지만, 정규는 사람들의 시선은 아랑곳하지 않으면서 시험을 마치지도 않고 시험장을 빠져나갔다. 그리고 그 뒤로 정규는 하늘로 솟았는지 땅으로 꺼졌는지 도무지 행방과 생사를 알 길이 없었다.

그렇게 감쪽같이 자취를 감췄던 정규가 북촌에 있는 청유의 집에서 모습을 나타냈다는 얘기를 민기에게 듣고서야, 병욱은 관인방에서 청유가 처음 만난 자신을 추켜세우며 입에 올린 "가까이 있는 사람"이 바로 정규였다는 걸 깨달았다.

아영은 민기가 의식과 기력을 찾은 걸 보고는 한시름을 내려놓았다. 그러나 아영을 괴롭히는 시름은 그게 다가 아니었다. 뒤에서 자기 차례를 기다리고 있던 또 다른 근심거리가 숨 돌릴 틈도 주지 않고 아영을 덮쳤다.

그 사이 아영은 청유에게 써줄 이야깃감을 여러 개 떠올려봤지만, 하나같이 마음에 들지 않았다. 이 이야기는 이게 문제고, 저 이야기는 저게 문제였다. 성에 차지 않는 이야깃감을 그런 식으로 하나둘씩 제쳐두기 시작하자 어느 틈엔가 남은 이야깃감이 하나도 남지 않게 됐다. 지금까지 아영은 글을 넘겨주기로 약조한 날이 코앞에 닥치면서 마음을 잔뜩 졸였을 때에야 비로소 벼락치기로 글을 쓰고는 했었다. 자신의 그런 특성을 잘 아는 아영이건만, 줄곧 써오던 이야기를 이어서 쓰는 게 아니라 처음부터 새로운 이야기를 궁리해야 하는 이번에는 초조해하지 않을 수 없는 상황이었다.

그러는 사이 청유를 만나 어떤 이야기를 쓸 작정인지 말해주기로 약조한 날은 사흘 뒤로 다가와 있었다. 아영은 입이 바짝바짝 마르고 머리가 지끈지끈 아팠다. 끼니 생각도 없었다. 어차피 뭘 먹어봐야 소화도 안 될 것 같았다. 한 시진짜리 이야기를, 그것도 생전 써본 적이 없는, 전기수가 재담을 펼쳐 연희를 벌이는 데 쓸, 더불어 사람들을 혹하게 만들 이야기를 어떻게 사흘 안에 떠올린단 말인가. 상황은 송곡댁이 상을 차리는 찬간의 아궁이 근처에서 한돌이를 봐주며 어떤 이야기를 써야 할지 궁리하던 아영의 입에서 엉겁결에 "속이 타들어간다"는 말이 튀어나오는 지경에까지 이르고 말았다.

그날 저녁, 이제는 밥도 몇 술 뜰 정도로 입맛과 기력을 찾은 민기가 상을 물린 후 아영을 불렀다. 며칠 사이 핼쑥해진 민기는 얼굴에 초조한 빛이 역력한 아영에게 부드러운 소리로 말했다. "못난 아비를 만난 탓에 네가 고생이 많구나. 아비로서 너를 이리 고생시키는 게 미안해 차마 얼굴을 들지 못하겠구나."

"무슨 말씀을 그리 하십니까? 자식 된 도리로 당연히 해야 할 일을 한 건데요. 어서 빨리 기력을 찾으세요, 아버님."

"그래, 그래야지." 힘주어 말한 민기는 송곡댁에게 전후를 들었다며 그간 어떤 이야기를 얼마나 썼는지 물었다. 그 얘기에 가뜩이나 어두운 아영의 낯빛은 한층 더 어두워졌다. 아영은 사흘 뒤가 약조한 날인데 아직까지도 마땅한 이야깃감을 떠올리지 못해 난감할 따름이라고 고민을 토로했다.

아영의 토로를 들은 민기는 아영을 위로하는 듯 고개를 끄덕였다. 고개를 끄덕이는 민기의 얼굴은 딸에 대한 미안함과 애처로운 마음에 한없이 온화했지만, 그의 눈빛은 솜씨 좋은 패관 소리를 듣던 시절에 사람들에게 들려줄 이야기를 궁리할 때 반짝거리던 눈빛으로 변해 있었다.

"네가 이야기를 짜내느라 어려움을 겪는 듯하구나. 패관 노릇을 해봤기에 네가 얼마나 힘들지 잘 안다. 내, 아비가 아니라 패관 노릇을 했던 자로서 해주고픈 말이 있다. 우선, 이것부터 묻고 싶구나."

"무엇입니까, 아버님?"

"혹시 너는 너와 청유가 같은 일을 하는 사람이라고 생각하고 있는 건 아니냐? 그렇다면 우선 네가 하는 일과 청유가 하는 일은 다르다는 것부터 명심해야 할 것이다. 너나 청유나 이야기로 사람들을 즐겁게 해주는 일을 하는 사람들인 건 맞지만, 너와 청유가 그 일을 하는 데 쓰는 방법과 도구는 다르다는 걸 명심해야 한다는 말이다. 나나 너 같은 패관은 머리에 떠오르고 가슴에서 솟아난 이야기를 붓을 통해 종이에 쓰고 사람들은 그걸 눈으로, 입으로 읽으며 패관이 펼쳐낸 세상을 머릿속으로 상상하지 않느냐? 반면에 청유 같은 전기수는 머리와 가슴에 담고 있던 이야기를 세 치 혀와 몸짓으로 희로애락을 담아 쏟아내고 사람들은 그걸 눈으로 보고 귀로 들으면서 상상한단다. 그러니 청유에게 당부 받은 이번 이야기를 궁리할 때는 사람들이 네가 쓴 글을 읽는 게 아니라 청유의 머리와 가슴과 입을 거친 이야기를 듣는다는 걸 명심해야 하느니라. 그걸 명심해야 청유가 원하는 이야기, 사람들이 빠져드는 이야기를 지어낼 수 있을 것이다.”

“무슨 말씀인지 알겠습니다. 아버님 말씀 가슴 깊이 새기겠습니다. 그런데 지금은 무엇보다 글피에 만날 청유 도령에게 내놓을 이야깃감부터 걱정해야 합니다. 정말이지, 도무지 아무 생각도 나지 않고 막막하기만 합니다.”

“그렇게 막막하다면 여기서 이야기가 찾아오기를 기다릴 게 아니라 이야기가 있는 곳을 찾아가야지 않겠느냐?”

“이야기가 있는 곳이요?”

“네 이야기를 들을 사람들이 누구인지, 어떤 사람들인지부터 찬찬히 생각해 보거라. 그러고는 그 사람들이 좋아할 이야기, 반겨할 이야기가 무엇인지 고심해보고 그런 이야기가 있을 만한 곳을 찾아가란 말이다. 청유가 모실 손님들은 대갓집 마님들이지 않느냐? 그렇다면 그분들이 좋아할 만한 이야기가 무엇일지를 고심해보란 말이다. 지체 높으신 분들이니 미천한 아랫사람들의 모자란 점을 보여줘서 자신들은 그이들과 다른 고귀하고 품격 있는 사람들이라는 걸 뿌듯해하게 만들어주는 것도 방도일 테고, 그게 아니면 그분들의 마음을 직접 파고들 다른 이야깃거리를 찾는 것도 좋은 방도일 것이다.”

"아버님은 무슨 이야기가 알맞을 거라 생각하십니까?"

질문하는 아영의 절박한 심정을 아는지 모르는지 민기는 빙긋 웃더니 대답을 해줄지 말지 고민에 잠겼다. 아영은 어서 빨리 얘기를 듣고 싶어 안달이 났지만, 민기가 입을 열 때까지 꾹 참고 기다리기로 했다. 민기는 명색이 홍문관 교리였던 자가 딸에게 이런 얘기를 해도 좋을지 한참을 고민한 끝에 비로소 입을 열었다. "한 마디로 말하면, 막돼먹은 사람들이 웬만한 사람들은 생각하는 것조차 꺼릴 삿된 짓을 연거푸 벌이다 종국에는 천벌을 받는 이야기 아니겠느냐?"

빨래터는 시끌벅적했다. 남촌 아녀자들이 아이와 어른과 노인의 옷가지를, 그리고 누비이불홑청과 베갯잇을 챙겨 남산에서 청계천으로 흘러드는 시냇물 옆 빨래터로 모여들었다. 빨래터로 흘러오고 모여드는 건 시냇물만이, 그리고 아녀자들과 빨랫감만이 아니었다. 그네들에게 업히거나 치마폭을 잡은 아이들도 따라와 저희끼리 물을 텀벙거리거나 흙과 자갈을 만지작거리며 놀았다. 개구진 놈들은 징검다리를 뛰어다니다 넘어지기도 했는데, 다행히 크게 다치지는 않았어도 온몸이 젖은 채로 냇가로 나오면 어머니에게 몇 대 맞고 타박을 당하며 사람들 앞에서 망신을 당했다. 아녀자들은 입으로는 아이 어머니에게 갖가지 훈수를 두는 와중에도 빨랫방망이를 든 손으로는 연신 빨래를 두드리거나 반질반질한 냇가 바위에 빨래를 박박 문질렀다.

아영은 대낮의 햇살로 따스해진 바위에 앉아 한돌이를 돌보면서도 아녀자들의 입에서 나오는 소리를 향해 두 귀를 쫑긋 세우고 있었다. 아영은 "이야기가 있는 곳을 찾아가라"는 민기의 조언을 듣는 순간 바로 여기 빨래터를 떠올렸다. 아영이 이곳을 직접 찾아온 건 이번이 처음이었다. 그러나 찬간에서 밥을 할 때마다 빨래터에서 주워온 잡다한 이야기를 들려준 송곡댁 덕에, 아영에게 이곳은 어느 곳보다도 친숙한 곳이자 세상의 인심과 물정을 알 수 있게 해준 곳이었다.

그런데 아영이 빨래터에 같이 가서 아녀자들이 주고받는 얘기를 듣고 싶다고 말하자 송곡댁은 난처한 표정을 지었다. "아씨, 아씨랑 같이 가는 게 싫어서 그러는 게 아닙니다. 거기는 아씨 같은 양반집 자제분들은 오실 데가 못 되는 곳이라서 그러는 겁니다."

그러나 아영은 양반집 자제로서가 아니라 이야깃감이 필요한 패관으로서 빨래터에 가려는 거였다. 아영이 사정을 설명하자 송곡댁은 언제 난색을 보였냐는 듯이 군말 없이 "그러시자"고 하더니, 이튿날 아침을 하러 오는 길에 아예 빨랫감을 싸가지고 왔다. 송곡댁은 설거지를 마치자마자 빨랫감을 이고 앞장을 섰고, 아영은 아장아장 걷는 한돌이의 손을 잡고 송곡댁을 따랐다. 아영은 송곡댁이 빨래하는 동안 빨랫감을 한 광주리 챙겨 빨래하러 오는 아녀자들이 주고받는 시시콜콜한 얘기들을 귀담아들을 작정이었다.

아영이 빨래터를 택한 것은 청유가 모실 마님들과 여기 오는 사람들은 귀천(貴賤)은 다를지언정 한 집안의 살림을 책임진 아녀자라는 점은 똑같고, 그래서 마님들이나 여기 오는 아녀자들이나 좋아하고 빠져드는 이야기와 관련해서는 별반 다를 게 없을 거라고 판단했기 때문이다. 아영이 보기에 빨래하러 오는 아녀자들이 막돼먹었는지 아닌지는 자신이 판단힐 일이 아니었다. 그런 사람도 있고 아닌 사람도 있을 것이다. 설령 막돼먹은 사람이 있다 할지라도, 그건 그들이 천한 사람이

어서가 아니라 '갸륵한 사람들'이기 때문이라는 게 아영의 생각이었다. 비단으로 몸을 감싸고 금은보화로 치장한 귀부인들 중에는 막돼먹은 사람이 없다는 걸 누가 장담할 수 있겠는가? 고관대작의 안방마님이라 할지라도, 사람됨을 놓고 보면 세상의 제일 비천한 이보다도 더 천한 사람일 수도 있다는 게 아영의 생각이었다.

민기는 이런 조언도 해줬다. "『청향전』을 쓸 때하고는 다른 마음가짐으로 임해야 하느니라."『청향전』은 글을 쓴 아영 자신이 읽고 싶은 이야기를 글로 옮긴 패설이라는 걸 잘 아는 민기는 이번에는『청향전』을 쓸 때와는 달리, 이야기를 들을 사람들이 좋아할 만한 이야기를 지어내야 옳다는 말을 한 거였다.

아영은 흙을 한 줌 쥐어 입에 넣으려는 한돌을 말리면서 '막돼먹은 이야기'에 대한 민기의 설명을 곱씹었다. "대갓집 마님들이 극락재를 찾을 때는 점잔을 떨고 체통을 지키려고 모인 건 아니라고 봐야 한다. 사람들은 정승과 판서의 안방마님이라고 하면 세상의 호사란 호사는 다 누리는 분들일 거라 생각하겠지만, 근심 걱정이라고는 눈곱만치도 없을 것 같은 그런 분들도 알게 모르게 치미는 게 많고 쌓이는 것이 많은 게 사람 사는 이치인 법이다. 그러니 그런 분들도 치밀어 오르는 걸 토해내고 쌓인 것을 뚫어내고플 텐데, 자신보다 모자라게 보이는 자들이 벌이는 막돼먹은 짓에 대한 이야기를 듣는 것도 그렇게 하는 방도 중 하나이니라."

여항(閭巷)의 아녀자들은 빨래만 하려고 빨래터에 오는 게 아니었다. 빨래터는 가슴속에 응어리진 게 많지만 그걸 풀 곳이 마땅치 않은 아녀자들을 위한 의원(醫院) 같은 곳으로, 개중에는 빨래터에 오는 낙으로 고된 생활을 버텨내는 아녀자도 적지 않을 듯싶었다. 빨래터에 모여 구중궁궐과 장삼이사의 집안에서 벌어지는 온갖 이야기를 주고받으며 욕하고 비웃고 탄복하고 부러워하고 깔깔대는 것이 그이들에게는 영약(靈藥)이고 감로수(甘露水)였다. 아영은 "가슴속 응어리"와 "그걸 푸는 방법"에 있어 이이들과 대갓집 마님들은 똑같은 사람들이라는 자신의 판단은 틀리지 않았다고 생각했다.

아녀자들은 처음에는 양반집 처자인 아영이 왜 체통에 어울리지 않는 빨래터에 온 것인지 궁금해하며 눈치를 슬슬 봤고, 그래서 상스러운 얘기는 입에 담지 않으려 애썼다. 그러나 시간이 흐르는 동안, 아녀자들을 이곳으로 이끈 욕망은 아녀자들이 꽁꽁 묶어둔 혀를 꾹꾹 찔러댔다. 결국 아영에 대한 경계심을 풀고 어느 틈엔가는 아영이 있다는 사실조차 잊은 아녀자들은 고삐 풀린 망아지처럼 혀를 자유로이 풀어놓으면서 세상에 저런 일도 있나 싶은 얘기들을 쏟아내기 시작했다. 그렇게 보(洑)가 무너지자 누구 할 것 없이 빨랫감을 담을 때 가슴속에 같이 담아왔던 얘기들을, 속 터지는 얘기들을, 남세스러워 말도 못하고 꾹꾹 눌러뒀던 얘기들을 쏟아내기 시작했다. 더러운 빨래들이 시냇물에 때를 실어 보내며 깨끗해지는 동안, 남편이나 시댁 식구 때문에 속을 끓이게 된 얘기와 동네에서 실제로 벌어졌던 별난 일에 대한 얘기와 전갈을 갖고 온 인편에게 들은 고향에서 있었다는 신기한 일에 대한 얘기와 오가며 만난 여러 사람에게 들은 세상 돌아가는 얘기가 어지러이 뒤섞였다. 그리고 분통이 터지는 얘기가 나올 때마다 사방에서 내려치는 빨랫방망이 소리는 포탄을 쏘는 것처럼 요란하게 빨래터를 울려댔다.

잡다하고 상스러운 얘기들이 샘물처럼 콸콸 쏟아졌는데, 그중에서도 아녀자들의 반응이 제일 뜨거웠던 것은 소박맞았다가 돌아온 조강지처 이야기였다. 안방마님 자리를 차지하면서 유세란 유세는 다 떨던 못된 첩 때문에 비롯된 얘기였는데, 첩을 향해 입에 담기 힘든 욕설을 퍼붓던 아녀자들은 그 첩이 집에서 쫓겨난 조강지처를 죽이려다 포청에 잡혀갔다는 얘기를 듣고는 박수를 치며 기뻐했다.

아영은 "바로 이 이야기다" 싶었다. 대갓집 안방마님들이 제일 솔깃하고 공감할 내용은 무엇일까? 대갓집의 안방마님이라면 집안 어른들의 결정에 따라 꽃다운 나이에 나이 어린 꼬마 신랑과 혼인했을 공산이 컸다. 그런데 세월이 흐르면서 지아비가 벼슬길에서 승승장구하는 동안, 혼인할 때부터 나이가 많았던 마님들의 미색은 꽃다운 나이를 지나면서 슬슬 빛이 바래가는 반면, 권세를 손에 넣고 무서울 게 없어진 지아비의 눈길은 어느 틈엔가 쭈그렁바가지로 보이는 안방마님이 아닌 젊고 아리따운 처자에게로 향하기 마련이었다. 그리고 그렇게 지아비의 사랑을 독차지한 첩이 소실(小室)에 만족하지 못하고 안방을 넘볼 때 무슨 일이 벌어질지는 누구보다 안방마님 자신이 잘 알고 있었다. 아영은 결론을 내렸다. "소실이 들어와 현모양처인 자신이 버림받고 안방에서 쫓겨날지도 모른다는 마님들의 두려움을 부추기고는 그 두려움을 달래주며 안도감을 느끼게 해주는 이야기."

드디어 첫 산을 넘은 것 같았다. 아영은 아직도 넘어야 할 산이 겹겹이 놓여있다는 걸 잘 알지만, 첫 산을 넘은 기세로 첩첩산중을 돌파하고야 말겠다고 마음먹었다. 아영은 혹시나 해서 이튿날에도 빨래터를 찾았지만 첫날 내린 결정을 바꿀 만한 일은 없었다.

소 역관이 살던 99칸 집은 으리으리했다. 넓이만으로도 대궐 같은 느낌인 극락재는 청유가 알록달록하고 아기자기하게 꾸며놓은 까닭에 묘한 분위기를 풍겼다. 병욱과 아영은 별세계에 들어서는 것 같은 기분이었다. 기와들이 반듯하게 줄지어 늘어선 담장 너머에는 왜란 때 소실돼 허허벌판이 된 경복궁 터가 있었고, 그 너머로 인왕산과 북악산의 허연 바위와 푸르른 나무가 훤히 보였다. 하인은 집 바깥 풍경을 시원하게 바라볼 수 있도록 확 트인 곳에 지은 정자로 두 사람을 정중히 안내했다.

　아영과 병욱이 극락재와 주변 풍경에 살짝 압도된 채로 푹신한 방석에 앉기 무섭게, 아랫사람들이 두 사람 앞에 다과상을 하나씩 갖다 놓았다. 상에는 은은한 향을 풍기는 차와 보는 사람의 눈을 사로잡는 형형색색의 주전부리와 과일들이 놓여 있었다. 보는 것만으로도 기분이 좋아지는 유밀과를 비롯한 과자가 여럿 있었지만, 무엇보다도 눈길을 끈 것은 감처럼 생긴, 약간 말랑말랑한 빨간 과일이었다. 아영은 생전 처음 보는 과일의 정체가 무엇일지 잠시 생각에 잠겼다.

　"말로만 듣던 남만시(南蠻柿, 토마토)로구나." 따뜻한 물에 적신 수건으로 손을 닦은 병욱이 과일을 집어 이리저리 살피다 한 말이었다. "내가 손녀 잘 둔 덕에 그 귀하다는 남만시를 다 맛보는구나." 진심에서 하는 말인 것도 같고 살짝 비아냥대는 것도 같았다.

　병욱이 아영을 호위한다면서 극락재까지 온 건 핑계일 뿐, 실제로는 정규를 만나러 온 거였다. 잠시 후 안채와 이어지는 문이 열리더니 청유가 들어섰다. 잰걸음으로 정자로 다가와 신을 벗고 올라선 청유는 저번처럼 아영과 병욱에게 깍듯하게 인사를 올렸다. "대문에서부터 두 분을 맞았어야 하는데 그러지 못하고 무례를 저질렀습니다. 송구할 따름입니다. 너그러이 이해해주셨으면 합니다." 청유는 병욱에게 슬며시 눈길을 돌리고는 말했다. "무사님께서 누추한 저희 집을 찾으신 건 월영 아씨를 지켜주기 위해서만은 아니실 테지요?" 청유는 병욱이 대답할 말을 찾을 시간을 주지도 않고 자신이 들어온 문하고는 다른 쪽에 있는 문을 가리키며 말을 이었다. "저 문으로 나가시면 사랑채가 있습니다. 술상을 봐놨으니 반가운 분을 만나 쌓인 회포를 푸시도록 하시지요. 저는 월영 아씨와 연희에 쓸 이야기에 대해 상의하고 있겠습니다."

병욱은 무슨 얘기인지 몰라 어리둥절해하는 아영에게 "너는 청유 도령과 상의하고 있거라"라는 말을 남기고는 벌떡 일어나 신을 신고 사랑채로 향했다.

이제 정자에는 아영과 청유 둘만 있었다. 청유가 아영에게 권했다. "자, 그럼 이제 얘기를 시작해보시지요, 아씨." 청유는 며칠을 굶은 끝에 푸짐한 밥상을 앞에 두게 된 사람 같은 표정으로 아영을 쳐다봤다.

아영은 차를 한 모금 마셔 혀와 목을 적시고는 제목을 『상씨부인전(尙氏夫人傳)』으로 정한 이야기의 내용을 개략적으로 설명하기 시작했다.

한양 낙산(駱山) 근처에 남 씨 성을 가진 선비(남생南生)와 부인 상 씨(尙氏)가 살고 있었다. 부부는 집안 대대로 물려받은 널따란 논밭에서 나는 풍족한 소출로 뭐 하나 모자랄 게 없이 오순도순 살았다. 그런데 부부지간의 정(情)이 넘쳐흐르는 이 화목한 집안에 세월이 흐를수록 점점 짙어지는 그늘이 있었다. 혼인하고 오랜 세월이 흘렀는데도 후사(後嗣)를 보지 못해서였다. 혼인하고 처음 몇 년간만 해도 느긋하게 자식을 기다리던 부부는 이후로 한참이 지나도 회임 소식이 없자 이러다가는 대가 끊길지도 모른다는 걱정을 하기 시작했다. 상 씨는 몇 달을 고민한 끝에 첩을 들이자는 말을 어렵사리 남생에게 꺼냈다. 상 씨를 지극히 아끼는 남생은 시간을 더 두고 기다려보자며 고개를 저었지만, 그러고 어느 정도 시간이 흘렀는데도 좋은 소식이 없자 결국 고개를 끄덕이기에 이르렀다. 남생의 집안 사정에 훤한 벗이 소개한 젊은 처자를 만나본 남생과 상 씨는 더할 나위 없이 참해 보이는 그이를 소실로 맞아들이기로 했다. 그렇게 들어온 첩이 하 씨(河氏)였다.

그러나 하 씨는 유순해 보이는 인상과는 정반대로 속이 먹물처럼 시커먼 간악하기 그지없는 요부였다. 남생은 그런 줄도 모르고, 하 씨를 들이자마자 자신이 언제 첩을 들이는 걸 꺼렸느냐는 듯이 하 씨의 치마폭에 빠져 헤어 나올 줄을 몰랐다. 남생은 그를 마음대로 쥐락펴락하는 하 씨의 농간에 정신을 차리지 못하고는 상 씨를 모질게 구박하게 됐고, 결국 조강지처 상 씨는 소박을 맞고 쫓겨나면서 안방은 하 씨 차지가 되고 만다.

상 씨는 패물은 고사하고 변변한 옷 한 벌 챙기지 못하고 빈털터리나 다름없는 신세로 쫓겨났건만, 지아비 남생을 위한 지고지순한 마음을 한시도 잃은 적이 없기에 남생에 대한 원망 같은 건 일절 하지 않았다. 상 씨의 머릿속에는 표독한 하 씨가 혹시라도 남생을 해코지할까 걱정하는 마음뿐이었다. 그래서 상 씨는 낙산을 차마 떠나지 못하고는 남생을 멀리서라도 지켜볼 수 있는 낙산 가까운 곳에 거처를 마련한 후 삯바느질을 비롯한 온갖 삯품팔이로 연명하며 살아간다. 그러다가 하 씨가 남생을 해하려는 꿍꿍이를 꾸민다는 걸 알게 된 상 씨는 남생을 구하려 자기 몸을 초개처럼 서슴없이 내던진다.

아영의 얘기를 들으며 흡족한 표정으로 연신 고개를 끄덕거리던 청유가 이 대목에서 부채를 얼굴 앞으로 들며 아영의 말을 끊었다. "아씨의 말을 끊어 송구합니다만, 이쯤에서 꼭 여쭤보고 싶은 게 있사옵니다."

꾸며낸 이야기를 글로 직접 옮기는 대신 다른 사람에게 말을 해서 그 이야기를 들려주는 일을 생전 처음 해보는 아영은 청유의 얘기에 떨리는 목소리로 대꾸하지 않으려 애썼다. "말씀하시지요."

"이런 이야기에는 하 씨 같은 삿된 자가 부리는 패악질이 어떤 것이고 얼마나 악독한 짓이냐가 무척 중요합니다. 듣는 사람들이 하나같이 치를 떨고 공분하며 괘씸해하는 짓일수록, 인면수심(人面獸心)이 아니고는 절대 할 수 없는 짓이라서 절로 개탄이 나오게 만드는 짓일수록 사람들을 이야기에 더 깊이 빠져들게 만들기 때문이지요. 그래서 말씀인데, 하 씨가 부리는 패악질은 어떤 짓으로 하실 작정이십니까? 먼저 말씀드리자면, 주의해주셨으면 하는 게 하나 있습니다. 이 이야기는 마님들께서 장안의 손꼽히는 숙수(熟手)가 차린 맛있는 점심을 드신 다음에 듣는 이야기라는 걸 감안하셔서 '철천지원수에게 복수를 마치고는 원수의 살을 떠서 젓갈을 담았다'는 식으로 비위가 약한 분들이 역겨워할 만한 이야기는 삼가주셔야 합니다."

고개를 끄덕인 아영은 '하 씨가 수상쩍은 사내인 주가(朱哥)를 데려와 친척 남동생이라며 집에 들이게 만들 것'이라고 설명했다. 물론 이런 이야기에서는 으레 그렇듯이 하 씨와 주가는 남매지간이 아니라 남몰래 배를 맞추는 사이지만, 하 씨에게 푹 빠진 남생은 하 씨의 말을 철석같이 믿고는 주가를 '처남'이라 부르며 주가가 집안에서 제멋대로 설치는 것을 수수방관한다고 아영은 설명했다.

　청유는 아영의 얘기에 탄성을 내질렀다. "아하, 그러니까 연놈이, 양반집 아씨를 앞에 두고 이런 속된 말을 써서 송구합니다만, 아무튼 둘이 작당을 해서 남생을 해하고 남생의 가산(家産)을 차지하려고 수작을 부리게 만들겠다는 심산이시군요. 그래서 하 씨와 주가는 무슨 짓을 하는 건가요? 궁금하오니 어서 말씀해주시지요."

　"두 사람이 남생에게 독미나리를 먹이려는 흉계를 꾸미게 만들 겁니다."

　얘기를 들은 청유는 궁금한 표정으로 물었다. "독미나리요? 그게 뭡니까? 처음 들어보는데요."

　"저도 직접 본 적은 없습니다. 다만 책에서 읽어 아는 겁니다." 아영은 자신이 아는 독미나리의 독성에 대해 설명했다. "독미나리를 먹고 1각(刻)쯤 지나면 발작을 하게 되고 구토를 하면서 복통을 일으킨다 합니다. 정신이 혼미해지고 기력을 잃는가 하면, 심장이 느리게 뛰다 빠르게 뛰다를 반복하고, 헛것을 보고 눈동자가 풀리며, 심하면 혼수상태에 이르기까지 한다고 합니다."

　얘기를 들은 청유는 이해가 잘 안 된다는 투로 물었다. "흐음, 그런 독미나리를 남생에게 어떻게 먹이실 겁니까? 아씨 얘기를 듣자하니 사람이 먹는 남새나 푸새는 아닌 듯한데요."

"독미나리는 그런 독성이 있기는 하지만 사람이 먹는 푸새입니다. 동초라고도 부르는데, 생긴 건 미나리하고 비슷하지만, 향은 다르고, 줄기는 훨씬 굵고 크다더군요. 잘못 먹었다가는 목숨이 위태로운 독초지만, 비방에 따라 조리만 잘하면 별미로 즐기실 수 있어 독성이 강한 뿌리는 먹지 않고 어린잎과 줄기를 나물로 먹거나 약용으로 이용한다고 들었습니다. 일찍이 선조(宣祖) 임금님 시대의 성현이신 율곡 이이 선생께서 독미나리를 즐겨 드셨다는 글을 봤습니다."

'율곡 이이 선생'이라는 말이 나오자 청유의 눈빛이 반짝거렸다. "말씀 계속하시지요." 청유는 아영을 재촉했다.

"율곡 선생은 동초가 많이 자라는 대관령에서 얻은 동초를 강릉으로 옮겨 심은 후 공부하는 동안 즐겨 드셨다는데, 독이 적은 어린 순을 독이 제대로 오르기 전인 겨울과 봄철에 채취한 다음에 데치고 우려 독을 중화(中和)한 후 소량을 드셨다 합니다."

"호오, 그러시군요. 소인, 공부가 짧아 성현들과 그분들이 남기신 귀한 말씀은 아는 것이 없지만, 율곡 선생의 존명(尊名)만큼은 잘 알고 있습니다." 청유는 생각에 잠긴 표정으로 혼잣말을 하듯 말을 이었다. "독미나리라… 강원도에서 나는 나물이라… 아씨 말씀을 들어보니 구하기가 쉽지는 않아 보이는군요. 값도 만만치 않을 것 같고…." 청유는 그렇게 웅얼거리며 잠시 생각에 잠기는가 싶더니 부채를 탁 접고는 『상씨부인전』 이야기를 계속 들려 달라 청했다.

아영은 그 뒤 이야기는 별로 길지 않다고 대답했다. "독미나리를 먹이려던 간계가 만천하에 드러나면서 남생을 향한 상 씨의 일편단심과 하 씨의 간악함이 세상에 널리 알려지게 되고, 그제야 정신을 차린 남생은 과오를 뉘우치고 상 씨에게 용서를 구하며, 상 씨는 원래 자리인 안방을 되찾으면서 남생과 다시금 해로(偕老)하기에 이르고, 하 씨와 주가는 천벌을 받는다는 것으로 끝내려 합니다."

이야기를 마친 아영은 차를 한 모금 마셔 바짝 마른 입술과 타는 목을 적셨다. 아영의 속을 아는지 모르는지, 청유는 묵묵히 깊은 생각에 잠겨 알아듣기 힘든 말을 중얼거리다 표정을 가다듬고는 입을 열었다. "지금 들려주신 이야기도 나쁘지는 않습니다만, 상 씨가 '쫓겨난 자신의 불우한 신세와 목숨 따위는 아랑곳하지 않고 하늘 같은 지아비 남생의 안위가 걱정된 까닭에, 그리고 지아비를 위해 자신의 목숨 같은 건 초개처럼 내던져야 하는 것이 부녀자의 도리라고 생각하기에 온갖 간난신고를 겪으면서도 남생의 곁을 지킨다'는 점을 지금보다 더 부각시켜야 합니다. 그렇게 해야 상 씨가 더 고상한, 만인이 우러러볼 만한 열녀(烈女)가 되면서 이 나라 아녀자들의 사표(師表)가 되시는 대갓집 마님들의 공감과 호응을 이끌어내기가 더 쉬울 테니까요."

청유는 주가에 대한 이야기도 덧붙였다. "주가가 주는 인상이 너무 약합니다. 하씨의 꼭두각시 같은 자라는 건 잘 알겠고, 그것도 문제는 없습니다만, 지금 이야기에서보다 더 흉악한 짓을 더 많이 저지르고, 더 악독한 자로 만들어야 합니다. 그래야 상 씨가 지금보다 더 심하고 많은 고초를 겪게 될 테니까요. 상 씨가 더 큰 고초를 겪어야만 이 이야기가 더 재미있어질 겁니다."

아영은 청유의 지적은 옳은 얘기라고 생각했다. "청유 도령의 말씀 잘 알겠습니다." 아영은 주가가 저지를 짓을 지어내려면 어느 정도 시간이 필요할 것 같았다. "지금 이 자리에서 그에 대한 확답을 드리기는 쉽지 않을 듯합니다. 닷새 뒤에 다시 볼 때 주가를 지금보다 더 못된 놈으로 만드는 방안을 얘기하면 안 되겠습니까?"

청유는 그러라는 뜻으로 고개를 끄덕이면서도 급하다는 표정으로 입을 열었다. "닷새 동안 이야기를 잘 다듬으시기 바랍니다. 그리고 잘 아시겠지만 이 이야기는 반드시 '권선징악'으로 끝을 맺어야 합니다. 자고로 이야기는 그래야 하는 법이니까요. 저희가 모실 분들께 들려드릴 이야기는 더욱 더 그래야 하고요."

사랑방 문을 열자 방 한가운데에서 덩치와 어울리지 않는 자그마한 술상을 앞에 놓고 술잔을 들이키는 정규가 보였다. 정규를 만나면 무슨 말을 어떻게 해야 할지를 며칠 전부터 그렇게 고민했건만, 막상 정규를 보는 순간 병욱의 머리와 입은 꽁꽁 얼어붙었다. 정규는 술잔을 내려놓으며 병욱을 힐끔 쳐다보고는 평소처럼 사람 좋은 엷은 미소를 지으며 몇 시진 전에 만난 사람을 다시 봤을 때 하는 투의 인사를 건넸다. "왔는가?" 빈 술잔을 채우는 정규의 모습은 예전과 달라진 게 없었다. 패설에서 그려내는 영웅호걸의 풍모와 똑같은 윤기 나는 풍성한 수염도, 쩌렁쩌렁한 목소리도, 형형한 눈빛도 여전했다.

정규 앞에 놓인 술상은 정자에 나온 풍족한 느낌의 다과상하고는 생판 달랐다. 술상에 놓인 것들을 보아하니 정규가 이렇게 차려달라고 당부한 것이 분명했다. 호리병 세 개와 큼지막한 술잔 두 개, 젓가락 두 짝과 소박한 나물 안주가 술상에 놓인 전부였다. 고향에서 병욱과 간간이 술잔을 주고받을 때 받았던 술상과 크게 다를 바 없었다. "그간 잘 지냈는가? 뭘 그리 멀뚱멀뚱 서 있나? 앉게, 오래간만에 술 한잔 하세."

뭐라 할 말을 찾지 못한 병욱은 정규의 권유에 아무 말 없이 정규의 맞은편에 놓인 방석에 앉았다. 호리병을 들어 병욱이 공손하게 든 잔에 술을 따라준 정규는 싱긋 웃으며 말했다. "고기 안주를 올린다는 걸 말렸네. 우리가 언제부터 고기 놓고 술을 마셨단 말인가? 우리는 나물 안주 한 그릇으로도 족함을 알고 흥에 취할 줄 아는 술친구 아니던가? 이런 자리에는 이런 술상이 어울릴 것 같아 내 맘대로 정했으니, 혹시라도 고기 안주를 먹고 싶었다면 너그러이 용서하시게. 자네 마음 상하게 한 내 잘못도 그렇게 용서하고."

술을 털어 넣자 얼어붙었던 병욱의 입이 녹았고, 그제야 병욱은 그간 꾹꾹 눌러 왔던 얘기를 화살같이 쏟아낼 수 있었다. "이런 법이 어디 있소? 내가 한창 활을 쏘는 사이에 그렇게 말도 없이 매정하게 떠나는 법이 어디 있느냐 말이오? 어디를 가면 간다, 얼마 있다 돌아오마 얘기를 하고 가야 할 것 아니오? 형님과 나 사이가, 우리 사이가 그 정도밖에 안 되는 거요? 형님하고 어울리는 구석이 하나도 없는 이런 이상한 곳에서 딴사람 소개로 만나야 하는 사이밖에 안 되느냔 말이오?"

정규는 병욱이 쏟아내는 화살을 득도한 사람처럼 초연하고 담담한 모습으로 다 받아냈다. 그러고는 다시 잔을 채우며 말했다. "너그러이 이해해주게. 그게… 그렇게 됐네."

한바탕 쏴대고 나자 미안한 마음, 측은한 마음이 든 병욱은 결국 물기 젖은 낮은 목소리로 물었다. "형수님은 찾아냈소?"

정규는 언뜻 지은 착잡한 표정을 곧바로 풀고는 술을 한 잔 털어 넣었다. "지난달에 사람들 눈을 피해 다녀왔네. 우리 내자, 양지 바른 곳에 누워 있더군. 혼령 없는 육신이나마 그렇게 볕 좋고 경치 좋은 곳에 누워있는 걸 보니 마음이 조금이나마 가벼워지더구만. 뭐, 그래봐야 여전히 태산보다 무겁지만." 정규는 내자가 평생 고생만 하게 만든 자신의 못남이 미안해서, 그리고 고생만 시키다 보냈다는 죄책감 때문에 내자의 뫼 앞에서 대성통곡을 했다는 얘기는 굳이 하지 않았다.

"과거시험장에서는 어떻게 된 거요? 왜 마지막 화살을 쏘지도 않고 그리 떠난 거냔 말이오?"

정규는 이번에도 술을 한 잔 털어놓고서는 입을 열었다. "그 과거시험, 자네나 나 같은 사람은 아무리 용을 써봐야 급제 못할 거라는 것, 자네도 알고 있었지?" 병욱은 그걸 알고 있다는 내색을 전혀 않고 평소처럼 행동했던 정규가 그 얘기를 하는 걸 보고 깜짝 놀랐다. "슬프더군. 모든 게 결정돼있는 판국에 아무 쓸모도 없는 화살을 날리는 나도 슬프고, 지아비라는 작자가 남의 들러리나 서는 신세라는 사실을 눈곱만치도 눈치채지 못한 내자가 이번에는 내가 급제해서 금의환향할 거라는 한 가닥 희망을 품고는 '자기를 배웅하는 대신 과거를 꼭 보라'는 말을 남기고 먼 길을 떠났다는 것도 슬프고. 그런 판국에 돌풍까지 부는 건 또 뭔가? 처음 돌풍이 불 때만 해도 '내 기어코 저 돌풍을 이겨내고 명중시키고 말겠다'는 오기가 생기더군. 그런데 두 번째, 세 번째 돌풍은 내 마음마저 다른 곳으로 돌려놓지 뭔가? 어쩌면 저 바람은 내 마음속에 불고 있는 게 아닌가 싶은 쪽으로 말일세. 시위를 당기고 있는 동안 오만가지 생각이 다 들더군. 앞으로 내가 뭔가를 이루려 들 때마다 내 앞에는 저런 돌풍이 몰아칠 거라는 생각, 그 바람에 내자처럼 내 주위에 있는 사람들은 모조리 불행해질 거라는 생각, 그게 하늘이 내린 내 팔자라는 생각. 시위를 놓지도 못하고 머릿속이 돌풍에 휩싸인 것처럼 어지러워 갈피를 잡지 못하던 중에 번뜻 떠오른 생각대로 결심했네. 이제부터는 바람이 등을 떠미는 쪽으로 향하면서 살자고."

"바람이 등을 떠미는 쪽으로 향하면서 산다고요? 그래서 형님 운명의 바람이 형님을 여기로 밀어왔다는 거요? 여기는 어떻게 오게 된 거요?"

"내자가 그리 됐다는 소리를 듣고 나니 맨정신으로는 버티지를 못하겠더군. 그래서 근처의 선술집을 찾아갔었네." 그날이 정규와 청유가 처음으로 연을 맺은 날이었다. 선술집에서 연신 술을 들이켜며 불우한 신세 한탄을 속으로만 삭이고 있는 정규 앞에 선술집 주인이 산적(散炙) 안주를 불쑥 올려놓고는 영문을 몰라 하는 정규에게 "저 손님이 올리시라 했다"는 말을 전했다. 선술집 주인이 가리킨 손가락의 끝에는 생전 처음 보는 얼굴이 있었다. 평소의 화려한 차림새와는 달리 소복(素服)처럼 보이는 수수한 차림의 청유는 정규에게 다가와 공손하게 인사를 올렸다. 정규에게 잔을 몇 번 채워준 청유는 넌지시 말을 건넸다. "이번에 안타까운 일을 당하셨다 들었습니다. 그 일을 정성껏 치르시는 데 제가 약소하나마 도움을 드렸으면 합니다."

무술만 팠을 뿐 세상물정에는 영 관심이 없는 정규도 청유가 자신의 처지를 이미 다 알고서 여기를 찾아왔다는 것을, 그리고 돈푼깨나 만지는 사람이라는 것을 눈치채는 건 조금도 어려운 일이 아니었다. "문득 내자가 가는 길이나마 성대하게 보내주자는 생각이 들지 뭔가?"

정규는 장사(葬事)를 치르는 데 필요한 돈을 청유에게서 받고, 과거를 마치고 난 다음에 청유가 하는 당부를 들어주기로 약조했다.

"형수님 장사 지낼 돈 때문에 그랬던 거요? 아니, 돈이 필요하면 나한테 상의라도 했어야 하는 것 아니오?"

"자네나 나나 조금만 센 바람이 불어도 훨훨 날아갈 쏨지를 가진 팔자 아니던가? 그런 판에 돈 얘기를 꺼내면 자네는 어찌 했을까? 송 교리님하고 상의하겠지? 그런데 송 교리님 형편에 무슨 뾰족한 수를 내실 수 있겠나? 괜한 일로 심려만 끼치고 말 뿐이지."

"그게 어찌 괜한 일이겠소?"

"그만하게. 다 지난 일이잖은가?" 술을 한 잔 들이켠 정규. "우리 내자(內子)가 못난 지아비 만나 참으로 고생이 많았지. 가는 길이나마 그렇게 호강을 시켜주지 않으면 평생 맘 편히 잠을 잘 수가 없겠더군. 그런데 말일세, 그렇게 성대한 장사를 치러주면 가는 사람이 정말로 기뻐하는 걸까? 떠난 사람이 진짜로 호강했다고 흐뭇해하면서 지긋지긋한 이승에 대한 미련 같은 거 훌훌 털고 저승으로 갈 수 있는 걸까?"

뭐라 대답할 말을 찾지 못한 병욱은 저승에 간 사람 대신 이승에 있는 사람에 대한 얘기를 힘없는 소리로 꺼냈다. "형수님 장사 성대히 지내주려고 벼슬길을 끊어버렸군요. 이제 형님이 관직에 나갈 길은 영영 없어졌으니 말이오."

"그날 청유 도령도 그 얘기를 하더군. 청유 도령이 얘기를 안 했어도, 잘 나가는 전기수 호위무사 노릇하는 놈이 사모관대를 입는 걸 세상이 그냥 놔두지 않을 거라는 건 나도 잘 알고 있었네만. 그런데 내가 여기로 오지 않고 무과를 계속 준비했다면 언젠가 과거에 급제할 수 있었을까? 어차피 급제하는 사람들은 다 정해진 것 아니었나? 내 팔자에 관운(官運)이 없어서 그런 것인지 세상이 그렇게 돌아가서 그런 것인지는 나도 모르겠네만." 정규는 생각만 해도 어이가 없다는 듯 너털웃음을 지었다.

급제를 위해 오랜 세월을 바쳐온 두 사람은 울적한 기분에 한동안 말없이 서로의 술잔을 채워주기만 했다. 몇 잔을 주고받은 끝에 정규가 입을 열었다. "여기서 이러고 있다면서 나를 타박할 작정이라면 관두게. 전후야 어찌 됐건, 잘한 일이건 못한 일이건, 청유 도령에게 큰 은혜를 입었으니 이렇게라도 보답하는 게 사람의 도리라 생각해서 이러는 거니까. 청유 도령이 말일세, 그날 술에 취한 나를 위해 근처 주막의 큰방 하나를 통째로 빌려주더군. 그 덕에 내자를 위해 실컷 울 수 있었다네. 사내대장부 체면이 뭐라고, 사람들 눈이 무서워 실컷 울지도 못하고 있었는데 그렇게 하고 나니 속에 쌓인 울분과 설움이 조금은 덜어지더군. 그런 은혜를 입었으니 보답을 하는 게 사람 된 도리 아니겠는가?"

"그럼 앞으로도 계속 청유 도령의 호위무사 노릇을 할 작정이오?"

"자네가 무슨 걱정을 하는지 아네. 여기 눌러앉는 일은 없을 것이니 그리 걱정 말게. 청유 도령이 약조한 바가 있네. 며칠 뒤에 쇠심줄이라는 놈이 몰고 오는 패거리를 정리만 해주면 떠나도 괜찮다 했네."

속에서는 하고 싶은 얘기가 급류처럼 휘몰아쳤지만, 시커먼 물에 휩싸인 물건의 형체를 제대로 분간하기 어려운 것처럼 병욱은 무슨 말을 해야 옳을지 갈피를 잡지 못했다. 결국에 병욱의 입에서 나온 말은 이랬다. "오래간만에 솜씨 좀 봅시다."

정규는 그 말이 나올 걸 예상한 눈치였다. 못 보던 사이에 정규의 봉술이 녹슬지는 않았는지 확인하려는 병욱의 속셈을 짐작한 것이다. 호리병을 모두 비운 두 사람은 자리에서 일어났다. 극락재 안의 인적이 드문 곳을 찾아간 두 사람은 봉을 섞으며 봉술을 겨뤘다. 병욱은 형언하기 힘든 울분을 터뜨리듯 정규에게 맹공을 퍼부었고, 정규는 예전에 봉술을 겨룰 때 그랬던 것처럼 병욱의 봉을 어렵지 않게 젖히고 피하고 막고 밀어냈다.

정규의 솜씨가 전혀 녹슬지 않았다는 걸 확인한 병욱은 정규를 놀래기로 했다. 원각(圓覺)에게 배운 봉술을 선보인 것이다. 정규는 예상하지 못한, 청나라 봉술의 초식이 섞인 병욱의 봉술에 놀라 주춤거리고 뒷걸음질을 쳤다. 정규는 병욱이 기습적으로 펼친 봉술을 상대하면서 그간 병욱의 봉술이 늘었다는 사실을 속으로 기뻐했다. 한편으로는 병욱의 봉을 계속 막아내는 동안 병욱이 구사하는 봉술의 장점과 약점을 분석했다. 그러고는 결국 약점을 찾아내 공세로 전환해서는 병욱을 궁지로 모는 데 성공했다. 결국 봉술 대결은 정규의 봉술 솜씨는 여전히 조선 팔도 제일이고 병욱의 봉술은 그간 몰라보게 늘었다는 걸 확인하면서 끝이 났다. 두 사람은 숨을 헐떡거리며 땀을 닦았고, 그 와중에 정다운 눈길로 서로를 바라보며 한층 더 두터워진 우애를 확인했다.

가마를 타고 집으로 돌아오는 동안, 아영은 청유의 의견을 반영해 주가를 더 악독한 자로 만들고 상 씨가 더 큰 고초를 겪게 만드는 식으로 이야기를 풀어나갈 방법을 궁리하느라 머리를 싸맸다. 뾰족한 수는 떠오르지 않았다. 결국 아영은 아버지와 상의해보기로 결정했다.

"주가가 상 씨에게 무슨 짓을 하게 만들지 도통 생각이 나지를 않는다는 말이냐?" 아영이 고심하고 있다는 얘기를 들은 민기가 물었다. 대답을 들으려고 물은 게 아니라, 이야기를 이어나갈 발판으로 삼으려고 자문(自問)해본 거였다. 민기가 아영이 지어낸 이야기에서 받은 인상은 청유가 받은 인상하고 비슷했다. 상 씨가 지금 겪는 고초는 이야기를 더 재미있게 만들기에는 너무 짧고 시시했다. 민기는 아영에게 독미나리에서 얘기를 끝낼 게 아니라 간부(奸夫)와 간부(奸婦)가 독미나리를 쓰려는 걸 막아 남생의 목숨을 구했는데도 오히려 상 씨가 곤궁에 처하게 되는 식으로 이야기를 풀어가는 게 어떻겠느냐고 넌지시 충고했다. 아버지와 청유의 조언대로 하는 게 옳다고 생각한 아영은 밤새 이야기를 이리저리 굴려봤고, 그 결과 송곡댁이 아침상을 찬간으로 물린 다음에 민기에게 그때까지 진전된 얘기를 들려줄 수 있었다.

남생의 안위가 걱정돼 남생의 집 근처를 맴돌던 상 씨는 어느 날 독미나리를 이고 남생의 집으로 들어가는 아녀자를 보게 된다. 한양 사람들은 독미나리를 본 적이 없어 그게 얼마나 위험한 푸새인지 모르지만, 강원도에 사는 먼 친척이 상경 길에 가져온 독미나리를 먹어본 적이 있는 상 씨는 그걸 보자마자 하 씨와 주가가 하려는 짓이 무엇인지를 대번에 알아차린다.

상 씨는 당장 대문을 박차고 들어가 독미나리 얘기를 만천하에 알리고 싶은 마음이 굴뚝같았으나, 독미나리가 어떤 것이고 얼마나 위험한 건지를 모르는 사람들에게 그런 얘기를 해봐야 통할 리 없고 그 얘기로 실랑이를 하는 동안 하 씨와 주가가 독미나리를 없애버리기라도 한다면 자신이 곤란해질 거라는 생각을 하기에 이른다. 상 씨는 어쩔 도리 없이 남생의 집에 들어가 독미나리를 없애버리기로 결심한다. 한밤중에 교교한 달빛을 받으며, 한때 자신의 집이었으나 이제는 남몰래 들어가야 하는 집이 된 곳으로 들어가려 담을 넘는 상 씨의 심정은 참담하기 이를 데 없다. 찬간에 들어간 상 씨는 아침거리로 쓰려고 다듬어둔 나물들 속에서 독미나리를 찾아내 아궁이에 넣어 태워버린다.

그러나 찬간을 나온 상 씨는 뒷간에 가던 하인에게 들키고 "도둑이다"라는 하인의 고함 때문에 일대소동이 벌어진 끝에 하인들에게 잡혀 남생 앞으로 끌려간다. 남생은 상 씨가 자신의 목숨을 구했다는 것도 모르고 "소박당한 전처가 어찌 다시 집에 돌아온 것이냐?"고 엄한 목소리로 물으며 혹시 "자기나 하 씨를 해하려 온 것"은 아닌지 추궁한다.

상 씨는 무고함을 밝히려 하지만 독미나리는 이미 타서 재가 된 터, 어찌할 도리가 없다. 하 씨는 자상하고 나긋나긋한 목소리로 "궁핍해진 상 씨가 한 푼이라도 챙기려 담을 넘은 것 같은데 너그러이 용서해줘 서방님이 얼마나 아량이 넓은 사람인지를 온 세상에 알리자"고 사람들 앞에서 남생을 꼬드긴다. 상 씨는 그 덕에 풀려나지만 남생이 하인들에게 내린 엄명 때문에 다시는 남생의 집 근처에 얼씬도 못하게 된다.

한편, 상 씨 때문에 독미나리를 쓰려는 간계가 수포로 돌아간 하 씨

와 주가는 상 씨의 목숨을 완전히 앗아버려 후환을 없애기로 작정
한다.

애기를 들은 민기는 흡족한 듯 고개를 끄덕였지만, 정규 일로 심란
해진 병욱은 위기에 처한 손녀가 치는 발버둥을 안타깝게 지켜볼 뿐
손녀를 도와줄 마음의 여유는 없었다.

그런데 이야기를 여기까지 풀어간 아영에게는 또 다른 골칫거리가
있었다. 이후로 이야기를 풀어가려면 상 씨가 남생의 집 근처를 돌아
다니면서 남생의 집안이 어떻게 돌아가는지를 잘 알게 만들어야 했
다. 그렇게 해야 상 씨가 하 씨와 주가가 하는 패악질을 막으려 애쓰는
과정에서 고초를 겪게 만들 수 있고, 그렇게 해야 사람들이 더 솔깃해
할 이야기를 더 매끄럽게 풀어갈 수 있을 텐데, 남생의 엄명으로 상 씨
가 남생의 집에 접근하지 못하게 됐으니 그런 식으로 이야기를 풀어
갈 마땅한 방법을 찾는 건 난망할 일이 된 것이다.

"이야기가 이렇게 풀렸으니, 이제부터는 상 씨가 본가 근처를 돌아
다니더라도 사람들이 상 씨를 알아보지 못하게 만들어야 할 것 같은
데, 어찌 그렇게 해야 할지를 모르겠습니다. 상 씨가 변복(變服)을 해서
정체를 숨기게 만드는 것도 생각해봤지만, 그것도 한두 번이지 매번
그렇게 하는 건 조금 억지스러운 느낌이 듭니다. 그런데 아무리 머리
를 짜봐도 도통 좋은 수가 떠오르지를 않습니다. 오죽하면 상 씨가 얼
굴에 점을 하나 찍었더니 사람들이 상 씨를 알아보지 못한다는 식으
로 이야기를 풀어가면 어떨까 하는 생각까지 해봤겠습니까?"

정규에 대한 고민을 하느라 몸만 그 자리에 있는 것 같던 병욱이 그

얘기를 듣고는 피식 웃었다. "말도 안 되는 얘기 아니냐? 고작 얼굴에 점 하나 찍었다고 사람을 알아보지 못한다니?"

잠자코 듣고 있던 민기가 고개를 설레설레 젓더니 입을 열었다. "점을 한 개만 찍는다고? 그렇게 해서 얼굴이 바뀌겠느냐? 사람 얼굴에 점 하나 찍는다고 그 사람을 잘 알던 사람들이 그 사람을 몰라볼 수 있겠느냐 말이다." 아영이 민기의 말에 더욱 좌절했을 때 민기가 말을 이었다. "세 개는 찍어야지 않겠느냐? 아니, 그거로는 모자라겠구나. 다섯 개를 찍으면 어떻겠느냐?"

민기의 입에서 나온 뜻밖의 얘기에 병욱은 목소리를 높였다. "아니, 조카님. 그게 말이 되는 소리인가? 사람 얼굴에 점 다섯 개 찍었다고 주위 사람들이 아무도 알아보지 못한다는 게?"

그러자 민기는 곧바로 반박했다. "당숙 어른, 그런 식으로 따지면 세상에 제대로 남아날 이야기는 없을 겁니다. 그렇게 치면 제비가 물고 온 박씨에서 자란 박에서 금은보화가 튀어나오고 토끼가 자라 간을 구하러 용궁에 가는 게 말이 되겠습니까? 공양미 삼백 석에 팔려 바닷물에 뛰어들었다가 용궁에 가는 건 또 어떻습니까? 이야기는 그런 겁니다. 사람들이 재미있어하는 이야기에는 어느 정도는 빈틈이 있을 도리밖에 없고, 어떤 때는 오히려 그 빈틈 때문에, 앞뒤가 제대로 맞물리지 않아 적당히 삐걱거리는 것 때문에 더 사람들의 마음을 얻기도 하는 겁니다."

『상씨부인전』의 얼개를 처음으로 들려주고 닷새 뒤, 그러니까 관인방에서 만나 약조하고 열흘째 됐을 때 극락재를 찾아간 아영은 청유를 만나 그 사이에 지어낸 이야기를 들려줬다.

하 씨는 눈엣가시 같은 상 씨가 살아있으면 언제 무슨 짓을 할지 몰라 안심이 안 된다며 무슨 수를 써서든 상 씨를 죽이라고 주가를 부추긴다. 그러자 그믐 무렵의 달빛 없는 어느 밤에 홀로 집을 나선 주가는 상 씨가 사는 으슥한 초막(草幕)을 찾아간다. 그러고는 상 씨가 쫓겨난 직후에 산속을 헤매다 찾아낸 폐가를 손봐 살림집으로 쓰는 이 초막에 불을 지른다. (이야기가 이 대목에 이르자 청유의 얼굴이 환하게 밝아졌다.) 주가는 초막을 깡그리 태운 불에 상 씨가 죽었을 거라 생각하며 돌아가지만, 상 씨는 초막 뒤쪽의 구석을 뚫고 나와 비탈로 구르면서 간신히 목숨을 구하는 데 성공했다. 그러나 그 와중에 얼굴 왼쪽에 심한 화상을 입었다.

초막에서 한참 떨어진 곳에 사는 이웃으로, 초막에 붙은 불이 산불로 번질까 싶어 불을 끄러 달려왔다 돌아가는 길에 상 씨를 발견한 마음씨 고운 부부는 상 씨를 데려가 극진하게 치료해 기력을 찾게 해주지만, 상 씨가 얼굴에 입은 화상은 어떻게 할 도리가 없다.

바깥출입을 할 수 있을 정도로 몸을 건사한 상 씨는 죽을 고비를 넘겼으면서도 여전히 남생에 대한 걱정을 떨치지를 못한다. 얼굴의 화상 때문에 사람들이 자신을 알아보지 못할 거라 생각한 상 씨는 두건으로 얼굴의 흉터를 가리고는 낙산 일대를 돌아다닌다. 예상대로, 친하게 지내던 사람들조차 자기를 알아보지 못한다는 걸 확인한 상 씨는 때마침 찬모(饌母)를 구하는 남생의 집을 찾아가고, 화상을 입은 흉측한 몰골로 찾아온 아녀자의 음식솜씨가 썩 훌륭하다는 걸 알게 된 하 씨는 그 아녀자가 상 씨라는 건 꿈에도 생각 못하고는 상 씨를 찬모로 들인다.

그러고 얼마 안 있어 하 씨가 회임하는, 남생에게 경사스러운 일이 일어난다. 그러나 하 씨가 한밤중에 뒷간에 가는 척 안방을 나와서는 슬그머니 주가의 방에 들어가는 걸 밤마다 봐온 상 씨는 하 씨의 뱃속에 있는 아기는 남생의 씨가 아닌 게 분명하다고 확신한다. (청유의 얼굴은 이 대목에서도 역시 밝아졌는데, 특히 '씨'라는 말을 들었을 때는 특히 더 밝았다.)

한편, 하 씨는 상 씨에게 찬간 일을 모두 맡기면서도 국수라면 사족을 못 쓰는 남생에게 올릴 국수를 차릴 때면 상 씨를 부엌에서 내보내고는 손수 국수를 뽑고 육수를 내서 국수를 만다. 그러면 남생은 하 씨의 국수 맛에 감탄하면서 두어 그릇을 더 먹기 일쑤였다. 그렇게 하루도 빼놓지 않고 국수를 먹던 남생은 종국에는 끼니마다 국수를 먹고 싶어 하기에 이른다. 그런데 하 씨가 국수를 처음 만 이후로 서너 달이 지나자, 남생은 몸에 힘이 하나도 없다면서 툭하면 잠을 잤고 가끔은 식은땀을 흘리기까지 한다. 어느 날, 상 씨는 외출했다 돌아온 주가가 사람들 눈을 피해 하 씨에게 무언가가 담긴 보자기를 건네는 걸 보게 된다.

"그 보자기 안에 뭐가 들어있는 겁니까?" 청유는 궁금한 표정으로 대답을 재촉했다.

"뭐가 들었을 것 같습니까?" 아영은 곧바로 대답을 내놓는 대신 되물어보는 것으로 뜸을 들였다. 아영은 이야기꾼들이 이런 수법을 써서 사람들의 조바심을 부채질하고 애태우게 만드는 것으로 사람들을 사로잡는다는 것을 잘 알았다. 그래서 청유 같은 으뜸가는 전기수를 상대로 그 수법을 한 번 써먹어 본 건데, 글만 쓰던 자신이 처음으로 말로 써먹은 수법이 먹혀드는 걸 보니 그리도 기쁠 수가 없었다. 전기수들도 이럴 때 느끼는 짜릿함 때문에 쉽지 않은 전기수 일을 계속하게 되는 걸 거라고 아영은 생각했다. 아영은 담담한 표정은 그대로 유지하면서, 약을 올리듯 천천히 말을 뱉었다. "보자기 안에 들어있는 건, 이야기에서는 조금 나중에 밝혀지겠지만, 양귀비 껍질입니다."

"양귀비 껍질이요? 그러니까 국수를 오래 먹고 나서 남생이 보이는 증세는 양귀비 껍질을 먹고 나선 생긴 거란 말입니까?"

"예. 양귀비 껍질을 장복(長服)하면 그렇게 된다는 걸 본초학(本草學) 책에서 읽었습니다."

결국 상 씨는 우여곡절 끝에 하 씨가 국수에 양귀비 껍질을 갈아 넣었다는 걸 파헤치고는 포청에 발고(發告)하여 하 씨와 주가가 합당한 처벌을 받게 만들고, 뒤늦게 상 씨의 충심(衷心)을 알게 된 남생은 상 씨에게 사죄하며 상 씨를 다시 안방으로 들인다. 이후로 남생과 상 씨는 오래오래 행복하게 살았다.

"이야기는 이렇게 권선징악으로 끝납니다. 그리고 이건 어디까지나 청유 도령께서 선택하기에 달린 건데, 이야기를 듣는 많은 사람이 상 씨의 얼굴에 생긴 흉터를 안타까워할 거라 생각합니다. 그런 분들을 위해 '지아비를 향한 상 씨의 충심에 감복한 산신령이 나타나 상 씨의 화상자국을 없애주었다'는 내용을 결말에 덧붙이는 것으로 이야기를 마무리하는 방안도 생각해볼 만하다고 봅니다. 갑자기 산신령이 등장하는 것으로 이야기를 마무리하는 건 너무 허황되다고 생각하는 사람들도 있을 수 있으니, 이렇게 마무리 짓는 문제는 어디까지나 청유 도령께서 생각해보시고 결정하셨으면 합니다."

고개를 끄덕이는 청유의 얼굴에 뾰로통한 표정이 잠깐 어렸다 사라졌다. 청유는 지금까지 이야기는 모두 마음에 든다면서도, 다만 상 씨 부인을 도와주는 사람이 한 명 있었으면 좋겠다고, 그 사람이 건장한 사내였으면 특히 좋겠다고 말했다. 아영은 지금까지 들려준 이야기로도 큰 문제가 없어 보이는데 굳이 건장한 사내를 한 명 더 등장시킬 이유가 뭐가 있느냐고 생각하면서도 엉겁결에 상 씨 부인의 시동생을, 그러니까 남생의 동생을 등장시키면 어떻겠느냐는 말을 내뱉었다.

그러자 청유는 "좋은 생각"이라고 맞장구를 치면서 미리 생각이라도 해놓은 것처럼 말을 이었다. "상 씨가 양귀비 껍질의 정체를 알아내기 직전에, 오랫동안 출타했던 시동생이 남생의 집에 돌아오게 하는 것은 어떻겠습니까? 평소 형수의 지고지순함을 높게 우러르던 시동생이 남들은 못 알아보는 상 씨의 얼굴을 단번에 알아보고는 형수가 하 씨와 주가 연놈을 몰아내고 안방으로 돌아올 수 있도록 돕게 만들면 좋지 않겠습니까?"

아영은 곧바로 대답할 수가 없었다. 아영이 머뭇거리는 걸 본 청유는 "궁리를 더 해보시고 닷새 뒤에 또 뵙는 건 어떨는지요? 그리고 지금까지 말씀하신 이야기를 글로 써서 이틀 안에 보내주실 수 있겠사옵니까?"

아영은 그러마고 하고는 닷새 후에 보자며 극락재를 나섰다. 아영은 '글로 옮기는 일만 하고 나면 오늘 밤은 오래간만에 두 발 뻗고 자겠구나' 안도하며 흔들거리는 가마의 장단을 즐기며 귀가했다. 아영은 민기에게 극락재에서 청유와 만난 얘기를 들려줬다.

자초지종을 들은 민기는 이해가 되지 않는다는 표정으로 물었다. "청유가 네 이야기를 듣고도 별말 없이 그대로 받아들였다는 말이냐?" 그러고는 손을 들어 아영의 대답을 막고는 잠시 생각에 잠겼다가 말을 이었다. "아직 끝이라고는 말하지 못할 것 같구나, 아영아. 이야기가 너무 약하다. 아니, 덜 막돼먹었다 해야겠지. 청유가 들려주고 픈 이야기는 갈 데까지 간 막돼먹은 이야기이긴 하되 너무 갈 데까지 간 것처럼 보여서는 안 되는 이야기란다. 어찌 그럴 수 있느냐 하겠지만, 전기수로 으뜸의 경지에 오른 청유라면 분명 그런 이야기를 원할 것이다. 회임 문제도 그렇다. 주가와 눈이 맞은 하 씨를 회임하게 만드는 것은 듣는 사람들을 격분하게 만들 좋은 이야깃거리이지만, 회임한 아녀자가 삿된 짓을 하거나 천인공노할 일을 벌이는 이야기를 듣는 건 왠지 모르게 꺼림칙하게 생각하는 게 인지상정이다. 그러니 하씨는 패악질을 하더라도 회임하지 않은 몸으로 하게 만들어야 한다."

아영은 오늘 밤에도 편한 잠을 자기는 글렀다고 생각했다. 아영은 어쨌든 밤이니까 잠자리에 눕기는 했지만, 눈을 떴을 때는 시커먼 천장을 바라보며, 눈을 감았을 때는 낙산에 있는 남생의 집을 그려보며 깊은 고민에 잠겼다. 어떻게 하면 하 씨와 주가를 더 막돼먹게 만들 수 있을까? 하 씨의 회임은 어떻게 처리해야 한단 말인가?

아영은 지금까지 펼쳐진 이야기를 더 막돼먹게 만들 수 있는 상황을 하나씩 떠올렸다가 차마 그렇게까지 할 수는 없어 고개를 설레설레 젓고는 했다. 음심(淫心)을 주체 못한 하 씨가 시동생을 유혹해 시동생의 방에 들어가게 만든다는 생각은 그 자리에 오실 마님들의 인품을, 아니 아영 자신과 민기의 인품을 생각하면 떠올리는 것조차 해선 안 될 일이었다. 주가가 상 씨를…. 아니, 앞에 한 생각이나 이거나 도긴개긴 아닌가? 상 씨가 그렇게까지 심한 고초를, 아니 치욕을 겪게 만들면 지금까지 이야기에 빠져들었던 사람들은 진저리를 치면서 이야기에서 정을 뗄 공산이 컸다. 상 씨가 오랜 고생 끝에 만난 시동생에게 서서히 연심(戀心)을 품고…. 이것도 생각해서는 안 될 내용이다. 이런 얘기를 지어냈다 잘못하면 강상(綱常, 사람이 지켜야 할 도리)에 어긋난 이야기를 지어 퍼뜨렸다는 죄로 포청에 잡혀갈지도 모를 일이었다. 난데없이 하 씨의 여동생이라는 여자가 나타나 남생과…. 아영은 왜 자꾸 이렇게 음담(淫談)에 가까운 설정들만 떠오르는 것인가 싶어 짜증까지 났다. 그런데 그런 음담 비슷한 이야기가 듣는 이들을 혹하게 만드는 데는 제일 효험이 좋은 이야기인 것도 사실이었다. 게다가 아영은 천박한 내용을 떠올리면 왠지 모르게 신이 나기도 했다. 왜 그렇게 신이 나는지는 도통 모를 일이었다.

다행히 그렇게 생긴 짜증을 달래는 동안 그럴싸한 설정이 떠올랐다. 오랜 세월을 한 여자한테만 만족하는 사내는 찾아보기 힘든 법, 하 씨에게 싫증이 났지만 내색은 않던 주가가 남생의 집 계집종 중에서 맹랑한 아이와 눈이 맞게 만들고, 그래서 이번에는 주가와 계집종이 '남생 문제를 처리하고 나면 하 씨를 처리하자'는 데 뜻을 모았다는 식으로 이야기를 풀어가자는 생각이 떠오른 것이다. 패악질을 벌이는 하 씨와 주가가 각자 딴마음을 품게 만들면 사람들이 두 사람의 일거수 일투족에 더 관심을 기울이도록 만들 수 있었다. 잘만 풀어내면 하 씨의 회임 문제도 그걸로 해결할 수 있을 듯했다. 아영은 일단 이 설정을 바탕으로 이야기를 풀어가기로 했다.

그리고 그 과정에서 출타했다 돌아온 시동생이 출타 중에 머리를 크게 다치면서 과거의 기억을 완전히 잃은 채로 귀향했다고 설정하는 방안도 떠올렸다. 그러나 속된 이야기 중에는 그런 식으로 손쉬운 설정을 하는 경우가 많기에, 기억을 잃게 만드는 것은 자칫했다가는 저잣거리에서나 잘 먹힐 저속한 이야기로 보이게 만들 수도 있기에 함부로 선택하기는 어려운 설정이었다. 아영은 지금은 일단 미뤄뒀다가 나중에 이야기를 풀어가기가 정 어려울 때가 생기면 "머리를 크게 다친 후유증으로 간간이 과거의 기억을 완전히 잃는 증상을 보이고는 한다"는 식으로 써먹기로 마음먹었다.

잠을 자는 둥 마는 둥하며 밤을 새운 아영은 댓바람이 넘었을 때 병욱과 함께 걸어서 극락재로 갔다. 약조를 한 것이 아니었기에 아영을 태우러 올 가마는 없었다. 그런데 미리 전갈을 하지도 않았는데도 청유는 마치 아영이 찾아올 줄 알았다는 듯한 기색으로 나와 두 사람을 반가이 맞았다. 병욱이 정규를 만나러 가면서, 아영과 청유는 다시 정자에 마주앉았다.

아영은 하 씨를 유산시키기로 결정했다고 말했다. "그렇게 하면 회임한 것을 남생의 재산을 당당하게 가로챌 절호의 기회로 여기던 하 씨가 유산을 하게 되자 잔뜩 독기가 오르게 만들 수 있습니다. 그리고는 자기가 유산한 것을 아무 죄도 없는 남생과 상 씨 탓으로 여기면서 이전보다 더 악독한 짓을 벌이게 만들 수 있고, 듣는 이들은 더욱 격분하며 상 씨를 안타까워하게 될 것입니다."

청유의 얼굴은 그보다 더 밝을 수가 없었다. "좋습니다. 역시 월영 아씨입니다. 어제 해주신 이야기를 들으면서 이보다 더 좋을 수는 없을 거라 생각했는데, 오늘 들려주신 이야기는 그보다도 한결 더 뛰어나군요. 역시 장안의 달필이자 이야기보따리라는 월영 아씨답습니다." 항상 그렇지만, 청유의 칭찬은 입에 발린 소리라고 생각하면서도 듣는 게 싫지는 않았다. 청유는 상 씨의 시동생에 대한 아영의 구상도 기분 좋게 받아들였는데, 그러면서도 한 가지를 덧붙였으면 좋겠다고 말했다. 청유는 "좋겠다"고 말했지만 아영의 귀에는 "그렇게 하라"는 명령으로 들렸다. 청유는 어제 곰곰이 생각해보니 상 씨의 시동생이 출타한 것은 북진(北鎭)을 침범하는 오랑캐를 물리치기 위함이었다고 하면 좋을 것 같다는 생각이 들었다고 했다. 아영은 좋은 생각이라고 판단했다. 그렇게 하면 시동생이 오랑캐와 싸우다 머리를 다친다는 식으로 이야기를 자연스럽고 매끄럽게 풀어갈 수 있을 터였다. 아영이 청유의 제안을 반기면서, 두 사람의 만남은 화기애애한 가운데 끝이 났다.

"오신 김에 극락재 숙수의 솜씨를 맛보고 가시라"는 청유의 권유에 아영은 극락재의 맛있는 점심을 대접받았다. 아무리 입맛 까다로운 대갓집 마님들이라 해도 흠잡을 데를 찾을 길이 없을 법한 맛이었다. 다담까지 즐긴 아영은 해가 중천에 떠 있으니 혼자 집에 가도 괜찮다는 말로 병욱이 정규와 더 시간을 보낼 수 있도록 배려하고는 집에 돌아와 지금까지 청유와 상의해서 뜻을 모은 내용을 글로 옮기기 시작했다. 이튿날, 청유가 보낸 아랫사람에게 완성된『상씨부인전』을 건넨 아영은 오래간만에 홀가분한 기분이 됐다. 시원한 바람이 조금만 세게 불기라도 하면 둥실 떠올라 부드럽게 넘실거리는 목멱산(木覓山)의 푸르른 소나무 숲 위를 날아다닐 것만 같은 기분이었다.

묘한 분위기가 극락재를 감싸고 있었다. 이즈음 북촌 일대에서, 아니 한양 일대에서 극락재가 어떤 곳인지를 모르는 사람은 아무도 없었다. 그러니 지금 이 동네 사람들은 극락재가 처음으로 문을 열고 첫 연희를 펼친다는 사실에 적잖이 들떠있었다. 사람들은 극락재 대문이 열릴 때마다 문틈으로 힐끔힐끔 훔쳐본 현란한 집안 모습에 감탄하기도 하고 극락재로 꾸준히 들어가는 재인들과 갖가지 물화를 보며 얼마나 성대한 연희가 펼쳐질지를 상상하며 그걸 직접 볼 수 있는 형편이 되는 사람들을 부러워하고는 했다.

그런데 관인방과 북촌 일대의 분위기는 꼭 극락재에서 펼쳐질 연희 때문에만 들떠있는 게 아니었다. 사람들이 한양 곳곳에서 극락재로 모여들고 있었는데, 그중에는 이런 자리에 영 안 어울려 보이는 사람들도 있었다. 그리고 극락재를 감싼 묘한 분위기는 바로 그런 사람들 때문이라는 걸 아영은 전혀 감지하지 못했다. 아영이 탄 가마는 극락재 대문을 들어와 마당에 아영을 내려줬기 때문이다. 그러나 아영을 호위하고 온 병욱은 그런 분위기를 피부로 느꼈고, 그런 분위기가 빚어진 이유와 이후로 어떤 일이 벌어질지를 알고 있었다.

가마에서 내린 아영은 잠시 구경꾼으로 변신해 주위를 돌아다니며 손님맞이를 위해 제대로 단장한 극락재의 모습을 살펴봤다. 이쪽 지붕과 저쪽 지붕 사이에 늘어진 알록달록한 천들은 경내를 구경하는 아영이 걸음을 옮길 때마다 아영을 다른 색으로 물들였다. 청유의 이야기에 맞춰 풍악을 울릴 악사들이 호흡을 맞추며 내는 소리는 흥겨움과 음산함과 구슬픔 사이를 오갔다.

찬간에서는 손님들께 대접할 점심과 다담 준비가 한창이었다. 얼핏 보면 난리가 난 것처럼 보이는 찬간에서는 대령숙수(待令熟手) 가문의 서자(庶子)이지만 집안의 비법을 제대로 물려받은 숙수가 분주히 오가며 호통을 쳐댔고, 아랫사람들은 숙수의 호령에 따라 부지런히 손과 발을 놀렸다. 한쪽 구석에서는 계집종 둘이 열심히 나물을 다듬고 있었다. 아영이 생전 처음 보는 나물이 계집종들 옆에 잔뜩 쌓여있었다. 아영이 오늘 같은 날 아무리 손님이 많이 오신다 치더라도 그분들 대접하기에는 나물의 양이 무척 많다는 생각을 할 때 하인이 아영을 모시러 왔다. 아영은 하인을 따라 극락재 깊은 곳으로 발길을 옮겼다.

아영은 어느 틈엔가 병욱의 모습이 보이지 않는 것에 은근히 신경이 쓰였다. 아영은 자신이 가마에서 내리자마자 어디론가 사라진 병욱이 아침부터 풍기던 분위기가 무척 마음에 걸렸다. 오늘 병욱의 분위기는 과거시험처럼 굉장히 중대한 일을 앞뒀을 때 풍기고는 하던 그런 긴장된 분위기였다. 그런데 청유가 극락재에서 여는 첫 연희가 병욱에게 그렇게 중대한 일일 리는 없으니 뭔가 다른 일이 있는 게 분명했지만, 지금은 오로지 청유가 펼칠 연희에만 신경을 써야 했기에 병욱 문제를 더 꼼꼼히 생각해볼 여유가 없었다.

청유가 연희를 펼칠 장소는 99칸짜리 고대광실의 널따란 육간대청

(六間大廳)이었다. 조선 팔도에서 으뜸가는 거부 소리를 듣던 소 역관의 집답게 몇십 명이 넉넉히 앉아 각상(各床)으로 받은 식사를 즐기기에 충분한 넓이였다. 꽃과 과일, 나비와 벌레를 솜씨 좋게 그려넣은 화려한 병풍들이 대청의 네 모서리를 따라 놓였고, 병풍 앞에 다소곳이 놓인 푹신한 방석 10여 개는 이곳이 많은 사람이 오래도록 손꼽아 기다리던 연희가 펼쳐질 곳임을 알려줬다. 병풍은 따닥따닥 붙여놓지 않고 일부러 한 뼘 정도씩 거리를 두게 놓여 있었다. 바람이 통하게 하려고 그런 것이기도 했고, 그곳에 앉은 사람들로 하여금 이곳이 바깥 세상하고 완전히 동떨어진 별세계는 아니라는 걸 느끼게 해주려 그런 것이기도 했다.

대청마루 양옆에 있는 방의 문들은 모두 들어열개라서, 필요할 경우 문을 위로 들어 올리고 고정시켜 공간을 트면 양쪽 방까지 사람들이 앉아 대청에서 벌어지는 일을 볼 수 있었다. 그래서 100명 가까운 사람이 참석하는 큰 잔치나 행사를 여는 데도 무리가 없을 듯 보였다.

대청마루로 올라오는 마당 쪽 입구에도 병풍과 방석이 놓여 있었다. 청유가 앉을 자리였다. 병풍 뒤에는 일고여덟 명의 악사가 자리를 잡고 풍악을 울리고 있었다. 나른한 풍악이 은은하게 깔리는 동안 북촌에 있는 각자의 집에서 짧은 나들이에 나선 대갓집 마님들이 아랫사람들의 안내를 받으며 서너 명씩 무리지어 대청에 올랐다. 마님들의 행렬은 오늘 이 자리에서 최고 어른인, 좌의정 대감의 안방마님인 정경부인(貞敬夫人)이 대청에 오르는 것으로 끝났다. 정경부인이 최고 어른인 것은 지아비의 품계가 정일품(正一品)으로 이 자리에 온 다른 마님들의 지아비들의 품계보다 높았기 때문이다. 미리 와서 점잖은 목소리로 환담을 나누고 있던 마님들은 일제히 일어나 정경부인을 맞이하며 갖가지 인사말로 예를 갖췄고, 정경부인은 청유와 마주보는 위치에 놓인 병풍의 바로 앞자리인 상석(上席)에 자리를 잡았다.

아영은 청유의 오른쪽에 있는 방에 있었다. 아영이 앉은 위치는 올리지 않은 끄트머리 들어열개 뒤였다. 청유가 하는 재담을 누구보다 잘 들을 수 있는 위치였다. 아영은 청유의 재담을 듣는 동안 혹시라도 떠오를지 모르는 생각과 마님들이 재담을 들으며 보이는 반응을 적으려고 준비해온 목탄과 종이를 앞에 펼쳐 놨다. 연희가 시작되기를 기다리는 아영의 심정은 복잡했다. 자신이 지어낸 이야기를 당대 최고의 전기수의 입을 통해 듣게 된다는 설렘을 주체 못하다가도, 여기 오신 분들이 지루해하면서 극락재가 문을 열자마자 파장 분위기가 돼버리면 어쩌나 하는 불안감에 자기도 모르게 치마폭을 움켜쥐고는 했다.

아영은 들어열개와 병풍 너머에 있는 분들을, 소리만 들을 수 있는 분들을 상상해봤다. 신분이 신분인지라 눈부시게 반짝이기보다는 은은한 빛을 발하는 쪽을 좋아하는 여인들이었다. 금붙이와 은붙이, 온갖 알록달록한 패물로 몸을 꾸미고 능라를 두른 귀티 나는 여인들이었다.

청유를 향한 그 여인들의 기대감은 하늘을 찔렀다. 이 자리에 온 마님들 입장에서, 광통교에서 미천한 것들 틈에 섞여 청유의 재담을 듣는 건 상상도 할 수 없는 일이었다. 그렇기에 소문으로만 듣던 청유의 귀신같은 혀 놀림을 볼 일은 평생 없을 거라 낙심하던 차에 청유가 이런 자리를 마련했으니 그 기대감이 오죽 컸겠는가. 마님들은 청유가 나타나기를 학수고대하는 동안에도 평소처럼 비녀와 가락지와 노리개 같은 장신구를 은근슬쩍 자랑하며 누군가 '처음 보는 것인데 어디에서 난 것인지' 물어봐 주기를 원했고, 남에게 뽐낼 만한 지아비와 자식과 손주의 근황을 별것 아닌 일인 양 슬쩍 흘렸으며, 이 자리에 없는 사람에 대한 은근한 험담을 늘어놓느라 여념이 없었다.

그리고 그런 얘기 사이사이에 『청향전』과 그걸 쓴 '월영 낭자'를 두고 침이 마르도록 칭찬하는 소리가 섞였다. 미리 점심을 먹고 자리를 잡은 아영은 칭찬을 들으면서 약간 우쭐하기도 하고 무척 부끄럽기도 했다. 그리고 평판 좋은 월영 낭자가 지어낸 이야기를 유명짜한 청유의 재담으로 들을 수 있다는 마님들의 기대감이 드높다는 걸 느끼고는 그렇게 칭찬하는 소리들이 잠시 후에 혹여 크게 실망하는 소리로 바뀌지나 않을지 염려스러웠다.

곧이어 입맛을 돋울 죽이 담긴 각상이 마님들께 바쳐졌고, 그 상을 물린 뒤로는 점심상이 올려졌다. 은수저와 은젓가락, 묵직한 소리를 내는 놋쇠그릇, 육류와 생선과 곡물과 나물이 적절히 섞인 알록달록한 음식들이 차려진 상을 받은 마님들은 정경부인을 필두로 일제히 수저를 들었다. 마음을 차분하게 해주며 소화를 돕는 풍악이 낮은 소리로 깔린, 간간이 웃음소리가 터져 나오는 흥겹고도 유쾌한 자리였다. 점심상을 물린 마님들 앞에는 입가심을 할 다과상이 바쳐졌다. 마님들은 장안에 손꼽히는 숙수가 조리한 음식에 감탄을 아끼지 않았고, 상에 오른 재료와 조리비법에 대한 이야기를 주고받았다. 그중에서 제일 많이 오간 얘기는 처음 보는 나물의 정체에 대한 거였는데 얘기가 분분한데도 결론은 쉽게 나지 않았다. 다만, 뭔지는 모르겠지만 생전 처음으로 접해보는 맛이 나는 독특한 식재료라는 데는 모두들 입을 모았다. 어쨌든 지금까지 마님들 분위기는 이 자리에 오느라 낸 큰돈이 전혀 아깝지 않다는 거였다.

악사들이 둔중한 소리를 내는 것으로 청유가 온다는 신호를 보냈다. 마님들은 일제히 혀를 멈추고 입을 다물었다. 청유는 등장부터 좌중을 압도했다. 귀갑(龜甲, 거북의 등껍질)으로 만든 테에 자수정(紫水晶)을 알로 박은 멋들어진 안경을 쓰고 나타난 청유는 비취 귀걸이도 하는 등 한껏 멋을 낸 모습이었다. 마님들에게 강렬한 첫인상을 심어주려는 심산이었다.

"점심은 맛있게 드셨는지요?" 정중히 절을 올린 청유가 재담에 들어가기에 앞서 한 말이었다. "심중에 깊은 시름을 품고 오신 분들은 그 시름 몽땅 이 자리에 놓고 가시고, 십 년간 쌓인 체증이 있으신 분은 시원하게 뚫고 가시며, 끓어오르는 울화를 주체하지 못하시는 분은 이 자리에 다 쏟아내고 가시기 바라옵니다. 그럼 조선 팔도 아녀자들의 심금을 울리고 눈물샘을 바짝 마르게 만든 『청향전』으로 유명한 월영 낭자가 소인 청유가 모실 귀한 손님들을 위해 특별히 쓴 패설 『상씨부인전』을 들려드리도록 하겠습니다."

부채를 펼친 청유는 풍악의 뒷받침을 받으며 『상씨부인전』을 들려주기 시작했다. 좌중의 마님들은 순식간에 청유의 재담에 빠져들었다. 마님들은 무엇보다도 남의 일 같지 않은, 어쩌면 지금 자신이 처한 것과 비슷한 상 씨의 처지에 공감하며 청유의 재담에 틈틈이 탄식을 추임새처럼 끼워 넣었다. 하 씨가 패악질을 하는 대목에서는 여러 마님의 입에서 욕설은 아니지만 욕설처럼 들리는 말이 터져 나오기까지 했는데, 그런 소리에 아영은 짜릿하기 이를 데 없었다. 이 자리에는 세책방에서 책을 빌려 읽는 독자들에게서는 얻을 수 없는 생생한 반응이 있었다. 글값이 아니라 바로 이런 반응 때문에, 아영은 이후로 이야기를 지어 달라 당부하는 전기수가 많았으면 좋겠다고 생각했다. 기다란 두루마리가 펼쳐지듯 술술 풀려나간 이야기는 어느덧 시동생이 귀가하는 대목으로 치닫고 있었다.

전날 오후, 해가 뉘엿뉘엿 떨어질 때 뜻밖에도 이상규 종사관이 퇴청하는 길에 들렀다며 남촌을 찾아왔다. 민기에게 정중히 절을 올리고는 안부를 묻고 물러난 상규는 긴히 할 얘기가 있다며 병욱을 집 밖 으슥한 곳으로 데려갔다. 주변에 사람이 없다는 걸 재차 확인한 상규는 병욱에게 속삭였다. "북촌에서 정규 형님을 봤다는 얘기를 들었네."

무슨 대단한 얘기인가 싶어 귀를 쫑긋 세웠던 병욱은 맥 빠진 목소리로 대꾸했다. "정규 형님은 이미 만나봤네." 병욱은 과거시험장부터 극락재까지 정규의 몇 달간 이야기를 간략하게 들려줬다.

예상치 못한 얘기에 잠시 당황해하던 상규는 병욱을 타박했다. "이 사람아, 정규 형님을 진즉에 만나봤으면 얘기를 했어야 할 것 아닌가? 내가 정규 형님을 얼마나 걱정했는지 아는가?"

"그렇게 정규 형님이 걱정됐다면 거기 계시다는 얘기를 들었을 때 왜 직접 찾아가 뵙지 않은 겐가?" 병욱은 양반 된 체면에 전기수의 집을 들락거리기는 차마 쉽지 않았을 거라 짐작하며 상규를 위한 길을 터줬다. "요즘 포청에 일이 많아 정신이 없다는 얘기는 송곡댁 통해 들었네. 일이 자네 마음처럼 되지는 않았겠지."

"으음…. 그래서 일이 이렇게 된 게로군." 상규가 병욱의 배려에 고

마워하면서 병욱의 얘기를 들으며 머릿속에 있던 얘기들이 비로소 아귀가 맞아떨어진다는 걸 깨닫고는 혼잣말을 해댔다. 그러고는 무슨 뜻으로 그런 말을 한 건지 의아해하는 병욱에게 쇠심줄 얘기를 들려줬다. "쇠심줄 그놈이 일을 꾸미고 있다는 얘기가 들어왔네. 꾸며도 보통 큰일을 꾸미는 게 아니네. 무슨 꿍꿍이인지 사대문 안쪽만이 아니라 고양하고 광주, 송파하고 말죽거리에 이르기까지 싸움 솜씨로 둘째가라면 서러워할 흉포한 놈들을 수소문해서 관인방으로 데려오고 있다네."

병욱은 어떻게 된 일인지 다 알면서도 모르는 척 물었다. "쇠심줄이라는 놈은 왜 그런 짓을 벌이는 건가?"

상규는 청유와 쇠심줄의 관계를 설명하고는, 저번에 극락재 앞에서 정규에게 당하며 졸개들 앞에서 면이 크게 떨어진 쇠심줄이 체면 때문에라도 청유를 혼쭐내고 싶어 한다고, 그것도 극락재가 문을 여는 날 난리를 피워 청유를 망하게 만들어 본때를 보이겠다며 벼르고 있다는 얘기를 전했다.

"그러면 포청에서는 정규 형님하고 쇠심줄을 어떻게 할 작정인가?"

"그게 말일세, 이상하게 들릴 테지만, 내가 딱히 할 수 있는 일이 없네."

"뭐라? 도성 복판에서 큰 싸움이 벌어질 거라는 얘기를 듣고도 명색이 포청 종사관이라는 사람 입에서 그런 얘기가 나온다는 게 있을 수 있는 일인가? 이렇게 수수방관해도 되냐는 말이네?"

"이 사람이 포청 종사관을 어찌 보고?" 상규는 발끈 화를 냈다가는 꾹 참으면서 말을 이었다. "제 아무리 포청 종사관이라도 윗분들이 허락을 하시고 명령이 떨어져야 무슨 일을 해도 할 것 아닌가? 어찌 된 영문인지 그런 일이 있으니 대책을 세워야 한다는 보고를 올려도 윗분들께서 하나같이 들은 시늉도 않으신다네. 보아하니, 양쪽에서 다 윗분들께 손을 쓴 모양이야."

"양쪽?"

"청유하고 쇠심줄 둘 다 말일세. 쇠심줄 그놈은 그날 일을 벌이더라도 사람 목숨을 위태롭게 만들 날붙이는 절대 쓰지 않겠다고 약조했다고 하고, 청유도 그날 일로 목숨을 잃는 이는 생기지 않을 거라고 장담했다는 거야. 양쪽 다 윗분들께 그날 하루만 극락재 앞에서 벌어지는 일을 눈감아 달라고 기름칠을 한 걸세."

"아니, 기름칠을 해도 그렇지, 도대체 윗분들은 무슨 생각으로 이런 일을 못 본 척한다는 건가?"

"윗분들은 인명을 잃는 일이 벌어져 일이 커지지만 않는다면 이 싸움이 백성들한테는 좀처럼 보기 힘든 좋은 구경거리가 될 거라고 생각하시는 걸세. 그런 구경거리를 못 본 척해주는 인심을 써서 민심을 얻을 좋은 기회라 판단하신 거지."

그리고 지금, 얼굴을 드러내지 않으려, 신분을 감추려 코와 입을 가린 복면을 쓴 병욱은 상규가 들은 얘기가 헛소문이 아니라는 걸 두 눈으로 똑똑히 확인하고는 자신도 모르게 몸에 힘이 들어가고 있었다. 허나, 병욱의 옆에 선 정규는 아침 일찍 들른 병욱이 상규에게 들은 얘기를 전했을 때 그랬던 것처럼 아무 일도 없다는 듯 태평한 모습으로 주위를 돌아보다 평복(平服) 차림으로 사람들 틈에 서 있는 상규와 눈을 마주치고는 눈빛과 미세한 몸짓만으로 은밀히 인사를 주고받고 있었다. 상규는 싸움구경이 자칫 큰 소란으로 비화하는 것을 막으려고 역시 평복 차림의 부하 여럿을 데리고 이곳에 와있었다.

　사람들은 일찍이 사시(巳時, 오전 9시~11시) 무렵부터 극락재 앞 공터에 모여들었다. 극락재 앞에서 싸움이, 그것도 싸움으로는 한가락 하는 싸움꾼들이 맞붙는 볼만한 싸움이 벌어질 거라는 소문이 도성 일대에 파다하게 퍼지면서, 사람들은 오래간만에 손에 땀을 쥐게 만들 구경거리를 보게 될 거라는 기대감에 들떠 있었다. 사람들은 가깝게는 칠패를 주름잡는 꼭두쇠와 애고개를 호령하는 미친개부터 멀게는 광나루를 차지한 칠점사와 말죽거리에서 왕 노릇하는 망치까지 쇠심줄이 사대문 안팎을 부지런히 오가며 정성들여 모셔온 유명한 싸움꾼들 이름과 그들의 장기(長技), 그들이 벌인 대단한 싸움으로 회자되는 싸움들을 입에 올리고 봉을 든 사내를 앞세운 극락재하고 맞붙었을 때 어느 쪽이 이길지를 놓고 침을 튀기며 입씨름을 벌이는 것으로 싸움이 벌어지기까지 남은 지루한 시간을 때우고 있었다. 사람들 입에 오른 자들은 하나같이 엽전 몇 푼만 쥐어주면 눈 하나 깜짝하지 않고 사람을 불구로 만들 수도 있는 짐승 같은 놈들이었다. 어쨌든 사람들은 소문으로만 듣던 그 흉악한 놈들의 싸움 솜씨를 드디어 직접 보게 될 거라는 기대감을 한층 더 키우고 있었다.

　구경하기 좋은 자리를 잡으려고 끼니도 거르고 모여든 사람들이 있고 슬슬 끼니때가 돼가고 있었으니 요깃거리로 떡도 팔고 엿도 파는 사람들이 모여드는 건 당연지사였다. 그런데 그 장사꾼들 열 중 다섯은 청유가 데려온 사람들로, 극락재 주위의 좋은 목을 동틀 무렵부터 차지하고 있었기에 다른 장사꾼들보다 훨씬 더 쏠쏠하게 장사를 하고 있었다.

청유는 극락재에 터를 잡은 이후로 사람들을 풀어 쇠심줄의 동태를 꼼꼼히 살폈다. 그래서 쇠심줄이 이날을 잔뜩 벼르고 있다는 걸 일찌 감치 알아서 대비를 철저히 해둘 수 있었다. 청유는 쇠심줄의 도발이 어떤 면에서는 반갑기도 했다. 많은 사람을 한 자리에 모으고 그 사람들이 퍼뜨리는 입소문을 듣고 몰려온 더 많은 사람들을 상대로 돈을 버는 전기수라는 업(業)의 특성상 뒤를 봐주겠다고 나서는 건달은 달갑지는 않아도 반드시 있어야 할 존재였다. 그런데 쇠심줄은 달갑지 않은 정도가 조금 심했다. 그러니 이번 기회에 뒷배를 봐줄 사람을 쇠심줄 같은 천한 망나니 같은 놈에서 조정과 포청의 높으신 분들로 바꾸자는 게 청유의 심산이었다. 그래서 청유는 이날 여기에서 큰 싸움이 벌어질 거라는 소문을 더욱 부채질해서 구경꾼을 불러 모았다. 그리고 그들에게 요깃거리를 팔아 돈을 버는 수완까지 발휘했다. 극락재가 문을 여는 이날, 청유는 극락재의 담장 안과 밖에 동시에 판을 벌인 셈이었다.

청유는 며칠 전에 이런 정황을 정규에게 전하고 쇠심줄 일당을 막아낼 수 있겠느냐고 물은 바 있었다. 청유의 얘기를 묵묵히 들은 정규는 놈들이 활이나 쇠뇌, 날붙이를 쓰는 게 아니라면 놈들을 막아낼 수 노라고, 어떻게든 막아내겠노라고 다짐했다. 청유는 정규를 철석같이 믿는다고 말은 하면서도 상대가 만만치 않은 놈들이라는 생각에 어느 정도의 불안감은 떨치기가 힘들었다.

병욱이 극락재를 찾아와 정규를 돕겠다고 나선 게 바로 그때였다. 방에서 몸을 추스르는 민기나 이야기 짜낼 궁리를 하느라 다른 데 정신을 팔 여유가 없는 아영과 달리, 자유로이 바깥출입을 하는 병욱은 극락재에서 벌어질 싸움에 대한 소문을 매월을 비롯한 여러 곳에서 들었다. 그래도 포청이 나서서 그런 싸움을 만류할 거라는 생각에 큰 신경을 쓰지 않던 병욱은 상규가 찾아오면서 비로소 상황이 무척 심각하다는 걸 깨닫고 극락재를 찾아간 거였다.

정규는 처음에는 병욱의 앞날이 막힐 수도 있다며 힘을 보태겠다는 병욱을 극구 만류했으나, 어떻게든 형님을 돕겠다는 병욱의 고집과 아무 말도 않지만 은근히 그러기를 바라는 청유의 의향 앞에 하는 수 없이 복면을 쓴다는 조건으로 병욱과 함께 싸우기로 했다. "상대가 상대인지라 저번처럼 득달같이 해치우기는 어려울 테지만, 안에 모신 귀한 분들이 연희를 즐기시는 데 폐가 되지 않게 되도록 1각 안에 일을 끝내셨으면 좋겠습니다." 두 사람을 미더운 눈으로 쳐다보며 청유가 한 말이었다. 그러면서 청유는 다짐하듯 말했다. "이번 일만 제대로 끝내주시면 무사님께서 제게 진 빚은 더 이상 없사오니, 어디든 원하는 곳으로 가셔도 좋습니다. 극락재에 계셔주시면 더할 나위 없이 좋겠습니다만 말입니다."

극락재 대문 앞 널따란 공터에서 살기를 뿜어내는 사내들이 날카로운 눈빛을 주고받으며 대치할 때, 극락재 안 대청마루에서는 화상을 입은 상 씨가 두건으로 흉터를 가리고 남생의 집에 들어가 하 씨와 주가에게 인사를 올리던 중에 정체가 들통 날 뻔한 대목 때문에 드는 이들의 긴장감이 최고조에 달해 있었다. 그런데 방에 앉은 아영은 청유가 이야기를 쏟아내는 장단이 어딘지 모르게 약간 느려졌다는, 그래서 이야기의 흐름이 질질 끌린다는 느낌을 받았다. 그런데 청유는 느려진 장단으로도 아무렇지도 않다는 듯 이야기를 끌고 갔다.

하 씨와 주가가 상 씨를 수상히 여기며 두건을 벗어보라 재촉하던 찰나, 남생의 집 대문을 두드리는 소리와 함께 시동생이 나타나면서 상 씨는 정체가 탄로 날 뻔한 위기를 모면할 수 있었다. 그런데 그렇게 집에 돌아온 시동생이 문을 열고 들어오는 이야기가 나오는 순간이었다. 병풍 뒤에 있던 악사들이 북을 두두둥 울리고 징을 우우웅 때려 연희를 시작한 이후로 제일 큰소리를 내는 것이 아닌가.

안에 있는 사람들은 몰랐겠지만, 밖에 있는 정규와 병욱에게는 그 북소리와 징소리가 전투 개시를 알리는 효시(嚆矢) 역할을 했다. 언제 싸움이 시작되나 목이 빠져라 고대하던 사람들이 기다림에 지쳐 슬슬 투덜대기 시작할 정도로, 쇠심줄을 비롯한 여덟 명의 상대가 섣불리 다가오지는 못하고 주위를 맴돌며 살벌한 기운을 뿜어내는데도 꿈쩍도 않고 기다리던 정규와 병욱은 담장 안에서 약조한 신호가 들려오기 무섭게 봉을 들고 놈들에게 돌진하기 시작했다.

제일 먼저 울려 퍼진 소리는 마침내 싸움이 시작된 것에 흥분한 구경꾼들이 내뱉은 함성소리였다. 함성소리가 잦아들자 우르르 몰려다니며 치고받고 싸우는 사내들의 소리가, 봉이 허공을 가를 때 나는 날카로운 소리와 봉과 봉이 부딪히며 나는 낭랑한 소리가, 한 걸음 내디디고 팔 한 번 휘두르는 데도 젖 먹던 힘을 실으면서 터뜨리는 사자후 같은 기합소리가 뒤섞이면서 회오리바람처럼 공터를 감싸고 돌았다.

청유의 재담을 즐기던 마님들이 난데없는 소리에 놀라 서로를 쳐다보며 무슨 일인지 의아해하는 찰나, 청유는 기다리고 있었다는 듯이 이야기의 방향을 틀어 전쟁 이야기를 실감나게 늘어놓기 시작했다.

『상씨부인전』의 이야기가 펼쳐지는 배경이 한양의 낙산에서 순식간에 함경도 끄트머리의 북진(北鎭)으로 바뀌었다. 싸움꾼들의 기합소리와 용호상박이라는 표현이 모자라지 않을 기막힌 싸움 솜씨에 경탄한 구경꾼들이 내뱉는 탄성이 들려오는 가운데, 상 씨의 시동생은 북진을 침범한 오랑캐를 상대로 언제 끝날지 가늠하지 못할 치열한 전투를 벌였다.

아영은 자신이 지은 적도 써준 적도 없는 이야기를 청유가 늘어놓는 것에 적잖이 당황했지만, 담장 너머에서 들려오는 소리에 잠시 놀랐던 마님들은 전쟁 이야기를 한층 더 실감나게 만들려고 많은 사람이 싸우는 소리까지 연희에 동원한 청유의 재간에 감탄을 금치 못하고 있었다. 그제야 아영은 상 씨를 도와주는 인물로 "사내"를, 그것도 "건장한 사내"를 등장시키는 게 어떻겠느냐는, 사실상 강요나 다름없는 얘기를 한 청유의 속셈이 무엇이었는지를 깨달았다. 그리고 극락재에 도착한 직후부터 보이지 않던 병욱이 어디에 있는지도 짐작됐다. 담장 너머에서 들려오는 사내들의 기합소리 중 하나는 분명 병욱의 것일 터였다.

그러는 동안, 담장 너머에서는 치열한 싸움이 펼쳐지고 있었다. 기본자세부터 차근차근 익히며 무술을 갈고 닦아온 무사들과 싸움의 근본을 배운 적은 없지만 피가 튀고 살점이 날아가는 목숨을 건 싸움을 거듭하며 실력을 키워온 길거리 싸움꾼들 사이의 싸움은 2대 8이라는 머릿수의 차이가 났음에도 의외로 호각지세로 계속됐다. 그러나 길거리 싸움꾼들의 기세가 아무리 드세더라도, 봉술에 있어서는 천하기재(天下奇才)라는 소리를 듣는 정규 앞에서 그들의 솜씨는 초라할 뿐이었

다. 정규가 한 명씩 상대를 쓰러뜨리는 동안, 구경꾼들의 탄성과 박수가 울려 퍼지는 가운데 수세에 몰리던 병욱도 어느 순간부터는 한 놈을 쓰러뜨리면서 공세로 돌아서기 시작했다. 싸움은 결국 1각이 다 돼 갈 무렵, 마지막 남은 광나루 칠점사가 농사할 때 쓰는 연장인 도리깨를 미친 듯이 휘두르다 정규의 봉에 무릎을 맞고는 바닥에 나뒹구는 것으로 끝이 났다. 일진광풍이 몰아치고 지나간 자리에는 바닥에 널브러진 싸움꾼 여덟 명과 숨을 고르는 무사 두 명, 그리고 훗날 손자들에게 이런 기막힌 싸움을 봤다는 이야기를 고조된 목소리로 들려줄 수 있게 된 걸 뿌듯해하며 소리를 질러대는 구경꾼들이 남아 있었다.

담장 너머에서 커다란 함성과 박수소리가 끊이지 않고 들리더니 누군가(사실은 청유가 심어놓은 사람이었다) "극락재 만세"를 외치는 소리가 들렸다. 뒤이어 사람들이 거기에 가세하면서 북촌과 관인방 일대의 사람들은 "극락재 만세"를 흥겨운 노래처럼 몸에 익히게 됐고, 앞으로 그 가락은 한양 곳곳으로 물결처럼 퍼져나갈 터였다. 청유는 그 노래를 듣고도 아무런 반응도 보이지 않았다. 오로지 앞에 있는 마님들에게만 신경을 쏟는 모습이었다. 1각 가까이 전쟁 이야기로 펼쳐지던 『상씨부인전』은 어느 틈엔가 다시 아영이 써준 이야기대로 펼쳐지기 시작했다. 청유가 이후로 펼쳐낸 이야기는 이랬다.

북진에서 별장(別將)으로 복무하다 돌아온 시동생은 오랑캐와 싸우다 머리를 크게 다친 후로는 기억이 온전치 못하다. 툭하면 과거의 일을 잊기도 하고, 조금 전에 있었던 일을 제대로 기억하지 못하는 적도 많다. 그래도 시동생의 증세는 집에 돌아오면서 많이 안정된다.

한편, 시동생은 전쟁에 가기 전하고는 생판 달라진 집안 분위기에 크게 놀란다. 형 남생이 현모양처인 상 씨를 내쫓은 것에 분노하면서도 남생이 새로 들인 형수인 하 씨에게 어쩔 도리 없이 인사를 올리기는 하지만, 하 씨의 인상은 영 마음에 들지 않는다. 게다가 하 씨의 친척 동생이라는 주가라는 자도 미심쩍은 구석이 적지 않다. 얼굴에 두건을 두르고 찬간 일을 보는 상 씨를 보자마자 형수님이라는 걸 알아차린 시동생은 상 씨를 남몰래 만나 전후의 이야기를 듣고는 통곡한다.

하 씨가 남생에게 차려주는 국수 얘기를 들은 시동생은 밤 깊은 시각에 슬그머니 집을 나서는 주가의 뒤를 상 씨와 함께 밟으려 하지만, 때마침 머리의 통증이 극심하게 재발하면서 집으로 돌아갈 수밖에 없게 된다. 결국 혼자 주가의 뒤를 밟은 상 씨는 산기슭 서낭당 근처에서 주가에게 보따리를 넘겨주는 낯선 자와 주가가 하는 얘기를 엿들어 그 안에 든 것이 양귀비 껍질이라는 걸 알아낸다. 급한 상황이라고 생각한 상 씨, 오밤중이지만 그 사실을 발고하려고 황급히 포청을 찾아간다.

다시 제 길을 찾아든 이야기는 아영이 써준 대로 잘 흘러가고 있었다. 중간에 전쟁 이야기라는 생각도 못한 샛길로 빠져나가기는 했지만, 다행히 청유의 이야기에 홀린 마님들은 그리 즐기지 않는 전쟁 이야기가 나왔는데도 산만해지거나 하지는 않았다. 마님들이 여전히 청유의 재담에 혹해 있던 것에는 담장 너머에서 들려오는 소리가 분명 한 몫을 했을 것이다. 그렇게 이야기의 끝이 보일 무렵, 아영은 전기수를

위해 지은 첫 이야기가 성공적으로 끝난다는 생각에 안도의 한숨을
쉬며 오늘 밤에는 오랜만에 편한 잠을 잘 수 있을 거라는 안도감에 푹
젖어 있었다.

그런데 느닷없이 이 대목부터 이야기가 다른 곳으로 흘러가기 시작
하면서 아영의 안도감은 땅바닥에 떨어진 사기그릇처럼 산산조각 나
고 말았다. 아영은 청유의 입에서 나온 이야기에 아연실색했다.

상 씨가 포청 사람들을 데리고 돌아온 집에는 뜻밖의 광경이 펼쳐

져 있었다. 하 씨는 넋을 잃은 산송장 같은 얼굴에 흐리멍덩한 눈빛
으로, 누가 말을 붙여도 들은 시늉도 않으면서, 아니 듣지를 못하는
것처럼 정처도 없이 터벅터벅 집안을 한없이 돌아다니고 있었고,
마당 한복판에는 주가가 쓰러져 있었으며, 마당에 있는 아름드리
감나무의 맨 아래 가지에는 주가와 놀아나던 계집종이 빨랫줄에 널
린 빨래처럼 널려 있었고, 두통에 시달리던 시동생은 그새 무슨 일
이 벌어졌는지를 도통 기억하지 못했다.

아영과 마님들이 느닷없이 펼쳐진 기이한 이야기에 어안이 벙벙해
할 때, 청유는 아무렇지도 않다는 듯 오늘 이야기는 여기서 끊었으면
좋겠다는 말을 해서 다시금 사람들을 놀랬다. "이 자리를 빛내주신 귀
한 분들께 송구하다는 말씀을 올리고 싶습니다. 흔치 않은 소중한 자
리에서 연희를 펼치는 게 처음이다 보니 이야기를 채 다 들려드리지
도 못하고 약조한 시간을 다 써버리고야 말았습니다." 청유는 이 자리
에서 이야기를 마치고 싶었으나 자신이 미숙한 탓에 이야기를 너무
느리게 들려드렸다면서 연신 머리를 조아리며 사과했다. 그러고는 열
흘 뒤에 귀한 분들을 다시 모시고 『상씨부인전』의 결말을 들려드리는
자리를 마련하고 싶다며 마님들의 의향을 여쭀다. 정확히 말하면 마
님들이 아니라 마님, 그러니까 청유가 단 한 번도 은근한 눈길을 떼지
않은, 상석에 앉은 정경부인의 의향을 여쭀다.

　뒤늦게 정신을 차린 아영은 금방이라도 고함을 치며 뛰쳐나가 청유
의 멱살을 잡고 어찌 된 영문인지 따져 묻고 싶었다. 그러나 지금은 절
대로 그럴 자리가, 그럴 때가 아니라는 걸 잘 알기에 끓어오르는 분통
을 삭이며 벌벌 떨리는 입술을 꼭 붙이고 자리를 지켰다. 그러는 사이,
병풍 안쪽에 앉은 모든 이의 고개와 눈은 정경부인에게로 향했다.

　좌중의 모든 사람이 자신이 내뱉는 한 마디에 군말 없이 따를 수밖
에 없게 된 상황이 적잖게 흐뭇했던 정경부인은 깊은 고민에 잠기는
척하다가 입을 열었다. "이야기가 한창 재미있게 흘러가던 도중에 이
야기를 끊다니…. 이리도 재미난 이야기가 어떻게 끝날지 고민하느라
잠도 제대로 못 이루면서 열흘을 더 기다리라니 세상에 이보다 더 큰
죄가 어디 있겠소? 청유 도령이 지은 큰 죄를 용서하기는 쉽지 않으나

열흘 뒤에 더 재미있는 이야기를 들려준다면 그래도 용서해줄 만하다 생각하는데, 다른 분들 생각은 어떠신가들?" 그 자리에 있는 이들 중에서 감히 정경부인의 말에 토를 달 사람은 아무도 없었다. 게다가 청유는 직접 말을 하지는 않았어도 열흘 뒤의 자리는 공짜로 모시겠다는 의중을 은연중에 내비친 터였다. 하긴, 공짜가 아니라 한들 그 정도 돈을 다시 내는 걸 아까워할 사람도 없을 터였다.

"그 짐승 같은 것들이 어찌 그리된 것인지 궁금해서 열흘을 어찌 기다린담." 마님들은 낮은 소리로 투덜거렸다. 그런데 마님들이 열흘 뒤를 기약하며 자리에서 일어나려 할 때였다. 청유가 다시 머리를 조아리며 올릴 말씀이 있다는 말로 마님들을 다시 자리에 앉혔다. "이 자리에 계신 분들치고 율곡 이이 선생의 고명(高名)을 들어보시지 않은 분은 없을 겁니다. 소인, 최근에 율곡 이이 선생께서 도통(道通)하시고 성인(聖人)의 반열에 오르는 데 큰 도움을 줬을지도 모르는 나물이 있다는 걸 알게 됐사옵니다." '율곡 이이'와 '나물' 얘기에 좌중이 술렁였다.

잠시 후 정경부인이 혹시나 하는 표정으로 물었다. "그 나물이라는 게 혹시 아까 점심상에 올랐던 그것이오?"

청유가 빙긋 웃으며 대답했다. "맞사옵니다. 점심상에 대접한 그 나물은 동초라고도 불리는 독미나리이옵니다." '독'이라는 말에 좌중이 다시 술렁였지만 청유는 마님들의 불안감을 잽싸게 잠재웠다. "드셔 보셔서 아시겠지만, 조리만 잘하면 아무 탈도 나지 않는 푸새일 따름입니다. 아까 드신 나물은 율곡 선생의 생가(生家)가 있는 강원도 강릉에서 수확해 상하기 전에 서둘러 대관령 너머로 가져온 것으로, 율곡 선생의 가문에서 대대로 전해져 내려오는 비방(祕方)에 따라 조리한 것입니다.”

아영은 그제야 아까 찬간에서 계집종들이 다듬던 나물의 정체를 알게 됐다. 책으로만 읽었을 뿐 한 번도 보지 못했던 나물, 독미나리. 청유에게 뒤통수를 세게 맞은 기분이었다. 아영은 당장이라도 뛰어나가 청유의 멱살을 잡고 주먹질을 하고 싶은 마음이 굴뚝 같았지만 꾹 참았다. 청유가 얘기한 ‘율곡 선생 가문에 전해지는 비방’이라는 게 실제로 있을지 의심스러웠다.

아영은 청유가 독미나리 얘기에 왜 그렇게 관심을 보였는지를 비로소 알게 됐다. 청유는 아영의 이야기에 잠깐 언급됐다는 것과 율곡 선생의 명성을 이용해 마님들께 동초를 팔아 돈벌이를 하는 수완까지 부린 거였다. 능구렁이 같은 청유의 얘기는 아영의 짐작대로 계속됐다. “율곡 선생께서 즐겨 드셨다는 것을 보면, 이 나라의 동량이 되실 자제분들이 건강을 챙기고 면학에 몰두해서 아름드리 거목으로 쑥쑥 자라는 데 유익한 먹을거리로 사료되옵니다. 오늘 이 자리를 찾으셔서 저희 누추한 집에 광영을 베푸신 마님들께 보답하는 의미로 조리한 동초를 비방과 함께 댁에 전해드리고자 합니다. 자제분들과 드셔보시고 마음에 드시면 말씀만 해주십시오. 다음번에 모실 때 구입하실 수 있도록 동초를 넉넉히 준비해두겠습니다.”

정경부인을 필두로 마님들이 다 떠난 대청에는 정적만 흘렀다. 아랫사람들이 대청마루를 정리하고 악사들도 각자 악기를 정리해 자리를 뜨는 동안에도 병풍 뒤에 앉은 아영은 꿈쩍도 않은 채로 이게 도대체 어떻게 된 일인지, 이제 어떻게 해야 할지를 가늠하려 애쓰고 있었다.

청유에게 된통 맞은 뒤통수가 어찌나 아팠던지 사리분간을 하기가 쉽지 않았다. 이게 차라리 눈을 뜨면 사라져버릴 꿈이었으면 좋겠다는 생각까지 들었다.

아영이 어찌해야 할지를 고민하는 사이 마님들을 대문까지 배웅하고 돌아온 청유가 아영을 찾아왔다. 청유는 아무렇지도 않은 목소리로 물었다. "아씨 이야기를 바탕으로 펼쳐진 첫 연희는 어떠셨는지요? 즐거운 경험이셨으면 싶습니다만."

"이게 어찌 된 일이오?" 청유처럼 아무렇지도 않은 목소리로 막판의 이상한 이야기 전개를 따지고 싶었건만, 아영의 목소리는 생각과는 달리 살짝 떨렸다.

청유는 대수로운 일이 아니라는 듯 씽긋 웃음을 지었다. "월영 아씨, 아씨는 무척이나 영특한 분이시니 어찌 된 일인지 잘 아실 거라 생각합니다만."

"어찌…. 어찌 된 거요, 청유 도령? 막판에 어찌 그렇게 엉뚱한 이야기를 할 수 있느냐는 말이오?"

그런데 청유는 아영이 이렇게 반응할 거라고 예상했던 사람처럼 여유만만한 기색이었다. 청유는 입을 열기 전에 아영을 넌지시 바라봤는데, 아영은 청유의 눈빛에서 따스한 기운을 느꼈다. 머리 한구석에서는 청유처럼 능글맞은 전기수라면 저런 눈빛조차 꾸며낸 것일 수도 있다는 생각이 아우성쳤지만, 왠지 아영은 일을 이런 식으로 몰고 간 청유가 엄청나게 밉지는 않았기에 그 눈빛을 꾸며낸 것으로 생각하기는 싫었다.

그렇게 잠시 아영을 바라보던 청유가 입을 열었다. "월영 아씨, 아씨가 믿거나 말거나, 제가 지금 드리는 말씀은 아씨의 재주가 정말로 대단하다 생각해서 말씀드리는 것이오니 귀에 거슬리더라도 너그러이 들어주셨으면 합니다. 소인, 이 바닥에서 굴러본 세월이 길지는 않더라도 겪을 만큼 겪어본 터, 제가 보기에 아씨는 세상을, 특히 이 바닥을 조금 더 겪어보셔야 합니다. 세상이 무섭다는 걸 뼈저리게 느껴보실 필요도 있고 말입니다. 아씨를 무시해서 드리는 말씀이 아닙니다. 아씨의 타고난 재주를 인정하기에 드리는 말씀이자, 그 재주를 절차탁마하셨으면 하는 바람에서 드리는 말씀이지요. 아씨, 사람들은 이 바닥의 화려한 겉모습만 봅니다. 눈부신 껍질 바로 밑에서는 목숨을 건 전쟁이 벌어지는 전쟁터라는 사실은 보지도 못하고, 보여줘도 보려 하지를 않으면서 말입니다. 바꿔 말씀드리자면, 아씨는 『상씨부인전』을 쓰면서 전쟁터에 발을 들이신 겁니다."

"전쟁터?"

"아씨, '나는 지금 전쟁터에 있다'는 걸 깨달으셔야 합니다. 이게 전쟁이 아니고 무엇이겠습니까? 저는 지난 몇 달간 이 자리를 마련하려고 많은 돈을 썼습니다. 이 집을 장만하는 데도, 눈 높은 마님들이 찾아보고픈 곳으로 만들려고 꾸미는 데도, 하다못해 자릿세를 받겠다고 행패를 부리는 껄렁한 왈짜들을 제압하는 데도 적지 않은 돈이 들었습니다. 그러면 손님을 한 명이라도 더 많이 받아 돈을 벌어야 하지 않겠습니까? 그 돈을 벌지 못하면, 제 명성을 믿고 돈을 빌려준 이들이 가만있지 않을 테니 말입니다."

그 사이 하인들이 병풍을 치우면서 손님들이 북적이던 대청마루가 잠깐 사이에 휑해졌다. 청유는 재담을 할 때 보이는 버릇처럼 부채를 폈다 접고는 말을 이었다. "월영 아씨, 잘 생각해보십시오. 손님들 앞에서 재담을 펼칠 때, 저는 그리 대단한 놈이 아닙니다. 장기판의 졸(卒)처럼 미천한 놈이지요. 전쟁터 맨 앞에 서서 화살에 맞고 칼에 찔려 피를 철철 흘리면서도 고작 혀 하나를 놀리고 부채를 접었다 폈다 하는 것으로 다음 이야기가 궁금해 눈을 깜빡거리는 구경꾼들을 상대해야 하는 놈인 겁니다. 그 구경꾼들의 많은 눈이 얼마나 무서운지는 오로지 겪어본 사람만이 알 것입니다. 설령 제가 졸이 아니라 마상(馬象)이 되고 차포(車包)가 된다 한들, 이 장기를 두는 사람이 월영 아씨라는 사실에는 변함이 없습니다. 이건 순전히 월영 아씨의 뜻대로 펼쳐지는 장기판이라는 말입니다. 이건 이겼을 때 받는 칭송도, 졌을 때 받는 비난도 오로지 아씨의 몫이라는 뜻입니다. 이 자리에 온 사람들은 말할 겁니다. '역시 월영 낭자야.' 아니면 '월영 낭자 솜씨가 이것밖에 안 되나?'라고요. 저 같은 놈 따위는 아랑곳하지 않으면서 말입니다."

기분 탓인지, 집으로 돌아오는 가마는 평소보다 더 출렁거리는 듯했다. 아영은 교꾼들이 걸음을 뗄 때마다 멀미에 시달렸다. 속이 울렁거리고 금방이라도 토할 것만 같았다. 지금까지 몇 번 가마를 탔을 때는 아무렇지 않았으니, 오늘 이러는 건 순전히 청유와 청유가 벌인 일 때문이라고 해도 무방할 듯했다.

대청마루에서 내려가 가마로 향하는 동안, 아영은 병욱에게 봉을 빌려 청유를 흠씬 두들겨야 분이 풀릴 것 같다는 생각을 주체하지 못했으나, 막상 병욱을 만나자 그런 생각을 고이 접어서 한쪽으로 치웠다. 병욱은, 그리고 병욱의 소개로 며칠 전에 인사를 올린 정규는 땀과 흙으로 범벅이 돼 있었다. 극락재 깊은 곳에 들어와 보는 사람이 없는 것을 확인한 다음에야 복면을 벗어 땀을 닦고 흙을 턴 병욱은 평소 몸이 좋지 않더라도 내색을 하지 않으려 애쓰던 것과 달리, 다리를 살짝 절었고 불편한지 왼 어깨를 빙빙 돌렸다. 심한 부상은 아니어도 몸 여기저기가 제법 상한 듯했다. "오늘은 아영이 너 혼자 가야겠다. 내가 여기서 마무리해야 할 일이 있어서 말이다." 병욱은 말을 마치면서 마당 구석에서 묵묵히 흙을 털어내고 있는 정규를 쳐다봤다.

멀미에 따른 욕지기를 애써 참아내는 동안 아영은 다시 분통이 터졌다. 난국을 헤쳐나가고 나면 병욱을 졸라 단칼에 사람을 죽일 수 있는 검법을 배워서는 청유를 해치우고 싶다는 생각까지 들었다.

아영은 자신을 '장기판의 졸'이라고 했던 청유의 말을, 반은 맞고 반은 틀렸다고 생각되는 말을 곱씹어봤다. 시동생이 돌아오기 전까지 청유는 졸에 가까웠으나, 시동생이 돌아오고 난 뒤부터 청유는 더 이상은 졸이 아니었다. 이건 장군이 세운 병술(兵術)을 졸병이 제멋대로 바꿔버린 짓이나 다름없었다. 졸병이 제멋대로 저지른 짓 때문에 장군이 궁지에 몰리다니, 세상천지의 어느 전쟁터에 이런 일이 있을까.

그런데 지금 청유의 말이 옳으냐 그르냐는 중요한 게 아니었다. 지금 아영은 졸병 때문에 패장(敗將)으로 전락할 위기에 처한 장군 같은 신세였다. 아영의 앞에는 무슨 수를 써서든 해결해야 할 어려운 숙제가 놓여 있었다. 청유 말마따나, 오늘 연회에 온 손님들에게 『상씨부인전』은 '월영 낭자'의 이름을 내건 이야기였기 때문이다. 앞뒤가 맞아떨어지는 그럴싸한 마무리로 그 이야기를 끝맺지 못한다면, 백전백승을 자랑했으나 결정적인 전투에서 패한 장군의 그것처럼, 지금까지 승승장구하던 '월영 낭자'의 명성은 먹칠이라는 수모를 당할 처지를 벗어나지 못할 터였다.

　가마가 도착했을 때, 민기는 오래간만에 손바닥만 한 마당에서 볕을 쬐면서 바깥바람을 쏘일 기력이 있다는 것만으로도 정말로 기분 좋은 일이라고 생각하던 중이었다. 민기는 가마에서 내리는 아영의 안색을 보는 것만으로도 극락재에서 뭔가 근심스러운 일이 있었다는 걸 알아차렸다.

　열흘의 시간, 아니 연희를 펼치려면 앞서 준비할 시간이 필요하니 닷새쯤의 시간. 그 시간 안에 청유가 막판에 벌여놓은 이야기를 앞뒤가 매끄럽게 맞아떨어지도록 이어나갈 방도를 궁리해내야 했다. 민기는 아영이 기억을 더듬어 청유가 한 얘기를 글로 옮기는 모습을 보면서 이번 일은 청유가 아영을, 어쩌면 민기 자신까지도 함께 시험하려고 벌인 짓인지도 모르겠다는 생각을 하게 됐다.

　민기는 청유가 막판에 한 짓은 수수께끼를 낸 것이고, 청유 자신은 이미 그 수수께끼에 제일 잘 들어맞는 대답을 알고 있다고 생각하는 게 옳다고 판단했다. 만약 아영이 이 난국을 헤쳐나가지 못하면, 그래서 깔끔하게 다듬어진 이야기를 내놓지 못하면 다음번 연희는 엉망진창이 될 공산이 컸는데, 그건 이제 막 극락재를 열고 손님을 받은 청유가 무슨 수를 써서라도 피하고픈 일일 것이다. 따라서 그는 해답을 알고 있고, 아영이 제때 적절한 해답을 내놓지 못하면 그가 생각해둔 해답대로 이야기를 풀어갈 작정이라고 봐야 한다는 게 민기의 판단이었다. 청유는 답을 알고 있는 수수께끼를 낸 거였고, 아영은, 그리고 민기는 그 수수께끼를 풀어야 하는 처지가 된 거였다.

민기는 이번 고비를 잘 넘기면 패관으로서 아영의 이야기 풀어내는 솜씨가 훌쩍 늘 거라는 생각이 들었다. 빠듯한 시간 안에 그럴듯한 이야기를 지어낼 줄 아는 재주도 패관의 중요한 자질 중 하나이기 때문이다. 어쩌면 청유도 바로 그 때문에 이런 수수께끼를 냈을 터였다. 아영이 이번 기회에 잘 성장하면 좋은 이야기를 계속 제공해주는 뛰어난 패관으로 발돋움할 거라는 기대 때문에 말이다.

아무튼 민기와 아영은 글을 놓고 함께 궁리에 들어갔다. 민기에게 이번 일은 오래간만에 패설을 궁리하는 기분 좋은 자리이기도 했다. 저녁 무렵에는 침울한 표정으로 귀가한 병욱도 그 자리에 합류했다.

수습해야 할 것은 크게 세 가지였다. 첫째는 하 씨가 넋을 잃고 돌아다니게 된 연유, 둘째는 주가가 마당 한복판에 쓰러져있게 된 연유, 셋째는 주가와 눈이 맞은 계집종이 나뭇가지에 널린 빨래 신세가 된 연유. 그 세 가지 연유 각각이 그럴싸하게 들리면서도 세 가지를 한데 모아 놨을 때도 그럴듯하게 앞뒤가 맞아떨어지게 만드는 것이 과제였다.

세 사람이 그 세 가지 과제를 놓고 머리를 싸매는 동안 하루가 가고 이틀이 갔다. 그러다가 사흘째, 민기는 하 씨에 얽힌 수수께끼를 풀어냈다. 멀쩡하던 사람이 어떻게 하면 그런 상태가 될 수 있는지를 궁리하고 또 궁리하던 참이었다. 번뜩 생각이 떠오른 민기는 급히 붓과 종이를 챙겨 척독(尺牘, 짧은 편지)을 썼다. 그걸 아영에게 들려 형순에게 보내자, 형순은 그걸 읽고는 고개를 끄덕이며 답장으로 역시 척독을 써줬고, 그걸 받아본 민기는 뿌듯한 표정을 지었다. "이 수수께끼는 풀었구나."

청유는 이번에는 자수정 알이 없이 귀갑 테만 있는 안경을 끼고 대청마루에 나타났다. 알이 없이 테만 있는 안경을 쓴다는 걸 상상도 못해본 마님들은 생전 처음 보는 진귀한 모습에서 눈을 떼지 못하면서 "청유 같은 하늘이 내린 전기수 말고 어느 누가 저런 재미있고 멋진 차림을 할 수 있겠느냐?"는 말을 주고받았다. 정경부인은 "청유 도령의 이야기를 마저 듣고 싶어 안달을 하며 열흘을 보낸 끝에 이리 멋진 모습을 보게 되니 속이 다 시원하군요. 어서 빨리 그 뒤의 이야기를 들어봅시다"라는 소감을 밝혔다. 귀하신 분들을 다시 이 자리에 모시게 돼 영광이라고 운을 뗀 청유는 준비된 차를 한 모금 마셔 목을 가다듬고는 이야기를 시작했다. 청유의 재담은 열흘 전에 들려줬던 이야기를 요약해 들려줘 손님들이 기억을 되살릴 수 있도록 해주는 것으로 시작됐다. 이야기는 그러고는 민기와 아영이 풀어낸, 하 씨의 이상한 모습에 관한 수수께끼 풀이로 이어졌다.

하 씨가 '거센 비가 내리친 뒤라 질퍽거리는' 집안을 비에 흠뻑 젖은 몰골로 돌아다니게 된 것은 주가와 계집종이 하 씨를 해하려고 하 씨의 신발에 집어넣은 복어 독에 중독된 탓이었다.

"복어 독?" 좌중이 술렁였다.
"말린 복어의 독을 사람의 피부에 뿌리거나 음식에 넣어 먹으면 복어의 독에 든 독소가 그 사람의 몸에 퍼지게 됩니다. 복어 독의 효과는 짧게는 1각에서 길게는 두 시진까지 가게 되는데, 중독된 사람은 현기증을 느끼고 헐떡거리다 실신하기까지 하고 심한 경우에는 산송장처럼 의식은 전혀 없는 채로 터벅터벅 걸어 다니기만 하는 기괴한 모습을 보이기도 합니다."

민기는 10년쯤 전 옥당(玉堂, 홍문관)에서 잡다한 내용을 모아 놓은 책을 읽던 중에 복어 독에 대한 글을 본 적이 있었다. 그걸 떠올리기는 했지만 기억이 올바른 것인지 확신하지를 못해 형순에게 척독을 보내 확인해본 거였다.

좌중의 마님들은 복어 독이 사람의 목숨을 앗아갈 정도로 위험하다는 걸 잘 알았기에, 말린 복어 독의 독성에 대한 청유의 설명에 별다른 토는 달지 않았다. 그것 또한 민기가 노린 바였다. 민기는 설령 말린 복어 독에 그런 독성이 없다 하더라도 그 자리에 있는 마님들은 복어 독의 독성에 대해 알고, 더군다나 이야기에 취해 있기 때문에 '말린 복어 독'이라는 얘기를 별다른 의심 없이 받아들일 거라고 판단했다. 실제로 마님들은 각자의 집에 있는 소실처럼, 또는 소실들처럼 얄밉기만 한 하 씨가 인과응보의 벌을 받았다는 것을, 그것도 짝을 지어 패악질을 벌이던 주가와 계집종이 벌인 수작에 당해 그런 꼴이 됐다는 것을 통쾌해했기 때문에 말린 복어 독에 실제로 그런 독성이 있는지 여부는 그다지 신경 쓰지 않았다.

그렇다면 하 씨를 복어 독에 중독시킨 주가와 계집종은 어찌해서 그런 꼴이 된 것일까? 남은 두 개의 수수께끼를 풀어내려 머리를 싸매던 아영은 두 수수께끼를 하나로 묶어 풀어내면 이야기를 괜찮게 풀어갈 수 있다는 생각을 떠올렸다. 약간 억지스러운 부분이 없지는 않지만, 요전에 민기가 얘기한 것처럼 어떤 이야기에서건 약간은 말이 안 되는 부분이 있는 것 아니겠나?

이야기의 앞뒤를 맞추려면 우선 '상 씨가 포청 사람들을 데리고 집에 오는 잠깐 사이에 하늘에 구멍이 뚫린 것처럼 폭우가 쏟아지고 하늘을 몇십 조각으로 쪼개버릴 것 같은 벼락이 쳤다'는 얘기를 먼저 해 둬야 했다. 아영의 설명대로, 청유는 하 씨의 중독 얘기를 꺼내기에 앞서 궂은 날씨 이야기를 마님들에게 들려주는 것으로 뒤에 펼쳐질 이야기들을 위한 자리를 깔았다. 청유는 복어 독 이야기가 끝난 후 계집종 이야기로 이어갔다.

"그런데 이 발칙하고 음험한 계집종에게는 지병이 있었사옵니다. 기면증(嗜眠症)이었지요."

"기면증?" 마님들 모두 '기면증'이 무슨 병인지 몰라 서로를 멀뚱멀뚱 쳐다볼 때 공조판서의 부인인 정부인(貞夫人) 주(朱) 씨가 입을 열었다. "갑자기 잠이 드는 병입니다." 모두의 눈과 귀가 정부인에게로 향했다. "친정 친척 중에 이 병을 앓는 분이 계신데, 그분은 시도 때도 없이 잠이 듭니다." 친척을 들먹인 정부인의 얘기에 '기면증'이 그럴싸한 설명이라는 마님들의 믿음은 커졌.

이제는 한 걸음 더 나아갈 차례였다. 청유는 '기면증'을 그럴듯하게 여기며 그의 입에 다시 눈과 귀를 돌린 마님들을 슬쩍 돌아보고는 말을 이었다. "그런데 이게 웬일이란 말입니까? 하늘이 이 악독한 계집종에게 미리 벌을 잔뜩 내린 듯, 계집종은 기면증 말고도 몽유병까지 앓고 있는 것 아니겠습니까?"

마님들은 기면증은 잘 몰랐을지언정 몽유병까지 모르지는 않았다. 마님들은 서로를 돌아보며 "잠을 자면서 이리저리 떠돌아다니는 병"이라는 말을 주고받았다. 계집종이 기면증과 몽유병을 모두 앓고 있다는 설정은 이야기를 풀어나가는 데 꼭 필요했다.

"주가와 계집종은 주가의 방에서 문틈으로 중독된 하 씨가 돌아다니는 모습을 지켜보던 중이었습니다. 그런데 하늘도 무심치 않았나 봅니다. 하 씨의 모습을 보며 통쾌해하던 계집종이 갑자기 기면증이 도지면서 잠이 들어버리고 만 것입니다. 기면증이라는 걸 생전 들어본 적이 없는 주가가 처음 겪는 일에 무슨 영문인지 몰라 어리둥절해하는 가운데 계집종은 몽유병까지 도지게 됐습니다. 계집종은 잠이든 채로 문을 열고 나가 신발을 신고는 마당으로 내려가 하 씨의 뒤를 밟는 사람처럼 터벅터벅 걸어갔습니다. 무슨 일이 벌어지고 있는 것인지 도통 알 길이 없던 주가는 뒤늦게 황급히 계집종을 쫓아갔지요.

평소 하 씨를 미워했지만 내색은 못했던 계집종은 하 씨가 그리된 걸 보고는 어찌나 통쾌했던지 앓던 이가 빠진 것 같았는데, 그래서인지 몽유병으로 걸어 다니는 동안 이빨을 뽑는 꿈을 꾸게 됐습니다. 계집종은 어릴 때 했던 것처럼 뽑은 이빨을 까치에게 준다며 지붕 위로 던졌는데, 실제로 날아간 것은 조금 전에 주가에게 받아 머리에 꽂고는 좋아라 했던 하 씨의 은비녀였습니다. 주가는 뜬금없이 비녀를 뽑아 던지는 계집종을 막으려 했지만 그러지 못하면서 은비녀는 기와지붕에 떨어졌습니다. 계집종은 그러고는 나무를 타는 꿈을 꾸는 바람에 나무에 올라갔다가 꿈이 끊기는 바람에 엉겁결에 빨래처럼 늘어지게 됐고, 주가는 은비녀를 찾으려고 지붕에 올라가게 된 겁니다."

주가가 은비녀를 찾으러 지붕으로 올라가게 된 연유와 기면증과 몽유병이 동시에 도진 계집종이 나뭇가지에 올라가 '물이 뚝뚝 떨어지는' 늘어진 빨래 꼴이 된 연유는 이렇게 설명됐다.

이제는 지붕에 올라간 주가가 마당에 쓰러진 모습으로 발견된 그럴싸한 연유를 내놓을 차례였다. 아영은 그 연유를 청유가 계집종 얘기를 마친 다음에 곧바로 설명하게 만들었지만, 민기는 그냥 그렇게만 하면 이야기가 너무 심심할 거라며, 사람들이 그럴싸하다고 탄복할 만한 대목을 하나 더 넣어야 한다고 주장했다. 민기는 주가가 바닥에 널브러지게 된 연유를 상 씨가 추측해내는 과정을 들려주면 어떻겠느냐고 제안했다. 아영은 아버지가 내놓은 생각이라서가 아니라, 생각 자체가 썩 괜찮은 생각이라고 판단했다.

"한밤중에 남생의 집에 온 상 씨와 포청 사람들은 집안의 기괴한 모습에 아연실색했습니다. 기와집 전체가 마치 한겨울에 몇십 리를 뛰어온 사람의 몸에서 나는 김처럼 김을 모락모락 피워내고 있는 게 아닙니까? 그 와중에 상 씨는 마당에 쓰러진 시신이 주가라는 걸 알아봤습니다. 주가는 흠뻑 젖은 채로 은비녀를 쥐고 있었는데, 집이 그러는 것처럼 그의 몸에서도 김이 피어오르고 있었습니다. 포졸들이 어리둥절해하는 동안, 상 씨는 짚이는 게 있었습니다. 상 씨는 서둘러 질척이는 땅을 밟고 계단을 올라 처마로 향했습니다. 포졸이 등불을 비춰주며 따라오는 가운데 상 씨는 안채의 이쪽 끝에서 저쪽 끝까지 처마를 따라 걸었습니다. 그러는 동안 상 씨의 눈은 주가가 올라갔던 지붕 위가 아니라 땅바닥에 꽂혀 있었습니다. 땅바닥에는 기왓골에서 떨어진 빗물이 일정한 틈을 두고 새겨 넣은 낙수자국이 패 있었습니다. 그런데 처음에는 쭉 일정한 깊이로 이어지던 낙수자국이 처마 중간쯤에 이르자 팬 깊이가 달라졌습니다. 중간에 있는 일고여덟 개의 낙수자국은 다른 자국들에 비해 유독 팬 깊이가 얕았고, 그 얕은 낙수자국들의 양옆에 있는 낙수자국은 오히려 다른 곳들에 비해 깊게 패 있었습니다. 그리고 그 자국이 있는 곳에서 두어 걸음 떨어진 마당에 주가가 누워 있었고 말입니다. 상 씨는 주가가 지붕에 올라가 은비녀를 찾던 중에 폭우가 쏟아졌는데, 그 탓에 주가가 있는 곳으로 흘러내리던 빗물은 주가의 몸에 막혀 양옆으로 비켜 흐르게 됐고, 그래서 주가가 있던 곳에서 떨어진 빗물의 양은 적었다는 걸, 그리고 그 양옆으로 쏟아진 양은 많았다는 걸 짐작해냈습니다. 밤을 환하게 밝힌 번갯불 덕에 은비녀를 찾은 주가가 비녀를 찾는 걸 도와주신 하늘에 고마워하며 비녀를 집어든 찰나, 주가에게 천벌을 내리려 그런 함정을 팠던 하늘이 비녀를 향해 벼락을 내리친 겁니다. 벼락이 은비녀를 때리자 주가는 통구이가 돼서 목숨을 잃고는 지붕 아래로 굴러떨어진 것입니다."

주가가 죽게 된 경위를 그냥 들려주는 대신, 상 씨가 낙수자국을 보고 그 경위를 추측해내게 하자는 게 민기의 생각이었는데, 아영은 이 생각이 이야기를 더 흥미롭게 만들어줄 뿐 아니라 상 씨가 주변의 정황만 보고서도 사건이 일어난 경위를 짐작해낼 정도로 영민한 사람이라는 걸 부각시켜 듣는 이들이 더 호감을 갖고 응원하게 만들어준다는 점에서도 훌륭한 설정이라고 생각했다.

그런데 아영은 이렇게 이야기를 풀어가기로 결정하고서도 미심쩍은 부분이 있었다. "은붙이에도 벼락이 내리치는 게 맞는 건가요? 벼락 맞은 대추나무 얘기는 많이 들어봤지만, 쇠붙이나 은붙이, 금붙이에 벼락이 내리친다는 얘기는 들어본 적이 없사옵니다."

아영의 질문에 민기는 잠시 생각에 잠겼다가 입을 열었다. "맞을 것이다. 나 역시 그런 것에 벼락이 떨어지는 것을 본 적은 없다만, 번개

전(電)자를 떠올려보면 맞을 거라 생각한다."

"번개 전? 그게 무슨 말인가?" 병욱이 의아해하며 물었다.

"번개를 뜻하는 전(電)자에서 비 우(雨) 밑에 있는 글자를 떠올려보시지요, 당숙어른."

"그건 갑(甲)의 꼬리를 옆으로 누인 글자 아니던가?"

"아닙니다. 비 우 밑에 있는 글자는 갑(甲)이 아니라 아홉 번째 지지(地支)인 신(申)의 꼬리를 누인 글자입니다. 신이 오행(五行) 중 금기(金氣)에 해당한다는 걸 감안하면 번개는 쇠붙이에 떨어져서 그걸 타고 쇠붙이 곳곳으로 널리 퍼지는 게 맞을 겁니다. 귀신 신(神)자에도 신(申)이 들어있다는 점도 제 추측을 뒷받침합니다. 결국 신(申)이라는 글자는 하늘과 땅을 가운데에서 이어주는 존재를 가리키는 글자일 겁니다."

상 씨가 하는 추측의 전후를 들은 마님들이 그럴싸한 이야기라며 고개를 끄덕일 때 청유는 용의 마지막 눈동자를 그려 넣었다. "그렇게 상 씨는 자기 한 몸을 던지면서까지 요사스럽고 악독한 자들에게서 지아비 남생을 지켜냈습니다. 날이 밝고 간밤에 있었던 일들을 알게 된 남생은 그제야 자신의 잘못을 깨우치고는 상 씨에게 용서를 빌었고, 상 씨는 당연히 안방을 되찾았습니다. 상 씨가 안채로 돌아오던 밤이었습니다. 상 씨가 지아비를 향한 충심을 잃지 않은 지혜롭고 총명하기까지 한 여인이라는 데 탄복한 낙산의 산신령이 남생과 상 씨 앞에 나타났습니다. 상 씨를 치하한 산신령은 도술을 부려 상 씨의 얼굴에 난 화상자국을 없애줬고, 그 덕에 상 씨는 화상을 입기 전의 곱고 인자한 얼굴을 되찾았습니다. 그렇게 다시 살게 된 남생과 상 씨는 아들을 하나도 아닌 둘을 두면서 이후로 오래오래 해로하며 행복하게 살았습니다." 청유가 이야기를 마침과 동시에 마님들은 일제히 흐뭇한 박수를 쳐댔다. 그이들에게 남 같지 않은 상 씨가 안방으로 돌아오고 그 악독한 하 씨와 주가가 천벌을 받았다는 것보다 더 후련하고 통쾌한 이야기가 어디 있겠는가? 게다가 선덕을 쌓으면 산신령이 나타나 도와줄 거라는 얘기는 그이들에게 큰 안도감을 줬다. 그이들이 모두 흡족해하며 주고받는 소리를 병풍 뒤에서 들은 아영은 그제야 편하게 숨을 쉴 수 있었다.

"이 모든 게 월영 아씨 덕분입니다. 월영 아씨께 진 은혜를 어찌 다 갚아야 할까요? 아니, 살아생전에 다 갚을 수는 있을까요?" 입에 발린 말인 게 분명한데도 청유의 입에서 나오는 소리는 처음부터 끝까지 믿음직하게 들리는 건 무슨 영문일까. 아영을 바라보는 청유의 눈빛은 오랜 기간 거두었던 제자를 하산시키면서 대견해하는 스승의 그것이었다.

갖은 고생을 하게 만든 청유를 향한 아영의 미운 감정이 완전히 씻긴 것은 아니었다. 그런데도 자신을 치하하는 청유의 말을 듣는 순간 청유가 마냥 정답게만 보이는 것은 끝이 좋으면 모든 것이 좋아서 그런 것도 있겠지만, 괜히 하는 말도 진심이 듬뿍 담긴 말처럼 들리게 만드는 청유의 재능 때문이기도 할 터였다. 그래서 아영도 청유의 그간 노고를 치하했다. "청유 도령이 아니었다면 어느 누구도 이 보잘것없는 이야기에 그리 우렁찬 박수를 치지 않았을 겁니다. 모두 다 청유 도령 덕분입니다."

극락재의 일은 이렇게 훈훈하게 마무리됐다. 청유는 남은 글값을 모두 치렀다. 거기에다 "홍문관 송 교리님 댁 분들께 대접할 것이니 지극한 정성으로 조리하라"고 숙수에게 명해 마련한 맛있는 반찬 10여가지를 담은 찬합들을 가마에 실어주기까지 했다. 반찬 중에 독미나리가 있는 건 물론이었다. 청유는 따로 동초와 조리 비방도 챙겨줬다. 아영은 아무것도 안 먹어도 열흘쯤은 배가 고프지 않을 것 같은 포만감을 느끼며 가마에 올랐다. 전기수에게 처음으로 써준 이야기가 사람들의 호응을 받았다는 사실이 마냥 뿌듯해서인지 여기까지 오면서 시달렸던 마음고생은 까맣게 잊은 뒤였다.

집에 돌아온 아영은 교꾼들에게 고생했다면서 엽전을 쥐어주며 돌려보냈고, 송곡댁에게도 그간 밀렸던 품삯을 건네며 고맙다는 인사를 했다. 마음을 무겁게 누르던 빚을 갚고 들이켜는 숨은 그렇게 상쾌할 수가 없었다. 아영은 송곡댁을 시켜 이번 병환으로 기가 허해졌을 민기에게 먹일 고기를 푸줏간에서 사오게 시켰다..그러고는 송곡댁에게 "우리 집 식구들을 위한 반찬을 만들고 남은 고기는 집에 가져가 부군과 아이들에게 먹이도록 하라"며 그간 마음처럼 베풀지 못했던 인심을 썼다. 불과 며칠 전까지는 상상도 못했던 호사를 누리는 기분은 말로 표현하기 힘들었다.

그날 밤 송 씨 가족 세 사람은 잠자리에 들었지만 각기 다른 이유로 쉽게 잠을 이루지 못했다.

병욱은 두모포(豆毛浦, 지금의 동호대교 북단)에서 떠나보낸 정규를 생각하며 남들 앞에서는 보일 수 없었던 눈물을 소리 없이 훔치고 있었다. 정규는 쇠심줄 패거리를 물리치기 무섭게 짐을 꾸렸다. 서로에게 큰 신세를 진 정규와 청유는 정중하게 작별의 예를 갖췄다. 청유는 송별의 정(情)이라며 노자를 두둑이 챙겨줬고, 정규는 굳이 사양하지 않고 그걸 받아 넣었다. 청유는 정규에게 어디로 가실 작정이냐고 묻지 않았는데, 정규가 아무 대답도 하지 않을 거라는 걸 잘 알기 때문이었다. 아니, 정규는 대답할 수 없었을 것이다. 그 자신도 어디로 갈 것인지 몰랐기 때문이다.

"바람이 떠미는 대로 가려네." "어디로 가려는 것이오?"라고 묻는 병욱의 안타까운 질문에 정규는 한강 너머 아련한 압구정과 그 너머의 산과 들판을 바라보며 말했다. 그는 자신을 저쪽 강변으로 실어갈 나룻배가 다가오는 걸 보며 말을 이었다. "요전에 얘기했지 않았는가? 바람이 떠미는 대로 가겠다고."

"그게 무슨 무책임한 말이오? 형님의 재주를 어찌 그렇게 썩힌다는 말이오?"

"사람은 각자 하늘에게서 받은 재주를 팔아 세상을 살아간다지만, 이 세상이 내 재주를 원치 않는 듯하니 나라고 무슨 수가 있겠나? 그저 바람이 나를 어디로, 어디까지 데려가는지 알아볼 도리밖에는 없지 않겠나?" 정규는 걱정스러운 눈으로 쳐다보는 병욱을 물끄러미 보다 빙긋 웃었다. "이 사람, 내가 혹시 녹림당(綠林黨, 산적이나 도둑무리)에라도 들어갈까 걱정되는가?"

"바람이 그리로 밀면 그리로 가겠다고 한 거잖소."

정규는 한동안 묵묵부답 말이 없다가 초연한 표정으로 입을 뗐다. "'대장부의 생애는 관 뚜껑을 덮어야 끝난다.'는 말이 있지 않나? 자네나 나나, 관에 누워 뚜껑이 덮일 때까지 열심히 살아보세. 그때쯤에는 하늘이 왜 우리에게 이런 재주를 줬는지 그 큰 뜻을 알게 되기를 바라보세."

뭐라 할 말을 찾지 못한, 할 말이 있더라도 복받친 탓에 제대로 못했을 병욱은 마지막으로 청했다. "마지막으로 봉이나 한번 섞읍시다." 정규는 좋은 생각이라는 듯 빙긋이 웃었고, 두 사람은 뱃사공이 배를 대는 동안 봉을 몇 수 섞는 것으로 석별의 정을 나눴다.

"이리 떠나면 언제 다시 만날 수 있겠소? 아니, 다시 만날 수는 있겠소?"

그러자 정규는 잠시 생각에 잠겼다가 결연한 표정으로 대답했다. "우리의 인연이 박하지 않아 나의 바람과 자네의 바람이 만날 수 있다면, 그때 다시 만날 수 있지 않겠나?"

나룻배에 오른 정규는 진시황 정(政)을 시해하려 역수(易水)를 건너는 형가(荊軻)처럼 늠름하고 결연한 모습으로 단 한 번도 뒤를 돌아보지 않으면서 하염없이 흘러만 가는 물결을 가로질러 자욱하게 낀 물안개에 젖어들었다. 그를 실어가는 강물은 배가 지나며 남긴 자국을 부지런히, 깨끗하게 지웠고, 바람은 묵묵히 서 있는 그의 등을 떠밀어 피안(彼岸)으로 데려갔다. 세상에서 유일하게 그의 뜻대로 부려지는 봉 하나만을 움켜쥐고 그의 뜻대로 되지 않을 운명을 향해, 어쩌면 더 이상은 들러리 노릇을 하지 않아도 될지 모르는 세상을 향해 나아가는 그는 미동도 않은 채로 아스라이 작아져 갔고, 안개와 습기를 품고는 그를 떠민 강바람은 강가에 서 있는 병욱의 얼굴을 핥고는 약간의 짠기를 머금고 정규처럼 제 갈 길을 갔다.

그리고 지금, 병욱은 낮에 봤던 강물처럼 출렁이는 천장을 바라보며

자그마해지는 정규의 모습을 기억에 남기려 애쓰며 생각했다. 병욱 자신은 하늘에게서 무슨 재주를 받았을까? 병욱의 등을 떠미는 바람은 그를 어디로 데려갈까?

다른 방에서 민기는 자신의 병이 발단이 돼 벌어진 것만 같은 이번 일을 되짚어보고 있었다. 자신 때문에 고생한 병욱과 아영에 대한 미안함과 북촌을 다녀온 건 괜한 호기를 부린 거였다는 후회가 차지했던 자리에 의구심과 달뜬 즐거움이 뛰어들었다.

의구심은 극락재와 관련된 모든 일은 처음부터 끝까지 청유가 계획한 것일지도 모른다는 거였다. 청유는 민기와 아영, 병욱과 정규를 장기판의 말처럼 움직여 극락재를 성황리에 열고 마님들을 사로잡아 손님을 확보하는 동시에 쇠심줄 일당을 정리하는 한편으로 조정과 포청을 뒷배로 삼는 데 성공하기까지 했다. 더불어 아영이라는 이야기꾼을 발굴하고 키워내 앞으로 그가 펼칠 연희에 올릴 이야깃감에 대한 걱정을 덜기까지 했다. 이런 짐작이 맞는다면 청유는 참으로 대단한 걸물이라고 민기는 생각했다.

그런데 무엇보다도 민기를 잠들지 못하게 만든 것은 실로 오랜만에 패관으로서 느낀 이야기 지어내기의 달뜬 즐거움이었다. 그러나 빛이 있으면 그림자도 있는 법, 앞으로 몸이 지금보다 더 나빠지면 어쩌나 하는 불안감이 그런 흐뭇한 기분에 틈틈이 끼어들며 민기를 잠 못 들게 만들었다.

같은 시각, 아영은 큰 산을 넘으면서 느낀 후련함과 함께 앞으로 어떤 이야기를 어떻게 써야 할지 고민하고 있었다. 병풍 너머에서 상기된 얼굴로 "월영 낭자가 지어낸 이야기가 청유의 재담 솜씨와 어울려 시간 가는 줄 모르고 즐거운 시간을 보냈다"는 소감을 밝히던 마님들의 유쾌한 목소리는 아영의 귀에서 끝날 줄 모르고 메아리치며 아영을 마냥 행복하게 해줬다.

　좀처럼 잠을 이루지 못한 아영은 결국 자리에서 일어나 슬그머니 방문을 열었다. 어둠에 잠긴 목멱산 위에 시커먼 밤하늘이 끝 간 데 없이 얹혀 있었다. 아영은 28수(宿)의 별자리와 함께 하늘을 운행하는 수많은 별을 보면서, 밤하늘을 길게 가로지르는 은하(銀河)에 실려 흘러가는 많은 이야기를 상상했다. 자신의 왼손을 가져가는 대가로 글솜씨를 건네준 문창성이 그 별들 가운데에서 초롱초롱 반짝거리는 재미있는 이야기들을 끊임없이 길어 올리는 모습을, 문창성이 건네주는 이야기들을 성한 오른손으로 건네받는 자신의 모습을, 자신이 내주는 이야기를 받으려고 장사진을 친 전기수들의 맨 앞에 공손하게 선 청유의 모습을 상상하면서, 아영은 절로 지어지는 흐뭇한 웃음을 도무지 막을 길이 없었다.